Querverlag

Karin Rick

Furien in Ferien

Ein Lesbos-Abenteuer

Erste Auflage März 2004

Umschlag und grafische Realisierung von Sergio Vitale unter Verwendung einer Fotografie von Anja Müller.

Druck und Weiterverarbeitung: Druckhaus Köthen
ISBN 3-89656-0101-4
Printed in Germany

Bitte fordern Sie unser Gesamtverzeichnis an:
Querverlag GmbH, Akazienstraße 25, D-10823 Berlin
http://www.querverlag.de

Für Sissi, Rudi, Vicky, Lisa und Simone

KAPITEL 1

Benommen von Schlafmangel und der stehenden Hitze auf dem Rollfeld folgt Klara den anderen Passagieren in die Ankunftshalle des Mitilini Airport. Ein einziges Förderband läuft. Koffer, Reisetaschen und hastig zugeschnürte Pakete von mindestens drei Flugzeugen rattern in halsbrecherischem Tempo an ihr vorbei. Zwischen Klara und dem Band eine fest zusammengeballte Menge griechischer Familien.

Neben ihr steht die Germanistikstudentin aus dem Flugzeug, Livia Singer, die sich ausgesucht höflich mit ihr unterhalten hat. Auch sie kommt nicht an ihre Habseligkeiten heran. Die beiden Frauen schauen sich an und verdrehen genervt die Augen.

Es scheint aussichtslos zu sein, bis zum Band vorzudringen, an nassgeschwitzten Hemden fettleibiger Männer vorbei. Beim Anblick ihrer nun schon zum dritten Mal vorübergleitenden Tasche wird Klara ungehalten, lässt die Ellenbogen spielen und springt auf das Band. Sie ringt um ihr Gleichgewicht, packt die Tasche und macht todesmutig einen Satz zurück in die Menge, die angesichts des auf sie zugeflogen kommenden Gepäckstückes samt Besitzerin zurückweicht. Geschrei und Fluchen folgen, als Klara etwas weiter entfernt von Livia landet.

Ein Mann packt sie wütend am Arm und brüllt ihr ins Ohr. Klara schreit zurück und versucht, sich loszureißen, er aber hält sie weiterhin umklammert, während sie ihre Schritte aus der Menge heraus beschleunigt. Sein graues, von Falten zersägtes Gesicht mit den Zahnruinen kommt immer näher. In Klara braut sich diffuse Angst zusammen, sie verdreht das Handgelenk, um sich aus seinem Griff zu befreien. Gleich werden beide gegen eine Säule prallen, da wird Klara plötzlich von einem metallenen Strahl geblendet, der vom Glasdach der Halle zu kommen scheint. Reflexartig schließt sie die Augen. Der Mann stolpert nach vorne, lässt ihren Arm los und fällt der Länge nach hin. Mit einem Schmerzensschrei fasst er sich im Fallen an die Stirn, und alle Leute drehen sich zu ihnen um. Da liegt er zu ihren Füßen und wimmert, und Klara hat nicht einmal Zeit zu schauen, was passiert ist. Zwei Männer stürzen auf ihn zu, knien sich hin, andere wollen ebenfalls helfen oder einfach nur schauen. Klara wird weggeschoben und gestoßen, der Abstand zwischen ihr und dem Mann am Boden wird größer, und bald nimmt sie nur eine Traube teils kniender und teils gebückt gaffender Menschen wahr. Sie ist vor Schreck willenlos und starrt auf das Bild vor sich. Jetzt bemühen sich zwei der Anwesenden, den Verletzten zu stützen und aufzuheben. Sie hört ihn wimmern und kann gerade noch seine blutende Stirn erkennen.

„O mein Gott!", stöhnt sie und sieht zu ihrer Erleichterung Livia auf sich zukommen. „Was ist da bloß passiert?"

„Ich weiß auch nicht", sagt Livia mit ängstlicher Stimme. „Möchten Sie sich nicht lieber kurz hinsetzen? Sie sind ganz weiß."

Klara lässt sich auf einen der Plastikstühle fallen. „Haben Sie das gesehen? Der ist gestolpert, und ich habe Schuld."

„Ich habe absolut nichts gesehen. Nur einen Schrei gehört, und wie alle zu Ihnen gerannt sind."

„Irgendetwas hat mich geblendet, und ihn auch, sonst hätte er mich nicht losgelassen. Jemand hat ihm vielleicht ein Bein gestellt. Aber warum blutet er so?"

Livia schaut sie ratlos an, anstatt zu antworten. Aus dem Augenwinkel sieht Klara Sanitäter mit einer Bahre kommen, niemand beachtet sie und Livia.

„Vielleicht hat er sich an einer Kofferkante aufgeritzt? Machen Sie sich keine Sorgen", versucht Livia, sie zu beschwichtigen.

„Ich muss wissen, was er hat", sagt Klara. „Könnten Sie bitte auf meine Tasche aufpassen?"

Dann geht sie den Sanitätern nach. Sie kommt aber nicht weit; zwei Beamte halten die Menge von dem Verunglückten fern, winken sie weiter.

Beunruhigt kehrt sie zu Livia zurück.

„Ich kann nichts erkennen, und das Komische ist, dass sie nicht an mir interessiert sind. Niemand fragt mich, ob ich etwas gesehen habe. Als ob ich nicht existieren würde. Oder als ob sie mit so etwas gerechnet hätten und es jetzt so schnell wie möglich vertuschen wollten."

„Na, seien Sie doch froh", sagt Livia jetzt. „Sonst hätten Sie vielleicht Scherereien. Gehen wir jetzt lieber."

Sie schultert ihren Rucksack und zieht die Ärmel ihres Sweatshirts hinunter, als ob sie frösteln würde. Gemeinsam gehen sie in Richtung Ausgang.

Klara beobachtet ihre Begleitung bewundernd von der Seite. Livia ist klein, zart, aber kompakt, durchscheinend weiße Haut. In ihrem Gesicht ist außer Lethargie auch Wachsamkeit zu lesen. So, als wäre sie altersbedingt zwar weltoffen, aber zu weise, um noch überrascht zu werden. Jetzt lächelt sie Klara unsicher an.

„Viel seltsamer finde ich allerdings", meint sie jetzt, „dass es auf diesem Flughafen offenbar eine Zwei-Klassen-Gesellschaft gibt."

Klara schaut verständnislos.

„Was heißt das denn?"

„Na, da gibt es einerseits die Familien. Die gehen durch den Ausgang *EU-Bürger*, wie wir es eigentlich gewohnt sind. Und da sind dann noch die alleinreisenden Frauen, und die werden von den Beamten zu einer anderen Tür geschleust."

„Was erzählen Sie da?"

„Das habe ich eben beobachtet."

„Blödsinn, das bilden Sie sich nur ein."

„Na gut", sagt sie. „Sie werden schon sehen."

Sie folgt Klara zu der Ausgangstür, über der das Schild *EU-Citizens* prangt. Neben der Tür ist ein Grenzbeamter postiert. Zwei Familien mit Kindern sind eben durchgegangen. Der Beamte lässt die beiden Frauen auf ein paar Meter herankommen, dann versperrt er ihnen den Weg. Klara deutet erstaunt auf das Schild hinter ihm, er weist aber auf eine Tür in der Ecke und bleibt breitbeinig stehen.

„Sind Sie auch beim Verlassen der Maschine fotografiert worden?", fragt Livia.

„Da waren ein paar Beamte, die am Rollfeld fotografiert haben, aber muss das auf mich gemünzt gewesen sein?"

„Nicht nur auf Sie. Auf uns, würde ich sagen."

Die Tür, die Klara öffnet, trägt keine Beschilderung.

Fast zur selben Zeit wie Klara und Livia kommt Yakis Kokounos auf Lesbos an, Ermittler aus Athen. Er hat gerade seine Reisetasche geschultert und wendet sich in Richtung Ausgang, als der Verletzte auf eine Bahre gelegt und zum Krankenwagen gebracht wird. Neugierig nähert er sich. Ein Beamter der Flughafenpolizei versperrt ihm den Weg. Yakis lässt sich jedoch nicht einschüchtern.

„Was ist hier los?", fragt er.

„Ein Mann ist verletzt worden."

„Wo und wie?"

„Sind Sie ein Verwandter? Wenn nicht, überlassen Sie das den Behörden."

„Ich bin selber von der Behörde", sagt Yakis bescheiden und zeigt seinen Dienstausweis.

„Sicherheitsbüro Athen. Aha. Na gut, aber für den Vorfall hier ist Mitilini zuständig", meint der Beamte, wird aber zugänglicher und erzählt ihm, was vorgefallen ist.

„Könnte ich mit dem Arzt sprechen? Ich meine, es ist pure Neugier, ich weiß ..."

„Ach, machen Sie nur. Mir ist das egal." Der Beamte lässt Yakis durch.

Es handle sich um eine tiefe Fleischwunde mit ausgefransten Rändern, erzählt der Bereitschaftsarzt. Außerdem Verdacht auf Nasenbeinbruch und Gehirnerschütterung. Der Verletzte sei ein Gemüsehändler aus Mitilini, der von einem Wochenendausflug in Athen zurückgekommen ist. Es ist noch nicht klar, ob er sich im Fallen verletzt habe oder angegriffen worden sei.

„Er behauptet, er habe einen scharfen Gegenstand ins Gesicht geknallt bekommen", sagt der Arzt, der eben seine Instrumente wegpackt. „Er könnte aber auch bloß hingefallen sein."

„Bloß hingefallen? Mit einer solchen Wunde?", fragt Yakis.

„Na ja, vielleicht hat er die Kante des Förderbandes gestreift, die ist an manchen Stellen messerscharf."

Yakis schaut reglos und gedankenverloren zu, wie die Türen des Rettungswagens geschlossen werden, und wundert sich über den Automatismus, mit dem hier alles vor sich geht. Da gibt es einen Verletzten, die Ursache des Unfalls ist nicht geklärt, und die Polizei lässt lediglich die Rettung kommen und entsorgt ihn, als handelte es sich um einen Sport- oder einen Verkehrsunfall. Warum kommt niemand auf die Idee, das Gelände abzuriegeln? Die Reisenden zu durchsuchen? Nach einer Waffe zum Beispiel. Nach Blutspuren an der Kleidung. Oder ist er nach zwanzig Jahren bei der Polizei so berufsgeschädigt, dass er solche Maßnahmen auch bei kleinen Zwischenfällen für notwendig erachtet?

Nun gut, es geht ihn wirklich nichts an. Er ist ja wegen eines explodierten Sprengsatzes in Skala Eressos auf Lesbos. Dennoch beunruhigt ihn, dass seine Ankunft von einem mysteriösen Zwischenfall begleitet wird.

Er geht zum Förderband zurück und fährt mit den Fingern sachte über die Metallkanten des Rahmens. Reichlich stumpf. Dafür sieht er verwischte Blutflecken am Boden, zu weit weg vom Band, um damit in Verbindung gebracht zu werden.

Stimmenlärm schlägt Klara und Livia entgegen. In einem engen Raum befinden sich an die sechzig Frauen, mehrere Gesichter kennt Klara vom Flugzeug. In Aufruhr reden sie in verschiedenen Sprachen auf eine uniformierte Beamtin ein. Diese steht ungerührt da und wiederholt immer wieder dieselben Sätze in gebrochenem Englisch, ohne einer der Anwesenden in die Augen zu schauen.

„Regen Sie sich nicht auf. Das ist nur zu Ihrer Sicherheit. Es hat Überfälle gegeben", sagt sie. „Wir wollen Sie nur jederzeit erreichen können."

Die Menge verdichtet sich vor einem Beamten, der an einem Schreibtisch sitzt und Pässe kontrolliert. Als Klara an die Reihe kommt und den Pass vorstreckt, verlangt er ihren Hotel-Gutschein, kramt in einem Karteikasten und zieht ein Polaroidfoto heraus. Die Entwicklerflüssigkeit kann kaum getrocknet sein, denkt Klara entsetzt, denn das Foto zeigt sie vor zwanzig Minuten beim Verlassen der Maschine.

„Reisen Sie allein?"

Sie nickt. Er notiert am unteren Rand die Adresse ihrer Pension und ihre Passnummer, dann legt er das Foto mit dem Rücken auf den Stapel und gibt ihr ein Blatt Papier mit ihrem Namen, einem Stempel und einer Nummer. Eine Bestätigung, dass ich erfasst worden bin, denkt Klara dumpf, als sie es wie in Trance in die Hosentasche steckt. Wozu? Es ist erstaunlich, dass in diesem Raum, unter den so kontrollierten und registrierten Einreisenden, kein einziger Mann zu finden ist. Die Frauen scheinen außerdem nicht zu den typischen Pauschaltouristinnen zu gehören.

Hinter dem Schreibtisch des Grenzbeamten steht eine Tür zu einem weiteren Büro offen. Heftiger, aggressiver Wortwechsel ist von dort zu vernehmen. Mit dem Rücken zu Klara sitzt eine breitschultrige Frau in einem schwarzen T-Shirt und verwaschenen, schwarzen Jeans. Hosenträger laufen über die Schultern, als ob sie den zur Ausuferung neigenden Körper in Form halten müssten. Das schwarze Haar steht in der Kopfmitte steif ab, ragt aus einem turbanartigen roten Tuch. Der dadurch freie Nacken gibt der Frau trotz ihres kräftigen Körperbaus etwas rührend Junges.

„Du meine Güte", murmelt Klara, „die kenn ich."

Die Stimme der Frau hat sich genauso erhoben wie die des Beamten, der ihr ein Springmesser unter die Nase hält und drohend fragt: „Wozu brauchst du dieses Messer?"

„Ich sagte Ihnen schon, das ist ein Geschenk. Zum Geburtstag."

„Aber warum hast du es auf die Reise mitgenommen?"

„Um Obst zu schneiden." Sie macht ausgiebige, erläuternde Handbewegungen.

„Ich glaube dir kein Wort! Wenn du dieses Messer in der Hand hältst, was möchtest du dann am liebsten damit tun?"

Sie, langsam, als ob sie mit einem schwerhörigen Kind sprechen würde: „Wie ich Ihnen schon gesagt habe, ich nehme es, klappe es zusammen und stecke es in meine Tasche."

Er, starrköpfig: „Nein, du brauchst es, um Männer zu bedrohen. Sag schon, was möchtest du damit tun, wenn du es in der Hand hältst?" Er fuchtelt wütend mit dem Messer vor ihrem Gesicht herum.

Sie, lauter und mit Nachdruck, als ob ihr solche Situationen nicht fremd wären: „Es nehmen, schließen und in meine Tasche stecken."

„Nein!"

„Ja!"

„Nein!"

„Ja!"

Ohne nachzudenken, nähert sich Klara der Tür. Bloß ein weiterer Vorfall in dieser schnell ablaufenden Kette von unverständlichen Ereignissen, denkt sie. Sie weiß nicht, ob sie den Namen der Verhörten rufen soll, ob es einen Sinn ergibt, sich einzumischen und nach ihrer akrobatischen Einlage auf dem Förderband, die einen Verletzten zur Folge hatte, ein weiteres Mal die Aufmerksamkeit auf sich zu ziehen.

„Du hast dieses Messer nur mitgebracht, um Männer damit zu bedrohen!", behauptet der Beamte wieder. Die nächsten Worte hört Klara nicht mehr, weil die uniformierte Beamtin ihr die Tür vor der Nase zuschlägt und sie in die Menge zurückdrängt. So stellt sie sich neben Livia, die gleich nach ihr kontrolliert wird, als Letzte. Auf dem Foto, das von Livia gemacht wurde, trägt sie den schwarzen, breitkrempigen Hut, der nun an ihrem Rucksack befestigt ist. Livia lacht den Grenzbeamten an.

„Ja, das bin wirklich ich", sagt sie und deutet auf den Hut. Er schaut zuerst misstrauisch auf, dann legt er den Kopf schief und lacht verständnisvoll und geschmeichelt mit, sein Gesicht verzieht sich dabei in unzählige Falten, die sich in die fettige Haut graben.

„Könnte ich etwas Wasser haben?", fragt Livia, als er mit dem Schreiben fertig ist, mimt Trinken und deutet auf die Wasserflasche hinter ihm.

„Okay", sagt er gönnerhaft, dreht sich um und zieht einen Becher aus dem Halter neben einem Waschbecken. Im selben Augenblick öffnet die Uniformierte eine Tür zur Straße, und die Frauen drängen hinaus. Livias kleine Hand liegt nun schwerelos auf dem Stapel Fotos. Sie hat den Rucksack auf den Schreibtisch gestellt, in dessen Schatten tasten sich ihre Finger unmerklich über die letzten beiden Fotos und ziehen sie vorsichtig in Richtung Schreibtischrand. Klara streckt geistesgegenwärtig die Hand aus. Währenddessen nimmt Livia dankend den Becher Wasser entgegen und strahlt mit dem eigentümlich frechen Charme einer

Mittzwanzigerin, die noch nichts zu verlieren hat, in das Gesicht des Grenzbeamten.

„*Efcharisto*", sagt sie.

Sie werden entlassen. Auf der Straße vor dem Flughafen stellt sich Klara zu einer Gruppe deutscher Frauen, die entrüstet diskutieren. Aufgebrachte Sätze, harsche Töne über Polizeischikanen sind zu hören. Als Österreich noch nicht in der EU war, denkt Klara, haben sie in Athen meine alte Olympia-Reiseschreibmaschine bei der Einreise untersucht und registriert, als ob sie eine Waffe wäre, während mein französischer Begleiter ungeschoren durch den EU-Ausgang geschlüpft ist. „Wir sollten uns zusammentun und uns beschweren. Gleich hier in der Hauptstadt, vielleicht gibt es ein Konsulat", schlägt sie vor. Aber die Frauen verstummen, als wollten sie das nicht hören.

„Lass mal", sagt eine Berlinerin. „Wir fallen besser nicht auf."

Innerhalb von Sekunden ist Normalität eingekehrt. Reisebegleiterinnen nähern sich, Busse warten. Gastgeschenke werden verteilt, kleine Flaschen Olivenöl, und Broschüren in Vierfarbdruck über eine autonome Bäuerinneninitiative in der Nähe von Molivos. Klara aber geht zu der Beamtin zurück.

„Ich möchte auf die Frau warten, die noch drinnen ist."

„Das geht nicht. Sie kommt nach. Keine Sorge."

„Wann?"

„Später. Gehen Sie, gehen Sie jetzt endlich." Sie bugsiert Klara ungehalten zu den Bussen.

Aus dem offenen Fenster des Büros ist immer noch die aufgebrachte Frauenstimme im Wiener Tonfall zu hören: „Ich nehme das Messer, falte es und stecke es in meine Tasche!"

Der Fahrer nimmt Klara die Tasche ab und wirft sie in den Laderaum auf die anderen Gepäckstücke, dann schnalzt die Tür zu. Bald torkelt der Bus durch die Vororte der Hauptstadt, in deren gewundenen Straßen verwinkelte Villen mit Friesen über den Toren und dicht bewachsene Gärten zu sehen sind, bevor er sich in den ausgetrockneten, von Olivenbäumen spärlich bedeckten Hügeln verliert.

„Was halten Sie von diesen Kontrollen am Flughafen?", fragt Klara die Reisebegleiterin.

„Ach, das ist inzwischen Routine."

„Es sind aber nur Frauen kontrolliert und registriert worden."

„Das muss sich um einen Zufall handeln."

Klara will ihr das Blatt Papier mit Nummer und Namen zeigen, das ihr der Beamte in die Hand gedrückt hat, aber die Frau wehrt ab. Im Rückspiegel sind die neugierigen Augen des Fahrers zu sehen.

„Entspannen Sie sich", sagt sie.

Livia und Klara haben durch Zufall dieselbe Pension und sitzen daher im selben Bus.

„Ich kenne die Frau, die wegen des Messers vernommen wurde", murmelt Klara.

„Ich bin müde. Können wir vielleicht später darüber sprechen?", antwortet Livia. Als ihr Kopf schlaftrunken gegen das Fenster sinkt, stopft Klara ihr in einem Anfall von Mütterlichkeit ein Sweatshirt in den Nacken. Dann schaut sie sich um und beobachtet die anderen Insassen. Vorwiegend Frauen im Alter ihrer Reisebekanntschaft Livia. Ob aus England, Deutschland oder Österreich, sie haben alle denselben Modegeschmack, denkt Klara. Da tanzt keine aus der Reihe. Eng anliegende Shirts, die oberhalb des Nabels aufhören, Hüftjeans mit Schlag im Stil der siebziger Jahre, kitschige, schmale Hüftgürtel mit Strasssteinchen oder Silberblättchen. Die Handgelenke sind ebenfalls mit Riemchen oder Kettchen geschmückt. Manche Frauen tragen kleine Tätowierungen auf den Schulterblättern oder im Kreuz, Klara glaubt am Rücken einer Frau einen Drachen mit mächtigen, ausgebreiteten Schwingen erkennen zu können. Livia trägt einen Gürtel aus feinem schwarzen Leder. Dazu passend ein Lederarmband mit Nieten in Form einer Schlange, deren Körper bis auf den Schwanz um den Kopf zusammengeringelt ist. Auffallend ist die Abwesenheit von Armbanduhren. Haarstil und Make-up sind einander über nationale Grenzen hinweg auch ähnlich. Livias Haare liegen wie nasse Vogelfedern um den Kopf. Ein blassviolettes Shirt mit dünnen Trägern klebt an ihrem Oberkörper, in dem sie auf unbarmherzige Weise schutzbedürftig wirkt.

Sandy, Schottin aus Edinburgh, dünn, drahtig, mit festen bronzefarbenen Locken, eigenbrötlerisch und verträumt, ist eben gelandet und muss dieselbe Zeremonie der Registrierung über sich ergehen lassen wie die Frauen vor ihr. Da sie aber im Vereinten Königreich des öfteren wegen irgendwelcher Genehmigungen, Dokumente oder auch nur Fahrscheine Schlange stehen muss, ist sie darüber nicht so irritiert wie die Wienerinnen und macht sich keine Gedanken darüber. Vielmehr verunsichert sie, dass dies seit Jahren ihre erste Reise allein ist. Sie fühlt sich verloren. Sofort nach der Landung dreht sie das Handy an, hört die Mailbox ab und liest ihre SMS. Danach geht es ihr besser. Ein Hotel-Shuttlebus ist in ihrer Buchung nicht inbegriffen. So hält sie nach einem Taxi Ausschau, aber die meisten Wagen sind schon weg. Der nächste Linienbus nach Skala Eressos geht erst morgen früh wieder, erfährt sie. Sandy steht leicht nach vorne gebeugt in der Hitze und überlegt, was sie nun tun soll. Eine Nacht hier in Mitilini bleiben? Wie öde.

„He!", ruft eine Frauenstimme aus einem der Mietwagen, dessen Fahrer gerade angefahren war und wieder abbremst. „Magst du nicht mit uns fahren?"

Sandy läuft freudig auf das Taxi zu. Mit dieser Frau hat sie sich während des Fluges unterhalten. Eine spitznasige Blonde mit schnell umherwandernden hellblauen Augen. Neben ihr sitzen zwei andere im Fond.

„Das ist urnett von dir!", sagt Sandy erleichtert, als der Fahrer aussteigt und ihr Gepäck einlädt. „Ich dachte schon, ich müsste hier übernachten."

„Na, siehst du, das musst du nun doch nicht, und außerdem teilen wir nun den Fahrpreis durch vier", sagt die Blonde zufrieden.

Da mischt sich der Fahrer ein.

„Eine Person mehr kostet auch ein Viertel mehr", meint er in gebrochenem Englisch.

„Wieso? Sie fahren doch auf jeden Fall mit uns nach Skala Eressos."

„Mit vier Leuten brauche ich auch mehr Benzin, und wenn's Ihnen nicht passt, können Sie ja ein anderes Taxi nehmen."

„Da ist ja kein Wagen mehr zu sehen."

„Eben, dann ist es besser, Sie bleiben bei mir und zahlen den Aufpreis. Das bisschen kann für Sie ja nicht die Welt sein."

Die vier Frauen stimmen zähneknirschend dem erhöhten Fahrpreis zu. Zorniges Schweigen während der Fahrt. Der Chauffeur versucht, seine Habgier durch ausgedehnte Erklärungen über die Insel wettzumachen.

„Sie brauchen jetzt nicht den Fremdenführer spielen", faucht Sandy, die auf dem Beifahrersitz Platz genommen hat. „Wenn Sie uns schon ausnehmen wie Weihnachtsgänse."

„Ich weiß nicht, worüber Sie sich aufregen. In Ihrem Land würde ein Flughafentaxi das Zehnfache kosten."

„Ich bin aber nicht in meinem Land."

„Ich muss immerhin eine Familie ernähren. Was ich in einem Monat verdiene, kriegen Sie an einem Nachmittag."

Nach eineinhalb Stunden steigen alle genervt in Skala Eressos aus, gerade als die Nachmittagshitze an ihrem Höhepunkt angelangt ist.

„In Edinburgh würden Fahrgäste nicht so gelinkt werden!", zischt Sandy, als sie die Wagentür zuschlägt.

Yakis sitzt im Kafeneion neben der *Mariana Bar* und hat Tomi, einen älteren Polizisten, vor sich, dessen wichtigstes Transportmittel ein Fahrrad ist. Yakis ist schlecht gelaunt. Er bringt aus Athen den Eindruck mit, dass höheren Orts aus einer Mücke ein Elefant gemacht wurde, sprich, dass eine in der Hitze explodierte Propangasflasche auf dem Amtsweg zu einer Art Fliegerbombe mutiert ist und er aus einem nichtigen Anlass an diesen brütend heißen Strand, in einen Nullachtfünfzehn-Urlaubsort, beordert wurde. Also viel Lärm um nichts.

„Ja, vor vier Tagen. Ein Uhr nachts", sagt Tomi gerade. „Keine Verletzten. Auch kein nennenswerter Sachschaden. Nur ein Krater neben dem Les... äh ... dem Nudistenareal, rund drei Meter Durchmesser. Ein Pärchen als Augenzeugen war so spät noch am Meer. Die Personalien der ... äh ... beiden Frauen habe ich aufgenommen."

Tomi ist das Gespräch sichtlich unangenehm. Er will keinen Fehler machen.

„Und irgendwelche Spuren? Sprengstoff oder Bombenteile?"

„Blechtrümmer lagen überall herum. Mit Coca-Cola-Aufschrift, die konnte man teils noch erkennen."

„Finden Sie den Krater nicht etwas groß für eine Coladose?"

„Keine Coladose. Einer dieser Druckbehälter, wie sie für den Ausschank verwendet werden. Rund sechzig Zentimeter lang und zwanzig im Durchmesser. Fassungsvermögen zwanzig Liter. Damit kann man ein ganzes Haus wegblasen, wenn die Mischung stimmt. Was hier offenbar nicht ganz der Fall war."

Tomi schaut etwas selbstsicherer drein, wohl ob der exakten Fakten, die er liefern kann.

„Also selbst gebastelt", fasst Yakis zusammen. „Der Brisanz nach könnte es Unkrautsalz oder Stickstoffdünger gewesen sein. Werden wir noch feststellen. Die Frage des Zündmechanismus ist auch noch offen. Und wem so ein Behälter fehlt. So etwas liegt ja nicht in der Landschaft herum wie leere Bierflaschen. Was ich dann noch benötige, ist Einsicht in alle Protokolle zu den Vorfällen im September 1989."

„September 1989?" Tomi blickt ihn verzweifelt an, als ob ihm der Uniformkragen zu eng werden würde. „Was für Vorfälle sollen das sein?"

„Nun, da war die Verhaftung von vier Touristinnen wegen Erregung öffentlichen Ärgernisses. Das ist aber nur von sekundärem Interesse. Danach gab es Fälle von Brandstiftung und ebenfalls Sprengsätze am Strand." Yakis' Ton wird eisig. „An eben demselben Strand, wie Sie sich vielleicht noch erinnern."

„Ja, also das meinen Sie." Tomis Verlegenheit wird immer größer. „Da waren aber welche von denen da oben mitbeteiligt, wenn Sie wissen, was ich meine."

Yakis schaut ihn kalt an. „Ich weiß nicht, was Sie meinen."

Tomi zuckt mit den Schultern. „Ich zeig Ihnen alles, was Sie wollen. Aber den Bürgermeister sollten Sie nicht übergehen."

Um halb sechs Uhr abends steht Livia vor Klaras Zimmertür. In ihrer distanzierten Höflichkeit fragt sie, ob sie den Abend mit ihr verbringen möchte, und scheint nicht anzunehmen, dass Klara ablehnt.

„Das ist ja eine ganz schön miese Absteige hier", meint Klara, als sie sich zum Ausgehen fertig macht. „Die Schranktüren hängen schief, die Stühle haben ungleiche Beine, der Fliesenboden ist an manchen Stellen herausgebrochen, und die Küchenschubladen klemmen."

„Ich frage mich, ob die die Zimmer überhaupt geputzt haben, bevor wir eingezogen sind", sagt Livia.

„Sicher nicht. Ich hab der Wirtin das dreckige Bad gezeigt. Da hat die mich auf griechisch angeschrien, anstatt zu putzen."

„Eine Frechheit!"

„Finde ich auch. Als sie wieder ging, wollte sie vor Zorn die Zimmertür zuknallen. Aber die schleift ja am Boden und ist wie eine Gitarrensaite zurückgewippt. Das war witzig."

Sie kichern.

„Haben Sie sich wenigstens ein bisschen ausruhen können?"

„Danke", antwortet Klara. „Ich habe etwas geschlafen, unterbrochen von Kindergebrüll. Und wenn die auf dem Nachbarbalkon die Möbel verschieben, klingt das wie eine Kreissäge."

Livia lacht, und Klara ist froh, ihre ersten zögerlichen Schritte durch den Ort in ihrer Gesellschaft zu machen. Durch die glühende Luft zu gehen ist, als schlügen sie sich einen Weg durch ein brennendes Dickicht. Skala Eressos ist in den letzten Jahren angeschwollen; der verschlafene Platz am Meer, an dem einst nur ein Kiosk mit klebrigem Zuckerzeug gestanden hatte, unter zwei schmächtigen Tamarisken, ist randvoll mit den Stühlen diverser Bars und Restaurants und findet nicht einmal in den frühen Morgenstunden seinen Frieden.

„Das mit dem Mann am Flughafen geht mir nicht aus dem Kopf", sagt Klara.

„Ja, das ist richtig unheimlich", pflichtet ihr Livia bei.

„Überhaupt der helle Strahl, der mich und wahrscheinlich auch ihn geblendet hat."

„Wie in einem Sciencefiction-Film", vollendet Livia ihren Gedanken.

„Aber es hat nur ihn erwischt und nicht mich, als hätte es der Strahl auf ihn abgesehen."

„Erfahren werden wir nie, was genau es gewesen ist", seufzt Livia. „Vielleicht steht ja morgen etwas in den Zeitungen."

„Und dann diese merkwürdige Registrierung. Dass wir die Fotos geklaut haben, nützt uns ja nicht wirklich", sagt Klara. „Wenn die nachzählen und draufkommen, haben wir Ärger."

„Wenn sie nachzählen! Wenigstens sind wir jetzt unter keiner Nummer registriert", grinst Livia.

„Wozu diese Kontrolliererei gut sein soll?"

„Was weiß ich."

Livia pfeift durch die Zähne, und Klara brütet im Gehen vor sich hin. Der Urlaub beginnt ja schön, denkt sie.

„Ich habe den Ort bereits ausgekundschaftet, während Sie geschlafen haben", sagt Livia. Das Lokal, in das Livia sie führt, liegt neben vielen anderen direkt am Wasser. Dann nur noch Sand und Meer. Mit seinen Korbstühlen gehört es zu den schickeren im Ort und erinnert Klara, die nicht zum ersten Mal hier ist, vage an frühere Zeiten, an ihre stille, wehmütige Verzückung beim Anblick des glatten Meeres in der untergehenden Sonne. Heute ist ihr sogar diese Stimmung zu aufwühlend. Die Spiegelung des Wassers ist grell wie der Blitz; es ist unmöglich, dem blendenden Licht zu entkommen. Klara ist verschlafen und in sich gekehrt. Nur mit Mühe kann sie sich auf die Gegenwart konzentrieren. Dabei will sie doch Livia ihre ganze Aufmerksamkeit schenken. Sie ist erstaunt, die Neugier dieser jungen Frau geweckt zu haben, deren Schönheit sich durch das genaue Studium ihrer Gesichtszüge offenbart.

Sie setzen die Gespräche über Literatur fort, die sie im Flugzeug begonnen haben.

„Das letzte Seminar über Rilke war unglaublich dicht", sagt Livia. „Eine ganze Woche in Gemeinschaft mit anderen Lyrikliebhaberinnen. Der Zusammenhalt in der Gruppe war enorm. Diese Erfahrung werde ich nicht so schnell vergessen."

Livias Empfindungen und Urteile sind von einer Absolutheit, die Klara längst niemandem mehr abnimmt. Aber weil Livia so jung ist und diese Jugend sie an eine bedingungslose Dichte des Lebens gemahnt, die im Laufe der Jahre verschwindet, glaubt sie ihr. Und das erfüllt sie mit einem bereits verloren geglaubten Optimismus.

„Was ist eigentlich ein Gedicht?", fragt Livia jetzt. „Ab wann würden Sie einen Text als Gedicht bezeichnen? Sie sind doch selbst Autorin."

In ihrer Frage liegt eine mühsam unterdrückte Leidenschaft für Produkte der Fantasie, ihre Gestalt ist im Gegenlicht durchscheinender und unwirklicher als zuvor. Kleine Schweißperlen oberhalb ihrer Wangen. Klara, die selbst Jahre ihres Lebens mit Geschriebenem verbracht hat, taucht glücklich den Strohhalm in den dickflüssigen Café Frappé.

„Eine sprachliche Regelmäßigkeit im amorphen Ablauf der Zeit", antwortet sie spontan. Das erheitert Livia.

Wie schön, rückwirkend gesehen, dieser erste Abend war, wie absichtslos und gefärbt vom bloßen Hiersein und Klaras unbändiger Freude darüber, Wien hinter sich gelassen zu haben. Nichts war dringlich. Noch gab es keine unerfüllbaren Wünsche.

„Wir könnten eigentlich ‚Du' zueinander sagen", bietet sie der gut zwanzig Jahre Jüngeren an. „Warum machst du hier Urlaub?"

„Das lesbische Universum", lacht Livia anzüglich. „Eine Art Psychohygiene."

Ihre Füße sinken in den Sand ein, als sie den ortsfernen Strandteil anpeilen, denjenigen, den Lesben für sich beanspruchen. Sie brechen ins Nichts auf, gehen schwimmen. Der erste Kontakt mit dem kühlen, in der Dämmerung vor sich hin gluckernden Wasser ist gewöhnungsbedürftig und Sinnbild ihrer Begegnung. Langsam miteinander vertraut werden. Beide sind schüchtern. Livia, indem sie die Dunkelheit abwartet, bevor sie sich zum Schwimmen nackt auszieht, Klara, indem sie Erinnerungen verschweigt und damit verbundene Worte zurückhält.

In der beginnenden Dämmerung glaubt Klara, als sie vom Wasser kommt, eine uniformierte Gestalt wahrzunehmen, dort, wo der Sand in einer Reihe von Tamarisken endet.

Der Strand ist fast leer, keine einzige Frau außer den beiden hält sich zu dieser Zeit hier noch auf. Nur Klara und Livia liegen lange unter den Sternen, ihre verwandten Seelen scheinen einander gefunden zu haben, ohne viele Fragen zu stellen, warum und weshalb. Die Nachtluft ist immer noch hitzeschwanger; im Wasser schaukeln rosa und grüne Luftmatratzen, die die Frauen über Nacht schwimmen lassen, mit Steinen am Grund beschwert.

Klara hat auf einmal den Anspruch, Livia gegenüber verantwortlich zu sein, dafür, dass alles gut wird, oder für die späte Wärme, für die Stille trotz der plätschernden Wellen, für den Ort, der schmieriger ist, als Livia sich vielleicht erhofft hat. Diese Reise scheint auch für die Jüngere Freiheit von Zwängen in Wien zu bedeuten, ist Ausdruck einer gemeinsamen Leidenschaft: Frauen.

Die Brandung in Skala Eressos ist kaum der Rede wert. Ein knappes „Ritsch" ist in Abständen von wenigen Sekunden zu vernehmen, wenn das Wasser sich in die Kiesel drückt. Sandy liegt neben den Tretbooten und bemüht sich, die Sterne nicht als feenhafte Lebewesen zu sehen. Oft geht die Fantasie mit ihr durch, und wenn sie, wie jetzt, allein in der Natur ist, stellt sie sich vor, die Umgebung sei bevölkert von Zaubergestalten. Ich habe zu viele Märchen gehört in der Kindheit, denkt sie und erinnert sich an die Stunden am Kamin, als ihr Vater zu erzählen anfing und sie und ihr Bruder die Geschichten weiterspinnen sollten.

Sie hat die Gruppe, mit der sie essen war, gerade verlassen und atmet die feuchte warme Luft der Nacht. Da klingelt das Handy in ihren Shorts. Ehe sie nachdenken kann, hat sie schon geantwortet.

„Und? Wie geht es meinem Liebling unter der griechischen Sonne?", fragt eine dunkle, raue Stimme in herzlichem Tonfall.

Sandy fröstelt und zögert.

„Es war nicht ausgemacht, dass wir miteinander telefonieren", sagt sie in vor Zorn belegtem Ton.

„Na und?", ruft die andere zurück. „Wir haben beide gerade an dich gedacht. Ich finde das nett von uns."

„Mir geht deine Art, alles zu bagatellisieren, auf die Nerven."

„Sei doch nicht so kindisch nachtragend, Sandy. Also, wie ist das Wetter? Bei uns regnet es seit zwei Tagen."

„Du hast dich vor meiner Reise auch wochenlang nicht gerührt. Insofern ist es unerheblich, wie das Wetter auf Lesbos ist. Ich lege jetzt auf."

Nach diesem Gespräch ist die Welt nicht mehr im selben Maße friedlich wie bisher. Sandy schaltet das Handy ganz aus. Sie hadert mit sich, dass sie diesen Anruf überhaupt entgegengenommen hat. Ein Automatismus aus ihrer hektischen Berufswelt. Der Glaube, dass sie bessere Arbeit leistet, wenn sie immer erreichbar ist. Die Sterne sind in dem Nebel ihrer Wut fast ganz verschwunden.

Das Ende der Beziehung liegt schon Monate zurück, zumindest für Sandy. Die Ex-Geliebte interpretiert die Ereignisse aber wieder einmal nach ihren eigenen Wünschen, hat sie ja neben Sandy noch eine zweite Beziehung gelebt und war nicht bereit, diese Dreierkonstellation aufzugeben. Jetzt soll Sandy zurückbeordert werden, immer dann, wenn sie versucht, eigene Wege zu gehen.

In dieser Hinsicht ist die Reise nach Lesbos ein symbolischer Akt. Sandy will nicht nur den beiden entkommen, sondern auch deren Welt von Vorurteilen und Engstirnigkeit.

Sie hat sich für diesen Urlaub den Nacken ausrasieren lassen, nur die Locken in der Stirn sind geblieben, und damit deklariert sie sich endlich wieder offen als Lesbe, etwas, das ihrer Geliebten und deren Freundin immer zuwider gewesen ist. Jedes Outing, jedes Styling, jede extreme politische Äußerung haben die beiden, von Beruf Therapeutinnen, verachtet und für unnötig befunden. Sie waren für ein unauffälliges, bürgerliches Leben, in dem vergessen werden sollte, dass es sich um eine Frauenbeziehung handelte, die sie führten.

Auch Sex, seine unbändige Seite, die mit Auflösung und Unterwerfung zu tun haben könnte, mit der Hingabe an visuelle Reize und Inszenierungen, lehnten sie ab. Sandy, Anfang dreißig und um viele Jahre jünger als die beiden, hatte sich mit ihrer wilden Fantasiewelt, ihren Gedanken, die oft den ganzen Tag nur um Sex kreisten, immer einsamer gefühlt, fehl am Platz und unbestimmbar schuldig. Ihre Reise nach Lesbos ist ein Protest gegen dieses Leben, ist die Suche nach dem Ungestümen in ihr selbst.

Vielleicht wird sie hier eine Frau kennen lernen, vielleicht genügt es aber auch, sich allein vollwertig zu fühlen und dadurch auszuführen, was sie sich vorgenommen hat. Etwas längst Fälliges ist zu tun, das ihr einen würdigen Platz in der Reihe ihrer Vorfahren sichern könnte.

Als Klara und Livia zu ihrer Pension zurückgehen, kommen sie an einer Freiluftbühne am Meer vorbei. Offensichtlich ein Kulturprogramm für Touristen, aber auch Griechen sind gekommen. Von den Scheinwerfern geblendet, stoßen die beiden beinahe mit der Sängerin zusammen, die soeben das lange, krause Haar nach hinten wirft, das golddurchwirkte Gewand rafft und die Stufen erklimmt. Applaus summt aus den Reihen der hastig in den Sand gestellten Plastikstühle, die klatschenden Hände erzeugen ein rieselndes Geräusch, das immer stärker anschwillt. Livia und Klara lassen sich knapp vor der Bühne am Boden nieder, hinter ihnen scheint der ganze Ort versammelt zu sein, die Griechinnen mit Familien, die Lesben zumeist paarweise gekommen, beide Bevölkerungsgruppen einmütig, erwartungsvoll in den Stühlen sitzend.

Der Körper der Sängerin ist mächtig. Sie trägt eine dicke, schwarzumrandete Brille. Der vom Meer kommende Wind bläht ihr Goldkleid. Ihre Stimme donnert über den Strand und versetzt sie in ein Zwischenreich, fern von der Wirklichkeit, dort, wo die Fantasie zu reisen beginnt. Mehr noch als Klara ist Livia von ihren Liedern eingenommen. Sie geben die Melancholie wieder, die ihr Körper beherbergt.

Das Konzert ist zu Ende. Die Menge strömt in Richtung Ortschaft. Fackelalleen leuchten die paar hundert Meter Strand zwischen Bühne und Straße aus. Livia hockt versunken im Sand, überwältigt von der Musik. „Ich habe beim Zuhören geglaubt, die Sterne kommen näher", sagt sie.

Langsam wird es still, und Klara will aufbrechen. Da hört sie den Motor eines herannahenden LKWs, Autotüren werden zugeschlagen. Der Wagen entfernt sich. Eine massige Gestalt kommt langsam auf die beiden zu. Durch das Gewicht ihres Rucksacks sinken ihre Füße tief in den Sand. Schatten und Licht der Flammen züngeln über ihr Gesicht.

Zuerst spürt Klara den Reflex, Livia zu packen und zurückzuweichen, in den Schutz der Bühne vielleicht, dann durchzuckt sie der freudige Schreck des Wiedererkennens, und sie fängt vor Erleichterung an zu grinsen.

„Livia", sagt sie, „darf ich dir Gini Sedlak vorstellen, die Frau mit dem Springmesser."

Klein, drall, hohe Backenknochen, Augen wie Tollkirschen, den hyperweiblichen Körper stets in verwaschenen Klamotten, die in ihrer Zusammensetzung seltsam, ja kitschig anmuten, und auf manche Teile dieses Körpers ausdrücklich hinweisen, auf den Busen beispielsweise, der ihrem Gegenüber meist blank entgegenragt, auf die Schultern, die mit Epauletten bestückt sind, auf die prallen Schenkel, oft nur von hauchdünnem Stoff umspannt. Jetzt schaut Gini müde aus, um die Augen tiefe Schatten, ausgelaugt, was sie nie zugeben würde. Sie und Klara begrüßen sich so überschwänglich, als wäre es ein Wunder, alte Bekannte aus Wien auf Lesbos zu treffen.

„Wie hast du den Beamten am Flughafen endlich abgehängt?"

„Ich hab ihm gesagt, wie arm ich bin, allein erziehende Mutter, lebt von der Sozialhilfe, braucht dringend Erholung. Das Messer habe ich dort lassen müssen."

„Warum schleppst du so etwas auch in den Urlaub mit?"

„Es ist halt ein Talisman."

Sie gehen zu dritt in das nächste Lokal. Es ist elf Uhr nachts, und die Tavernen wie ausgestorben. Sie sind die einzigen Gäste. Klara erzählt Gini von dem Vorfall am Flughafen: der Mann, der Blitzstrahl, das plötzliche Schreien und Zusammenbrechen ihres Angreifers, Behörden, die sich nicht um sie geschert haben, als hätten sie schon im Voraus gewusst, was passieren würde. Aber Gini hat für solche Erlebnisse nur mildes Erstaunen übrig.

„Griechen!", sagt sie und zuckt mit den Schultern.

„Und die Kontrollen am Flughafen? Was sagst du dazu?"

„Imponiergehabe. Die wollen die Lesben loswerden, die hierher in Urlaub fahren. Jedes Jahr fällt ihnen etwas anderes dazu ein."

„Das ist alles?"

„Fantasierst du einen Polizeistaat auf Lesbos? Eine rechte Enklave?"

„Na ja … nein, nie im Leben", lacht Klara.

Livia schaut unbeteiligt auf die schwarze Wand der Nacht außerhalb der beleuchteten Terrasse, dort, wo das Meer liegt, dessen gelegentliches Knurren von der griechischen Hintergrundmusik des Lokals übertönt wird. Ein kurzes Schweigen entsteht. Gini dreht sich eine Zigarette.

„Komm schon", sagt Klara, um die düstere Stimmung zu lockern, „erzähl doch mal, wie dich der Einsatzleiter der Wiener Polizei bei jeder Demo persönlich begrüßt: ‚Guten Tag, Frau Sedlak!'"

Gini lacht verlegen, bevor sie anfängt zu erzählen. Breitbeinig sitzt sie da und amüsiert sich über sich selbst, halb naiv, halb gerissen. Altgediente Kämpferin, eine Art Faktotum der Polit-Szene in Wien. Anekdoten aus ihrem reichhaltigen, öffentlichen Leben folgen, Auseinandersetzungen mit Polizisten auf Demos, mit Drogenbehörden, der Staatspolizei, Bezirksrichtern. Ordnungshütern also, die andere Auffassungen von korrektem staatsbürgerlichen Verhalten hatten als sie. Sie erzählt im wegwerfenden Tonfall der Genugtuung, dabei schaut sie Klara unverwandt an und wartet auf immer neue Aufforderungen.

Da Klara und Gini einander so lange kennen, ja sogar dieselbe Ex-Freundin haben, herrscht zwischen ihnen die sinnlich aufgeladene Verbundenheit des Vergangenen. Es fiele ihnen schwer, einander nicht anzulachen, so als wären sie in diesem fremden Land ausgehungert nach Familiarität, eine, die sie bislang auch in Wien miteinander nicht gekannt haben.

Klara ist bürgerlicher als Gini. Aber beide verbindet eine ähnliche Energie, sexuell, kämpferisch, provokant. Wenn Klara als Schriftstellerin durch ihre Texte Menschen aus ihrer verschlafenen Angepasstheit aufrüttelt, tut dies Gini mit ihrem spontanen Aktionismus. Manchmal haben sie auch gemeinsam für Aufsehen gesorgt, in einer Frauenszene, die bieder vor sich hindöste.

Ginis Sorglosigkeit passt Klara diesmal nicht. Das heutige Verhör am Flughafen wegen ihres Springmessers verleibt Gini zu schnell in die Fülle persönlicher Erlebnisse ein, als wäre es bereits Geschichte.

Die Sperrstunde ist gekommen, einzige Beleuchtung ist die Neonlampe der Küchenvitrine. Als die drei Frauen aufstehen und gehen wollen, gesellt sich der Besitzer des Lokals zu ihnen. Es ist ihm anzusehen, dass er nicht weiß, welchen Ton er anschlagen soll.

„Ihr habt viel Spaß miteinander", konstatiert er. Gini postiert sich vor ihm, drückt ihren Oberkörper mit den spitzen Brüsten heraus und schwingt die Hüften.

„Ja, und wir werden in den nächsten Tagen noch viel mehr Spaß haben!", ruft sie aus und lacht. Es ist aber deutlich, dass er nicht mitmachen darf, dass er nicht im Geringsten damit gemeint ist. Sein Blick schwankt zwischen Unsicherheit und Ärger.

„Lachen Sie nicht so laut um diese Zeit, der Bürgermeister will das nicht", sagt er schließlich.

„Wieso nicht?", fragt Klara, die die Warnung als Scherz versteht.

„Er möchte absolute Ruhe im Ort. Auch die Lokale müssen um ein Uhr nachts zumachen, damit die Urlauber schlafen können." Gini starrt ihn offenen Mundes an.

„Keine Musik", fügt er hinzu.

„Auch wir sind Urlauberinnen", sagt sie irritiert.

Er zuckt mit den Achseln.

Wie bei den anderen Tavernen führen drei Stufen von der Terrasse in den Sand hinunter. Dunkelheit herrscht. Erst weiter weg durchstechen die Straßenlampen der Ortseinfahrt die Schwärze der Nacht.

„Moment, Livia haben wir vergessen", sagt Klara und dreht sich zum Lokal um. Der Tavernenwirt bückt sich gerade und hebt etwas auf. Klara starrt in das schwach erleuchtete Viereck des Lokals, als würde sie auf etwas anderes warten. Da steht Livia auf einmal neben dem Wirt. Sie wechseln ein paar Worte miteinander.

„Wo warst du?", fragt Klara sie, als sie zu ihnen stößt.

„Na, auf der Toilette, wo sonst?", sagt Livia und schaut sie befremdet an.

„Klara, was ist los mit dir? Siehst du Gespenster?", fragt die Sedlak.

„Ich weiß nicht. Ich bin bloß überreizt", antwortet Klara.

„Wir haben heute einfach zu viel erlebt", sagt Livia.

„Mädels, ich gehe", ruft Gini.

„Wo wohnst du?"

„Am Strand."

„Echt? Da war am frühen Abend Polizei."
„Na und? Auch die schläft um die Uhrzeit, wie die Urlauber."
„Sollen wir dich begleiten?"
„Das wäre ja noch schöner!"

KAPITEL 2

Er zieht den Zipp hoch, schiebt sich den Hosenbund über den Bauch, räuspert sich und verlässt das Pissoir. Er ist untersetzt und an die sechzig Jahre alt. Sein Körper besitzt die typische Schwere eines Menschen, der alt geworden ist, ohne auf sich zu achten, der in dem Bewusstsein gelebt hat, dass ihm Genüsse zustehen und sich keine Folgen aus seinen Ausschweifungen ergeben. Viel ist es ohnehin nicht, was die Insel zu bieten hat. Fettes Essen und Zigarren, starker Kaffee, Alkohol und die Hitze machen das Fleisch zäh und plump, die Glieder schwer, gerben die Haut. Er musste sich nie bis zur Erschöpfung abrackern, nur zu Hause träge herumsitzen und zuschauen, wie die Frau ihn bedient, dann, als sie tot ist, die Tochter. Schon am Vormittag im Kafeneion hocken, und am späten Abend wieder, so wie heute auch. Den eigenen Machtanspruch nie in Frage stellen. Da wird der Körper derb und unbeweglich. Die Wangen sind mit Narben überzogen. Er trägt die undurchdringliche Verbohrtheit des südländischen Patriarchen ins Gesicht graviert.

Seit acht Monaten ist Theofilos Valiakos Bürgermeister von Eressos-Antissa, eine Zweitausend-Seelen-Gemeinde, der auch der Strandort Skala Eressos zugeordnet ist. Er wurde von wohlhabenden Grundbesitzern gewählt, die auf Touristen als wichtigste Einnahmequelle nicht angewiesen sind und auf Zucht und Ordnung achten. Die Sozialdemokraten erlitten mit Theofilos' Wahl ihre erste Niederlage seit siebzig Jahren. Theofilos hat eine weit verzweigte Familie als Rückendeckung; von Molivos bis Mitilini reicht die Verwandtschaft. Er kennt jeden, der auf der Insel etwas zu sagen hat. Sein Sohn Gregorios ist Leiter einer Polizeieinheit in Mitilini.

Theofilos steht zu Frauen wie jeder andere Durchschnittsmann. Seine eingefleischte Verachtung für sie kommt dabei selten zum Vorschein. Lesben kann er nicht besonders leiden. „Diese

Weiber", sagt er dann zu seinen Kumpels, „sind wie die anderen Frauen nur zum Kinderkriegen und Putzen da. Was tun sie aber? Vergnügen sich nur miteinander, brauchen keine Männer dazu, das ist unbegreiflich, ja krank. Sie übernehmen selbst die Männerrolle, wenn sie geil aufeinander sind, und tun nicht nur so, als ob. Ein Mann wird genauso wahrgenommen wie ein Holzbrett, das an einem Baum lehnt und zu nichts nütze ist. Damit verhöhnen sie mich und dich und alle Männer persönlich."

Früher hat Theofilos Lesben nie zur Kenntnis genommen. Als sie in den Siebzigern zu Hunderten auf der Insel landeten und jedes Flugzeug mehr und mehr von ihnen ausspuckte, dachte er, diese Heimsuchung würde bald vorbei sein. Seine selbstgerechte Überzeugung, den Abschaum vor sich zu haben, bestimmt seitdem sein Leben.

Gesindel, denkt er, auch wenn die Geld haben. Schlimmer als die babylonische Hure sind sie, denn die ist eine zwar verderbliche, aber vertraute Erscheinung. Vor Huren musst du dich hüten, aber sie stehen zumindest auf Männer und richten sich nach ihnen. Huren sind ein kalkuliertes Risiko."

Seit Theofilos Bürgermeister ist, zermartert er sich den Kopf darüber, wie er mit Lesben umgehen soll. Sie wie Männer zu behandeln und ihnen den Krieg zu erklären, funktioniert nur in seiner Fantasie. Wenn man sie vor sich hat, sind sie dem Aussehen nach trotz alledem Frauen und wecken bei ihm instinktiv das Bedürfnis, sich so zu verhalten, wie er sich den anderen zahlenden Touristinnen gegenüber immer verhalten hat: gönnerhaft freundlich, weil sie harmlos und leicht einzuschüchtern sind. Oder abfällig, gerade so viel, dass sie es nicht merken. Autorität väterlich, augenzwinkernd.

Angesichts der Horden von Mannweibern, die dreimal wöchentlich ankommen, will sich die gewohnte Haltung bei Theofilos nicht einstellen. Es fällt schwer, sie abschätzig zu behandeln, wenn zumindest ein Drittel unter ihnen den einheimischen Männern körperlich überlegen ist und ein Paar Radauschwestern immer wieder anklingen lassen, dass sie diesen Vorteil gegebenenfalls ausnützen würden.

Außerdem befinden sich Griechinnen unter ihnen. Viele der Frauen, die gegen sechs Uhr abends am Strand Volleyball spielen und ihre hüninnenhaften Leiber in Muscle-Shirts und schillernden Lyrca-Hosen dem Ball entgegenrecken, die verfilzten Rastalocken mit einem Stirnband mühsam gebändigt oder die Haare zu Stummeln abgeschnitten und hennagefärbt, die einander anfeuern, im Sand verfolgen und, wenn nötig, auch verprügeln, sind aus Athen, einige sogar von der Insel, die kennt Theofilos, seit sie Kinder waren. Maria, die marktschreierisch die Tickets für ihre wöchentlichen Beach-Partys verkauft, ist die Tochter der Gemischtwarenhändlerin in der Luviakou-Gasse, und der Kontakt zwischen Mutter und Tochter ist längst nur auf den minimalen Austausch von alltagsnotwendigen Phrasen beschränkt, seit Maria ihre Abnormität offen zur Schau trägt, aufgereizt von den Fremden.

Theofilos kommt vom Klo und setzt sich wieder an den Tisch zu seinen Freunden im Kafeneion. Dessen rudimentäre Ausstattung – am Abend beißendes Neonlicht und der kontinuierliche Lärmteppich krächzender Männerstimmen – ist ihm gerade recht. Keine einzige Frau zu sehen, statt dessen Männer in Massen, vorwiegend in jenem Alter, in dem sie beginnen, alle gleich auszusehen. Übergewichtig, großporige Haut, graues Haar und ein schwerer, wankender Gang. Nebenan ist das *Mariana*, die lesbische Cocktailbar, in die sich nur hie und da ein Heteropärchen verirrt, das die Verhältnisse noch nicht kennt. Normalerweise besteht eine Art unsichtbarer Glaswand zwischen den beiden Lokalen, zwei Welten, die miteinander nichts zu tun haben. Die Männer sind mit ihrer eigenen Überlegenheit und den Wortbrocken, die sie einander auch über größere Entfernungen zuwerfen, vollauf beschäftigt.

Heute ist es anders. Im *Mariana* ist eine Runde Frauen versammelt, die Geburtstag feiert, eine Torte mit dreißig schimmernden Kerzen ist auch vom Kafeneion aus zu sehen, und laute Gesänge machen ihren Weg durch die Nacht. Theofilos wetzt unruhig auf seinem Sitz hin und her und schaut wiederholt auf die Uhr. Der Zeiger nähert sich der vollen Stunde. Gleich ist es ein Uhr nachts, die Zeit des von ihm selbst verhängten Musikverbots. Die anderen Alten nehmen keine Notiz von seinem Knurren. Drüben wird ein neues Lied angestimmt, Gelächter. Theofilos wartet, bis es eine Minute nach eins ist, erhebt sich und turnt keuchend ins *Mariana* hinüber. Lautes Geschrei ist zu hören, dann Grabesstille. Theofilos kommt zurück, im Gesicht Genugtuung.

„Jetzt habe ich es ihnen gezeigt. Noch einmal lachen und die kriegen eine Anzeige", faucht er. In diesem Moment zerreißt ein Schrei das Gemurmel im Saal und das Scheppern am Tresen. Er kommt von dem Platz neben dem Lokal. Die Stimmen verebben. Die Alten horchen auf und schauen in die Richtung, aus der der Schrei kam, als wäre es möglich, die Dunkelheit vor der Terrasse mit Blicken zu zerteilen.

Einige stehen auf und hasten hinaus, unter ihnen Theofilos. Neben dem Denkmal mitten am Platz liegt ein Mensch. Reglos. Theofilos kommt als Erster bei ihm an, beugt sich hinunter und schüttelt ihn an der Schulter. Als das keine Reaktion auslöst, kniet er sich hin und fasst nach dem Handgelenk des Mannes. Der Puls ist zu spüren. Der Mann ist bewusstlos, eine glänzende, schwärzliche Schicht auf seiner Stirn weist auf eine Verletzung hin.

„Den Arzt, schnell!", ruft Theofilos, seine Hände beben. Er wagt es nicht, den Liegenden umzudrehen oder das Blut abzuwischen, aus Angst, etwas falsch zu machen. Stattdessen hält er ihm sinnloserweise die Hand. Natürlich kennt er den Mann, ein Olivenbauer in seinem Alter aus Eressos.

Haut und Fleisch an der Stirn sind bis zum Knochen zerfetzt, von einem Schlag, dessen Wucht ungeheuerlich gewesen sein muss. Theofilos läuft es kalt den Rücken hinunter.

„Dasselbe ist heute schon einmal passiert. Am Flughafen", sagt eine Stimme neben ihm, die zu dem Dorflehrer gehört.

„Was heißt das?"

„Da ist einer in der Menge angegriffen worden und zu Boden gegangen. Blutige Stirn. Bewusstlos."

„Warum hat mir das niemand erzählt?"

„Bis jetzt war es ja nicht von Belang."

Theofilos erhebt sich ächzend, als der Bereitschaftsarzt aus der Klinik angelaufen kommt. „Wo ist eigentlich die Polizei?", fragt er matt.

„Was meinst du mit Polizei? Tomi schläft wahrscheinlich schon", sagt der Lehrer.

„Tomi mit dem Fahrrad? Sonst ist niemand da?"

„Der Einsatzwagen mit den zwei Jungen ist in Antissa. Wer rechnet denn schon damit?"

„Die sollen kommen und das hier aufnehmen. Ich will einen Bericht."

Der Arzt sagt, es bestehe Verdacht auf Gehirnerschütterung, die Ohnmacht sei eine Folge eines Schlages. Mehr könne er erst einmal nicht sagen. Der Verletzte wird auf eine Bahre gehievt und in die Klinik ums Eck getragen.

Erst nach einer halben Stunde ist wieder Ruhe auf dem Platz eingekehrt. Einige der Lesben vom *Mariana* haben sich unter die Schaulustigen gemischt. Nach dem ersten Schock rannte der Bürgermeister aufgebracht rufend und gestikulierend herum, als ob er damit das Ereignis ungeschehen machen könnte. Erst nachdem der Verletzte bereits weggebracht worden war, kam die Polizei, zwei drahtige Jungs in ihrem Einsatzwagen, die zuerst nur unsicher herumstanden, und Tomi, das Faktotum, mit zitternden Händen und wackeliger Lenkstange, der von Theofilos zusammengestaucht wird, weil er nicht rechtzeitig da war, um die Tat zu verhindern. Niemand will etwas gesehen haben. Theofilos bestimmt, dass der Einsatzwagen sich auch morgen in Strandnähe aufhalten solle.

Endlich verläuft sich die Menge, und Theofilos kehrt nach Hause zurück, in sein Hotel, das gutes Geld einbringt und in dem er das Kommando führt. An der Rezeption jedoch wartet ein Fax auf ihn, das ihm zu einer weiteren Quelle der Unruhe wird. Die Behörden in Mitilini teilen mit, dass Athen einen Ermittler geschickt habe. Wegen des Sprengsatzes, der letzte Woche in Skala Eressos am Strand explodiert ist. Ein Bombenattentat, auch wenn es sich um ein kleines handelt, sei zu einer Frage der nationalen Sicherheit avanciert, steht in dem Schreiben.

Mitilini Stadt. Gregorios Valiakos, Sohn von Theofilos, des Bürgermeisters von Skala Eressos, erhebt sich und die Bettfedern krachen. Er tastet nach dem schwarzen Baumwollslip am Fußboden und zieht ihn sich flink, fast möchte man meinen, professionell über die Schenkel und das Gemächt. Er schiebt die Hüften vor und blickt auf seinen Körper herunter. Das verleiht ihm ein Doppelkinn. Dann fasst er auf Schwanz und Hoden, um beides zurechtzurücken. Die Hose folgt flugs. Er räuspert sich, geht zum Waschbecken, spült sich den Mund. Der Wasserhahn röchelt, und das gelbweiße Wasser schießt in unregelmäßigen Schüben hervor. Er fährt sich mit angefeuchteten Fingern über Gesicht und Kopf, dreht sich um und murmelt einige anerkennende Worte in Richtung Bett. Dann verlässt er die Wohnung und geht seinen Pflichten nach.

Auf Grund des Sprengstoffattentates in Skala Eressos hat sein Vater bei der Polizei in Mitilini Verstärkung der örtlichen Sicherheitskräfte angefordert. In den frühen Morgenstunden starten zwei Jeeps und ein Lastwagen mit insgesamt sieben Männern in Richtung Nordwesten. Gregorios ist der Leiter dieses Sonderkommandos. Ein Mann wie ein Schrank, Militärdienst bei den Natotruppen absolviert, ein Jahr in der Eliteausbildung der griechischen Ranger. Sein Haar ist zu einer Glatze geschoren, seine Augen verschwinden hinter einer schmalen, pechschwarzen Sonnenbrille, deren Rahmen sich zum Ohr hin verjüngt. So sieht es aus, als ob ihm ein Haarreifen auf die Nase gerutscht wäre. Die wulstigen Lippen und hohen Backenknochen geben seinem Gesicht etwas Sinnliches, das ihm sichtlich unangenehm ist, denn er versucht, den Mund stets fest verschlossen zu halten und so wenig wie möglich von diesem wild wuchernden Lippenfleisch zu zeigen.

Seine Sätze sind knapp. In den meisten Fällen handelt es sich um Befehle, die er, wie jetzt, in heiserem Stakkato von sich gibt, als die Lastwagen mit allerlei Rüstzeug beladen werden. Die Stimme bewegt sich auf einem einzigen, bei hoher Lautstärke markerschütternden Niveau, ebenso wie sich die Wahrnehmung und die Gedankenstränge von Gregorios auf einer einzigen unwandelbaren Bahn befinden. Gregorios ist seinem Vater hörig, dennoch ist ihr Verhältnis vom Machtbewusstsein des Jüngeren, von dessen sexualisierter Kälte, geprägt. Vieles bleibt ungesagt. Zum Beispiel, sein Zorn darüber, nach Skala Eressos berufen worden zu sein, um den Vater vor den Folgen merkwürdiger Ereignisse wie einer Explosion am Strand zu schützen. Gregorios ist schlecht gelaunt und erteilt seine Befehle brüllend, was wenig Wirkung zeitigt. Seine Untergebenen sehen die Welt gemächlicher als er.

Schon um diese frühe Zeit am Morgen ist die Luft viel zu stickig und dampfend, um sich schnell zu bewegen. Die meisten stehen bei den Verladearbeiten faul herum und ziehen nur hie und da an einem Hebel. Außerdem sind sie verstimmt, weil sie wegen dieses Einsatzes in Skala Eressos auf zwei Abende in den Discos und Nachtclubs von Mitilini verzichten müssen. Sie machen Gregorios dafür verantwortlich, obwohl er nur der Einsatzleiter ist und die Entscheidung nicht von ihm ausging.

Beim Stapeln von Metallgittern für Polizeisperren in den Laderaum des LKWs hat jemand vergessen, die Seitenverplankung zu schließen, und mit Getöse donnert die Ladung auf den Asphalt. Als der Junge, ein Zwanzigjähriger mit dem Namen Hellos, zur Seite springt, tritt er auf eine Winkelstange, die sich unversehens hebt und knapp am Hinterkopf von Gregorios vorbeischießt. Dieser macht brüllend einen Satz auf Hellos zu, packt ihn am Arm, rüttelt ihn und gibt ihm einen Stoß gegen die Schulter, so dass der Junge nach vorne stolpert, auf den Stapel fällt und mit blutender Nase und zerschundenen Handflächen wieder aufsteht. Die anderen schauen schweigend zu und hoffen, dass die Hitze Gregorios' Wut zum Abklingen bringt.

Wenig später rollt diese Miniarmee auf Skala Eressos zu und kommt an, noch bevor das Strandleben sich wie gewohnt verschlafen aus dem Mantel der Nacht schält.

Draußen graut der Morgen. Grillen zirpen immer noch, und ein Kleinkind greint. Sandy ist früh munter, packt ein Badetuch und begibt sich an den leeren Strand. Bevor sie schwimmen geht, stellt sie sich mit ausgebreiteten Armen vor das Meer und beginnt ihre Gebete.

Gini liegt zusammengerollt unter einem Baum, auf dessen Stamm ein Schild mit „Campieren verboten" genagelt ist. Als das Motorengeräusch von Gregorios' Truppe näher kommt, murmelt sie etwas und verkriecht sich tiefer in ihren Schlafsack.

Livia hat das Fenster sperrangelweit geöffnet und schläft so tief, dass man sie wegtragen könnte.

Klara aber ist eben von einem Alptraum erwacht, zerrt mit bebenden Händen an der Balkontür und geht hinaus. Der Angstschweiß tropft zwischen ihren Brüsten zum Nabel hinunter. Vor ihrem Haus ein trockenes Flussbett, von Weiden und Tamarisken gesäumt, mit allerlei Gerümpel gefüllt. Zwei Wohnwagen am Ufer. Die Hitze ruht, bevor sie uns ihren stickigen Atem ins Gesicht haucht, denkt sie. Sie hasst sich dafür, dass sie von Unheil verheißenden Vorahnungen geplagt wird. Die Ereignisse am Flughafen, die Kontrollen, der Mann mit der blutigen Stirn, Ginis Ankunft in der düster flackernden Fackelallee – all das hat scheinbar einen größeren Eindruck hinterlassen, als sie dachte.

Wenige Stunden später hat die Sonne den Spuk der Nacht verscheucht. Auf der Straße zum Strand: Lesben. Am Balkon des gegenüberliegenden Hauses: Lesben. Hängen Handtücher auf, trinken Kaffee, spielen schon am Vormittag Karten. Auf der Strandterrasse des Hotels *Sappho*: Lesben.

Gierig verschlingt Klara sie mit den Augen. Auch Livia, die von einem inspirativen Spaziergang durch den Ort kommend bei Klara Halt macht, staunt. Ein solches lesbisches Überangebot ist ein ungewohnter Anblick. In stiller Selbstverständlichkeit trudelt ein Pärchen nach dem anderen auf der Strandterrasse ein. Die erlauchte, lärmgedämpfte Atmosphäre gehobeneren Lebensstils herrscht. Livia und Klara sitzen in hellblauen Holzsesseln, *deck chairs* würden manche dazu sagen, unter weißen, gewölbten Sonnensegeln. Zum Meer hin schwebt ein kreisrundes Mobile aus in Hanf verwobenen Muscheln, knapp über dem Horizont, und teilt das blaue Nichts. Daneben spielt der Wind in giftgrünen Yucca-Palmen.

Im Schutz vor der Sonne erschöpft sich die Bequemlichkeit auch schon, denn das Frühstück kommt eine Stunde nach Bestellung. Vom langen Warten und von der Hitze erdrückt, schleichen die beiden nachher wieder auf die Zimmer. Livia begleitet Klara zur Tür, will sofort wieder gehen, dann bleibt sie doch. Ihr entströmt müßiggängerischer Übermut.

Neugierig nimmt sie Klaras Habseligkeiten in die Hand. Da liegt eines der Bücher, die Klara geschrieben hat.

„Wieso nimmst du deine Bücher in die Ferien mit?"

„Hab ich mir so angewöhnt. Man weiß ja nie. Manchmal wollen die Frauen eines kaufen, wenn sie wissen, was ich beruflich mache. Es geht ja auch um Frauenliebe darin."

Livia fängt an, in dem Buch zu blättern.

„Darf ich mir das ausleihen?"

Klara nickt verlegen. Es ist zufällig eine Geschichte, die die erste Liebe zu einer Frau beschreibt. Eine von Schmerz noch unbehelligte Geschichte überwältigender Zuneigung, wie Klara sie später nie wieder zustande gebracht hat. Dann durchforstet Livia Klaras CDs, begeistert sich spontan für die mitgebrachte Musik, hockt sich mit angezogenen Beinen gegen die Balkontür und wartet, was Klara auflegt. Sie hören *Café del Mar* und andere „Summer Cooler".

„Seit wann bist du mit Frauen zusammen?", fragt Livia.

„Noch nicht so lange, seit meinem dreißigsten Lebensjahr, ich musste erst ins Ausland fahren, um zu wissen, dass ich das will. Und du?"

„Ich habe mich mit sechzehn zum ersten Mal verliebt. Eine Schulfreundin. Wir waren ein Jahr lang ununterbrochen zusammen."

„Was hat deine Mutter dazu gesagt?"

„Der war es lieber, ich schwänze wegen einer Frau die Schule, als dass ich Drogen nehme."

„Wirklich? Das ist ja ungewöhnlich."

„Die ist in Ordnung, meine Mutter. Die hat mich dabei nur unterstützt. Das Problem war die Mutter meiner Freundin. Wegen der war es auch eines Tages aus. Plötzlich hieß es, das, was wir tun, ist nicht okay."

„Was macht deine Mutter beruflich?"

„Sie ist Heilerin", sagt Livia, und als sie Klaras ratloses Gesicht sieht, „Energietherapeutin, wenn du so willst. Sie bringt die Energiefelder der Menschen wieder ins Gleichgewicht."

„Aha", sagt Klara nachdenklich. „Und das funktioniert?"

„Und ob!", ruft Livia entrüstet aus. „Du weißt gar nicht, wie viele Krankheiten sie damit heilen kann."

„Und dein Vater?"

Livias Gesicht verdüstert sich.

„Der ist Arzt. Chef einer Klinik. Meine Eltern haben sich scheiden lassen."

Klara macht ein bedauerndes Gesicht.

„Ach", ruft Livia aus, „der kann mir im Moment gestohlen bleiben mit seinem patriarchalen Geschwätz. Der denkt, er und seinesgleichen sind der Nabel der Welt."

„Du siehst ihn also gar nicht mehr?"

„Doch. Und er liebt mich, aber glaubst du, der würde sich bemühen, irgendetwas an mir zu verstehen? Manchmal wird mir Wien zu eng, weil ich überall seine Gegenwart spüre. Dann muss ich die Stadt für kurze Zeit verlassen."

Auf diesen Ausbruch weiß Klara nichts zu sagen. Beide schweigen. Dann erzählt sie Livia von ihrem Alptraum. Nicht gerade eine ideale Art, das Thema zu wechseln.

„Es war so, als ob ich verfolgt werden würde."

Livia lacht auf, und ihre plötzliche Heiterkeit steckt Klara an.

„Mit einem einzigen Verfolger werden wir schon fertig", sagt Livia. „Den kick ich nieder wie nichts."

„Vollmundige Worte. Klingen wirklich umstürzlerisch", lacht Klara.

Mit zwei Vergewaltigungen pro Saison ist Skala Eressos nicht frauenfeindlicher als jeder andere Ort der Welt. Wie aber kommt es überhaupt so weit? Das Interesse der Ortscasanovas hat sich wegen der lesbischen Invasion verlagert. Hat der junge Grieche vor einigen Jahren noch die willige Urlauberin in seinem Bett geohrfeigt, wenn er nicht abspritzen konnte, sie stattdessen Multiple hatte, so ist sein Ehrgeiz heute, Frauen zu vögeln, die sich nichts aus ihm machen. Da steht er ihm quasi von allein. Eine zu ihrem Glück gezwungene Lesbe zählt unter den Einheimischen mehr als die Scharen von Touristinnen, die freiwillig die Beine spreizen. Die bleiben ohnehin schon seit Jahren aus. Der Bürgermeister hat also Recht, wenn er die alten Zustände wieder herstellen und die Säfte in die richtigen Bahnen lenken will.

Ficken oder nicht ficken, diese beiden Optionen prägen auch die Geschäftskontakte zwischen Griechen und Lesben.

„*You take the car or I fuck you*", sagt der Autohändler von *Invar Car Rental* zu Gini Sedlak, die den Wagen beanstandet, weil die unverdauten Speisereste des Vormieters noch auf den Sitzen kleben. Und dies ist nicht das erste Versprechen dieser Art, das er ausspricht.

„*No, I fuck YOU!*", kontert die Sedlak, die einige Erfahrungen mit renitenten Männern gesammelt hat.

„*I fuck YOU!*", wiederholt er stur.

„*Fuck yourself!*", sagt sie.

Er erhebt sich wutschnaubend und kommt mit geballten Fäusten hinter seinem Schreibtisch hervor. Sie aber geht achselzuckend weg, und ihre Haltung zeigt, dass sie nicht im Mindesten annimmt, von hinten angegriffen zu werden. Gleich darauf hat sie das Erlebnis vergessen. Andere Frauen sind aber zarter besaitet, und so hängt von nun an ein Schild im Hotel *Sappho*, das ausdrücklich vor *Invar Car Rental* warnt.

Wie wird man Lesben wieder los? Diese Frage zieht sich seit Jahrzehnten durch alle Gemeinderatssitzungen in Skala Eressos, ohne viel Erfolg. Als die Lesben noch in selbst gebauten Schilfhütten am Strand wohnten, rückte der damalige Bürgermeister eines Nachts mit ein paar Jungs aus und fackelte die Stätten der Sünde einfach ab. Das hat ihm bis jetzt keiner nachgemacht, und dankbar haben ihm seine Anhänger ein Restaurant finanziert, das er immer noch führt. Heute wohnen die Frauen in Hotels, die neuerdings sogar Lesben gehören, der Fackelzug hat das Übel nur endemisch gemacht. Nicht, dass es in Skala Eressos leicht gewesen wäre, ein Frauenhotel zu bauen. Das *Sappho* hatte jahrelange Bauverfahren hinter sich. Andere Pensionen schlossen schon wieder, als das Hotel endlich seine Pforten öffnete und gleich darauf wegen eines unbestätigten Feueralarms unter Wasser gesetzt wurde. Auch wenn der Auslöser bloß aus der Küche kam, haben die Jungs von der Feuerwehr mit ihren Spritzen alle Zimmer inspiziert und vorsichtshalber eingenässt.

Jedes Jahr bringt auch neue, ungeahnte Schauplätze der Auseinandersetzung. Neulich das Musikverbot ab ein Uhr nachts. Betroffen sind die Bars *Fuego*, *Mariana*, *die Zehnte Muse* und das *Sappho*, alle an der Strandpromenade, alle vorwiegend von Frauen besucht. Nur die Hetero-Disco *Naos* an der Einfahrt von Skala Eressos hat eine Genehmigung dafür, dass sie bis vier Uhr früh den Ort bis zum Hügel hinauf beschallen darf.

Klara stellt sich Ibiza mit Musikverbot vor. Oder Maspalomas, Palma de Mallorca, Puerto del Carmen auf Lanzarote, Rimini oder Mykonos. Aber mit Frauen kann man es ja machen. Was bildet man sich in Skala Eressos ein? Der Ort liegt drei lästig lange Busstunden vom Flughafen entfernt, ist verschlissen und zusammengeduckt, bei Urlaubsplanungen sicher nie die erste Wahl. Das einzige unsichtbare Charisma des Ortes heißt „Frauenliebe". Die bringt Kohle ein. Die Familien, die angeblich abgeschreckt werden könnten, wissen bestimmt nicht einmal, dass es Lesben gibt.

Vom Ort weg dehnt sich der Strand über mehrere Kilometer bis zum nächsten Felsen, aber die Lesben, findet Klara, kuscheln sich bescheiden in der Mitte zusammen, als hätte ihnen eine Ordnungsmacht gerade zweihundert Meter zugewiesen, um die Hüllen fallen zu lassen. Nicht, dass sie gruppenübergreifende Kontakte im Sinn hätten. Nein, in einer, wie es ihr vorkommt, weltweit ähnlichen Humorlosigkeit signalisiert jede Einzelne, dass sie nicht angesprochen werden will, es sei denn, vom eigenen Clan. Ein solcher Klüngel bildet sich schon vor der Abreise im Ausgangsland oder im Flugzeug, spätestens aber im Zubringerbus. In den Bars treffen die Clans, nie aber Einzelpersonen, aufeinander und checken einander ab. Am Strand dienen der Abgrenzung in den Sand getriebene Sonnenschirmchen. Auf ein paar Dutzend Quadratmeter sind unzählige davon verteilt. Auch Livia und Klara haben einen erstanden und schleppen ihn den weiten Weg vom Haus zum Lesbenstrand.

„Mein Wiener Liebling", ruft Klara Gini Sedlak zu. Sand aufwirbelnd sprintet sie zu ihr, als sie sie mitten im Gewirr von Brüsten, Badetüchern, Schenkeln, Luftmatratzen – *lilos* genannt –, Taschenbüchern und Badetaschen ausmacht. Das Lachen steckt ihr in der Kehle, wartet nur darauf, zu explodieren. Sie legt die letzten Meter in einem auffälligen Endspurt hin, so dass die anderen Frauen die Köpfe heben. Sie busselt Gini ab.

„Wo auch immer du auftauchst, du fällst auf", grinst Gini.

„Muss ich ja", flüstert Klara ihr ins Ohr. „Ich will mir doch hier auf Lesbos eine Frau anlachen, Gini. Da soll sich jede gleich an mich erinnern können."

Trotz ihrer vierundvierzig Jahre hat Klara die jugendliche Lust auf Neues nicht abgelegt, das kindliche Verlangen, immer beachtet zu werden.

Livia legt sich wortlos unter den Schirm, packt ihren Walkman aus und ist gleich darauf für die anderen unerreichbar. Gini Sedlak und Klara aber stürzen sich ins Wasser und spielen. Sie erfinden Stereotypen und improvisieren sie. Wie lässt sich eine richtige Femme – die Ikone der Weiblichkeit in der Lesbenwelt – ins Wasser gleiten? Was tut die kerlige Butch, um auf den Steinen nicht auszurutschen, wo sie doch als Nackte keine Hosentaschen hat, in die sie die Hände vergraben kann? Wie viel Zierlichkeit bringt eine Femme auf, wenn sie über spitze Kiesel gehen muss? Unermüdlich stapfen die beiden Wienerinnen aus dem Wasser raus und rein, üben, testen und machen sich über die Zuschreibungen und Klischees lustig.

Gini hat in der kurzen Zeit des heutigen Vormittages bereits eine Frau kennen gelernt. Diese scheint in Livias Alter zu sein, groß, langes, wolliges Haar, eine runde Brille, die auf die Nase rutscht, Hippietyp, wenn dieser Ausdruck im 21. Jahrhundert noch angebracht ist. Schweigerin. Ein Gegenpol zu Gini, die auffällig, schrill, sexuell offensiv ist, auf ihren üppigen Körper als kraftstrotzendes Lustsubjekt verweist und nie ein Blatt vor den Mund nimmt.

„Das ist Mary", sagt Gini. „Leider fährt sie morgen schon ab."

Gini kann es nicht erwarten, denkt Klara. Hat sie in Wien eigentlich eine feste Beziehung? Sie ist bekannt für ihre Amouren und Affären; fast jede Frau in der Wiener Szene hat wenigstens einmal ihr Bett geteilt. „Ich habe sie alle gehabt", ist eine gängige Redewendung, die Gini selbstironisch im Mund führt.

Die wird nie sesshaft, beziehungsgestört, wie sie offensichtlich ist, denkt Klara. Hat wohl Angst vor Nähe. Gleich darauf packen sie Schuldgefühle, so über Gini zu urteilen. Sie sollte vor ihrer eigenen Tür kehren. Seit ihrer ersten Frauenliebe Christina hatte sie keine längere Beziehung mehr. Kühne Anläufe, schwärmerisch und schnell verliebt, endeten böse, entweder für sie oder für die andere. Männer größerer Anzahl dazwischen, denn Sex ist mit ihnen leichter, schneller zu haben, und das ergibt auch schon so etwas wie ein Naheverhältnis.

Ihre große Liebe, das ist sie selbst. Ihre Texte, die zweitgroße. Christina hat diese Konstellation für einige Jahre durcheinander gebracht. Doch jetzt hat Klara es am liebsten, am Abend heimzukommen und zu wissen, niemand wird sich um sie bemühen. Die Gartentür zu öffnen, die Abendstille nur für sich allein zu haben. Selbstsüchtig sein können, und keine ist da, die dir Vorhaltungen darüber macht.

„Gestern Nacht ist ein Mann überfallen worden", sagt Gini in Klaras Gedanken hinein.

„Wie bitte?"

„Ja, neben dem Kafeneion, haben die Engländerinnen erzählt. Die haben Geburtstag gefeiert und waren um ein Uhr nachts am Aufbrechen, weil der Bürgermeister sie vertrieben hat. Da haben die einen Schrei gehört, und alle sind zusammengelaufen."

„Echt? Aber die Frauen waren hoffentlich nicht daran beteiligt."

„Nein, natürlich nicht. Die waren ja viel zu weit weg. Der Mann war bewusstlos und hatte eine blutige Stirn."

Klara schaut sie entgeistert an.

„Wie am Flughafen", sagt sie. „Du weißt schon. Der, der neben mir hingefallen ist, der hatte auch eine blutige Stirn, sofern ich das erkennen konnte."

„Bitte sag das nicht zu laut, dass das neben dir passiert ist", meint Gini.

„Das ist doch egal."

„Ich weiß nicht. Ich wäre vorsichtig mit so viel Wissen."

„Ich kann mir nicht vorstellen, wie da auf dem Flughafen einer zuschlagen konnte, ohne bemerkt zu werden, in der Menge."

Sie schauen einander betreten in die Augen.

„Das ist mir unheimlich." Klara fröstelt, trotz der Hitze.

„Außerdem ist vor einer Woche eine Ladung Dynamit explodiert. Hier am Strand", setzt Gini fort.

„Du mit deinen Hiobsbotschaften. Was sollte denn weggesprengt werden? Der Felsen da?"

„Wir Lesben natürlich", mischt sich eine andere Wienerin ein. „Wäre ja nicht das erste Mal. 1989 haben die auch schon einmal gezündelt, und die Hütten, in denen die Frauen damals wohnten, sind alle abgebrannt."

Livia hat sich aufgesetzt und hört mit einem Ausdruck von stillem Zorn zu. Klara möchte ihr die Beschreibung von Gewalt ersparen und versucht vergeblich, das Thema zu wechseln. Sie ist froh, dass Livia bald darauf wieder die Kopfhörer nimmt und die Augen schließt. Sie wippt leicht vor sich hin, wobei ein seliger Gesichtsausdruck auf ihrem Gesicht entsteht und den Erzählungen etwas von ihrer Härte nimmt. Gini und Klara hingegen erörtern noch eine Weile die Sprengstoffexplosion und die beiden mysteriösen Vorfälle und debattieren darüber, ob der Mann am Flughafen auch überfallen worden oder nur unglücklich gestürzt war.

Die Explosion hat angeblich einen drei Meter breiten Krater im äußeren Strandbereich hinterlassen, was nicht zu Klaras Wohlbefinden beiträgt. Am liebsten wäre sie jetzt allein; heimisch fühlt sie sich hier nicht.

„Warum kleben wir alle so beisammen?", fragt sie, „Können wir uns nicht ein bisschen weiter weg legen, wo es einsamer ist?"

„Nein", sagt Gini. „Ich bin extra wegen der Lesben hierhergefahren, also will ich auch bei den Lesben liegen."

„Aber so eng? Du schaust ihnen ja direkt in den Uterus!"

Klara unterdrückt den Wunsch, Reißaus zu nehmen. So lungert sie halt, umlagert von anderen unter den Schirmchen, und wartet, bis die Hitze nachlässt. Der Strand ist hier besonders grobsteinig und das Ins-Wasser-Gehen ein Balanceakt.

Livia verschwindet bald lautlos in Richtung Ort, weil die Sonne für ihre weiße Haut um diese Tageszeit zu gefährlich ist.

Das Bürgermeisteramt liegt abseits der Strand- und Tavernenmeile auf einer Anhöhe. Ein Hügel, an dessen Fuß der Ort sich duckt und an dessen Hängen die Häuser der wohlhabenden Bürger von Skala Eressos gebaut sind. Von hier aus ist der Blick über die Bucht überwältigend.

Heisere Männerstimmen dröhnen durch die Gänge und Räume. Theofilos öffnet eine zweiflügelige Tür. Vor einem abgedunkelten Fenster sind ein paar Tische zusammengeschoben, mehrere Honoratioren in Hemdsärmeln, die Sakkos ausgezogen, warten schwitzend auf ihn. An der Wand lacht ihm sein eigenes Konterfei entgegen.

Er hat die letzte Nacht kaum geschlafen. Ein Anruf in Mitilini hatte ihm die Gewissheit gebracht, dass gestern am Flughafen tatsächlich ein Mann überfallen wurde, ein Gemüsehändler aus Mitilini, der in ähnlicher Weise zugerichtet wurde wie das hiesige Opfer. Beide hatten eine schwere Gehirnerschütterung, waren anfänglich ohnmächtig und konnten sich an nichts erinnern. Die Fleischwunde auf der Stirn ging bis zum Knochen. Dass bereits ein Ermittler eingetroffen ist, versetzt Theofilos in eine noch schlechtere Stimmung. Einen Schnüffler im Ort zu haben, was kann das bringen, und wohin soll das führen?

Er setzt sich. Vor ihm liegt ein schwarzvioletter Flyer. Darauf prangt eine Art Barbarella, den 90-60-90-Körper in Latex eingeschweißt, einen überlebensgroßen Lippenstift wie eine phallische Waffe schwingend. Die Werbung für eine lesbische Pauschalreise nach Skala Eressos. Beach- und Poolpartys mit Sextoys und *„Love Cocktails"* inbegriffen. Organisiert vom Reisebüro *Lesvos Travel*, hier im Ort ansässig, sowie einer gewissen *Sugar Bar* in London. *„Find the pussy of your life in our wet pussy pool party! For 299 £ a week."* Direktflug von London Heathrow.

Theofilos braucht einige Sekunden, um sich auf diese neue Herausforderung einzustellen. Was soll das denn nun bedeuten?

Der Lehrer, ein hagerer Mann im Alter von Theofilos, übersetzt den Text ins Griechische und ringt verlegen nach den richtigen Worten. Er habe diese Flyer gestern Abend am Strand herumliegen sehen. Gott sei Dank verstehe er Englisch. Man könne den heimischen Kindern doch so etwas nicht zumuten. Auch den anständigen Familien nicht, die hier Urlaub machen. Es müsse etwas geschehen. Schweigen folgt.

„Das ist Sextourismus", sagt Theofilos, der im Moment ganz andere Sorgen hat. „Das verbieten wir. Leicht zu argumentieren. Jetzt haben wir endlich einen Grund."

„Das kannst du nicht so einfach als Sextourismus abtun", mischt sich Alexis Sifounakis, der Vizebürgermeister und Besitzer des größten Restaurants des Ortes, ein. „Nur weil der Text etwas provokant ist."

„Diese hässlichen, abnormen Weiber!", sagt der Beauftragte für wirtschaftliche Entwicklung. „Wenn sie nicht so unästhetisch wären, mit ihren fetten Körpern, oder die anderen, diese ausgemergelten Knochenhaufen, bei denen du nicht weißt, sind sie Männer oder Frauen. Wenn man sie wenigstens ohne Ekel anschauen könnte, wären sie noch zu ertragen."

„Das ist wider die Natur", sagt der Geistliche. „Gott wird uns strafen, wenn wir das noch länger zulassen."

Theofilos verdreht die Augen, weil er weiß, was nun kommen wird. Der Geistliche ergeht sich wieder einmal in einer langen Predigt über die Zeiten vor zwanzig Jahren, als er mit dem diamantenbesetzten Kreuz in der Rechten und gefolgt von den Witwen des Ortes die Nacktbadenden direkt in die Arme der Polizisten trieb.

„Dem in Frage kommenden Hotel kann leicht die Lizenz entzogen werden, wegen Aufforderung zu öffentlicher Unzucht", sagt der Jurist.

„Das ist eine stinknormale Pauschalreise wie viele andere auch. Ihr könnt die nicht verbieten!", ruft Alexis aufgebracht dazwischen.

„Eine Eingabe beim Justizministerium in Athen wegen Verunglimpfung und Rufschädigung unseres Ortes", sagt jetzt Theofilos. „Ich möchte, dass die heute gemacht wird."

„Eine Eingabe? Wie soll die aussehen?", fragt Alexis.

„Entweder das Ministerium verbietet die Reise, oder wir klagen auf ein paar hundert Millionen. Die soll dann bitte der Justizminister selber überweisen, auf das Konto des Ortes."

„Die Frauen bringen aber Devisen", sagt Antonio, der Leiter des Tourismusbüros, ein zierlicher, jüngerer Mensch, der als Einziger eine Krawatte trägt. „Die Familienreiseangebote haben ja nicht so gezogen, wie wir hofften."

„Eben wegen der Lesben!", ruft Theofilos aus.

„Nein, weil wir zu weit weg vom Flughafen sind. Sogar die Athener bleiben uns aus. Die Kanaren und die Türkei sind billiger."

„Die Devisen holen wir von woanders her", sagt der Bürgermeister. „Wir bieten Erlebnisreisen an. Außerdem, was ist nun mit der neuen Werbekampagne?"

„Wir sind noch nicht ganz fertig", stammelt Antonio.

„Wenn wir lange warten, ist auch die nächste Saison vorbei."

„Das mit diesen Partys wird doch nie so heiß gegessen, wie es gekocht wird", meint die Schriftführerin.

„Was wissen Sie davon?"

„Nichts", sagt sie und wird rot. „Ich meine, das spräche sich herum, wenn es solche Orgien gäbe."

„Genau so etwas spricht sich bereits herum."

„Diese Schlampen grapschen einander in der Öffentlichkeit ungeniert an."

„Man kann das Reisebüro nicht zwingen, die Reise abzublasen. Das ist gegen das Gesetz", sagt Antonio. „Außerdem verlieren wir unseren guten Namen."

„Welchen guten Namen? Der Name der Insel allein schon ist peinlich. Man sollte sie umbenennen."

„Wenn du die Aktion mit dem Justizministerium durchziehst, gibt es Saures", sagt Alexis. „Du bringst uns ja noch um die letzten Einnahmequellen, mit so einem Quatsch."

Aber Theofilos hört nicht auf ihn. „Ab heute sind Beach-Partys verboten", befindet er. „Und das ist erst der Anfang."

„*Do we know each other from somewhere?*", ertönt es. Vor Klara liegen fünf Frauen, nass, auf dem Bauch im Sand, im Gegenlicht, fast schwarz im prallen Scheinwerfer der Sonne, schauen sie neugierig an und warten, wie sie auf diese plumpste aller Anmachen reagiert. Die Fragerin grinst frech. Sie ist mollig, eine blonde Haarsträhne baumelt vor dem hübschen, runden Gesicht. Klara lacht über diese Unverfrorenheit.

„Nein", sagt sie. „Sicher nicht."

Und das Eis ist gebrochen. Die Stunde bis zum Sonnenuntergang vergeht im Nu. Nach diesem Gespräch ist Klara erstmalig guter Dinge. Es gibt also doch noch Möglichkeiten der Kontaktaufnahme, jenseits von Clans, Londoner Cliquen und Pärchenwirtschaft. Hat sie den Frauen doch Unrecht getan mit ihrer schnöseligen Wiener Voreingenommenheit. Von den Fünfen hat sie sich nur das Aussehen der Fragerin gemerkt. Liz mit Namen und Architektin, trumpft mit ihrem Wissen um die österreichische Architekturszene auf und wirft ihr Namen wie Coop Himmelblau und Hollein zu. Klara verabredet sich mit ihnen für heute Abend im *Fuego*, der Frauendisco.

Als alle anderen Frauen weg sind, kommt Livia wieder, und beide bleiben am Strand, bis die ersten Sterne zu leuchten beginnen.

„Ich habe geschrieben und an Patricia gedacht", sagt Livia mit ihrer klaren Stimme, und wie jeder Satz, den sie ausspricht, klingt auch dieser wie eine ultimative Erklärung über die Weltgesetze. Patricia ist die Frau, die Livia kurz vor ihrer Abreise in Wien kennen gelernt hat und in die sie verliebt ist.

„Patricias Bild ist so stark in mir, dass es mir schwer fällt, mich auf diese Ferien einzulassen", sagt sie. „Ich schreibe Gedichte über sie, die ich ihr vielleicht nie zu lesen geben werde."

Livia wirkt heute mehr denn je in sich gekehrt. Klara spürt eine schwermütige Grundstimmung, die Livia minutenlang undurchdringlich macht. Obwohl sie sie noch kaum kennt, spürt sie mehr Gemeinsamkeiten als mit dem Rest der Urlauberinnen. Für beide ist Schreiben eine Art Überlebenstraining, eine Mauer gegen die Außenwelt, und kommt in seiner Dringlichkeit gleich nach Essen, Trinken, Schlafen.

Im Gegensatz zu den anderen, die auch hier im Urlaub einem geregelten Tagesablauf nachgehen – um sechs vom Strand aufbrechen, um einen Drink zu nehmen, sich zu duschen, damit sie um halb acht „geschneuzt und gekampelt", wie man in Wien sagen würde, in den Lokalen sitzen –, lassen Livia und Klara sich von den Notwendigkeiten innerer Stimmungen treiben. Sie gehen spät essen, die Haut noch salzig und sandig vom Meer. Livia hat immer ihre schwere Lederumhängetasche mit, in der die Essenz ihres Lebens verstaut sein muss, denn sie trägt sie ständig bei sich und zieht hin und wieder ein mysteriöses Ding heraus, ein weißgraues Tuch, das um den Kopf, den Hals oder die Hüften gewickelt wird, ein ledergebundenes Notizbuch, in welches in steiler, großer Schrift ein nie enden wollender Fluß von Eintragungen gemacht wird, einen Pulli oder eine Weste, die schnell bei der Hand sind, falls es kalt wird – *une p'tite laine,* wie Klara dazu sagt.

Auf dem Weg zu den Tavernen treffen sie Maria, Organisatorin von Frauenfesten. Sie streunt mit einem Notizblock durch die

Lokale und wirbt für das *Love Boat*, ein Schiff, das die Frauen morgen Abend aufs Meer hinausbringen wird, damit sie tanzen können und sich amüsieren.

„Unsere Beach-Partys sind ab heute verboten", ruft sie kämpferisch, „aber wir lassen uns das nicht gefallen, dann feiern wir eben auf dem Schiff!"

Klara und Livia schauen sie ratlos an.

„Ein neuer Erlass aus dem Bürgermeisteramt. Keine weiß, wieso."

☼ ☼ ☼

Klara wird von Liz und den anderen freudig an ihrem Tisch im *Fuego*, einer Bar, die in der Nacht zur Disco mutiert, begrüßt. Liz ist mit Samantha zusammen, einer Sportlehrerin, die fantastisch aussieht. Kurzgeschorene, blondgefärbte Haare in dichten Locken, weiche Gesichtszüge, aber harte Augen. Sie wirkt sehr jung, hat eine raue, dunkle, sexy Stimme, ihr Körper ist weich gerundet, hat aber kein Gramm Fett zu viel, straffe Brüste in passenden Proportionen, nougatfarbene Haut und ein cleverer Gesichtsausdruck. Schade, dass sie an Liz vergeben ist, denkt Klara. Beide sind fein zum Anfassen, Umarmen. Knuddelig weich. Aber keine von ihnen kommt für ein längeres Gespräch in Frage. Klara wüsste nicht, was sie mit ihnen reden soll, sie sind Zustimmerinnen. Auch die Dritte der nachmittäglichen Fünfergruppe mag sie nicht. Zu alt, schlaff in ihrem Gehabe, zu mild, obwohl sofort an Klara interessiert. Einzelgängerin, hinter der Brille werden zugeschwollene Augen sichtbar. Die Vierte ist heute Abend gar nicht gekommen. Nur die Fünfte. Die törnt Klara an. Nach ein paar Minuten weiß sie es, kein Zweifel ist möglich. Und leider ist Klara nicht wählerisch nach so vielen frauenlosen Monaten. Die Fünfte heißt Maggie und macht Klara geil, weil sie ein harter, nicht gerade bildschöner Riegel von Frau ist, und ihr mitten in ihrem ersten Gespräch der Satz herausrutscht: *„And then, I wanted to fuck her brains out"*. Maggie weiß nicht, was sie bei Klara damit anrichtet.

Klara kann sich später nicht einmal daran erinnern, wann Maggie diesen Satz gesagt hatte und wer damit gemeint war, ihre Ex-

Liebe oder eine Gestalt aus einem Film. Aber dieser Spruch, ganz zu schweigen von dem Akt, den sich Klara von nun an mit dieser Maggie wünschte, trieb ihr das letzte bisschen Verstand aus dem Hirn. Dabei war die Engländerin nichts für sie. Zu roh. Ein Junge aus einem Ruderclub. Wenn die Lippen geschlossen waren, gingen sie wie ein dünner Strich nach innen, das machte sie zahnlos. Ein bescheuerter Ausdruck lag beständig über ihrem Gesicht. Sie rauchte und hatte stereotype Bewegungen, etwa wie sie die Zigarette in ihren langen Fingern hielt. Goldketten in Figaropanzermuster an den Handgelenken.

Ihr eingespieltes, nicht eigenständiges, aber in einer Gruppe von Gleichgesinnten nie hinterfragtes Verhalten hypnotisierte Klara. Es erinnerte sie an einen Surfer und DJ aus Liverpool, der sie in ihrer Jugend beeindruckt hatte. Wenn er mit den „boys", seinen Freunden, zusammen war, fuhr er immer dieselben Gesten, wurde immer die selben Satzschablonen los, die beileibe nicht originell waren, aber im Team anstandslos aufgenommen wurden.

Vielleicht war es die Art, wie Maggie ihr flaches Becken vorwärts schob, ein zu kurzer Oberkörper auf zu langen, aber tadellos geformten Beinen in knapp sitzenden Bermudas. Täglich ein frisch gebügeltes, kurzärmeliges Hemd. Klara sieht sie vor sich, wie sie in London die Koffer packt und ohne hinzusehen einen ganzen Schwung solcher Hemden nimmt und einräumt. Damit hat sich ihr Gefühl für Mode auch schon erledigt. Kein bisschen Selbstzweifel, was auch immer für Gewäsch aus ihrem Mund kommt.

Ein Fehler, diese Frau zu begehren, vor allem weil Klaras spontane Gier und die damit verbundenen Erwartungen nur Ärger und Enttäuschung bringen würden. Heute Abend jedoch geht sie noch befriedigt nach Haus, in dem Bewusstsein, den Ferienflirt gefunden zu haben. Sie bildet sich ein, Maggie mit ein paar Witzchen auch noch genügend aufgestachelt zu haben, so dass sie ihr bald zu Füßen liegen würde.

KAPITEL 3

Die Wände des Reisebüros *Lesvos Travel* sind mit dunkelgelber Ölfarbe gestrichen. Ein mit Papierkram übersäter Tisch zieht sich an der Längswand durch den unwirtlichen, schlauchförmigen Raum und endet in einem L an der der Tür gegenüberliegenden Seite. Dort sitzt Ioana, eingekeilt zwischen Computer, Faxgeräten, mehreren Telefonen und Bergen von Vouchers. Sie und June sind die Besitzerinnen des Ladens. Ioana, klein und dünn, ist ständig gehetzt, abwesend, ihr Blick ist nicht zu fassen.

So ist sie auch jetzt eigentlich im Aufbruch, als sich ein Frauenpaar aus York über das Hotel *Daphne* beschwert.

„Wir können unmöglich auch nur einen einzigen Tag länger dort bleiben. Wir haben die ganze Nacht kein Auge zugetan. Ununterbrochen knallen die Türen. Die Klimaanlage des Nachbarzimmers ist genauso laut wie unsere eigene. Der Fernseher in der Eingangshalle läuft bis in den frühen Morgen."

Ioana nickt, blickt durch die beiden hindurch und gibt sie an June weiter. Diese schaut aus wie eine grüne Witwe aus den Londoner Suburbs, wie sie da so ungepflegt in Plastiksandalen umherschlurft. Ein weiter, gemusterter Haushaltskittel hängt an ihrem Körper und fältelt sich ungewollt an ihrem breiten Gesäß. Das fettige Haar wurde vermutlich vor dem Schlafengehen zum letzten Mal hochgesteckt. In ihrem bleichen Gesicht prangen ansehnliche Aknepusteln.

Klara beobachtet die Szene. Sie ist aus Neugier hierhergekommen. Sie wollte die Angebote der Apartments mit denen aus Wiener Reisebüros vergleichen, der Tag ist noch früh, von Livia war bis jetzt nichts zu sehen. Das Pärchen hat von York aus per Internet ausdrücklich ein ruhiges Zimmer bestellt und für die Reservierung die Visacard-Nummer angeben müssen. June ist eine gute Zuhörerin für die Nöte der beiden. Nur helfen kann sie leider nicht.

„Ich habe kein anderes Zimmer. Wir haben ja Hauptsaison."

„Wir haben uns heute Morgen umgeschaut und selbst etwas gefunden", sagt die eine Bittstellerin.

„Wo gibt es Mitte August noch freie Betten?" June tut erstaunt.

„Bei einer Frau, die Magdala heißt, hinter der Pension *Krinelou*."

June verzieht keine Miene.

„Das Storno muss ich trotzdem verrechnen. Fünfzig Prozent der restlichen, nicht in Anspruch genommenen Tage."

Die beiden Frauen schnappen entrüstet nach Luft.

„Wir haben ausdrücklich darauf hingewiesen, dass wir sehr lärmempfindlich sind."

„Dann dürft ihr im August nicht nach Griechenland fahren", meint June jetzt eisig. Dann sagt sie mit mitleidheischender Stimme: „Das *Daphne* gehört dem Bürgermeister, und mit dem ist nicht zu spaßen. Der zieht uns ohnehin die gesamte Summe von unserem Konto ab, weil *Lesvos Travel* eine Vereinbarung über freie Betten mit ihm hat."

Die Frauen lauschen bestürzt.

„Der hat das Hotel neu gebaut und liebt es wie sein eigenes Kind. Wenn ich dem sage, die Zimmer sind zu laut, kriegt er einen Wutanfall."

Als June sieht, dass ihre Zuhörerinnen immer ratloser werden, kommt sie in Fahrt.

„Der verlangt doch für seine Zimmer je nach Laune andere Preise. Für unsere Gäste ist er teurer als für seine Bekannten."

Jetzt sind die beiden Frauen richtig zerknirscht. Natürlich wollen sie nicht, dass ein von Lesben für Lesben geführtes Reisebüro draufzahlt.

„Ich kann ja versuchen, das Geld für euch zurückzubekommen, aber viel Hoffnung hab ich nicht", sagt June.

„Ach nein, lass es", antworten die Frauen und verlassen bedrückt das Reisebüro.

Ein Telefon schrillt wieder, und Ioana gibt den Hörer mit den Worten „die Journalistin aus London" an June weiter. Klara wird unfreiwillige Zeugin eines erhitzten Gespräches.

„Ja, Sie haben richtig gehört", sagt June, und ihre Stimme wird mit jedem Wort lauter und aufgeregter. „Wir müssen eine Pauschalreise stornieren, die in drei Tagen beginnen soll. Der Bürgermeister droht mit einer Millionenklage. Genau. Eine Million Pfund! Ich habe heute einen Anruf bekommen. Eine ausgebuchte Vergnügungswoche. Er sagt, es wäre Sextourismus. Rufschädigung der Insel. Einer unserer Flyer ist schuld. Angeblich verletzt der Text die moralischen Gefühle der Einwohner. Zu viele obszöne Formulierungen. Ja, natürlich haben wir bereits etwas unternommen, unseren Anwalt haben wir schon eingeschaltet. Die Mitveranstalterin in London ist informiert. *Sugar Bar*. Die haben eine Krisensitzung anberaumt. Sie müssen das in Ihrer Zeitung bringen. Das ist ein typischer Fall von Lesben-*bashing*. Wenn die Reise nicht stattfindet, sind wir ruiniert."

June ist den Tränen nahe. Klara verlässt das Reisebüro. Die Nachricht hat sich wie ein Lauffeuer im Ort herumgesprochen, denn eine Traube Frauen steht vor dem Laden, als sie herauskommt.

Klara ist unbeeindruckt. Sie hat schon so viele Schikanen von Männern und Behörden erlebt, dass dieser Rummel sie kalt lässt. Die Gewohnheit fördert eine fatalistische Haltung generellen Bedauerns, die sie lähmt. Jeder Tag ihres Lebens trägt zu einer weiteren Enttäuschung bei, so dass fast keine Energie zum Aufbegehren bleibt.

June kommt ebenfalls vor die Tür und wird von den Frauen mit Fragen gelöchert.

„Die Formulierungen sind meine Schuld", sagt sie geschockt und schnieft in ihren geblümten Kittel. Eine weitere Haarsträhne hat sich aus der Umklammerung einer Spange am Hinterkopf gelöst und verhängt ihr die Sicht. „Ich wollte einmal in meinem Leben witzig sein. *Wet pussy pool party*. Und gerade dem Lehrer des Ortes ist der Flyer in die Hände gefallen."

„Der kann uns mal, der Lehrer. Wie soll denn eine Möse in einem Schwimmbad auch trocken bleiben?"

„*You have to make her waterproof!*", tönt es aus der Menge.

„Haben die Griechen denn geglaubt, wir trocknen da unten aus, nur weil wir keine Männer ranlassen?"

„Urlaub machen, ja. Sex, nein", sagt eine schleppende Stimme im Wiener Tonfall neben Klara. Gini Sedlak taucht zu einer für sie ungewohnt frühen Stunde auf.

„Genau", pflichtet ihr Klara bei, „das hätten die Behörden gern."

„Als ob die Weiber so sexgeil wären. Die wagen es nicht einmal, am hellichten Tag am Strand zu ficken. Gestern sind Mary und ich blöd angesprochen worden. Von zwei deutschen Mädels. Es würde sie stören, dass wir es neben ihnen treiben."

„Es kommt darauf an, wie ihr es angestellt habt", grinst Klara.

„Na, fremd wird es ihnen schon nicht gewesen sein."

„Aber in diesem Fall sind es die Griechen, die empört sind. Prophylaktisch."

„Und was soll schon passieren? Wenn eine am Pool ihr T-Shirt hochhebt, ist das das Höchste der Gefühle."

„Du meinst, da tut sich gar nichts, bei diesen Partys?", fragt Klara enttäuscht.

„Die Deutschen und Engländerinnen sind doch die Prüdesten von allen. Wenn du und ich hier dasselbe machen würden wie auf der CSD-Parade in Wien, wenn wir's einander vor allen so richtig besorgen oder das auch nur andeuten, würden wir hier mit faulen Eiern beworfen werden, und zwar nicht von den Griechen."

„Aber Diskriminierung ist es trotzdem. Das hätten die Behörden sich bei den Schwulen in Mykonos nie erlaubt."

„Die hätten die Schwulen eher vermöbelt."

„Trotzdem", wirft Klara ein, „ich kann mir nicht helfen. Das hier hat was damit zu tun, dass wir Frauen sind. Frauen werden immer stärker mit den Gesetzen des Anstandes konfrontiert."

In diesem Augenblick hören sie einen lang gezogenen Schmerzensschrei. Er scheint aus der Gasse gleich hinter dem Reisebüro zu kommen. Klara fasst unwillkürlich nach Ginis Arm. Als der Schrei verebbt ist, herrschen Stille und Unbeweglichkeit wie nie. Keine wagt es zu mucksen. Gini und Klara laufen endlich los, dann, ein paar Sekunden später andere Frauen. Als sie um die Ecke biegen, sehen sie einen Mann im Schatten eines Hauses wie niedergemäht auf dem Rücken liegen, eine Blutlache um den Kopf.

Klara ist die Erste neben ihm und würde am liebsten gleich wieder zurückweichen, denn sie sieht das Blut aus der Nähe, das sofortige Übelkeit in ihr auslöst, und weiß nicht, warum sie so vorgeprescht ist. Sie dreht sich zu Gini Sedlak um, die wohl geistesgegenwärtig in die Apotheke gelaufen ist, um erste Hilfe zu organisieren. Nur Klara steht unentschlossen vor dem Opfer und starrt ungläubig auf das Gesicht mit den geschlossenen Augen, dem halboffenen Mund und der verwüsteten, blutigen Stirn. Genau in der Mitte ein blutendes Loch mit ausgefransten Rändern. Vor Entsetzen wagt sie nicht, sich hinunterzubeugen. Das gestreifte, ungebügelte Hemd hängt aus der Hose. Der junge Körper ist massig; es hat sicher einige Kraft gebraucht, ihn in dieser Form niederzustrecken.

Die Menge wird dichter, die Neugierigen schauen wie Klara, schweigend und untätig. Ihr ist schwindlig vor Ekel, aber sie kniet sich doch nieder und fasst nach dem Handgelenk des Liegenden.

„Nicht anfassen!", sagt plötzlich eine Stimme neben ihr. Ohne den Arm loszulassen, schaut sie hoch. Neben ihr steht ein bleichgesichtiger Mann mit einer Brille, deren dicke Gläser die Augen fast nicht erkennen lassen. Er fasst nach ihrer Schulter und bedeutet ihr, aufzustehen.

„Polizei", sagt er, nicht unfreundlich. „Machen Sie bitte Platz."

„Ich wollte nur den Puls ..."

„Der Arzt kommt gleich", meint er und deutet auf zwei Weißkittel, die jetzt in der Menge sichtbar werden. Klara steht mühsam auf und kann sich gerade noch an eine Wand lehnen, wo sie langsam zu Boden gleitet. Ihr Kopf wird federleicht, der Magen scheint zu schweben, dafür fühlen sich die Schultern störrisch schwer an und hindern sie, abzuheben. Dann spürt sie nichts mehr.

Als sie aufwacht, liegt sie im Schoß von Gini, die dabei ist, ihr kaltes Wasser über Kopf, Handgelenke und Knie zu schütten, ihre Wangen zu klopfen und beruhigende Worte zu murmeln. Zwei andere Frauen bringen Nachschub an Wasserflaschen.

„Na endlich", ruft Sedlak energisch aus. „Guten Morgen." Klara sieht ihr erleichtertes Lächeln über sich. Sie braucht eine Weile, um sich zurechtzufinden. „Du bist wie ein Sandsack zusammengesunken. Bei dir bräuchte man sich gar nicht die Mühe machen, zuzuschlagen, ein bisschen Blut am Boden genügt und schon liegst du flach. Nicht gleich aufstehen. Langsam, langsam. Lass dir Zeit."

Der Verletzte wird gerade weggebracht. Ein paar Lesben stehen aus einigen Metern Entfernung zusammen, beobachten die Szene und tuscheln.

„Da ist ein Typ mit einem weißen Umhang gesehen worden", sagt eine von ihnen halblaut. „Der ist angeblich über die Dächer davon."

„Und der soll es gewesen sein?"

„Weiß ich nicht."

„Ein weißer Umhang? Wozu das denn?"

„Und wer erzählt das?"

„Die Griechin dort. Die kam aus einer der Gassen, in die er verschwunden ist."

Der Mann mit der Brille ist auch immer noch da, seine Bewegungen wirken wie in Zeitlupe auf Klara, er scheint sich kaum vom Fleck zu rühren. Er betrachtet die Stelle, an der der Überfallene gelegen hat und die mit Kreide gekennzeichnet ist, von allen Seiten. Er schwitzt und wischt sich ständig über das Gesicht. Dann dreht er sich zu ihr und fragt auf Englisch, ob es ihr besser gehe. Sie nickt. Er hockt sich zu ihr.

„Sie waren die Erste hier. Haben Sie etwas gesehen?"

Sie schüttelt den Kopf.

„Keine Bewegung in der Gasse? Schritte gehört?"

Sie verneint.

„Mein Name ist Yakis Kokounos", sagt er. „Ich bin staatlicher Ermittler. Auf der Polizei oder im Gemeindeamt können Sie mich jederzeit erreichen."

Er wischt sich wieder über die Stirn.

„Halten Sie sich lieber in Zukunft fern, wenn so etwas passiert", sagt er.

„Ich wollte irgendetwas tun."

„Das kann Sie auch gefährden."

„Wer macht denn so etwas?"

„Das werden wir herausfinden."

Dann schlurft er langsam davon.

Sandy springt behände vom Fenstersims zurück in das Zimmer, dreht sich um und betrachtet zufrieden ihr Werk. Dann geht sie ins Bad, um sich gründlich zu waschen. Nach dem Duschen wickelt sie den knabenhaften Körper in ein Handtuch und legt sich aufs Bett. Löckchen breiten sich wie eine Aureole um ihre

Stirn und machen das energische Gesicht mit dem kantigen Kiefer etwas weicher. Sie hat den Eindruck, bis jetzt alles gut im Griff zu haben. Das spartanische Zimmer hat sie individuell gestaltet. Ein kleiner Altar mit einer Göttin, Steinen, Muscheln und Engelskarten auf dem Nachttisch, gelbblaue Tücher zieren Bett und Wände. Noch ist sie vorwiegend allein. Sie hätte mit den Frauen, die sie im Taxi kennen gelernt hatte, auch gestern Abend wieder essen gehen können, war aber der großen Runde ausgewichen. In neuen Lebenssituationen muss sie zuerst ihre Grenzen festigen, bevor sie sich auf andere Menschen einlässt.

Sandy fällt in einen Sekundenschlaf. Schnell ziehen Bilder der letzten Monate an ihr vorüber. Das Ende ihrer Liebesbeziehung zu Beginn des Jahres. Die Entscheidung, nach Lesbos zu fliegen als Versuch, sich wieder als Frau wahrzunehmen, mit Begierden und Lebenshunger, mit einem eigenen Willen. Es gab ja nur Beziehungsleben im Trio oder gar nichts. Und eines Tages entschied sich Sandy für dieses „gar nichts", weil sie die Ausflüge, Familienfeiern, Wochenenden, Ferien, Streite und Psychodramen zu dritt nicht mehr aushielt, auch nicht das Warten auf die wenigen Stunden pro Woche, die die Liebhaberin mit ihr allein verbrachte und die immer seltener geworden waren. Sex hatte sich in den letzten beiden Jahren nicht mehr ergeben.

Sie wird von einem Klopfen an ihrer Tür geweckt. Als sie schlaftrunken öffnet, steht sie der Hotelbesitzerin gegenüber. Diese ist mehr als nur nervös. Sie atmet schwer und fragt, ob Sandy das Phantom gesehen hätte.

„Phantom?"

„Eine weiße Gestalt, die gerade einen Mann überfallen hat. Sie ist vor ein paar Minuten an einem der Fenstersimse gesehen worden. Das könnte deines gewesen sein. Eine der Frauen bildet sich ein, gesehen zu haben, wie ein vermummter Mensch in diesem Zimmer verschwunden ist."

„Bei mir im Zimmer? Aber ..." Sandy stottert. Die Zimmerwirtin schaut sich suchend um, als würde sie tatsächlich damit rechnen, in diesem kleinen Raum einen Geist zu sehen, mitten am Nachmittag. Ihr Blick bleibt am Fenster hängen.

„Das gehört aber nicht zu der Einrichtung", sagt sie, und in ihrem Ton schwingt Missfallen. Sandy wendet den Kopf.

„Ach, das habe ich vorhin angebracht. Es ist so hell hier, und die Jalousien lassen sich nicht hinunterziehen."

Die Hotelbesitzerin schaut Sandy von oben bis unten an, findet keine Worte mehr, dreht sich auf dem Absatz um und geht.

Sandy dreht sich zum Fenster und lächelt. Sie streicht liebevoll über den improvisierten Vorhang. Ein weißes Tuch, an manchen Stellen fleckig, an anderen leicht eingerissen, das sie seit Jahren auf all ihren Reisen begleitet hat.

Nach dem kurzen Schlaf ist sie voller Tatendrang. Sie braucht sich täglich nur einige wenige Augenblicke vollkommen in sich selbst zu versenken, schon kommen Kraft und Widerspruchsgeist zurück. Sie schnappt einen Kleiderbügel, geht zum Spiegel und begibt sich in Ausgangsposition. Dann hebt sie den Bügel über den Kopf, macht ein paar Ausfallschritte nach vorne. Das geschieht so schnell, dass sie selbst glaubt zu fliegen. *Flêche*. Senkt den Bügel zum Glas – *touché!* – und betrachtet zufrieden ihr Spiegelbild.

„Das Phantom", ruft sie aus. „Haben Sie vielleicht das Phantom gesehen?", äfft sie die Zimmerwirtin nach. „Als ob nicht jede von uns in gewisser Weise ein Phantom wäre."

Livia durchtaucht die Hitze und die mörderischen Sonnenstrahlen mit Schlafen und Schreiben. Tagsüber sitzt sie in dämmrigen Lokalen und macht wider Willen abstruse Bekanntschaften, beeindruckt Leute, die sie zuerst nicht einmal wahrnimmt. Ein Backgammon spielendes Frauenpärchen sitzt ebenfalls den ganzen Tag in einer Bar und spricht sie an, lädt sie zum Abendessen ein.

„Die langweilen sich miteinander, und ich soll sie kurz davon ablenken, das ist alles", erzählt sie Klara. „Ich habe abgelehnt. Stell dir vor, ich habe den Mut, nein zu sagen und die Erwartungen der anderen nicht zu erfüllen. Das ist mir bis jetzt immer schwer gefallen."

Sie lächelt glücklich. Sie will sich auf keine *dates* einlassen, ist immer *en route*. Der einzige Fixpunkt in diesem nomadisierenden Leben scheint Klara zu sein.

Sie holt sie ab, es ist später Nachmittag, und hört sich zuerst verdutzt, dann entsetzt deren Erzählungen an, angefangen von dem skandalumwitterten Flyer für eine lesbische Pauschalreise, den ausgerechnet der Lehrer des Ortes gefunden hatte, bis zu dem neuen Überfall und Klaras Ohnmacht. Sie gehen währenddessen in Richtung *Primitiv Bar* – eine Taverne, außerhalb des Ortes, in der staubigen Weite hinter den Dünen gelegen.

„Das muss ja furchtbar für dich gewesen sein, dieses viele Blut, und dass du nichts dagegen tun konntest", sagt sie.

„Ich habe überhaupt noch nie ein Opfer von Gewalt aus nächster Nähe gesehen", antwortet Klara.

„Du solltest dich in aller Ruhe hinsetzen und dich auf etwas ganz, ganz Schönes konzentrieren. Eine Blume in der Morgensonne mit Tautropfen auf den Blättern oder einen Stern im samtschwarzen Himmel."

„Ist recht, Livia", sagt Klara gerührt. „Ich werde es mir zu Herzen nehmen."

Je weiter sie sich vom Meer entfernen, umso heißer wird es. Sie kommen an mageren Hühnern und Hunden vorbei, passieren einige schmutzige Zelte unter den Tamarisken. Die *Primitiv Bar* selbst ist aber eine Oase. In satten Tönen lackierte Stühle, lichtdurchsetztes Schilfdach, Sonnenblumen, *Magic Indian Songs* und *Acid Jazz*.

„Ich kenne Sie", sagt Klara zum Besitzer der Bar, als er lautlos heranschlendert und ihre Bestellung aufnimmt. Er ist ein ruhiger, etwas lethargischer Typ, mit langen, zu einem Pferdeschwanz zusammengebundenen Haaren und einem milden, hübschen Gesicht mit seelenvollen Augen. Er schaut sie verblüfft an.

„Ja, ich war vor vierzehn Jahren schon einmal hier. Da gab es Sie auch schon."

„Ich kann's nicht fassen. Vor vierzehn Jahren, das war mein erster Sommer, da hab ich das Lokal eben übernommen. Und da waren Sie hier?"

„Ja, mit Freundinnen. Und ich kann mich genau an Sie erinnern. Sie haben sich kein bisschen verändert."

Er lacht ungläubig und geschmeichelt auf.

„Sogar der Pferdeschwanz war der gleiche."

Jetzt lachen beide. Eine wehmütige Stimmung verbreitet sich.

„Und? Wie läuft das Lokal so?"

„Die Behörden wollen mich ruinieren. Mit dem Musikverbot ab ein Uhr nachts bin ich bald erledigt. Ich hab außerdem seit vierzehn Jahren keinen Urlaub gemacht."

„Aber hier stört die Musik doch überhaupt nicht, so weit vom Ort entfernt."

„Sagen Sie das dem Bürgermeister. Er will einfach die alternativen Lokale loswerden, damit die großen Reisegesellschaften das Geld machen. Skala Eressos soll ein Vorzeigeort für Familientourismus werden."

„Die *Primitiv Bar* war damals immer die ganze Nacht geöffnet. Coole Partys. Wirklich. Ich hatte hier den ersten Metaxa-Rausch meines Lebens. Bin vor fünf nie nach Haus gekommen."

„Wenn das mit dem Musikverbot bleibt, dann mache ich zu. Ich hab immer noch Kredite abzuzahlen. Außerdem hab ich nächste Woche eine Verhandlung. Die haben mich mit Dope in der Tasche erwischt. Wenn ich eine Strafe aufgebrummt kriege, bin ich die Lizenz los. Es ist absurd. Hier raucht jeder, und auf einmal sind sie scharf auf mich."

Klara sinkt teilnahmslos in ihren Stuhl zurück. Wieder ein Stück Wohlbefinden, das bald der Vergangenheit angehören wird. Die *Primitiv Bar*, noch früher *Yellow Bar* genannt, war immer Treffpunkt der Freaks gewesen. Lesben und griechische Jungs, vorwiegend aus Athen, die zu ausgeflippt waren, als dass sie in den anderen Lokalen gern gesehen wären, und die im Hinterland heruntergekommene Häuser gemietet hatten, die die Sommermonate auf der Insel verbrachten und sich mit Gelegenheitsjobs über Wasser hielten. Klara denkt an jenen Abend ihres dreißigsten Geburtstags zurück, den sie ausgerechnet in dieser Bar verbrachte. Sie war allein nach Lesbos gereist, weil eine Frau hier Urlaub machte, auf die sie stand. Es war noch vor ihrem Coming-out gewesen, oder vielleicht mitten drin. Sie wusste nicht, wie sie Frauen umwerben sollte, schon gar nicht, mit welcher es aussichtslos war, mit welcher nicht. Als ob sie es jetzt wüsste, vierzehn Jahre später.

„Ich schreibe mir täglich die Sehnsucht nach Patricia von der Seele", sagt Livia in ihre Erinnerungen hinein. „Darf ich dir etwas davon vorlesen?"

Klara nickt, und Livia beginnt. Klara ist zuerst etwas abwesend, wird aber schnell in den Bann der Worte gezogen. Klara ist beeindruckt von Livias Sprachgefühl, von der Klarheit ihres Verstandes, davon, wie alt ihre Seele, ihr Bewusstsein schon sind. Livia hat nichts mit den meisten Zwanzigjährigen gemeinsam. Aus ihren Texten spricht eine Weisheit, die unmöglich in einem einzigen Leben erworben werden kann. Weder die Formulierungen noch die Gedankengänge hätte Klara selbst in Livias Alter gefunden. Inmitten von Gleichaltrigen muss sie sich völlig verlassen fühlen, denkt sie.

„Hast du außer Briefen und Tagebuchaufzeichnungen auch schon etwas anderes geschrieben?", fragt sie Livia.

„Ja, einen Roman. Das heißt, das Buch handelt gewisserweise nur von mir selbst. Erinnerungen an meine Pubertät, als ich merkte, dass ich irgendwie anders war als die anderen. Das Schreiben war wie eine Befreiung."

„ Klingt toll", sagt Klara überwältigt.

„Ich kann nur das schreiben, was ich erlebe", meint Livia. „Etwas erfinden interessiert mich überhaupt nicht. Schreiben ist, Erlebtes schreiben, innere Zustände assoziativ miteinander verbinden. Anlass können die Wangen der Geliebten sein, wenn ich in der Früh aufwache und sie neben mir liegt, ich ihre Wimpern aus der Nähe sehe und Erinnerungen über mich hereinbrechen. Mit Kristin, meiner dänischen Freundin zum Beispiel, die ich vor drei Jahren kennen gelernt habe und mit der ich ein Jahr lang in London zusammenlebte, war das Aufwachen am Morgen das größte Glücksgefühl. Ich sah sie an und wusste, hier bei ihr zu sein, war das einzig Richtige in meinem Leben."

„Wieso habt ihr euch dann getrennt?"

„Wir haben uns gar nicht getrennt. Sie ..."

Livia verstummt, als würde es ihr zu großen Schmerz bereiten, weiterzureden. Sie nimmt den Anhänger ihrer silbernen Halskette in den Mund und kaut daran. Klara fragt nicht weiter.

„Sie hat sich nicht für mich entscheiden können. Sie will auch gleichzeitig mit Männern zusammen sein. Das habe ich nicht ertragen. Da hab ich London den Rücken gekehrt."

„Wann war das?"

„Vor eineinhalb Jahren. Ich war etwas über zweiundzwanzig."

„Ein ziemlicher Schmerz für dieses Alter."
„Für jedes Alter."

❂ ❂ ❂

Die Anhänger der Zimmerschlüssel sind aus bauchigem, lackiertem Holz, wie kleine Birnen geformt, tragen nicht nur Nummern, sondern haben auch die Buchstaben des griechischen Alphabets eingraviert. Sie sind auf dem Pult der Hotelrezeption in Zweierreihen und nach Buchstaben angeordnet. Theofilos sitzt dahinter und befingert sie, rückt sie noch exakter aneinander, verändert ihre Linie, jetzt formen sie ein V.

Buchstaben sind Theofilos' Leidenschaft. Sie lassen ihn an eine vorgegebene Ordnung der Dinge glauben, mehr noch als Zahlen, denn Buchstaben haben ein ihnen eigenes symbolisches Leben, stehen für Weisheit, haben klingende Namen. Epsilon, sagt er leise vor sich hin. Alpha. Seit er in Eressos an der Macht ist, sind alle Lokale verpflichtet, außer dem Namen auch den ersten Buchstaben desselben auf der Fassade anzubringen. Das führt zu einer leichteren Erfassbarkeit, erklärte Theofilos im Gemeinderat. Niemand glaubte daran, aber alle wissen über seine Leidenschaft für Buchstaben Bescheid, und so wird es toleriert. Seine Buchstaben-Manie führte zu dem ersten Streit zwischen dem Hotel *Sappho* und *Lesvos Travels.* Das Hotel *Sappho* wollte als Zeichen über dem Eingang ebenfalls ein Lamda haben, weil dieser Buchstabe näher an der Lebensform der darin Beherbergten sei als das Sigma, schließlich war nicht jede der Lesben auch Dichterin. Die Eigentümerin wollte ihr Hotel in *Lesbia* umbenennen, aber da hatte *Lesvos Travel* das große L bereits neben der Eingangstür angebracht, und es war zu spät. Seitdem grüßen die Besitzerinnen der beiden Unternehmen einander nicht mehr.

Theofilos verfolgt damit auch das Ziel, die Anzahl der Lokale, Hotels und Geschäfte gering zu halten. So wie er sich weigert, einen Geldautomaten aufzustellen, um den Banken, diesen Schröpfern der Menschheit, nichts von dem einträglichen Wechselgeschäft zu überlassen, dessen hohe Kommission er natürlich selbst einsteckt, weigert er sich, mehr als vierundzwanzig größere Unternehmen in Skala Eressos zuzulassen. Kleine, namen- und buchstabenlose darf es geben, dunkle Löcher, in denen Obst oder anderes Essbares angeboten wird, aber die großen werden im Zaum gehalten.

Buchstaben sollen auch der Aufhänger der neuen Werbekampagne für Skala Eressos sein, „Eressos von Alpha bis Omega", davon träumt er und hat den Tourismusvertreter einen dementsprechenden Auftrag gegeben.

Theofilos lässt die Finger über die Schlüsselanhänger gleiten. Das glatte Holz der vierundzwanzig Schlüssel beruhigt ihn, und es widerstrebt ihm, sie den Gästen auszuhändigen. Jeder hat den Schlüssel unverzüglich abzuliefern, sobald er das Zimmer verlässt, damit keine Unordnung im Haus entsteht. Und Theofilos hortet und arrangiert sie den ganzen Tag lang. Er hat ein dümmlich verschmitztes Lächeln aufgesetzt, wie ein Schuljunge, der mit den Murmeln spielt, die er seinen Gegnern abgeluchst hat.

Wenn Theofilos auswärts oder im Gemeindeamt zu tun hat, übergibt er die Rezeption der Nachbarin und schärft ihr täglich ein, auf die Schlüssel aufzupassen. Kaum kommt er zurück, zählt er sie ab, und wenn einer nicht da sein sollte, geht er vor die entsprechende Tür und lauscht, ob die Leute tatsächlich auf ihrem Zimmer sind.

Ein Frauenpaar kommt herein. Theofilos hat längst beobachtet, wie sie die Koffer aus dem Taxi und dann die Treppen hinaufhieven, steht aber nicht auf, um ihnen zu helfen, sondern hält den Schlüssel fest umklammert, den er ihnen gleich aushändigen muss.

Er lächelt sie an, und sie sind dankbar, dass nach der langen Fahrt wenigstens einer nett ist. Der Taxifahrer war es nicht, hat sie mit dem Fahrpreis um dreißig Euro betrogen. Theofilos hat das hässlichste Zimmer für sie freigemacht; es geht auf einen betonierten Innenhof, in dem auch die letzte Blume vor kurzem verdorrt ist, das Fenster unter einer grellen Straßenlaterne ist so dicht am Nebenhaus, dass man jeden Muskel auf den Oberarmen des Rastamanns sehen kann, der dort auf dem Bett sitzt und sich seine Turnschuhe schnürt.

Theofilos steht nach der Schlüsselübergabe einige Sekunden lang in der geöffneten Tür und betrachtet die Ungeschicklichkeiten der Neuangekommenen meist mit Zufriedenheit. Er ist voller Besitzerstolz, das Hotel *Daphne* hat er selbst mitgebaut, er ist für die schuhschachtelgroßen Zimmer und die armbreiten Bäder verantwortlich und schnappt sofort nach dem überflüssigen Laken am zweiten Bett, wenn eine den Raum allein bezieht, damit der Wäscheverbrauch nicht ins Uferlose steigt.

Den ganzen Tag schleicht er in den Gängen herum, aggressive Freundlichkeit im Gesicht, so dass jeder Gast sich bald für die eigene Anwesenheit mehr oder weniger entschuldigt. Frühstück ist nicht im Preis inbegriffen. Außer für die Freunde von Theofilos, diesmal zwei Ehepaare, Griechen, die in den USA leben und hier zu Besuch sind, Frauen mit kräftig koloriertem Make-up schon am Morgen, Männer in karierten Hosen mit Bügelfalte und weißen Socken in den Sandalen. Ihre Stimmen durchdringen alle Pappwände, um auch im letzten Zimmer noch nachzuhallen.

Manchmal ist Theofilos nackt, wenn er durch sein Hotel geht. Zu frühen Morgenstunden erhebt er sich von seinem Sofa in der Küche, und man könnte glauben, er hätte einfach vergessen, seine Kleider anzulegen. In Wahrheit ist es ihm egal, ob die Gäste ihn sehen. Er empfindet Genugtuung, den vom Alter mitgenommenen Körper nackt durch das eigene Hotel zu schieben und mit der Möglichkeit zu rechnen, dass jemand um die Ecke biegt. Mit dieser Nacktheit will er seine Macht demonstrieren. Mit durchgedrücktem Kreuz, den Bauch wie ein kostbares Frachtstück vor sich hertragend, spaziert er in die Eingangshalle, zur Rezeption, zählt die Schlüssel, als wären es Fläschchen mit teuren Essenzen, bleibt kurz vor dem Eingang stehen, schaut in den grau herandämmernden Morgen und wartet, bis seine Erektion abklingt. Die Katze begleitet ihn murrend.

Sein Sohn Gregorios, gestern Morgen aus Mitilini angekommen, steht vor ihm, und in Theofilos' Bewusstsein kriecht etwas wie Angst, als er sich dessen Berichte anhört. Der am Flughafen Verletzte hatte tatsächlich die gleiche Wunde wie die in Skala Eressos Überfallenen. Einen tiefen Einschnitt auf der Stirn.

„Gebrandmarkt", sagt Gregorios.

„Die Wunden schauen wie ein Sigma aus", murmelt Theofilos.

„Du mit deinem Buchstabentick."

„Nein, es stimmt. Es ist ein Sigma. Ich schwör's dir. Du hättest dir den Verletzten in Mitilini genauer anschauen sollen, ob der dasselbe Zeichen auf der Stirn hat. Aber bei denen hier ist es ein Sigma. Alles stimmt daran. Die aufsteigende Linie und der kleine Haken oben", sagt Theofilos aufgebracht.

„Wie sollte einer so etwas bewerkstelligen? Da müsste der mit einem glühenden Stempel auf die losgehen."

„Die Haut ist aber nicht verbrannt. Das Sigma muss durch die Waffe, mit der der Schlag ausgeführt wurde, verursacht worden sein."

„Den zeigst du mir, der so einen Schlag ausführen kann. Ich glaube, die sind am Boden festgehalten worden, und es waren zwei Täter. Mindestens. Der eine hielt, der andere schlug."

„Da ist aber eine einzige und zwar weiß gekleidete Gestalt gesehen worden. Beide Opfer haben das bestätigt."

„Das glaube ich denen nicht", sagt Theofilos' Sohn verächtlich. „Der am Flughafen hat kein Wort davon erzählt. Das sind Halluzinationen."

„Die können nicht unabhängig voneinander dasselbe halluzinieren."

„Vielleicht hat sich dieses Märchen schon herumgesprochen, und sie reden es einfach nach. Du weißt doch, wie abergläubisch die Leute hier sind. Aber was rede ich da, du bist es ja selber."

Sie schweigen einen Augenblick lang.

„Was ist mit dem Ermittler?", fragt Gregorios.

„War offiziell noch nicht bei mir. Stochert in den Protokollen herum, das macht mich ganz nervös."

„Was untersucht der? Die Überfälle?"

„Den Sprengsatz vorläufig, aber wenn das so weitergeht, wird er da wohl auch ermitteln müssen."

„Hast du schon Gemeinsamkeiten zwischen den Opfern gefunden?"

„Erinnere mich nicht daran. Ja, hab ich."

„Und zwar?", lacht Gregorios. „Dass ihre Namen alle mit einem ‚S' aufhören?"

„Du glaubst wohl, du kannst dich über mich lustig machen", brüllt Theofilos. Dann leise: „Es ist viel schlimmer."

„Haben die Gemeinsamkeiten gar mit dir zu tun?"

Theofilos flucht.

„Darf ich annehmen, dass deine ganz speziellen Nebengeschäfte da im Spiel sind?"

„Halt's Maul!", zischt Theofilos.

„Mit dir habe ich zeit meines Lebens nur Ärger", sagt sein Sohn darauf. „Wenn das wahr ist, bist du bis jetzt der einzige Verdächtige. Wart's nur ab, bis der Ermittler dich verhören will."

„Warum soll ich denen Buchstaben ins Hirn graben, nur weil sie noch nicht so spuren, wie ich es haben will?"

„Du und deine alten Knacker. Da blicke ich nicht mehr durch."

„Du musst mir helfen", sagt Theofilos kleinlaut. „Gegen den Ermittler, und dass da nicht noch mehr von uns tätowiert werden."

„Ich denk nicht dran, mich in eure Fehden einzumischen. Ich hab da noch einen Monat abzudienen, dann werde ich befördert und bin mit der Insel fertig. Das wirst du mir nicht gefährden."

Das Gespräch geht noch eine Weile so unbefriedigend und gehässig weiter. Theofilos fragt sich, ob es wirklich eine gute Idee war, den eigenen Sohn offiziell anzufordern als Einsatzleiter einer Truppe zur Überwachung von Skala Eressos. Er hatte ja den Polizeichef von Mitilini persönlich angerufen, Gregorios' Vorgesetzten und einen langjährigen Freund von Theofilos. Wie und wovor genau der Sohn ihn schützen könnte, weiß er nicht einmal. Nach diesem unerfreulichen Gespräch begibt er sich ins Gemeindeamt. Die Nachricht, dass eine weiße, verhüllte Gestalt sowohl von einer Passantin als auch von den Opfern selbst kurz vor dem Angriff gesehen wurde, verbreitet sich in Skala Eressos übrigens schneller als Feuer in der Steppe.

Kaum hat Klara sich unter ihrem Schirmchen niedergelassen, kommen einige Frauen, unter ihnen auch Samantha und Liz, und fragen sie voller Anteilnahme nach ihrem Befinden. Ihr Ohnmachtsanfall hat sich herumgesprochen, und sie ist dankbar für diese Zuwendung. Die Überfälle sind Gesprächsthema Nummer eins. Doch auch Klaras Liebestrieb wird wieder genährt. Sie gesteht Gini leise, dass sie seit gestern Nacht eine Auserwählte habe. Dann beobachten beide, wie diese auf einer Luftmatratze mit ruckartigen Bewegungen hin und her rudert, und Klara kann sich eine gewisse Belustigung über diesen Anblick nicht verkneifen. Elegant ist sie nicht, diese Maggie, wie sie auf der Matratze zappelt und dabei grölt. Trotzdem merkt Klara, wie Ruhe und Genügsamkeit langsam aus ihr weichen. Ein rastloser Zustand wächst, in dem alles Denken um die Fragen kreist, ob Maggie auf sie steht oder nicht. Wie leg ich den Bolzen Maggie aufs Kreuz?, überlegt sie. Sie winken einander zu, und Klara achtet darauf, dass sie nicht die Erste ist, die die Hand zum Gruß erhebt.

Am Abend steigt die *Love Boat Party*. Der Prüfstein. Livia und Klara sind um eine Stunde zu früh am Hafen, von den Lesben ist niemand zu sehen, nur die Dorfbevölkerung, die an der stockdunklen Mole sitzt. Ein auf das in Frage kommende Schiff gerichteter Scheinwerfer blendet die Ankommenden. Er geht von einem Polizeiwagen aus, in dem zwei Uniformierte sitzen.

Erst nach und nach kommt Leben in die Uferpromenade. In Gruppen trudeln die Frauen ein und begeben sich auf das Schiff. Klara ist nun noch nervöser; sie findet auf einmal, dass sie zu warm angezogen ist. Die Nacht ist tropisch heiß, und ausgerechnet heute trägt sie eine wadenlange Hüfthose und ein zwar schulterfreies, aber hochgeschlossenes Top statt eines kessen Kleidchens. Livia muss sie beruhigen.

„Das ist schon okay, kein Mensch trägt Kleider zu einem solchen Event, die Hose ist cool, mit dem schwarzen Top siehst du sehr schick aus."

Gini Sedlak kommt ebenfalls des Weges, an ihrem Arm eine neue Bekanntschaft, die andere ist schon abgereist. Diese hier ist eine vollbusige, kleine Frau aus Bristol.

„Maggie hat schon nach dir gefragt", ruft Gini, „wo denn die verrückte Wienerin sei. Sie mag dich."

Was hat Klara von der *Love Boat Party* erwartet? Bunte Lichtgirlanden, ein reges Kommen und Gehen zu grooviger Musik, Frauen an der Reling, Frauen an diversen, intim ausgeleuchteten Bars im Zwischendeck. Aufgeregtes Gesumme und Gesirre, gedämpftes Gelächter, tanzende Körper in dichter Menge. Stattdessen sitzen sie alle eng gedrängt in zwei Reihen auf dem Oberdeck, in völliger Dunkelheit, im Schatten eines grellen, weißen Scheinwerfers, der unmotiviert in Richtung Hafen zielt, vielleicht als Antwort auf den Spot der Polizisten vorhin. Keine wie immer auch geartete Partystimmung kommt auf, sondern Ungeduld, weil sie schon längst ablegen sollten und das Schiff zwecks Mehreinnahmen noch immer auf Nachzüglerinnen wartet. Es gibt auch keine Musik, denn der Stromgenerator ist zu schwach, um den Schiffsmotor und die Stereoanlage gleichzeitig zu betreiben. Oder ist Musik im Hafen vielleicht auch schon verboten worden? Wie schon hunderte Male zuvor in den vierzehn Jahren lesbischen Lebens, die Klara hinter sich hat, ist sie enttäuscht, wie anspruchslos und desillusionierend Frauenfeste ablaufen, ob auf Schiffen, in Frauenzentren, Bars oder Discos. Weltweit strahlen sie Genügsamkeit und Verzicht aus. Und stummes Einverstandensein damit.

Klaras einziges Ansinnen, auch um der gähnenden Enttäuschung zu entgehen, ist Maggie, und die macht auch gleich mit ihrem derben Charme auf sich aufmerksam. Klara kann nicht belanglos sein und sich zurückhalten oder abwarten. Sie muss lachen, Witze reißen, die Entfernung zwischen ihr und der anderen schnell verringern. Sie ist von einer Art Lust-Macht-Gier getrieben. Zielgerichtet, wie eine Cruise Missile. Kurze Zeit später sitzt sie neben Maggie, tastet sie von Zeit zu Zeit ab, wie ein kleines Käferchen, das sich anschickt, Maggie an den Leib zu kriechen. Ihre Anzüglichkeiten machen Maggie sprachlos; die lacht immer wieder ungläubig auf, so als wüsste sie nicht mehr, wo oben und unten ist. Klara freut sich über diesen Effekt. Bald wird sie mein sein, denkt sie und verschlingt sie mit ihren Blicken. Maggies Gesichtsausdruck aber sagt: „Womit hab ich diese Verrückte verdient?" Und nicht: „Ja, komm mir näher, Baby!" Klaras Lust auf Aufriss macht sie schalkhaft. Sie kann keinen Augenblick lang ernst sein. Rückblickend war sie eher der Clown als die unwiderstehliche Femme Fatale, die ihr vorschwebte.

Das Schiff fährt endlich los, und der Fahrtwind bläst den Frauen öligen Gestank ins Gesicht. Keine Musik, nur Dröhnen und Schlingern. Klaras Anmache gerät ins Stocken. Ihr ist es peinlich, so auszusehen, als würde sie einzig und allein mit Maggie eine Unterhaltung suchen, und bald springt sie auf und geht mal hierhin, mal dorthin. Als sie leicht schaukelnd auf hoher See angekommen sind und die Musik endlich losdonnert, ist sie mit Gini eine der Ersten, die auf dem Oberdeck zu tanzen anfangen.

„Und? Wie ist das Campieren am Strand so?", fragt sie Gini.

„Mühsam. Die Bullen streunen herum und reißen dich um vier Uhr früh aus dem Schlaf. ‚Ausweis bitte!' Dann wirst du verwarnt, denn das Campieren ist eigentlich verboten. Ich glaube, ich ziehe bald in ein Hotel."

Gini, die die Frauen hier langweilig und durchschnittlich findet, wartet nur so darauf, sich mit Klara zu produzieren. Die beiden vollführen Fruchtbarkeitstänze mit dem Stiegengeländer. Klara will Maggie, diese schwerfällige Londonerin, so gern beeindrucken, und gleichzeitig spürt sie, dass in der Begegnung mit ihr etwas faul ist. Sie und Maggie passen nicht zusammen, Maggie ist von Klaras Lebendigkeit befremdet, und in Klara entsteht ein Gefühl der Leere, der Unvollkommenheit.

„Los", sagt Gini, „geh endlich ran, draußen ist ein so toller Sternenhimmel."

„Sie weicht mir immer aus."

„Die ist schüchtern, du musst ihr zeigen, dass du auf sie stehst."

Klara fordert Maggie also zum Tanz auf und spürt, wie unwohl dieser dabei zumute ist. Als hätte sie sie damit beleidigt, weicht Maggie zurück und beginnt Spielchen mit ihren Freundinnen: Bemerkungen machen, die außer ihnen niemand versteht, in die Ecke lachen gehen, einander anschubsen, wegboxen, herholen, umarmen, deftig losbrüllen, alles, um Klara zu zeigen: Ich brauche dich nicht zu meinem Glück.

Also geschieht nichts. Der Mond geht hinter den Bergen auf, dort, wo Klara das Ufer vermutet, er ist orangefarben, und sie schaut ihn treuherzig an. Die schöne Samantha steht neben ihr und sagt: „Oh, schau mal, der Mond bewegt sich ja am Himmel. Ich wusste das gar nicht. In London steht er ständig an derselben Stelle."

Klara schaut sie entgeistert vor so viel Unwissenheit an, was Samantha wegen der Dunkelheit an Deck nicht bemerkt. Dann fährt das Schiff langsam zurück – wieder ohne Musik. Der Zauber ist vorbei.

Klara ist traurig, nicht auf ihre Kosten gekommen zu sein, der schöne Sternenhimmel, die Sommernacht, warm, sogar weit draußen auf dem Meer, das Geheimnisvolle einer solchen Fahrt, die erzwungene Enge mit fremden Frauen, diese „Lesberei", wie

Livia sagen würde, all das vergeudet, weil Maggie sie nicht will. Klara weiß nicht, warum sie diesem Ereignis eine solche Bedeutung beimisst. Was ist schon dabei, wenn sie sich den Mondschein ohne eine ihr fremde Geliebte an ihrer Seite ansieht, nicht viel anders als die meisten hier? Warum glaubt sie gleich, sie hätte ein für alle Mal etwas versäumt, das Leben wäre an ihr vorbeigegangen, wenn ein solches Wunschbild von Frau nicht gleich auf sie abfährt? Livia kommt zu ihr und sagt: „Ich weiß, was zwischen dir und Maggie steht."

„Was?", fragt Klara.

„Sie erträgt die Anziehung nicht, die sie auf dich ausübt. Halt dich also zurück."

Die eine sagt: „Presch nach vorne!" Die andere: „Halt dich zurück!" Klara weiß nicht, welchen Rat sie befolgen soll. Es ist ihr dritter Tag auf Lesbos, und schon ist sie mit existentiellen Fragen beschäftigt wie „Warum liebt sie mich nicht?", „Wer liebt mich überhaupt?", „Hab ich das Flirten verlernt?", „Mögen mich Frauen vielleicht nicht?" und „Bin ich ihnen zu hetero, zu aufgedonnert, zu extravagant?"

Nur weil ein derber Brocken namens Maggie nichts von ihr wissen will. Von nun an gibt es in ihrem Lesbos-Leben keine richtungslose Unbedarftheit mehr. Jede Bewegung ist ausgeklügelt, jeder Blick ein beobachtender, es gibt keine Zwischentöne mehr, nur mehr „Maggie ja – Maggie nein."

Yakis überprüft Polizeiprotokolle aus dem Jahr 1989, aus denen hervorgeht, dass der damalige Bürgermeister an den Brandlegungen am Strand beteiligt war. Das wusste Yakis bereits. Hier steht es aber schwarz auf weiß. Ferner liest er über Verhaftungen von Frauen, die einander am Strand geküsst haben und damit öffentliches Ärgernis hervorgerufen haben sollen. Auf Intervention des Konsulats und auf Kaution, bezahlt von einigen Touristinnen, wurden sie vier Tage später freigelassen.

Anzeigen und Festnahmen wegen Verletzung der Sittlichkeitsgefühle der Bevölkerung gab es durch die Jahre immer wieder. Sei es, dass Frauen sich vor den Lokalen nackt auszogen und schwimmen gingen, sei es, dass sie „öffentliche Unzucht" getrieben hatten, was nicht genau definiert wurde, sei es, dass sie die Einheimischen durch „obszönes Betragen" gereizt hatten. Hat der Sprengsatz mit diesem Ärgernis, das diese Frauen angeblich darstellen, zu tun, oder steckt etwas ganz anderes dahinter? Warum soll die Explosion überhaupt gegen die Touristinnen gerichtet sein und gegen deren Lebensstil? Theoretisch könnte es auch ein Aufbegehren gegen andere, unliebsame Auswüchse des Tourismus sein. Gegen das *Menelaos Village* zum Beispiel. Yakis lacht bitter. Die Bombe, wenn man sie schon als solche bezeichnen wollte, explodierte genau an der Grenze zwischen dem Nudistinnenbereich und dem Stück des Strandes, der von den Gästen des großen Hotelkomplexes frequentiert wurde. Vielleicht ist alles einfacher, als angenommen. Ein Bauer fühlt sich von dem Lärm gestört, den die infantile Discomusik des *Menelaos* ungestraft und ungehindert ab neun Uhr abends in den Äther schickt. Schade, dass der Bombenleger kein Bekennerschreiben mit seinem Anliegen beigelegt hat.

Viel unangenehmer sind jedoch die Überfälle, die just zu dem Zeitpunkt begannen, als Yakis auf Lesbos ankam, als ob ihn jemand foppen wollte. Denn natürlich kann er nicht den Unbeteiligten spielen. Die örtliche Polizei ist hilflos, und er ist staatlicher Ermittler. Ohne es auszusprechen, erwartet man von ihm, dass er sich damit befasst. Die Explosion des Sprengsatzes liegt eine Woche zurück, die Überfälle jedoch gehen weiter, und überall redet man von einem Phantom, das angeblich dafür verantwortlich ist. Yakis sieht keine Verbindung zwischen dem Gemüsehändler aus Mitilini und den beiden anderen, Elias und Costas Velitzelos. Bauern aus Eressos. Obwohl, die beiden Letzteren sind Vater und Sohn. Das könnte etwas hergeben. Zufall kann das nicht sein. Er sollte mit den zweien anfangen und durchleuchten, was die so getrieben haben, bevor sie überfallen wurden.

Er fühlt sich elend. Die Hitze macht ihm zu schaffen, die undurchdringliche Dorfwelt, an deren Bewohner und Bewohnerinnen er nicht herankommt, die Angst, die in Tomis Gesicht geschrieben steht, jedes Mal, wenn Yakis ihn befragt. Und die Tatsache, dass er wegen einer Sache anreiste und in einer anderen ermitteln soll, als wäre das selbstverständlich. Er nimmt sich vor, endlich den Bürgermeister aufzusuchen.

KAPITEL 4

Heute kommt ein neues Flugzeug aus London und bringt noch mehr Britinnen. Nicht, dass Klara und Livia besonders scharf darauf wären. Aber auch ein Reporterinnenteam von *Channel 4* soll gelandet sein, hellhörig gemacht von einem Artikel in der *London Times*, „*Lesbians Go Mad in Lesbos*", der vor zwei Tagen erschienen ist. Anlass ist die Pauschalreise von *Lesvos Travel*, die wegen einer Klagedrohung des Bürgermeisters storniert werden soll. Bis jetzt ist nicht geklärt, ob sie stattfinden darf oder nicht. Die Obrigkeiten sind nicht kompromissbereit. Die *London Times* hat der Angelegenheit eine ganze Seite gewidmet.

Livia und Klara beugen sich gemeinsam über das schon recht zerlesene einzige Exemplar der Zeitung, das in der *Zehnten Muse*, in der sie frühstücken, aufzutreiben war. Redlich versucht der Artikel, die Partei der Lesben zu ergreifen und den griechischen Bürgermeister als hinterwäldlerisch hinzustellen. Dennoch konnte die Schreiberin es sich nicht verkneifen, ein paar Bemerkungen über trunksüchtige Frauenbanden zu machen, die durch Skala Eressos ziehen und die Bevölkerung verunsichern würden. „Wollen wir denn in Lesbos dieselben Sitten wie auf Gran Canaria, wo sich ganz Manchester, heterosexuell und vor allem männlich, in der Nacht besoffen über den Asphalt wälzt und die Strandpromenade vollkotzt?" Diese Frage soll nun mittels einer TV-Reportage aufgeklärt werden.

Ein Leserinnenbrief in der gestrigen Ausgabe erregt außerdem die Heiterkeit der beiden. „Bereits auf meiner ersten Griechenlandreise als Jugendliche war ich über das Angebot an Pornozeitschriften erstaunt, das mir von jedem Kiosk entgegenlachte, wenn ich bloß eine Flasche Milch kaufen wollte. In einem Land, in dem jedes Kind, das sich ein paar Bonbons holt, täglich mit Frauen beim Oralsex auf den Titelseiten von Hochglanzmagazinen konfrontiert wird, können ein paar knutschende Lesben wohl niemandem mehr auffallen." Livia nickt zustimmend.

Unter manchen Frauen kursieren nach dem Artikel der *London Times* jedoch plötzlich Horrorgeschichten. Es gäbe einen harten Kern von Prolo-Lesben, die nichts anderes im Sinn hätten, als den brachialen Londoner Ausgehstil zu exportieren. Die würden dem Image des Ortes schaden, weil sie nur auf Saufen und auf Weiber aus wären. Schön wär's, denkt Klara sich zu Letzterem.

„Wo sind die denn bis jetzt abgeblieben? Wo sind diese handfesten Amazonen mit ihren *Combat trousers*, die sich gnadenlos auf Frauenschau begeben?", fragt sie Livia. Klara trägt längst nur mehr dünne, enge Strandkleider, die ihre Weiblichkeit wunderbar zur Geltung bringen. Sie ist eins fünfundsechzig groß, und die Proportionen stimmen, ihre Haut ist immer noch jugendlich wie die einer Fünfunddreißigjährigen, sie hat nur einen leichten Ansatz von Bauch, volle, sich leicht nach außen neigende Brüste und tadellos schlanke, lange Beine. Die Oberarme mögen etwas zu kräftig sein, ein Erbe mütterlicherseits, und die Haut unter dem Kinn verliert langsam an Straffheit, aber nur, wenn man ganz genau hinschaut. Über ihre Vorzüge weiß Klara Bescheid und wacht sorgsam, dass die verderbliche, unvermeidliche Wirkung der Zeit nicht zu schnell an ihr arbeitet. Kein Alkohol, kein Stress, keine Zigaretten, viele Mußestunden und gesunde Ernährung.

Heute trägt sie ein Minikleid, rückenfrei und in bunter peruanischer Batik bedruckt; sie hält so demonstrativ Ausschau, dass Livia schallend zu lachen beginnt. Klaras Beine sind bereits tief gebräunt. Die goldblonden Haare sind durch das Meerwasser verklebt und stehen nun verwegen vom Kopf ab, machen das Gesicht mit den jugendlichen Zügen verschmitzter als sonst. Sie findet sich sehr attraktiv.

„Wie wär's mit denen da?" Livia deutet Richtung Meer. „Sind das deine Traumfrauen?"

Da kommen sie schon, Exemplare aus dem kleinen Pool von „Kampflesben", wie Livia und Klara sie nennen. Jeden Morgen reiten sie ein und überqueren den Platz, immer zur selben Zeit, wenn das Meer seine weißblaue Mittagsfarbe annimmt und die Luft zu kochen beginnt. Livia und Klara sitzen im Schatten der viereckigen Bachent-Schirme der *Zehnten Muse*, der schicksten Bar am

Platz, und kriechen nun genüsslich in die Lehnen der weinrot lackierten Stühle zurück. Die Nasen hinter dem Glas Café Frappé versteckt, beobachten sie sie. Die „Kampflesben" halten sich vorne bei den Fischerbooten auf, und im ersten Moment könnte man glauben, ein Kriegsschiff sei gelandet und habe einige Matrosen ausgespuckt. In Ausgehkleidung. Breite Schultern ragen aus engen Bodyshirts, lange Nacken sind kahlrasiert, Haare weiß gebleicht, Gesichter und Hüften schmal, dafür breite Gürtel, an denen nur noch der *Leatherman* fehlt, Tattoos schmücken Oberarme und Schulterblätter. Die Körperhaltung ist lakonisch burschikos.

„Wie kann man nur so eindeutig, einschlägig aussehen?", fragt Livia und verzieht das Gesicht zu einer Grimasse. „Typische Lesben aus den Achtzigern, das ist heute total out. So zieht sich bei uns keine mehr an."

Dennoch ist auch sie voller Sympathie für sie. „Wenn die einmal zornig werden, tun die griechischen Macker gut daran, zu Hause zu bleiben und die Fensterläden dicht zu machen", meint sie. „Und ich werde sie anführen. Seht her, da kommt Livia und ihre Crew", ruft sie, rauft sich die Haare und reißt den linken Arm senkrecht in die Höhe wie ein Rockstar, mit der rechten Hand imitiert sie ein Mikrophon. „Keiner wird uns ungestraft zu nahe kommen."

Sie kickt den Po nach rechts, nach links, dann setzt sie sich wieder, und ihr kleiner Körper wird vor Lachen hin- und hergerissen.

Indessen zieht das *Channel 4*-Team durch den Ort und filmt familiengerecht zurechtgemachte Lesben für das britische Haupt—abendprogramm. Mit einer Vorliebe für einander abschmusende Frauen, die enthusiastische Worte für Skala Eressos finden.

„Ich komme wegen der Sonne ..."

„Und ich, weil hier viele Gleichgesinnte sind ..."

„... weil wir so viel Spaß haben!"

„Es ist fein, denselben Interessen nachzugehen."

Ficken als Urlaubsmotivation wird nicht erwähnt.

Die Aufnahmeleitung trommelt Freiwillige zusammen, die sich filmen lassen wollen. Das Team arbeitet hart und hat seine Szenen bald im Kasten: Zwei blonde Langhaarige, vielleicht Statistinnen, fallen einander lasziv in die Arme, da kommt ein Ball spielender Junge vorbei, vermutlich der Sohn der einen, womit gleichzeitig für lesbische Partnerschaften geworben wird. Der Junge stiebt zwischen beide hinein, reißt ihnen die Köpfe auseinander, wird dafür nicht gerügt, sondern geherzt, und alle drei laufen Hand in Hand ins Wasser. Bikinigirls liegen im Sand oder spielen mit zierlichen Bewegungen Badminton. Eine lutscht an einem Eis.

Die typischen Lesbenbadehosen, die ohne Ausnahme schwarz sind und einen String haben, der sich zwischen den Pobacken hineinzieht, damit der muskulöse Hintern zur Geltung kommt, sind seltsamerweise gerade während der Dreharbeiten vom Strand verschwunden. Die Reportage ignoriert die Meinung der Einheimischen zu lesbischen Pauschalreisen weitgehend. Nur zwei Restaurantbesitzer dürfen zu Wort kommen, haben aber nicht viel Neues beizutragen. Keiner traut sich, das Statement eines Polizisten aus Mykonos zu bestätigen, das in der *London Times* zu lesen war: „Die Schwulen können wir gerade noch ertragen, die schauen wenigstens ästhetisch aus, aber die Lesben! Deren Körper sind eine Zumutung." Und ein anderer fügte hinzu: „Die können ja hier Urlaub machen. Aber dass sie sich auf der Straße auch noch abküssen, das ist unverschämt. Das sollen die zu Hause machen."

„Ich versuch jeden Abend mein Glück bei denen", grinst der Besitzer des Souvlaki Ladens *Eressou*, gekennzeichnet mit einem großen, weißen Epsilon. „Aber das ist chancenlos. Diese Insel ist nichts für mich."

„Diese Frauen machen achtzig Prozent meiner Gäste aus, mich stören sie nicht, ich störe sie nicht. Es gibt halt schon sehr, sehr viele von denen hier. Mehr als genug, würde ich sagen", so ein anderer.

Auch im Reisebüro *Lesvos Travel* wird gefilmt. Vor laufender Kamera eine besorgte June, die händeringend darauf wartet, dass Ioana von dem Termin mit dem Bürgermeister zurückkommt. Mehrere Anrufe inzwischen, Hilfsangebote von Frauen aus London, Nachfragen aus der *Sugar Bar*. Dann stürzt ein junger Grieche in den Laden. Langhaarig, freundlich und von der schmierigen Sanftheit, die mediterranen Softies eigen ist. Er käme vom Bürgermeisteramt.

„Und?", ruft June.

„Ioana musste etwas unterschreiben."

„Was? Sie hat unterschrieben? Du meine Güte! Wenn es ein Versprechen war, die Reise abzublasen, dann ist das gesetzeswidrig." June ist außer sich, sie geht aufgeregt auf und ab, und die Kamera folgt jedem ihrer Schritte. Vor der Tür lagern ein paar Frauen, die zu neugierig sind, um an den Strand zu gehen.

Plötzlich erscheint Ioana. Erschöpft, verschwitzt, nach Atem ringend.

„So sag doch, was hast du unterschrieben? Eine Verzichtserklärung?"

„Nein, ich musste nur versprechen, dass wir den Flyer umschreiben und für die Partys eine andere Bezeichnung finden als *wet pussy pool party.*"

„Das ist alles?"

„Ja."

„Und damit geben die sich zufrieden?"

„Scheint so."

„Kein Storno?"

„Nein. Unser Anwalt hat den Bürgermeister unter Druck gesetzt. Wir würden zum europäischen Gerichtshof gehen und ihn wegen Missachtung der Menschenrechte verklagen."

„Und das hat gesessen?"

„Ja."

„Hast du überhaupt verstanden, was auf dem Wisch gestanden hat, den du unterschrieben hast?"

„Natürlich habe ich es verstanden, ich bin doch Griechin."

Sie starren ratlos in die Kamera. Die Angst ist geplatzt wie eine Seifenblase.

Sandy liegt am Strand – in Gesellschaft der vier Frauen, mit denen sie im Taxi hergekommen ist. Vornehmlich Londonerinnen. Großstädterinnen also, denkt sie verächtlich. Und Engländerinnen noch dazu. Mit denen werde ich nie richtig warm werden. Verwöhnt sind die, träge und jederzeit zu Kompromissen bereit, um Konflikte zu vermeiden. Sandy ist in einem Fünftausend-Einwohner-Dorf im

Norden Schottlands geboren und in karger Einsamkeit groß geworden. Sie neigt dazu, jedes Gefühl als einzigartig zu erleben.

Schnell hat sie die Struktur dieses bunten Haufens erfasst. Die eine mit den hellblauen Augen und der spitzen Nase hat schon im Flugzeug alle um sich geschart, ist eine extrovertierte Checkerin, verdeckt psychische Probleme gut. Dann gibt es noch zwei Mitläuferinnen von behäbiger Statur; die Jüngste ist ein hilfloses Lamm ohne Orientierung, meist trägt sie dünne T-Shirts, in denen die Brüste pendeln, die Lippen ratlos halb geöffnet. Für schwammig anmutende erotische Annäherungen hat sie sich ausgerechnet Sandy ausgesucht. Jetzt rollt sie sich an sie heran und sagt mit schleppender Stimme: „Könntest du mir bitte mal die Brüste eincremen?" Dabei grinst sie untertänig.

Sandy schaut sie streng an. „Nein", antwortet sie schnell und härter als notwendig. Das Lamm zuckt zusammen und weicht weg.

„Nichts für ungut, war ja nur eine Frage."

„Warum tust du es nicht, wenn sie dich schon so eindringlich darum bittet?", flüstert die Checkerin.

„Die ist ja noch ein Kind, ich möchte doch keine Minderjährige verführen. Meine letzte Freundin war zwanzig Jahre älter als ich."

„Das muss ja nicht immer so bleiben."

„Sie törnt mich aber nicht an."

„Wer törnt dich denn an?"

„Hier niemand, wenn ich ehrlich bin."

Bald darauf packt Sandy ihre Sachen, um in den Ort zurückzugehen.

„Bin ich dir jetzt zu nahe getreten", fragt die Checkerin bestürzt.

„Aber nein. Ich muss nur noch etwas Wichtiges erledigen", meint Sandy kurz und stapft eiligen Schrittes davon.

Die Menge zerstreut sich. *Channel 4* hat die wichtigsten Szenen für Teil eins der Reportage über Lesben auf Lesbos abgedreht. Die Kamerafrau Katie wird allein durch den Ort geschickt, um Landschaftsaufnahmen zu machen. Es ist bereits drei Uhr nachmittags, und das Team wird sich erst am Abend wieder treffen, wenn Disco-Szenen aufgenommen werden.

Katies Hüftjeans kleben an ihrem Körper, das T-Shirt ist nass geschwitzt, und über ihre Schläfen rinnt Schweiss. Sie kommt zu einem kleinen, verlassenen Platz mit einem staubigen, zerzausten Olivenbaum in der Mitte und lehnt sich kurz in dessen Schatten. Von der langen Reise und den Dreharbeiten ist sie so ausgelaugt, dass ihr fast schwindlig ist. Die von Zikadenrufen zerfurchte Stille und die Hitze erzeugen eine Art Vakuum, das sich zwischen Wachen und Träumen ansiedelt. Katie hält die Kamera auf eine Weinlaube gerichtet, die unverhofft grün in die Einöde ragt. Das Zoom bringt die Blätter langsam näher.

Ein flirrendes Gewirr von Szenen spielt sich währenddessen vor ihrem geistigen Auge ab: umschlungene Frauenkörper am Strand, nasse Schultern mit fließenden blonden Haaren, ein Kind, das einen Ball nach seiner Mutter wirft. Mit einem knirschenden Geräusch fällt dieser in den Sand. Dieses Geräusch durchbricht die Stille, als sie die Kamera in die verlassene Straße vor ihr schwenkt und eine im Schatten liegende Mauer ins Visier kommt. Darüber gleitet, von einem der Flachdächer kommend, ein weißes, schlankes Bündel. Kate hält den Atem an. Zuerst hat sie an einen Sack Wäsche gedacht, schlaftrunken wie sie ist, dann aber wird ihr bewusst, dass es sich um einen verschleierten Menschen handeln muss, der sich von dem Dach hinunterhangelt, was einige Sekunden in Anspruch nimmt. Katie ist so aufgeregt, dass ihr ganzer Körper bebt. Die Gestalt scheint nicht mit der Gegenwart eines Menschen zu rechnen, die Straße ist ja still, nur in der Ferne ist ein Mofa zu hören. Dann ist das verhüllte Wesen am Boden angelangt, gleitet lautlos an der Mauer entlang und verschwindet hinter einem Häuservorsprung.

Von der Sonne wie von einem Blitz geblendet schließt der Lehrer für einen kurzen Moment die Augen, als er die Schule verlässt und in eine Seitengasse Richtung Ort einbiegt. Da versetzt ihm jemand einen kräftigen Schlag an den Kopf, seine Stirn wird von einem brennenden Schmerz durchzuckt, er schreit gellend auf und verliert das Bewusstsein. Hinter seinem Rücken schwingt sich jemand in Sekundenschnelle über eine Gartenmauer, kauert sich hinter einen Hibiskusstrauch und wartet atemlos, ob ihm jemand folgt, ob jemand auf die Straße tritt, ob es eine sonst wie gefährliche Bewegung im Schatten der Mauern gibt. Als sich nichts regt, läuft der Vermummte lautlos, als ob er barfuß wäre, zu der Hauswand, turnt auf das Dach, sprintet, gedeckt von Wassertonnen und behängten Wäscheleinen, von einem Haus zum anderen, bis er in dem einsamen Hof einer Hausruine verschwindet.

Der Lehrer ist bald von Menschen umringt. Über seine Stirn verläuft wie ein Stempel eine tiefe Wunde, deren Blutung erst nach einer Weile gestillt werden kann.

Auf dem Weg zum Strand ist Klara diesmal allein, und obwohl heller Tag ist und die Stille in den Straßen freundlich zu sein scheint, schießen ihr allerlei beängstigende Gedanken durch den Kopf. Sie sieht immer wieder den Mann vor sich, der am Flughafen zu Boden gegangen ist, dann den Verletzten in der Seitengasse hinter *Lesvos Travel*. Sie sieht das Blut auf dem Asphalt, bräunliche Spritzer mit dunklen Rändern um eine noch dunklere Mitte. Eine Ahnung sagt ihr, dass sie damit mehr zu tun hat, als ihr bewusst ist. Das Schicksal hat sie als Augenzeugin der Ereignisse ausgesucht. Aber warum?

Schon an ihrem dritten Tag ist sie dem staatlichen Ermittler begegnet, eine weitere Hauptperson in dem Drehbuch, auf dessen Ablauf sie bis jetzt keinen Einfluss hatte. Sie würde so gerne mit jemandem ausführlicher darüber reden. Gini hat ihre Erzählungen vom Flughafen am ersten Abend als Bagatelle abgetan, dem zweiten Überfall bis jetzt auch keine große Bedeutung beigemessen und weigert sich, ihr Urlaubsgefühl mit düsteren Gedanken zu belasten. Livia erscheint Klara zu zerbrechlich, um Gewalt und deren Ursachen mit ihr breitzuwalzen. Ihre kurzen, wenn auch geistreichen Anmerkungen dazu kommen Klara zu altklug vor und entspringen wahrscheinlich dem Versuch, das Unerhörte dieser Vorfälle nicht an sich herankommen zu lassen. Wer bleibt dann noch?

Der Ermittler wirkte verständnisvoll, aber soll sie die Behörden unnötigerweise auf sich aufmerksam machen, bloß weil sie Angst hat? In diese Gedanken versunken hört sie einen Schrei aus einer der Nebengassen kommen. Das Blut scheint ihr in den Adern zu gefrieren, und sie bleibt sofort stehen, zitternd bis in die Fingerspitzen und wagt nicht, einen Schritt weiterzumachen.

Sie steht vor der Gabelung zweier Gassen. Der Schrei kam eindeutig von links. Dorthin möchte sie sich auf keinen Fall wenden. Sie hat aber auch nicht den Mut, in die entgegengesetzte Richtung zu laufen. Sie will nicht wieder die Erste beim Tatort sein. Da hört sie aufgeregte Stimmen. Sie macht nun doch zögerlich ein paar Schritte nach vorne, biegt um die Ecke und sieht hundert Meter weiter wieder einmal eine Ansammlung von Menschen, die über einen am Boden Liegenden gebeugt sind. Diesmal verzichtet sie darauf, sich an den Schauplatz der Gewalt zu begeben; sie kann sich denken, wie es dort aussieht. Ein Schauer des Entsetzens läuft ihr trotz der Hitze den Rücken hinunter. Sie hastet in Richtung Meer, und weil das *Mariana* direkt vor ihr liegt und um diese Uhrzeit menschenleer ist, stolpert sie hinein und lässt sich aufseufzend in einem der Sessel nieder.

Neugierig geht Katie der Gestalt nach, die sie eben gefilmt hat. Als sie jedoch um die Ecke biegt, steht sie vor einer leeren Gasse. Sie läuft die Gasse entlang, aber keine Menschenseele ist zu sehen. Sie bleibt keuchend stehen und fragt sich, ob dies wirklich geschehen ist, ob sie wirklich eine vermummte Gestalt gesehen hat oder das in das Gebiet Halluzination einzuordnen ist. Plötzlich hört sie in der Ferne einen hohen Schmerzensschrei, der die trügerische Stille durchbricht. Sie hastet weiter, die Kamera immer noch auf Aufnahme. Menschenstimmen werden lauter, und dann sieht sie eine Traube von Griechinnen und Griechen um einen Menschen versammelt. Das Gedränge ist so groß, die Aufmerksamkeit so sehr auf den Verletzten gerichtet, dass die Kamera, die Katie selbstvergessen auf die Szene richtet, niemandem auffällt. Ein Mann ist zu Boden gesunken, seine Stirn ist voller Blut. Der Lehrer des Ortes, sagt eine Frau neben ihr.

Erst als Katie die Kamera absetzt, kriecht das Entsetzen langsam in ihre Eingeweide. Sie macht ein paar Schritte von der Menschenmenge weg, das Blut scheint aus ihren Gliedern gewichen zu sein, ihre Beine fühlen sich an wie Watte. Sie dreht sich langsam um und zwingt sich, weiterzugehen. Durch die nächstbeste Gasse, die Gott sei Dank in den Platz hinter den Caféterrassen am Meer mündet. Sie hastet nach vorn, da bemerkt sie eine schnelle Bewegung aus einem Hauseingang heraus. Sie stößt mit jemandem zusammen und setzt nun ebenfalls zu einem gellenden Schrei an, der in der Kehle erstirbt. Vor ihr steht nur eine der Touristinnen, die sie vorhin am Strand gesehen hat. An ihr ist nichts Auffallendes – außer, dass sie ganz in weiß gekleidet ist, weißes T-Shirt mit heruntergeschlagener Kapuze, weiße Bermudas. Sie ist über Katies Reaktion befremdet und entschuldigt sich, in sie hineingerannt zu sein. Katie hastet weiter. Bemüht, schnell einen Ort zu finden, wo sie sich für ein paar Minuten niederlassen und von dem Schock erholen kann, kommt sie kurz nach Klara vor dem *Mariana* an. Sie schaut erleichtert auf die bunten Überzüge der Stühle, ohne sie jedoch richtig zu sehen, zögert kurz und begibt sich dann an einen der Tische.

Klara und die Kamerafrau Katie sind die einzigen Gäste im *Mariana*. Klara beobachtet sie vorsichtig aus dem Augenwinkel. Katie ist eben hereingekommen und hat sich unentschlossen an einen Tisch gesetzt. Nun zieht sie das Stirnband, das ihre kurzen, zotteligen Haare zusammengehalten hat, herunter und wischt sich den Schweiß ab. Dann lehnt sie sich vorsichtig zurück, als würde der Stuhl bei einer hastigen Bewegung zerbrechen, legt die Sonnenbrille ab und schließt die Augen. Ihr Gesicht ist großstadtblass und jetzt mit einer Schweißschicht überzogen. Sie ist außer Atem. Da sie aus derselben Richtung kommt wie Klara vorhin, nimmt diese an, dass sie den Überfall mitbekommen hat. Aber Klara wagt nicht, sie darauf anzusprechen.

Katie ist schlank, trägt ein schlichtes T-Shirt, das oberhalb des Nabels aufhört, und wirkt so, als wäre sie noch nicht richtig zum Leben erwacht. Dichte Augenbrauen. Als der Café Frappé serviert wird, nimmt sie das Glas mit einem gierigen Griff und trinkt ihn in einem Zug hinunter. Sie steht auf und bestellt noch einen. Ihre Füße stecken in bedeutungslosen Plastiksandalen, solche, die man nur tragen kann, wenn man ganz jung ist. Als sie auf die zweite Ladung Kaffee wartet, liegt ihre Hand auf der Stuhllehne und zittert. Klara ruft der Kellnerin, die das Glas vor ihr abstellt, zu, dass sie auch gerne noch einen Kaffee hätte, und blickt dabei in die Augen der Kamerafrau. Sie sieht durchscheinendes helles Grün. Und Angst. Sie lächelt. Katie schaut sie hilfesuchend an.

„Viel Arbeit für euch schon am Morgen nach der Ankunft", sagt Klara.

„Ach, das ist Routine. Ich bin ja auch schon zwei Tage länger da als die anderen", antwortet sie, und dann unvermittelt: „Da ist eben ein Mann niedergestochen worden."

„Ich weiß", nickt Klara, „ich komme eben von dort."

„Entsetzlich", sagt sie. „Ganz entsetzlich."

„Gestern ist dasselbe passiert."

„Wo?", fragt Katie.

„In der Gasse hinter *Lesvos Travel*."

Klara erzählt ihr, wie sie als eine der Ersten bei dem Opfer angekommen und prompt in Ohnmacht gefallen ist.

„Ich war jetzt auch knapp davor. Ich habe schreckliche Angst", sagt die Kamerafrau.

„Noch waren aber keine Touristinnen davon betroffen. Vielleicht eine Art Vendetta unter den Griechen", meint Klara.

„Existiert hier überhaupt die Vendetta?"

„Schaut trotzdem nach einer lokalen Abrechnung aus."

Katies Hand zittert immer noch, als sie das Glas zum Mund führt.

„Du brauchst dich nicht zu fürchten", sagt Klara aufs Geratewohl.

Katie schaut sich vorsichtig um, dann beugt sie sich zu Klara vor. „Ich habe etwas gefilmt, das ich eigentlich gar nicht filmen sollte", flüstert sie.

„Was heißt das?"

„Ich glaube, ich habe, ohne es zu beabsichtigen, den Täter aufgenommen."

Klara meint, nicht recht gehört zu haben, und starrt sie fragend an.

„Ja, es stimmt. Ich habe die Gestalt gesehen, von der sie seit gestern dauernd reden, vorhin, auf einem Platz am Ortsende, wo die Bauernhöfe beginnen."

„Ich dachte, diese Gestalt wäre bloß Fantasie."

„Eben nicht, oder jemand erlaubt sich einen schlechten Scherz. Ich filmte gerade, da lief mir jemand direkt in die Kamera, nein, vielmehr kletterte eine Wand herab. Jetzt habe ich solche Angst. Ich weiß nicht, ob er es mitbekommen hat."

Beide verfallen in Schweigen. Es ist, als ob die Welt um sie herum ausgelöscht worden wäre.

„Ich sollte zur Polizei gehen."

„Nein", sagt Klara brüsk, ohne zu wissen, warum. „Tu das nicht."

Sie sitzen wieder minutenlang schweigend nebeneinander.

„Schauen wir uns doch die Aufnahme an", schlägt Klara vor.

„Hier?"

„Ja."

„Ich weiß nicht." Sie schaut sich um.

„Auf der Toilette."

Katie antwortet lange nicht. Dann nickt sie stumm. Klara steht als Erste auf und geht in das Café hinein. Die Zeit, die sie braucht, um die Entfernung zwischen ihrem Stuhl und der Toilettentür zu überwinden. scheint eine Ewigkeit zu dauern. Sie nimmt wie in Zeitlupe die geblümte Polsterung der Rattanstühle wahr, über deren Lehnen sie absichtslos streift, die Holzträger des Schilfdaches, die Bohlen, die unter ihren Füßen knarren. Sie scheint zu schleichen, als wäre sie kurz davor, selber ein Verbrechen zu begehen. Sie öffnet die Tür zur Damentoilette und erwartet halb, dass ihr die Kellnerin nachgeht. Die muss doch spüren, dass sie etwas anderes vorhat, oder nicht? Vor dem Waschbecken wartet sie auf Katie. Ihr Herz klopft den Umständen entsprechend schnell; ihre Augen gewöhnen sich nur langsam an die Dunkelheit.

Katie erscheint. Sie schließt die Tür, lässt die Kamera laufen und hält sie Klara hin. Diese drückt ihr Auge an den Sucher und fixiert den winzigen Bildschirm. Sie sieht eine mit weißen Tüchern umwickelte Gestalt, die schnell von einem Dach hinuntergleitet und, ohne sich umzublicken, an der nächsten Ecke verschwindet. Das Ganze dauert wenige Sekunden. Klaras Herz klopft zum Zerspringen, und ihr Harndrang verstärkt sich. Sie bittet Katie, zurückzuspulen und das Band noch einmal ablaufen zu lassen.

Dann drückt sie auf Standbild. Weiße Schleier legen sich dicht um einen sichtlich durchtrainierten Körper, der gänzlich von Stoffen verdeckt ist. Nur die Hände sind ausgestreckt, die Finger der Linken sind in den Mauervorsprung des Daches gekrallt. Die der Rechten auf der Suche nach Halt, etwas Dunkles ist um die Fingerknöchel geschlungen. Nichts erklärt oder deutet diese Erscheinung, und dennoch fängt Klaras Gedächtnis an, Erinnerungen zu suchen. Ihre Augen tasten hastig das Videobild ab. Da hören sie von draußen Schritte auf die Toilette zukommen. Katie nimmt die Kamera schnell an sich, verschwindet in einer Kabine, und Klara lässt Wasser in das Becken laufen. Die Kellnerin öffnet die Tür, und ihre Blicke treffen sich kurz. Dann geht sie wieder zum Tresen. Vielleicht glaubt sie, wir haben uns zum Ficken hier getroffen, denkt Klara.

„Nicht erkennbar", sagt sie nachher zu Katie, als sie in die beruhigende Helligkeit des Tages zurückgekehrt sind. „Absolut nicht erkennbar in den weißen Fetzen. Du weißt nicht einmal, ob es ein Mann oder eine Frau ist."

„Du meinst, es könnte auch eine Frau sein?"

„Ich meine gar nichts, aber ich kann mit dem Anblick keinen Griechen in Verbindung bringen. Dem Gefühl nach."

„Schaut aus wie ein Beduine", lacht Katie heiser. „Ich muss dieses Video wohl der Polizei aushändigen."

„Lass die Polizei aus dem Spiel", sagt Klara.

Katie schaut sie verdutzt an. „Wieso? Ist das nicht Behinderung von Ermittlungen, wenn ich das nicht gleich abgebe?"

„Die beschlagnahmen zuerst einmal das Band, und das können wir nicht brauchen. Und außerdem werden sie auf dich aufmerksam. Ich hab ein ungutes Gefühl mit den Bullen hier. Auf Schritt und Tritt begegnet man ihnen."

„Wenn aber auch dauernd einer überfallen wird?"

„Das ist nur ein Vorwand, glaub mir. Versteck das Band."

„Auch vor meinem Team?"

„Vor denen besonders. Die bringen es sofort in die Abendnachrichten. Dann ist hier die Hölle los."

„Na gut, aber dann darfst du es auch niemandem erzählen."

„Versprochen", beruhigt Klara sie, aber eine innere Stimme sagt ihr, dass es wohl korrekter wäre, doch zur Polizei zu gehen. Man kann nicht einfach Beweismaterial zurückhalten. Was weiß sie als Touristin schon von Ermittlungsarbeit?

„Oder gib es ihnen doch", fügt sie unentschlossen hinzu.

„Meinst du?"

„Ich weiß es nicht. Ich weiß absolut nicht, was das Richtige ist."

Katie und Klara unterhalten sich eine gute Stunde lang, dann gehen beide ihrer Wege. Klara läuft in Gedanken versunken Richtung Strand, obwohl ihr die Lust zu schwimmen vorläufig vergangen ist. Als sie auf der Höhe des FKK-Strandes ist, winkt ihr Livia zu. Sie kommt von ihrer Pension.

„Was ist los mit dir?"

„Da war schon wieder ein Überfall."

„Echt?" Livia macht ein entsetztes Gesicht und nimmt Klara am Arm. „Wo?"

„Hinten, bei der Kirche."

„Und wer hat diesmal dran glauben müssen?"

„Der Lehrer, hab ich gehört."

„Der Lehrer?" Livia schaut Klara mitfühlend an. „Was wollen sie von dem?"

„Ich weiß nicht", seufzt Klara.

„Dass aber auch immer du dabei sein musst, wenn etwas passiert!"

„Ja, findest du das nicht auch seltsam?"

„Sehr seltsam, ja." Livia drängt sie vorwärts. „Komm, wir gehen etwas trinken. Dann reden wir, und vielleicht geht es dir dann besser."

„Eigentlich habe ich gerade Kaffee getrunken! Im *Mariana* ..."

Klara will schon anfangen, ihr von Katies Aufnahmen zu erzählen, dann verzichtet sie darauf. Katie und sie hatten ja vereinbart, vorläufig niemandem etwas zu sagen.

„Na ja, das *Mariana*", sagt Livia abfällig. „Das ist zu bieder, gehen wir lieber in die *Primitiv Bar*, wie gestern."

Klara folgt ihr willenlos und ist am Anfang schweigsam und zerstreut. Aber Livia tut alles, um ihre Aufmerksamkeit auf die Gegenwart zu lenken.

„Wozu die die Bullen in den Ort geholt haben, wenn die nie da sind, sobald etwas passiert", sagt Livia jetzt leicht gereizt. „Ich glaube, Frauen wären als Ordnungshüterinnen wesentlich besser. Die hätten mehr Intuition."

Klara lacht nun doch auf. „Wie kommst du denn darauf?"

„Na ja", lacht Livia jetzt ebenfalls. „Das sag ich halt einmal so. Die ersten Frauen, in die ich mich in meiner Kindheit nämlich verschaut habe, das waren die beiden Serienpolizistinnen Cagney und Lacy."

Klara schaut sie amüsiert an.

„Damals war ich neun", setzt Livia fort. „Ich hab von Frauenliebe natürlich nichts gewusst, aber ich war immer so verlegen, als ich meine Eltern fragte, ob ich die Sendung ansehen darf, weil ich spürte, dass daran etwas erotisch war. Ach, waren die hübsch, die beiden."

„Und deine Eltern haben nichts gemerkt?"

„Natürlich nicht. Weit davon entfernt."

„Und ich", sagt Klara, „hab schon in der Grundschule jedes Jahr von einer anderen Klassenkameradin geträumt, zum Beispiel, dass ich sie vor jemandem rette und sie mir daraufhin ganz hingegeben ist. Aber lesbisch kam ich mir deswegen noch lang nicht vor. Das ergab sich erst viele Jahre später."

Livia erzählt nun, dass sie Klaras Roman fertig gelesen hat, und ist voll des Lobes.

„Diese Klarheit, die aus jeder der Situationen sickert, die unumwundene Nähe zu der Seele der Protagonistinnen, das habe ich in dieser Form noch nie gelesen."

„Danke", sagt Klara gerührt und verlegen. Sie kann sich aber auf ein Gespräch über Literatur derzeit nicht konzentrieren. „Diese Überfälle machen mir echt zu schaffen", sagt sie. „Auch wenn die Polizei sie nicht den Lesben in die Schuhe schieben kann."

„Eine Art Blutrache unter Griechen vielleicht", grinst Livia. „Das wäre spannend."

„Hab ich mir heute auch schon gedacht", meint Klara.

„Worüber können die sich wohl hier streiten? Wer mehr Metaxa säuft als der andere?" Livia kichert. Sie reagiert für Klaras Begriffe zu frivol. Andererseits, Livia war ja, bis auf einmal, nicht dabei, wenn einer der Überfälle passiert ist. Wie sollte sie wissen, wie man sich als Augenzeugin fühlt.

„Gibt es das überhaupt noch, Blutrache?", fragt Klara.

„Ich weiß nicht. War ja nur so eine Idee. Aber darüber könntest du einen Roman schreiben. Und könntest alle Frauen, die wir hier kennen lernen, vorkommen lassen. Die Geschichte mit *Lesvos Travel* und der Pauschalreise baust du auch noch ein. Das fände ich geil."

„Das geht nicht, ich könnte keine einzige Gewalttat geschehen lassen. Das brächte ich nicht zustande."

„So netten Personen wie mir sollte in deinem Buch ja sowieso nichts Schlimmes passieren", sagt Livia jetzt kokett.

„Und wenn wir abreisen, bevor wir wissen, wer die Griechen überfallen hat?"

„Dann erfindest du halt jemanden. Einen betrogenen Ehemann zum Beispiel. Ist dir aufgefallen, dass die Opfer alle Shorts angehabt haben?"

„Nein", sagt Klara verblüfft. „Das hast du gerade erfunden."

Livia lacht schallend.

„Der weiße Rächer von Skala Eressos!", ruft Klara aus.

„Es könnte ja auch eine Frau sein. Warum uns allen immer gleich Männer einfallen, wenn es um Gewalt geht."

KAPITEL 5

Abend. Die *Love-Boat*-Party hat Sandy versäumt, weil sie das Bedürfnis hatte, sich vor den Menschen zurückzuziehen. Heute aber braucht sie Gesellschaft, und so sitzt sie mit der Checkerin, den beiden Mitläuferinnen und dem Lamm im *Eressou* und isst Souvlaki, eine der wenigen Speisen, die sie, ohne eine Allergie zu fürchten, zu sich nehmen kann. Eine gewisse Schrulligkeit kann man ihr nicht absprechen, angesichts der strikten Diätvorgaben, die sie sich selber auferlegt und damit hofft, gesund zu leben.

Heute Abend blüht der Tratsch in der Runde. Man spekuliert, wer mit wem etwas anfangen könnte beziehungsweise schon angefangen hat. Da Sandy gestern Abend nicht dabei war, kennt sie keine der Frauen, über die geredet wird: Maggie, Liz, Samantha und die drei Wienerinnen. Allerlei Gerüchte ranken sich um Klara und die Beziehung, die sie zu Livia haben könnte. Sind die beiden ein Liebespaar oder nur in Freundschaft verbunden, sind sie gar miteinander verwandt? Klaras Sinn für ausgefallene Kleidung wird ebenfalls besprochen – und „ausgefallen" kann in dieser Masse von T-Shirts und Baseballkappen auch schon ein schillerndes Top sein.

Eine der beiden Mitläuferinnen will ihr Glück bei Klara versuchen. Sandy hört nur mit halbem Ohr zu. Sie ist beunruhigt und denkt an die Überfälle, die verstärkte Polizeipräsenz verursachen und das Ferienleben beeinträchtigen. Obwohl sie hier keine Frau näher kennt, fühlt sie sich verantwortlich für diesen Mikrokosmos. Als wäre sie eigens hierhergeflogen, um die ganze lesbische Gesellschaft vor Widersachern zu beschützen.

Sandy kommt aus einem Highlander Clan. Ihr Familienname stammt von McGowan ab.

„Und was heißt das genau?", fragt die Checkerin.

„Das Wort ist keltisch und hieß ursprünglich ‚Der Zerstörer'", antwortet Sandy verlegen.

„Wow!", ruft die Checkerin aus. „Klingt kriegerisch."

„Das bezieht sich auf lang zurückliegende Vorfahren", beschwichtigt sie Sandy. „Das hat heute keinerlei Bedeutung mehr. In meiner Familie gab es auch Viehdiebe und sonstiges Pack. Aber das liegt achthundert Jahre zurück."

„Und davon ist dir nichts mehr im Blut geblieben?"

„Nein, wo denkst du hin?"

„Aber Fechten kannst du immerhin."

„Na und? Das ist ein Familiensport, das hat jeder von uns lernen müssen."

Die Checkerin nickt jedoch viel sagend und ist von Sandys verharmlosenden Erklärungen nicht überzeugt. Sandy spielt ihr Können wieder herunter. Wenn sie aber den Degen oder auch nur ein Stück Holz als improvisierte Waffe in der Hand hält, wird der Körper plötzlich zu einer eleganten, elastischen Linie, die sich im Sekundenschlag fortbewegt. Ihre Schmächtigkeit und die Kindlichkeit ihrer Statur sind verschwunden, und sie ist wie ein gespannter Bogen, voller Konzentration, Aufmerksamkeit und Kraft. Nur weiß das zum Glück niemand, denkt sie. Jeden Morgen macht sie am Strand einige Übungen, unbeobachtet, wie sie glaubt, denn um diese Zeit schläft der Ort ja noch.

Sie weiß, dass das Unterfangen, die lesbische Gemeinschaft in Skala Eressos vor jeder Unbill zu schützen, lachhaft ist und ihrem Muttertrieb zu viel Nahrung gibt. Dann kommt ihr das Phantom in den Sinn, das sich angeblich an ihrem Fenstersims emporgezogen und in ihrem Zimmer verschwunden war, und sie runzelt besorgt die Stirn.

Zur gleichen Zeit liegen Livia und Klara auf dem kühlen Boden vor der Bühne und hören der Musik des Freiluftkonzertes zu. Der Überfall des heutigen Nachmittages klingt in seiner Wirkung auf Klaras Bewusstsein langsam ab, die Musik hilft ihr dabei. Sie malt mit den Fingerkuppen Kreise in den Sand. Livia setzt sich von Zeit zu Zeit auf und schreibt besessen auf das in der Dunkelheit schwarze Blatt Papier. Es scheint, als würde es ihr nichts ausmachen, nicht zu wissen, wohin die Buchstaben, ja die Sätze laufen, oder ob morgen bei Tageslicht noch Worte übrig sein würden, von diesem Ansturm.

Erst gegen elf Uhr nachts ist das Konzert zu Ende, und die beiden suchen wie jeden Abend das *Fuego* auf. *Fuego*, auch Höllenfeuer für Klara, denn unausweichlich wird sie dorthingezogen, wider besseren Wissens, an den einzigen Ort, an dem trotz Musikverbot bis in die frühe Morgendämmerung Frauen in größerer Zahl sitzen. Ort des Aufrisses, des Flirts, der Qualen, denn sie hocken alle in Gruppen zusammen, und es muss schon ein großer Zufall sein, wenn man eine von ihnen zwischen Bar und Klo ansprechen kann.

„Jetzt bist du endlich da! Maggie wartet schon die ganze Zeit auf dich", ruft Gini optimistisch. Auf der Terrasse vor dem Lokal ist seit Stunden die Runde der Österreicherinnen versammelt, Maggie wie ein Klotz unter ihnen, masochistisch nach Witzen von Klara und Gini Sedlak heischend, die sie nicht versteht.

Gini hat sich bereits die dritte Frau angelacht, seit sie hier ist. Die aus York ist am Morgen abgeflogen. Die Neue ist wieder in Livias Alter und schaut gewöhnlich aus. Dicke, bleiche Schenkel stecken in an den Säumen abgerissenen Shorts aus Jeansstoff. Unter einem billigen Girlie-T-Shirt hängen lose die fleischigen Brüste. Obszön, weil die Trägerin eventuell aufkeimende Gier angesichts ungeschützt dargebotener Geschlechtsmerkmale nicht einmal beabsichtigt. Ein dummes, um Zuwendung bemühtes Grinsen blüht im kalkweißen Gesicht, und ihr Englisch ist, so Livia leise, „provinziell".

Gini lächelt Klara aufmunternd an. Da sitzen sie alle und gieren darauf, wie Maggie und Klara einander nun begegnen. Klara wird von ihnen offensichtlich bereits als Maggies potentielle Bettgenossin gehandelt. Man bietet ihr mit bezeichnenden Gesten einen Platz neben ihr an, Gini und ihre neue Flamme rücken bereitwillig zusammen. Stille entsteht. Alle horchen auf den Wortwechsel zwischen Klara und Maggie. Klara kaschiert ihre Angst zu versagen hinter Lässigkeit und frechen Bemerkungen. Wie auch gestern kann Maggie mit ihrem Witz nicht umgehen und wird in ihren Retourkutschen plump und verletzend.

„Du glaubst wohl, ich hab Angst vor dir", sagt sie, als Klara sich zu ihr beugt, weil sie den Stuhl zurechtrückt.

„Ja", antwortet Klara, ohne nachzudenken.

„Da irrst du dich. Mir kann keine Frau Angst einjagen."

Diese Worte zeigen Klaras Hilflosigkeit und Maggies Panik und stellen die Weichen für das Kommende.

Gini springt nun für Klara ein, um die Verlegenheit in der Gruppe zu mildern. Sie ist heute eine Stimmungskanone, und Klara beneidet sie, denn für Gini geht es dabei ja um nichts. Sie hat ihre neue Partnerin schon neben sich und braucht sich um nichts zu sorgen. Sie verspricht den Engländerinnen für morgen einen Jodelkurs am Strand.

„Yodeling? Oh yodeling! What is that exactly?"

Gini gibt eine Kostprobe. Ihre Darbietung hört sich wider Erwarten künstlerisch an. Woher sie das kann, fragt sich Klara. Gini ist doch eine echte Wienerin, das heißt Großeltern zumindest aus Tschechien, sicher nicht aus Tirol. Dennoch klingt ihr Jodeln echt. Die Atmosphäre lockert sich etwas. Ja, alle wollen morgen im Wasser jodeln lernen. Klara würde am liebsten zu Gini hingehen und sich zu ihr setzen, dort, bei ihr, würde sie sich sicher fühlen, aber sie findet das Maggie gegenüber unhöflich.

Eine Frau aufreißen zu wollen ist wie eine Sucht, die ihr kalte Finger bereitet und die Welt in Schwarz und Weiß einteilt, Schwarz, das Nicht-Ankommen, Weiß das Ankommen, Schwarz eine Nicht-Aufmerksamkeit der Auserwählten, Weiß ein netter Blick, ein zuvorkommender Satz.

„Du schaust toll aus", sagt sie zu Maggie, die sich ein „gleichfalls" abringt. Zu Klaras Entsetzen stehen alle Österreicherinnen, inklusive Gini und Livia, plötzlich wie auf Befehl auf und verabschieden sich, als ob sie die beiden nicht weiter stören wollten, und sie bleibt überrumpelt neben Maggie sitzen, als wäre von ihr ohnehin nichts anderes zu erwarten. Dieser Aufbruch macht die Situation noch unhaltbarer.

Klara fühlt sich von ihnen, auch von Livia, ausgeliefert und verkauft. Maggie und sie sind wie in einen Panzer der Erwartung eingesperrt. So passiert das Schlimmste genau in dem Moment, in dem alle weg sind, und Maggie von niemandem abgelenkt neben ihr sitzt. Eine sekundenlange Stille entsteht.

Vis-à-vis sitzen zwei deutsche Mädels. Sie sehen unbedarft aus. Das einzige Auffallende ist das weißblonde Haar der einen, welches das ausdruckslose Gesicht etwas aufpeppt. Sie hat ein buntes Tuch um den Kopf geknüpft, Knoten im Nacken. Einem wirren Besen gleich starren die peroxydbleichen Haare daraus hervor. Dieses Image der einfältigen Blondine, des von jedem Intellekt unbeschriebenen Blattes, scheint bei Maggie zu ziehen. Maggie, die Karikatur eines Machos, gafft das Girlie an.

„Oh!", ruft sie und spielt mit ihrem Feuerzeug, das die Formen einer nackten Frau hat, *„and where do you girls come from? Are you from Germany?"* Die beiden stammeln schüchtern drei, vier englische Sätze, da steht Maggie kurzerhand auf und setzt sich zu ihnen. Klara schaut ihr belämmert nach. Schon plaudert Maggie mit ihnen drauflos, und Klara ist Luft für sie geworden. Klara kann vor lauter Wut und Enttäuschung nicht mehr klar denken. Sie hätte hinein an den Tresen gehen oder sich an den Nebentisch setzen können, zu Liz, der Architektin, und mit ihr entspannt ein Glas trinken, als ob nichts wäre. Aber nein, sie springt beleidigt auf und verabschiedet sich mit knappen Worten. Maggie schaut sie erstaunt an. In ihrer Vorstellungswelt ist nichts Tragisches geschehen. Klara kann aber nicht einmal das Gesicht wahren, ihr harscher Tonfall weist darauf hin, dass sie gekränkt ist. Im Laufschritt lässt sie die Stätte des Unheils hinter sich.

Das Innere des *Fuego* wird von einer Bar beherrscht, die sich über die ganze Längsseite des Lokals erstreckt, ein Eck macht und auch einen Teil der hinteren Breitseite einnimmt. Ein wuchtiger Block, an dem gut lehnen ist. Die Kamerafrau Katie trinkt ein letztes Bier, bevor sie schlafen geht. Heute wurde aus den Discoaufnahmen nichts. Da Abreise- und Ankunftstag der Britinnen ist, verirrt sich nur vereinzelt mal eine der Frauen auf die Tanzfläche. Morgen, Freitagnacht, aber soll es richtig boomen. Müde streift Katie die Sitznischen, die offenen Bogentüren nach draußen und die Runde, in der zwei Frauen johlend begrüßt werden. Bei dem Anblick der beiden Dazugekommenen richtet sie sich unwillkürlich auf. Die eine Frau, Klara, kennt sie vom Nachmittag. Die andere aber ist Livia, deren Anblick für Katie die Luft zum Sirren bringt.

Katie kommt sich vor wie in einem Traum. Sie gleitet von ihrem Hocker, als hätte sie kein Gewicht mehr, und wird wie von einer unsichtbaren Kraft durch das Lokal gezogen, bis sie in der offenen Tür steht. Dies alles, ohne Livia ein einziges Mal aus den Augen zu lassen. Man könnte eine solche Reaktion als Liebe auf den ersten Blick deuten. Livias Körper, die weißen Arme, die aus dem türkisfarbenen T-Shirt ragen, die federfeinen Haare, jede ihrer Bewegungen, die etwas Betontes, Aufmerksames haben, scheinen Katie seit langer Zeit vertraut zu sein. Und sie weiß nicht, warum. Sie lehnt nun da, an der Tür, zwischen Drinnen und Draußen, im Limbus, könnten man meinen, denn das bisherige Leben hat sich verabschiedet und das Neue ist vorerst nur als Vision da. Katie starrt Livia so lange an, bis diese den Kopf hebt und ihre Blicke einander treffen.

Livia schaut nachdenklich in das Gesicht mit den grünen Augen, die sie mit einem derart flammenden Interesse betrachten, dass sie aus ihren Träumereien herausgerissen wird, aus Gedanken, die eine Flucht aus der Gegenwart dieser in Nichtigkeiten verstrickten Gruppe sind.

Livia deutet den Blick der Fremden richtig. Ohne etwas dazu beigetragen zu haben, ist sie das Ziel weiblicher Begehrlichkeiten geworden. Und sie weiß auch, wer diese Frau ist, sie hat sie den ganzen Vormittag mit einer schweren Kamera bewaffnet auf der Strandpromenade gesehen. Aber sie ist entsetzt darüber, dass sich eine Möglichkeit abzeichnet, aus dem weltentfremdeten, mythen- und geschichtenträchtigen Kokon herausgerissen zu werden, in dem sie sich eingerichtet hat, seit sie hier ist. Und so steht sie mit den anderen auf und geht.

Katie kennt sich selbst nicht mehr. Sie sieht mit an, wie das Ziel ihrer plötzlichen Sehnsucht aufsteht und mit einer Gruppe weggeht, und wie in Trance setzt sie sich ebenfalls in Bewegung und folgt ihr. An einem kleinen Platz verabschieden sich die anderen, und Livia geht allein weiter, biegt vom Strand ab in eine schwach erleuchtete Gasse. Katie läuft hinterher. Livia geht trotz ihrer geringen Körpergröße mit so viel Selbstsicherheit, als hätte sie einen muskelbepackten Körper. Sie trägt eine schwarze, kurze

Lederjacke mit Stehkragen und hat die Hände in den Hosentaschen, ihr Gang ist aufrecht und bestimmt.

Livia geht also in ihre Grübeleien versunken nach Hause, nichts ahnend. Katie hinter ihr, starrt verliebt auf die zarte Silhouette. Da löst sich ein Schatten aus einem Toreingang. Ein Mann verstellt Livia den Weg. Katie stockt, dann setzt sie zu laufen an, um Livia zu Hilfe zu kommen. Doch was sie sieht, verblüfft sie dermaßen, dass sie ihr Tempo wieder verlangsamt. Eigentlich sieht sie fast nichts, weil alles so schnell geht. Livia macht einen Ausfallschritt, das linke Bein holt zu einem Stoß aus, und der Mann sinkt zu Boden. Livia tritt noch einmal kräftig nach, und dann geht sie weiter, als ob nichts gewesen wäre. Es schaut so aus, als hätte sie eben ein Insekt zertreten. Katie bleibt mit offenem Mund stehen. Der Angreifer wälzt sich am Boden und hält sich mit jaulenden, stöhnenden Lauten die Geschlechtsteile. Livia dreht sich noch einmal zu dem Mann um, aus purem Interesse, aber die Schläge haben ja gesessen, und verschwindet in der Gasse, in der die meisten der billigen Pensionen liegen.

Katie weiß nicht, was sie tun soll. An dem Mann vorbeizugehen, traut sie sich nicht, und Livia ist ohnehin schon weg. Also macht sie kehrt und geht nach Hause. Sie ist aufgewühlt und weiß nicht, mit wem sie über diesen neuen, seltsamen Vorfall reden soll.

Klara verlässt den Ort ihrer Niederlage und läuft zu ihrer Pension zurück, als ob die Räuber hinter ihr her wären. „Warum habt ihr mich hier allein gelassen", murmelt sie vor sich hin, „warum seid ihr alle gegangen, Livia, Gini und die anderen?" Sie klopft an Livias Tür, aber die ist nicht zu Hause. „Ihr habt damit gerechnet, dass für mich die Nacht heute kein Ende hat, und nun bin ich früher zurück als ihr." Vielleicht sitzen sie alle am Meer und lauschen den Wellen, denn außer dem *Fuego* haben ja alle netten Lokale geschlossen.

Klara geht zu Bett, kann aber vor Wut und Enttäuschung nicht einschlafen. In ihr kocht es. Sie sitzt aufrecht auf der Matratze und trommelt auf die Bettdecke. Um halb zwei nachts geht sie noch einmal zu Livia. Verschlafen und zerzaust öffnet sie, und Klara hat ein schlechtes Gewissen, sie wegen ihrer Liebeskalamitäten geweckt zu haben, aber Livia brummt, sie hätte wegen der Hitze ohnehin schlecht geschlafen.

Klara setzt sich mit ihr auf den Balkon, und Livia hört sich mit einem vor Müdigkeit stoischen Gesicht Klaras Niederlage an. Klara ist beschämt darüber, dass sie ihr diesmal solche Geschichten über sich erzählen muss, keine Erfolgsmeldungen, sondern eine Kränkung, dass sie ihr hilflos gegenübersitzt, sie, die zwanzig Jahre Ältere, in Liebesdingen so Erfahrene. Sie erzählt, und währenddessen weint sie auch leise vor sich hin, ein stummes, stures Weinen, trotzig und grollend.

„Da zieht sie mir diese Tussi vor. Ein Wahnsinn!", sagt sie. „Es geht also immer noch um das Klischee. Der Macho reißt sich das Mädel auf, das gehört zusammen wie der Topf zum Deckel."

„Und wie sie so sind, die Machos", meint Livia. „Sie wollen auf keinen Fall übertrumpft werden, und die Femme hat zu kuschen, wie in der Männerwelt, nicht zu intelligent sein und schon gar nicht als Erste ihr Verlangen zeigen. Was das blonde Doofgesicht in schlafmützenartiger Trägheit scheinbar einwandfrei beherrschte."

„Aber ich könnte ruhig einmal vor meiner eigenen Tür kehren. Was interessiert mich denn an Maggie? Doch auch nur das Klischee, das Männliche, Schrankartige, der Blondine diametral entgegengesetzt."

„Vielleicht hat sie in ihrem kleinen Hirn geschnallt, dass du ihr überlegen bist", sagt Livia tröstend, „reifer, extrovertierter, versierter, origineller und gebildeter. Etwas, das dir nicht bewusst ist, in deinem Trieb nach Sex und Frau."

Sie lachen erleichtert.

„Danke, Livia", seufzt Klara. „Du hast es auf den Punkt gebracht."

„Das einzig Blöde ist, dass du dir eine Situation geschaffen hast, in der sie dich leicht demütigen konnte."

„Und morgen geh ich nicht mit jodeln", schnieft Klara. „Wenn die am Strand damit anfangen, geh ich in die *Primitiv Bar*."

„Ich geh mit dir mit! Wir hauen einfach ab, wie jeden Nachmittag."

Sie drückt Klara beim Abschied an ihren vor Jugend und Kompromisslosigkeit fest in sich gefügten Körper.

KAPITEL 6

Gregorios ist im Gemeindeamt angekommen, seine Schritte nageln sich die Treppen hinauf, dass es nur so widerhallt. Die Schreibtischbeamten in Hörweite beugen sich gleich tiefer über ihre Akten. Neben seinem Vater steht ein unscheinbarer Mann mit fahlem Gesicht, einem Rundrücken und einer dicken Brille: der Ermittler Yakis Kokounos. Gregorios streift ihn mit einem Blick, als würde er eine Latrine inspizieren.

„Wir haben es auch mit der hiesigen Drogenszene zu tun, vielleicht hängen das Sprengstoffattentat und diese Überfälle damit zusammen", sagt Theofilos.

„Für die Zündung des Sprengsatzes sind ganz andere Täter verantwortlich als für die Überfälle", wirft Yakis ein, aber Theofilos hört nicht hin.

„Ich möchte, dass denen einmal der Hahn zugedreht wird. Lange genug haben sie uns auf der Nase herumgetanzt."

„Es gibt hier nicht einmal harte Drogen, und ich glaube nicht ...", widerspricht Yakis.

„Glauben können wir später, und ich habe hier die Ortskenntnisse", faucht Theofilos.

„Ich glaube nicht", wiederholt Yakis, „dass da ein Zusammenhang besteht. Die Überfälle sind die Tat eines Einzeltäters. Wir müssen uns ansehen, ob es in den letzten Jahren außergewöhnliche Zusammenstöße gegeben hat oder sich irgendwelche auffälligen Personen hier aufgehalten haben."

„Wieso in den letzten Jahren?"

„Eine Vermutung. Die Tat wirkt wie eine Art Apotheose."

„Eine was?"

„Vergessen Sie's", nuschelt Yakis. „Ich möchte mit den Listen der hier registrierten Personen weitermachen. Dazu gehören auch die Touristen."

„Die Touristen? Wieso die?"

„Na, hören Sie! Ein Drittel des Jahres halten sich hier zehntausend Touristen auf, das sind fünfmal mehr als Einwohner. Glauben Sie, dass die nicht gewalttätig sein können?"

„Die sind nie systematisch ..."

„Was soll das heißen? Die müssen doch erfasst sein. Schon wegen der Ortstaxe."

Theofilos schaut verlegen aus dem Fenster. Eine drückende Stille breitet sich aus. „Ich weiß nicht, ob es da lückenlose Aufzeichnungen gibt. Das war noch vor meiner Amtszeit."

„Vor Ihrer Amtszeit waren Sie hier auch schon im Gemeinderat. So viel ich weiß, haben Sie selbst ein Hotel mit vierundzwanzig Zimmern. Ich hoffe, wenigstens Ihre Gäste sind erfasst."

„Was glauben Sie eigentlich!", brüllt Theofilos jetzt. „Sie Klugscheißer. Kommen aus Athen und wissen, wie alles besser geht. Die meisten Häuser gehören armen, alten Leuten, die können nicht einmal lesen und schreiben und verdienen sich mit der Zimmervermietung die Butter aufs Brot. Wie soll ich die dazu verpflichten, ein Gästebuch zu führen? Wenn Sie die Sache kompliziert machen, können Sie gleich wieder fahren."

„Ob ich fahre oder nicht, entzieht sich Ihrem Einfluss. Ich habe den Verdacht, dass Sie einer bestimmten Personengruppe etwas unterschieben wollen."

„Möchten Sie sich auf die Seite der Drogendealer schlagen?"

„Ich möchte gar nichts. Ich will nur ..."

„Finden Sie heraus, wer das ist, der das Hirn der Opfer so systematisch stempelt, und basta. Die Leute rennen mir ja schon die Türen ein."

„Ich bin eigentlich dazu da, die Täter des Sprengsatzes zu überführen."

„Die Explosion hat sich ohnehin nicht wiederholt. Die Überfälle hingegen gehen weiter."

Gregorios wandert währenddessen mit knirschenden Schuhen auf und ab. „Was ist mit den Unterlagen der Flughafenkontrollen?", fragt er jetzt. „Kann man die nicht heranziehen?"

„Flughafenkontrollen. Was ist das denn?", fragt Yakis.

„Wir erfassen die Leute schon, wenn sie ankommen", sagt Theofilos stolz. „Mit Foto, Nummer und Namen des Hotels. Das war meine Idee. Und zwar nicht die Pauschalreisenden. Sondern das unlautere Volk, diese herumvagabundierenden Frauen, die immer allein ankommen."

„Sie erfassen sie am Flughafen?", zischt Yakis. „Sind Sie denn wahnsinnig geworden? Das verstößt gegen sämtliche internationalen Verträge, die das Land abgeschlossen hat."

„Das ist mir scheißegal, wogegen das verstößt", fällt ihm Theofilos ins Wort. „Wir haben hier einen Notstand."

„Geben Sie mit Ihren Worten Acht, noch ist niemand gestorben."

„Das kommt schon noch, wenn wir jetzt nicht härter durchgreifen."

„Sie legen es darauf an, dass die Lage eskaliert. Ich möchte sofort einen Bericht darüber haben. Wieso macht die Flughafenpolizei dabei überhaupt mit?"

Theofilos schweigt. Yakis wiederholt seine Frage.

„Der Dienst habende Vorgesetzte der Flughafenpolizei wollte sich erkenntlich zeigen", sagt Theofilos leise, und seine Zähne knirschen.

„Wofür?", fragt Yakis. Theofilos schaut ihn aufsässig an, aber Yakis wartet geduldig auf die Antwort.

„Für ein gemeinsames Abendessen", sagt Theofilos höhnisch.

„Ein Wespennest", keucht Yakis. „Ein verdammtes Wespennest!"

Eine Zeit lang sagt keiner ein Wort. Theofilos starrt aus dem Fenster. In der Ferne kriecht ein graublaues Schiff über den Horizont.

„Ich möchte jetzt Einsicht in die Register der Pensionen und Urlauber haben", sagt Yakis schließlich mit belegter Stimme. Schweigend führt ihn Theofilos in ein Büro zwei Türen weiter.

Als er zu seinem Sohn zurückkommt, sind die Schweißflecken unter seinen Achseln noch größer geworden.

„Was machen wir mit dem da?", fragt er seinen Sohn. Gregorios lehnt sich an den Türpfosten und vergräbt die Hände in den Taschen.

„Ihn daran hindern, einen Bericht zu schreiben. Oder daran, ihn abzuschicken."

„Das ist der erste vernünftige Vorschlag von dir seit Jahren."

Gegen die Mittagszeit sind Livia und Klara unterwegs zu ihrem Frühstück in der *Zehnten Muse*. Durch die Enttäuschung des gestrigen Abends ist Klara schweigsam. Kurz bevor sie zum Hauptplatz kommen, erblickt sie Katie. Ihr Anblick behagt Klara nicht. Ihr fällt ein, dass sie Livia nichts von der Begegnung mit der Kamerafrau erzählt hat, auch nicht, dass Katie das Phantom gefilmt hat. Klara hat schlagartig ein schlechtes Gewissen. Sie winkt Katie zu und will weitergehen. Die aber kommt näher, und so müssen Livia und Klara stehen bleiben.

„Katie. Livia", stellt Klara die beiden einander vor und beobachtet überrascht, dass diese einander anschauen, als hätten sie alle Zeit der Welt, als würden sie in den Augen der anderen eine Erinnerung an Gemeinsames suchen. Livia ist die Erste, die verlegen zu lachen anfängt, von einem Bein auf das andere tritt und den Zauber bricht.

„Das hat ja gut ausgeschaut, wie du gestern mit der Kamera herumgestakst bist und die Aufnahmen gemacht hast. Echt lässig", sagt sie aus vollem Herzen.

„Es hat auch gut ausgeschaut, wie du dem Typen gestern Nacht in die Eier getreten hast", antwortet Katie.

„Ach das", sagt Livia wegwerfend, „so etwas passiert mir täglich. Nein, natürlich nicht. Gott sei Dank."

„Was hast du gemacht?", fragt Klara entsetzt.

„Da hat mich einer blöd angemacht gestern Nacht", sagt Livia. „Und du weißt ja, wie gut durchtrainiert ich bin." Sie lacht schallend, tänzelt und boxt in die Luft. Dann singt sie übermütig. „Lalala. Lalala."

Klara starrt auf Livias zarte, weiße Ärmchen, auf ihre einmetersechzig hohe Gestalt, die zwar biegsam, aber nicht wirklich sportlich aussieht, und meint: „Nein, das weiß ich nicht."

Nun hört sie die Geschichte in doppelter Version. Livia spielt den Vorfall herunter. Das sei nur ein alter Mann gewesen. Es habe genügt, ihm mit der Fußspitze einen leichten Tritt zu geben, und er wäre zurückgetaumelt. Immerhin hat sie ihm aber einen Tritt gegeben, denkt Klara. Ich wäre davongerannt, Livia aber ist stehengeblieben und hat zugestoßen. Katie wiederum hat einen jüngeren, gut gebauten Menschen in Erinnerung, außerdem zwei kräftige Stöße aus der Hüfte und mitten in die Geschlechtsteile. Sie war aber zu weit weg, um glaubwürdig zu sein. Außerdem ist es offensichtlich, dass sie einen Narren an Livia gefressen hat und zur Übertreibung neigt.

„Treffen wir uns heute Mittag auf einen *greek salad* im *Mariana?*", fragt sie Livia spontan.

„Klar", sagt Livia zu Klaras Verwunderung.

Klara braucht den ganzen Tag, um die von Maggie zugefügten Wunden zu lecken. Den Strand meidet sie, so lange es geht, und hängt zu Mittag in der *Zehnten Muse* herum. Die Griechin Maria ist von einer Gruppe Frauen umgeben, darunter auch Gini Sedlak. Gini stellt Fragen, die Klara nie ausgesprochen hätte. Was man denn über die Überfälle wisse, welche Schritte die Behörden zu tun gedächten.

Die Überfälle, so Maria, würden alle nach demselben Schema ablaufen. Das Opfer würde einen wuchtigen Schlag mitten ins Gesicht bekommen, mittels eines scharfen Gegenstandes, der einen brennenden Schmerz verursache, so dass der Betroffene nach dem ersten Schmerzensschrei bewusstlos wird. Die Stirn sei bis zum Knochen zerschnitten, wie von einer Schwertspitze. Zwei der Opfer haben Nasenbeinbrüche, Gehirnerschütterung sei bei allen außer dem Lehrer festgestellt worden. Einer von ihnen, Costas mit Namen, sei nach hinten gefallen und habe auch eine schwere Wunde am Hinterkopf. Er sei mit dem Hubschrauber nach Mitilini geflogen worden. In Strandnähe hätte man das Klinikpersonal aufgestockt. Manche von den Opfern glaubten, gesehen zu haben, dass sich ihnen ein Schleier wirbelnd genähert hätte und die Waffe wie aus einem weißen Dunst auf sie niederkam. Alle hätten eine ähnliche Wunde auf der Stirn. Ausgefranste Ränder, aber deutlich käme eine Markierung in Form eines Sigmas zum Vorschein. Da sie genäht worden sind, würde die Naht das Zeichen des Sigma für alle Zeiten unauslöschlich in ihrem Gesicht festhalten. Bis jetzt seien nur Männer unter den Opfern gewesen.

Die Frauen lauschen entsetzt. Neben Maria sitzt eine andere Griechin, die sehr schlecht Englisch spricht. Sie wirkt unsicher und eingeschüchtert. Klara erfährt, dass sie die Schriftführerin im Bürgermeisterbüro ist. So sickern also Nachrichten durch.

Wie die Polizei denn nun weiter vorgehe, fragt Gini Sedlak. Maria spricht mit der Schriftführerin auf Griechisch. Diese schüttelt den Kopf. Sie dürfe nichts erzählen. Schweigen entsteht in der Gruppe wie dichter, schmutziggrauer Nebel. Das scheint die Schriftführerin doch nicht ertragen zu können, denn sie fängt nach einer Weile von selbst an zu reden. Maria übersetzt. Ein Ermittlungsbeamter aus Athen sei wegen des letzte Woche explodierten Sprengsatzes im Ort, würde aber auch in Sachen Überfälle ermitteln. Eben sitze er am Computer und arbeite sich durch alle in Skala Eressos ansässigen Personen. Damit seien auch Touristinnen und Touristen gemeint, soweit sie erfasst sind. Der Bürgermeister habe eine Verstärkung der Polizeieinheiten aus Mitilini angeordnet. Nicht nur wegen der Serie von Überfällen, sondern auch weil morgen der Charterflug mit der lesbischen Gruppenreise von *Lesvos Travel* ankäme und die Lage drohe, unübersichtlich zu werden. Sie habe ebenfalls etwas von Hausdurchsuchungen gehört. Das könnte aber auch nur ein Gerücht sein. Die Tatwaffe, mit der die Überfallenen niedergeschlagen und gestempelt wurden, soll gefunden werden. Die Frauen rätseln, was das sein könnte. Sie muss klein genug sein, um in einer Hosentasche versteckt zu werden oder sich zusammenschieben lassen, um in Sekundenschnelle wieder zu verschwinden und den Träger selbst nicht zu verletzen.

Da vermutet wird, dass die vorwiegend aus alten Leuten bestehende örtliche Bevölkerung nichts mit den Überfällen zu tun habe, werden die Hausdurchsuchungen wohl zuerst bei den Touristen gemacht werden. Der Bürgermeister würde die Familien, die mittels Pauschalangeboten hier Urlaub machten, als unbedenklich ansehen, also könnten zuerst die allein reisenden Frauen, im Klartext die Lesben, drankommen oder die Tramper beiderlei Geschlechts, die am Strand wohnen. Amtlicherseits würde man annehmen, dass diese am ehesten Kontakte zu allerlei asozialen Elementen hätten.

„Also noch mehr Schikanen", sagt Gini Sedlak. „Das Gegenteil hätte mich gewundert. Ob in Wien oder hier, es ist überall das Gleiche."

Sie und Klara verlassen den brütend heißen Schatten der Leinenschirme, um sich an den noch heißeren Strand zu begeben. Von der Ferne sieht Klara das *Channel 4*-Team geschlossen über den Platz marschieren. Auch dieser Anblick ist nicht mehr mit Ferienstimmung verbunden.

„Mir ist unheimlich zumute", bricht Klara das Schweigen.

Gini zündet sich eine Zigarette an und schließt beim ersten Zug die großen Rehaugen mit den geschwungenen Wimpern zu einem dünnen Strich. „Die Überfälle scheinen uns in keiner Weise zu betreffen, trotzdem schaffen sie vor allem uns Unannehmlichkeiten", sagt sie.

„Du meinst, von den Behörden inszeniert, um die Lesben noch mehr zu kontrollieren?" Klara lacht kurz auf.

„Sehr aufwändig, wenn es so wäre, und könnte nur einem kranken Hirn entspringen."

„So viel Macht kann doch der Bürgermeister gar nicht haben."

„Oder es ist eine der Lesben", wirft Gini ein.

„Bist du verrückt?"

„Ja, glaubst du, Frauen sind nicht gewalttätig?"

„Wenn eine der Lesben etwas damit zu tun hat, dann schadet sie in erster Linie sich und uns. Eines Tages wird sie ja doch gefasst, und dann ist es für uns alle aus mit dem Urlaub hier, auf Jahre."

Klara und Gini sind an ihrem üblichen Platz am Strand angekommen und breiten ihre Handtücher aus. Das Gespräch macht Klara jedoch unruhiger denn je, und sie sucht instinktiv den Strand ab, als könnte sie so die Missetäterin ausfindig machen.

„Wie soll eine Frau so viel Kraft aufbringen?", fragt sie Gini.

„Ja, sag einmal! Warum nicht?"

„Na ja, aber keine Lesbe hätte Interesse an einer solchen Aktion."

„Es sei denn, sie wäre von einer Art Sendungsbewusstsein erfüllt, etwas Übernatürliches, wogegen sie selber nicht ankommt. Wie eine Tötungsmission, weißt du?"

„In einem solchen Fall möchte ich nicht mit ihr zusammentreffen."

„Eine getriebene Seele. Klingt spannend", lacht Gini nun guttural auf und lässt sich neben Klara unter dem Schirm nieder.

„Könntest auch du sein!", scherzt Klara.

Gini hört auf einmal auf zu lachen, und die Stille, die sich nun zwischen ihr und Klara ausbreitet, ist beißend. Die Hitze scheint noch mehr auf ihnen zu lasten.

„Sag das nie wieder", murmelt sie dann mit belegter Stimme.

„Tut mir Leid, Sedlak, das war doch nur ein Scherz."

„Ich werde doch von allen immer sofort als Erste verdächtigt. So beschränkt ist euer Denken nämlich. Wenn eine einmal zwei Vorladungen bei der Polizei gehabt hat oder nicht so durchschnittlich wie ihr alle gekleidet ist, ist sie gleich der Sündenbock."

„Gini, bitte! Ich habe es nicht so gemeint", versucht Klara einzulenken.

„Wenn wir schon von einer Täterin fantasieren, dann könnte es ja wirklich jede sein. Maggie zum Beispiel", sagt Gini augenzwinkernd. „Was ist denn jetzt zwischen ihr und dir?"

„Sie ist ein Arschloch", sagt Klara knapp und umreißt den Ausgang des gestrigen Abends mit wenigen Worten. Sie ärgert sich über sich selbst, dass sie Gini je von ihrem Faible für Maggie erzählt hat.

„Und grüßen tust du sie auch nicht mehr?", fragt Gini überrascht. Sie kann sich nicht einmal vorstellen, dass Klara kränkbar ist und daher auch keine Lust zum Grüßen hat.

„Nein", sagt Klara trotzig. Sogar im Wasser dreht sie Maggie den Rücken zu, die eben einen dicken, gestreiften Schwimmreifen beklettert hat und grölend zum Ufer strampelt.

„Na ja, du bist echt cool", meint Gini bewundernd, bevor sie sich auf dem Handtuch ausstreckt, um ein Nickerchen zu machen.

Lange bevor Gini ihren Jodelkurs beginnt, verlässt Klara die Gruppe am Strand und macht sich in die *Primitiv Bar* auf. Sie verabschiedet sich laut und auffällig von Gini. Nun weiß jede, dass sie an dem Gruppenjodeln nicht interessiert ist. Dann nimmt sie den weiten Weg durch die Sandwüste in Angriff.

Livia ist schon vor ihr in der *Primitiv Bar* und nickt ihr freundlich zu. Klara ist aber heute eine ungute Zeitgenossin für ihre junge Freundin, eingemauert in Schmerz und böse auf die Welt. Bis jetzt haben diese nachmittäglichen Stunden im Café etwas Außergewöhnliches gehabt, die Leichtigkeit zweier Abenteurerinnen, die durch Zufall aus der Hitze der Wüste in den Halbschatten von Palmen und Schilfrohr nahe einer Erdhütte gelangen und hier das Tagewerk der zerstörerischen Sonnenflammen abwarten, um erst wieder ins offene Land hinauszugehen, wenn die Berge blau sind und das Meer Abendluft schickt.

Heute aber starrt Klara Livia nur immer wieder gekränkt an, bis diese befindet, dass Klara zur Abwechslung etwas schreiben sollte, so wie sie täglich. Sie reicht ihr sogar einen Stift. Papier hat sie auch aus einer Hülle gezogen.

„An unserem ersten Nachmittag war diese Reise noch ein so wunderbar unbeschriebenes Blatt des Lebens", schreibt Klara folgsam. „Heute, nur fünf Tage später, ist schon wieder das Ende der Unschuld gekommen, und die Möglichkeiten sind nicht mehr grenzenlos."

Dann liest sie Livia den Text vor. Sie lachen herzhaft, und die Spannung löst sich etwas auf. Dennoch ist es für Klara immer noch so, als ob sie sich von dem gestrigen Erlebnis mit Maggie reinwaschen müsste, als ob in ihrem Körper die Tränen weiter rieselten, sie schwach machten und auslaugten. Sie senkt den Stift und nippt an dem Café Frappé. Da fällt ihr ein, dass ja auch Livia gewissermaßen in Liebesdingen unterwegs gewesen ist. Vor kurzem noch.

„Wie war das Mittagessen mit der Kamerafrau?", fragt sie sie.

Livia schaut sie mit einem rätselhaften Blick an. „Schön."

„Und?"

„Ich habe ihr gleich gesagt, dass es in Wien eine andere gibt, auf die ich stehe, und dass zwischen uns nichts laufen wird", sagt sie. Also geht es auch bei diesen beiden um dasselbe Spiel von Anziehung und Ablehnung. Livias Ton verrät eine Gefühllosigkeit, die Klara nicht erwartet hätte.

„Was gefällt dir an ihr nicht?"

„Sie gefällt mir. Sie ist süß, mit den weichen Haarschwänzchen und ihren sanften Augen."

Sie grinsen einander an.

„Und weißt du, ihre Brüste sind so schön", ruft Livia entzückt, „wenn sie sich unter dem T-Shirt bewegen."

„Na also", sagt Klara.

„Ja, aber sie ist zu anhänglich. Das habe ich gestern Nacht gleich bemerkt, als sie mich das erste Mal angeschaut hat. Ich mag das nicht, wenn mich eine so anhimmelt."

„Die hat übrigens die Rächerin gesehen, deine Kamerafrau", rutscht es Klara heraus.

„Was?"

Der Stift fällt Livia aus der Hand, die sie sich vor Entsetzen vor den Mund hält. Klara bückt sich, um ihn aufzuheben, und als sie wieder hochkommt, sieht sie, dass Livias Gesicht kreidebleich ist.

„Das hat sie mir gar nicht gesagt!"

„Sie hat sie sogar gefilmt."

„Gefilmt?" Livias Hände klammern sich an die blaubemalten Holzlehnen.

„Ja, gefilmt."

Und Klara erzählt ihr, wie sie Katie im *Mariana* getroffen hat, auch über die Abmachung, niemandem etwas darüber zu erzählen, die sie hiermit leider gebrochen hat.

„Die Arme!", ruft Livia aus. „Das muss für sie entsetzlich gewesen sein. Stell dir vor, was die für Ängste ausgestanden hat."

Klara ist nicht zum ersten Mal verblüfft über die Schwankungen in Livias Gefühlsleben. Zuerst noch fast apathisch der Hitze erlegen und unerschütterlich kalt, wenn sie erzählt, wie sie eine Frau, die auf sie steht, in ihre Schranken verwiesen hat. Jetzt die Leidenschaft pur, und es geht dabei um dieselbe Frau.

„Ich kann das nicht glauben. Die muss sehr mutig sein."

„Sag ihr ja nicht, dass du es weißt."

„Wird das dann nicht im Fernsehen gebracht?"

„Wenn sie tut, was ich ihr geraten habe, nicht."

„Warum?"

„Zu gefährlich. Der Angreifer könnte sich an ihr rächen."

„Blödsinn!", ruft Livia aus.

„Findest du den Gedanken blöd?"

„Der ist doch selbst froh, nicht erwischt zu werden. Außerdem glaube ich ja immer noch, der Angreifer ist eine Frau."

„Sag das nicht schon wieder."

„Eine Griechin, der die Männerwirtschaft hier stinkt, zum Beispiel. Warum traut denn keine von euch einer Frau etwas zu?"

In diesem Moment ist Motorengeräusch zu hören. Ein Jeep parkt, und zwei Uniformierte stürzen heraus, gehen eiligen Schrittes über die Terrasse in das Lokal. Klara und Livia hören einen heftigen Wortwechsel. Dann kommen die Uniformierten wieder heraus. Zwischen ihnen der Pächter der *Primitiv Bar*. Alle drei steigen in den Jeep und fahren weg.

Livia und Klara haben die Szene offenen Mundes verfolgt. Die Uniformierten haben auf die Gäste nicht geachtet; ihre Blicke zogen schnell über die Tische, ohne an ihnen hängenzubleiben. Einer von ihnen war jung und vierschrötig, und das einzige Merkmal an ihm war sein fast glatzig geschnittenes Haar.

Als Klara sich zu Livia umdreht, um ihrer Verwunderung über diesen Vorfall Ausdruck zu verleihen, sieht sie, dass sie zittert.

„Männergewalt", sagt Livia leise. „Ich hasse sie."

KAPITEL 7

Im Gemeindeamt von Skala Eressos ist noch bis spät in die Nacht Licht zu sehen. Yakis arbeitet sich durch die Einwohnerdateien und die Namen unzähliger Touristen der letzten zehn Jahre, sofern es über ihren Aufenthalt Aufzeichnungen gibt. Sein Rücken schmerzt, und die Augen brennen. Zum Teil sind die Daten digitalisiert, zum Teil gibt es noch Zettelkästen. Beide zu verknüpfen ist eine unlösbare Aufgabe. Die Daten der ganzjährig ansässigen Bevölkerung weisen keine besonderen Anomalien auf, hohes Durchschnittsalter, die übliche Abwanderung der jüngeren Generation, vorwiegend nach Athen, ohne jedoch den Wohnsitz hier ganz aufzugeben, die Sterbe- und Geburtenrate folgt dem Raster der restlichen griechischen Inseln. Auch nichts Auffälliges. Unfälle ereigneten sich vorwiegend im Straßenverkehr oder beim Fischfang. Hartnäckige Krankheiten oder Epidemien hat es nie gegeben. Keine Morde, kein Totschlag.

Die Touristen zu klassifizieren ist weitaus schwieriger. Erstens sind aus Nachlässigkeit und um Steuern zu hinterziehen weitaus weniger Namen registriert, als Urlauber je auf Lesbos waren. Yakis schätzt, dass maximal die Hälfte der belegten Betten angegeben wurde. Die Namen sind oft falsch oder unleserlich mit der Hand auf Meldezettel geschrieben, die ohne alphabetische Ordnung jahresweise gebündelt in den Schubladen vergilben.

Je mehr Stunden vergehen, umso größere Zweifel an seiner Vorgehensweise beschleichen ihn. Wegen der Ermittlungen über einen am Strand explodierten Sprengsatz ist er gekommen, und nun befindet er sich auf der Suche nach einem Täter, der brave Bürger überfällt und brutal brandmarkt. Er hat bis jetzt eine Verbindung zwischen diesen beiden Gewaltakten von sich gewiesen. Wenn es aber doch einen Zusammenhang gibt?

Er staunt über sich selber. Welche innere Stimme veranlasst ihn, den Grund für die Überfälle in der Vergangenheit zu suchen? Vor allem in der von Skala Eressos? Warum schlägt er sich durch seitenlange Listen von Namen wie durch einen Urwald? Was soll das bringen? Hat die landläufig bekannte Buchstabenbesessenheit des Bürgermeisters von ihm Besitz ergriffen, aber in einer umfassenderen Form, in der kranken Lust, fremde Eigennamen vor sich aufgereiht zu sehen? Das Papier flimmert vor seinen Augen. Wie sollen Namen von Touristen weiterhelfen? Ein Fünftel der Urlauber kommt jedes Jahr wieder, darunter zu fünfzig Prozent Familien, ein hoher Prozentsatz, der zeigt, wie bürgerlich und erholsam der Ort ist.

Präziser sind die Daten von Unterkünften, die mit Reisebüros zusammenarbeiten, wie die einzige große Hotelanlage, *Menelaos Village*, außerhalb des Ortes auf einem kleinen Hügel gelegen, mitten in der Einöde hinter dem Strand. Dieser Komplex verfügt über vierhundert Betten, nimmt Pauschalreisende auf und wird ab morgen die lesbische Reisegruppe von *Lesvos Travel* beherbergen. Oder kleine Pensionen, die ebenfalls drei, vier Zimmer an Agenturen vergeben haben. Yakis beginnt, Namen zu notieren, die mehr als einmal vorkommen, bald gibt er auf. Es sind zu viele. Der Täter ist vermutlich nicht über eine Agentur gekommen, eine Möglichkeit mehr, lange nicht erkannt zu werden.

Auch über die beiden Frauenhotels *Sappho* und *Antiopi* existieren fast lückenlose Eintragungen. Sie haben auch die meisten Steuerprüfungen und Personalkontrollen aller Unterkünfte des Ortes über sich ergehen lassen müssen.

Melina Valiakos. Dieser Name ist der erste, der ihm auffällt, und das auch nur, weil er ihn in unangenehmer Weise an den Auftritt mit dem Bürgermeister und dessen Sohn heute Nachmittag erinnert. Sein Auge rastet bei der Buchstabenfolge *Melina Valiakos* und bewegt sich nicht weiter. An Melina Valiakos wurde, so steht es hier in der Steuererklärung des Frauenhotels *Sappho*, mehrmals hintereinander ein Kellnerinnengehalt von sechzehnhundert Euro ausgezahlt. Von einer persönlichen, nicht mit dem Fall verbundenen Neugier getrieben, schaut Yakis im Geburtsregister nach, ob sie mit dem Bürgermeister verwandt ist. Ja, ist sie. Seine Tochter. Die hat sich Taschengeld dazuverdient. Wohlhabender Vater, und trotzdem geht die Tochter kellnern. Wohnsitz Skala Eressos bis vor drei Jahren, dann unbekannt verzogen, dann verstorben, im Alter von vierundzwanzig Jahren. Yakis läuft ein Schauer über den Rücken, der erste Todesfall auf all diesen Listen, der ihn nicht gleichgültig lässt. „So jung und schon gestorben." So oder ähnlich sind die Worte, die ihm in den Sinn kommen. Vielleicht ist der Bürgermeister deshalb reizbar und unleidlich.

Routinemäßig, und weil das Wissen um Eigentumsverhältnisse nützlich sein kann, steigt Yakis ins Grundbuch ein. Was er hier erblickt, macht ihn noch nachdenklicher. In den letzten beiden Jahren haben mehrere kleine, bäuerliche Betriebe durch Verkauf den Besitzer gewechselt. Betriebe, die noch dazu aneinander angrenzten. Der neue Eigentümer heißt Theofilos Valiakos. Na, das ist doch etwas. Yakis pfeift durch die Zähne und druckt sich die Grundbucheintragungen aus. Auf dem Plan des Ortes ist zu sehen, dass sich Theofilos' Reich, wie man dazu nun schon sagen muss, in einem großen Halbmond vom äußersten Westen des Strandes bis zum Ortsbeginn zieht, allerdings im Hinterland, hinter der Staubstraße, die den Strand begrenzt. Eine beträchtliche Scheibe Landes zwischen dem Halbmond und dem Strand gehört nicht zu ihm. Auf dieser steht die *Primitiv Bar*, verpachtet, und sie ist zwischen zwei Besitzern aufgeteilt. Costas und Elias Velitzelos. Deren Namen hat Yakis auch schon irgendwo gehört. Ach ja, sie gehören zu zweien der vier Opfer.

Als Livia und Klara diesmal nach dem Abendessen am *Mariana* vorbeikommen, auf dem Weg zum Open-Air-Konzert, steht auf einmal Maggie vor ihnen. Sie begrüßt sie, als hätte sie sie tagelang nicht gesehen, und stellt sie eben aus London angekommenen Freundinnen vor, als gehörten Livia und Klara hier zur Schickeria. Immerhin beweist sie gute Kinderstube. *„You just look wonderful again today"*, ruft sie aus, fragt, warum Klara und Livia heute Nachmittag nicht beim Jodeln dabei waren, sie habe sie vermisst, und ob sie nach dem Konzert wieder ins *Fuego* kommen werden. Sie ist so ausgesucht höflich, nett und darauf aus, Konversation zu führen, dass Klara sich wieder blenden lässt.

Außerdem findet Klara immer noch, dass Maggie verdammt gut aussieht. Ein Lausbub mit ihren prallen, nun braun gebrannten Schenkeln in eng sitzenden Bermudas, auf den langen Armen prangen die Goldkettchen hell wie nie. Der auf Klara sonst abstoßend wirkende Eindruck ihres Gesichtes so bar jeder Nuance und ihres brettförmigen Oberkörpers wird von den satinglatten Betonschenkeln und den schlanken Armen wieder wettgemacht.

Die Atmosphäre auf der Strandpromenade hat sich verändert. Polizisten streifen zu zweit oder zu dritt an den Terrassen der Lokale vorbei und wecken das Bedürfnis, die Augen niederzuschlagen und keinen Blickkontakt zu provozieren.

Livia und Klara besiegeln ihre Verbundenheit mit Fotos, die sie voneinander in der mehrreihigen Fackelallee im Sand machen. Die Flammen weisen den Weg zur Bühne und sollen wohl an Aufführungen griechischer Tragödien erinnern. Anachronistisch muten daher die Uniformierten an, die am Rand außerhalb der Sitzreihen warten und Taschen kontrollieren. Der Platz um die Bühne ist diesmal von zwei Polizeiautos eingesäumt, Klara und Livia werden gefragt, ob sie Waffen bei sich führen, und Livia muss ihre Tasche öffnen. Nach einem kurzen Blick auf das Tohuwabohu darin lassen es die zwei jungen Bullen dabei bewenden. Sie sind verlegen und wären heute Abend lieber in einer Disco als hier bei den Kontrollen. Livia und Klara ignorieren diesen Vorfall. Bald liegen sie wieder im Sand vor der Bühne. Eine noch bedeutungsvollere Schwere als sonst kommt von der Musik. Ein Männerchor singt gregorianische Choräle.

„Man sollte Männern keine Möglichkeit mehr geben, sich künstlerisch zu artikulieren", sagt Livia auf einmal, zusammenhanglos. Klara wendet überrascht den Kopf.

„Viel zu lange haben sie auch dieses Terrain besetzt. Und was kann von einem Mann heute noch Überragendes kommen? Die sind sowieso am Ende."

„Und diese Stimmen, die Musik?"

„Ja, das ist mein Dilemma. Die Stimmen sind einfach schön, aber kannst du dir vorstellen, wie großartig Frauen wären, wenn sie in einem solchen Chor singen würden?"

Gregorios sitzt hinter dem Schreibtisch, auf einem Drehstuhl des Kommissariats. Vor ihm Dimitrios, der Pächter der *Primitiv Bar*.

„Du weißt, was dich erwartet. Lizenzentzug für das Lokal. Die Pacht verlierst du ohnehin, wenn wir das Gelände sperren lassen. Unerlaubter Besitz und Handel mit Drogen."

„Warum du dich wegen des bisschen Gras so anscheißt. Du rauchst es doch selbst."

„Halt's Maul!"

„Jeder weiß das. Und keinen Menschen hat es bis jetzt gestört. Warum ihr jetzt auf scharf macht, ist mir unbegreiflich."

„Das geht dein Spatzenhirn auch nichts an. Wenn aus dem Ort etwas Besseres werden soll, bist du ein Risiko."

„Was soll der Ort schon viel mehr hergeben als bis jetzt?"

„Wenn wir einmal dich los sind und dann nach und nach die ganzen Frauen ..."

„Die Frauen? Das schafft ihr nie!"

„Stehst du auf die? Die letzten Überfälle gehen auf deren Konto."

„So ein Quatsch!"

„Oder auf deines", grinst Gregorios.

„Bist du wahnsinnig. Was soll ich ...?"

„Je nachdem, wie wir es konstruieren."

„Ihr Schweinehunde! Ich dachte, ihr habt einen Ermittler aus Athen."

„Na und? Was soll der groß finden? Der ist reine Formsache."

Schweigen entsteht. Der Ventilator ächzt durch die zigarettengeschwängerte Luft. Gregorios beugt sich nach vorne.

„Kommt für dich drauf an, auf welcher Seite du stehst."

Dimitrios schaut ihn mit unbeweglicher Miene an.

„Ich brauch eine von denen, auf die wir es schieben können, und die wirst du uns liefern", sagt Gregorios halblaut.

Als Dimitrios wenig später das Kommissariat verlässt, ist ihm zum Heulen zumute. Selbst wenn er in dieser Sache mit Gregorios zusammenarbeiten würde, wonach ihm absolut nicht ist, böte die bei ihm konfiszierte Ware die Möglichkeit, ihn jederzeit mit der Aussicht auf Festnahme weiter zu erpressen.

Geläutert und verklärt gehen Livia und Klara nach dem Konzert ins *Fuego* und halten sich an die Gruppe um Gini Sedlak. Kurze Zeit später bahnt sich Maggie einen Weg durch die Stühle und setzt sich so knapp hinter Klara, dass ihre Köpfe einander beinahe berühren, um Aufmerksamkeit heischend. Da in der Gruppe aber deutsch gesprochen wird und Gini gerade eine kleine Rede hält, kann Klara sich nicht um sie kümmern, und Maggie geht wieder.

Gini rührt nichts ahnend in Klaras Wunden, weil sie fragt, warum sie immer noch solo sei.

„Ich steh halt nur auf Butches mit diesem Hauch von purer Männlichkeit", sagt Klara lachend, „und die sind so plump, ich habe nicht die leiseste Ahnung, wie ich die knacken soll."

„Das ist doch leicht", ruft Gini, selber butchig von Gemüt, aber im drallen Körper eines Vollblutweibes. „Ich zeig dir, wie das geht."

Vier andere Wienerinnen, sowie Livia und Klara lauschen Ginis Ausführungen, die mit praktischen Beispielen geschmückt werden.

„Auf jeden Fall musst du sie bewundern."

„Aber wie komme ich überhaupt an sie ran?"

„So machst du das", ruft Gini. „Du gehst an einer Butch vorbei ..." Sie trippelt mit ihrem üppigen Körper mädchenhaft zu Klara.

„Und wenn du knapp vor ihr bist, tust du so, als ob du stolperst, und schreist ‚huch' oder so ähnlich. Dann hältst du dich an ihrem Arm fest und rufst: ‚Oh mein Gott, jetzt wäre ich beinahe gefallen, hast du aber starke Oberarme!' Dann lässt du dich auf ihren Schoß fallen, so." Schon sitzt sie auf Klara und grinst sie an.

Klara lacht bestürzt auf. Die anderen klatschen Beifall. Gini besteht darauf, diese dumme Szene zu zweit zu üben. Immer wieder trippelt sie an Klara heran, dann muss Klara dasselbe probieren. Jede lässt sich mit Begeisterung in den Schoß der anderen plumpsen. Klara kann ihr komisches Talent entfalten, und beide haben Zuschauerinnen.

„Du musst halt schon ein bisschen Alkohol trinken, sonst kommst du einer Frau nie näher."

„Mir wird aber schlecht davon."

„Dann hast du keine Chance, die trinken alle hier. Ich hab letztes Jahr einen Aufriss gemacht, als ich im Vollrausch um vier Uhr früh im Sand lag."

Klara nickt, wenig überzeugt.

„Was ist denn nun mit dieser Maggie?"

„Das haut nicht hin mit der."

„Wieso? Die schien doch vorhin interessiert", sagt Gini, „die entern wir jetzt. Wo sitzt sie denn?"

„Ich weiß nicht recht, Gini, ich möchte es lieber lassen."

Gini hört aber nicht auf sie. Sie dreht sich um. Maggie sitzt eingekeilt zwischen zwei Frauen an der Hauswand des *Fuego*. Die eine ist die blonde Deutsche von gestern Abend, das Häschen, die Unbedarfte. Die andere kennt Klara ebenfalls vom Sehen. Sie heißt Leni, hat ein feines Gesicht, wirkt aber blass und ausgehungert nach Liebe. Kettenraucherin. Sie unterrichtet an einer Universität in Deutschland. Strähnige Haare und hohle Wangen deuten auf langjährige Einsamkeit mit bösen Folgen für das Selbstbewusstsein. Aus Furcht, davon angesteckt zu werden, hat Klara bis jetzt kein Wort an sie gerichtet.

„Na, dann los", sagt Gini, „setz dich neben Maggie und sei ein bisschen fordernder."

Diesem Befehl nachzukommen, ist nicht einfach. Klara findet ihre Lage beschissen, und ihre gute Laune verfliegt, denn nun beobachtet sie Gini nicht nur wohlwollend wie vorhin, sondern sie wartet auf Erfolge. Gottergeben setzt sich Klara neben Maggie, aber sie ist ins Gespräch sowohl mit der Blonden als auch mit Leni vertieft, und Klara ist durch den gestrigen Misserfolg so verunsichert, dass sie keinen einzigen Satz hervorbringt. Ihre Zunge fühlt sich verklebt an, ihre Glieder wie Blei. Sie bringt es nicht fertig, Maggie anzuschauen. War sie vorhin noch leichtfüßig auf den Schoß von Gini Sedlak gehüpft, so fühlt sie sich jetzt wie ein Klotz, wie ein vierzehnjähriger Junge, der noch nie mit einer Frau geredet hat und plötzlich neben der heimlich verehrten Nachbarin sitzt. Sie schaut Gini und Livia hilflos an und flüstert Gini leise zu: „Du, ehrlich, ich glaube, die ist eher an der Blonden interessiert."

„An der? Nie im Leben, die hat doch ein Kartoffelgesicht."

Klara bleibt trotzdem stumm. Maggie und sie grüßen einander knapp, dann wendet sich Maggie wieder ihren beiden Gesprächspartnerinnen zu. Die Konversation, die die drei führen, ist so banal, dass Klara nicht weiß, wie sie einhaken soll.

Sie ist erstaunt, mit welchem Enthusiasmus diese Leni, immerhin Hochschuldozentin, neue, abgedroschene Gesprächsthemen für Maggie findet und komplizierte Sachverhalte in schlichte Worte fasst. Klara ist es leid, diese Art von Smalltalk zu betreiben, um eine Frau rumzukriegen. Die Wichtigkeit, die Leni jedem von Maggie ausgespuckten Wort beimisst, ist ihr peinlich.

Katie glaubt, in einem Zwischenreich zu leben, halb Märchen, halb Wirklichkeit. Die heißen Mittagsstunden mit Livia in einem Café am Meer haben ihre Sinne aufs Äußerste gereizt. Das Meer schwappte wie bläuliche Milch hin und her, die salzigen, weißen Fetawürfel des *greek salad* schmolzen zwischen Zunge und Gaumen, und eine andächtige Stille hatte sich über die beiden Frauen gesenkt, als ob sie sich in einer ewig währenden Zeitspanne der Vergangenheit befinden würden. Worte hatten sich verflüchtigt, Gesten waren auf das Notwendigste geschrumpft. Auf einmal machte Livia etwas, das keine von beiden, am allerwenigsten Livia selbst, erwartet hätte. Sie zog ihre Sandalen aus, hob die Füße auf die Sitzbank, und dann ließ sie ihren Kopf langsam in Katies Schoß sinken.

Katie hielt die Luft an und wagte minutenlang nicht, sich zu bewegen, so aufgeregt war sie, so sehr wünschte sie, dies wäre nicht bloß ein Traum, und wenn es die Wirklichkeit war, dass diese so lange wie möglich anhalten möge. Als Livia aber liegen blieb, entspannte sich Katie und fuhr mit den Fingerkuppen leicht durch Livias Haar. Livia regte sich etwas, entwand ihr die Zigarette und tat einen tiefen Zug. Dann herrschte wieder einvernehmliches Schweigen.

Als Katie jetzt durch entlegene nächtliche Gassen schlendert, taucht vor ihrem geistigen Auge immer wieder die Harmonie dieser Stunde auf, die sich im Nachhinein wie eine Illusion anfühlt.

In Gedanken versunken überquert Katie einen Platz, der schlecht ausgeleuchtet ist und an dessen Rand ein einziges Auto parkt, das ihr bekannt vorkommt. Sie hat es verschiedene Male an sehr exponierten, unpassenden Orten gesehen, tagsüber in Strandnähe, am Abend dicht hinter den Frauenbars. Der Range Rover des glatzköpfigen Polizisten, sagt sie halblaut und erschreckt. Sie verlangsamt, ohne es wahrhaben zu wollen, ihre Schritte, denn der Wagen ist nicht leer. Die Scheiben des Fahrersitzes sind beschlagen, und hie und da scheinen Haare das Glas zu streifen. Sie zuckt vor Schreck zusammen und verlässt rückwärts gehend vorsichtig und lautlos den Ort.

Gregorios sieht sich selbst als den einzigen Mann der Insel an, der sich von keiner Art Schlendrian verführen lässt. Trotz der Hitze ist sein Hemd meist faltenlos, und dank eines Deodorants bleiben die Schweißflecken unter den Achseln fast unsichtbar. Er raucht nicht, trinkt nicht. Sex hat er unter Kontrolle. Er treibt es oft genug, dass die Psyche nicht darunter leidet, aber selten mit ein und derselben Frau hintereinander, so dass keinerlei Bindung oder übermäßiges Gefühlsleben entsteht. Verheiratete Frauen oder Jugendfreundinnen, die geschieden aus Athen zurückgekehrt sind und keine Verpflichtungen mehr eingehen wollen, lassen sich auf ihn ein. Frauen, die auf diesen straffen, muskulösen Körper stehen und auf die Aura des Militärischen, Hartgesottenen. Er braucht selten viel dazu beizutragen, um mit einer Frau bekannt zu werden. Die Uniform oder das Wissen darum erspart komplizierte Anbahnungsgespräche. Oft genügt es, bei Freunden eingeladen zu sein und danach eine der Frauen nach Hause zu bringen. Wie heute Abend, als er, nachdem er das Kommissariat verlassen hatte, einen Jugendfreund besuchte, dessen Cousine in Skala Eressos Urlaub macht. Wie er vorausgesehen hatte, bestand die Frau darauf, mit ihm nach dem Essen noch auf einen Drink zu gehen, und er bot ihr an, in eine Bar nach Antissa zu fahren.

Schon als er den Wagen anließ, war die schwüle, aufgeladene Atmosphäre des Sexuellen zu spüren, und zwei Minuten später blieb er, ohne viel zu fragen, auf einem dunklen Parkplatz stehen. Er stellte den Motor ab, und er und die Frau saßen beide eine Weile, ohne einander anzuschauen, schweigend da. Er merkte, dass sie den Atem anhielt. Da langte er zu ihr hinüber, fasste sie am Nacken und drückte ihren Kopf sanft in seinen Schoß. Vor Überraschung leistete sie kurzen Widerstand, ließ sich aber weiterführen und kam mit dem Gesicht auf ihm zu liegen. Er grinste zufrieden, als sie so da lag und ihn nun einatmen musste. Sicherheitshalber ließ er die Hand in ihrem Nacken, um ihr zu zeigen, dass alles andere nicht erwünscht war. Aber das war nicht notwendig. Sie ächzte, als ihre Lippen durch die gestärkte Baumwolle der Hose den fett geschwollenen Schwengel berührten. Er lenkte ihre Hand zu seinem Hosenlatz, und es erregte ihn, dass sie zitterte, als sie sich an den Knöpfen zu schaffen machte, die einer nach dem anderen aufsprangen und ihn freigaben. Als sie so weit war und den Stoff beiseite schob, stieg sein Geruch im Wagen auf, wenig Urin, umso mehr alles durchdringende Männergeilheit.

„Schwanzlutscherin", sagte er. „Du hast den ganzen Abend daran gedacht, was?" Und die Frau stöhnte auf, vor allem deshalb, weil seine Hand plötzlich an ihren Hintern griff. Fast wütend vor Gier grapschte er nach ihrem weitfaltigen Rock, zerrte den Stoff über ihren Arsch hinauf und knetete ihre Haut, was ihren Körper zu Zuckungen und Schüben veranlasste. Da drückte er sein Becken durch und landete den Schwanz, der sich bloß bis zu ihren Lippen emporgereckt hatte, in ihrem Mund. Sie würgte und schluckte und brauchte eine Weile, bis sie sich daran gewöhnt hatte. Dann aber arbeitete ihr Kopf folgsam auf und nieder. Die plötzliche warmnasse Weichheit ihrer Mundhöhle brachte Gregorios fast um den Verstand. Er warf den Kopf zurück und stöhnte. Ihre Zunge, Gaumen, Lippen, Schleimhäute waren zu einem einzigen, ihn fest umschlingenden Futteral geworden. Er brüllte und mit einem letzten, tief aus der Kehle kommenden Ächzer spritzte er ab, während er ihren Hintern so fest drückte, dass er meinte, der würde jeden Moment wie eine Frucht in seiner Hand zerplatzen. Seine andere hatte sich in eine ihrer Brüste verkrallt. Auch in dem fast bewusstlosen Zustand danach hielt er diese Brust und knetete sie.

Die Frau lag weiterhin mit dem Gesicht zwischen seinen Beinen. Minutenlange Ruhe kehrte ein, und er nahm sogar das Geräusch von Schritten auf der Straße wahr. Dann zog er die Frau hoch und setzte sie mit gespreizten Beinen auf seinen Schoß. Die Augen geschlossen, weit in den Sitz zurückgelehnt tastete er sie weiter ab, öffnete die Knöpfe des Kleides, schaukelte die Brüste. Sie keuchte und wetzte, und er beugte sich zu ihr und küsste ihr spermabesudeltes Gesicht.

„Geile Nutte", flüsterte er, „geile Nutte, wie du das da vorhin gemacht hast." Da sie ihn nicht zurechtwies, sondern nur weiterrieb, flüsterte er ihr andere Schweinereien ins Ohr und merkte, dass er wieder steif wurde. Das Aussprechen dieser Worte allein bewirkte das, und auch, dass sie sich nicht wehrte. Er fuhr ihr mit dem Handrücken an die Möse. Er fand diese schaumig nass vor und grunzte über ihre Bereitwilligkeit auf.

„Ja, wenn das so ist", murmelte er. Und er hielt sie an den Hüften fest, damit er in sie hineinrutschen konnte. Er hörte sie keuchen und spürte den Griff kleiner Finger auf seinen Schultern. Strähnen ihres gebleichten Haares peitschten ihn auf die Wangen, als er sie auf und ab schob, aber das spürte er nicht mehr. Alles Fühlen war in seiner Leibesmitte konzentriert, und so turnte er zischend weiter, bis er sich wieder in ihr entlud. Sie hatte währenddessen ein paar wimmernde Laute von sich gegeben, aus denen er schloss, dass auch sie gekommen war.

Nachher lachte er vergnügt auf, tätschelte sie und hielt sie wie ein Baby an sich gedrückt, was sie vermutlich als Geste der Zärtlichkeit deutete. Wie aber hätte er diese Situation sonst beenden sollen, ohne die tauben, toten Sekunden danach mit Verrenkungen und Drehungen zu vergeuden? Er suchte im Handschuhfach nach Papiertaschentüchern und reichte sie ihr. Das war der Wink zum Aufbruch, und sie rollte von ihm ab. Als sie sich trocken wischte, spielte er ihr seine Lieblings-CD vor, *Chill Out* von John Lee Hooker. Wie immer war er danach in einer großzügigen Stimmung und pfiff die Melodien mit, die er längst auswendig kannte, als er sie langsam nach Hause fuhr.

Die Nacht schreitet voran. Klara gegenüber sitzt immer noch Maggie, flankiert von Leni und dem Kartoffelgesicht, neben Livia und Gini. Dann die anderen. Vor dem Lokal geht ein Mann in einem verknitterten weißen Hemd und mit einer dicken Brille vorbei, in dem Klara den Ermittler aus Athen wiedererkennt. Er ist leicht vorgebeugt, trägt eine zerschlissene Lederaktentasche unter den Arm geklemmt und flößt ihr Mitleid ein. Obwohl von ihrem Tisch aus immer wieder Lachsalven in die Nacht dringen, hat er kein Auge für die zehn Frauen, in deren Mitte Klara sich befindet. Er stolpert, überwältigt von Müdigkeit, an ihnen vorbei, und ein Geruch aus altem Schweiß und vermodertem Papier weht hinter ihm her.

Die Sehnsucht nach einer Frau sprengt schier Klaras Herz, macht sie klein und verlangend. Liebe ist ein Wort, das sie nicht denken kann, ohne Schmerz zu empfinden.

Eine wie Maggie braucht nur annähernd butchig-männlich auszusehen und schon glaubt Klara, diese hätte alle Macht, zu tun, was sie will. Das Butchige törnt sie jedes Mal an, so hässlich kann eine Frau gar nicht sein, es ist wie eine Droge.

In der Gruppe wird eben spekuliert, warum es weltweit mehr schwule als lesbische Ferienorte gibt.

„Weil die Schwulen doch mehr auf Aufriss aus sind", wirft Klara ein.

„Aufriss? Wie widerlich!", ruft eine von Maggies Freundinnen. „In Urlaub zu fahren und mit einer Frau Sex zu haben, die du nicht einmal kennst. Pfui!"

Klara starrt sie mit offenem Mund an.

„Solche Urlaubslieben sind ekelhaft", fährt die Frau fort.

„Du bist ja moralischer als die spießigen Heteros", ruft Klara aus. Da mischt sich in wichtigtuerischer Weise auch noch Maggie ein.

„Ich bin auf gar keinen Fall hierhergefahren, um Sex zu haben", sagt sie protzig, „sondern um meine besten Freundinnen länger als bloß einen Abend zu sehen."

Bei diesem Satz müssen Gini und Klara sich zurückhalten, um nicht laut aufzulachen.

„Und wenn ich mich schon für eine interessiere", kräht Maggie weiter und schaut das Kartoffelgesicht, dessen Name Birgit ist, an, „dann für dich. Aber rein freundschaftlich, ich habe so etwas wie eine schwesterliche Regung zu dir. Sonst nichts", schließt sie im Brustton der Überzeugung, und Birgit „Kartoffelgesicht" lächelt verlegen, da sie nicht weiß, wie sie mit ihrer ausdruckslosen Gewöhnlichkeit zu einer solchen Ehre kommt. Klara quittiert

Maggies blank-dumme Aussagen mit einer Mischung aus Ärger und Spott und verdreht die Augen. Da zupft die blasse Leni sie am Arm.

„Du, ich muss dir etwas sagen." Sie steht auf und bedeutet Klara, wichtig und geheimnisvoll, dass sie ihr folgen soll. Klara geht widerwillig hinter ihr her zur Toilette. Leni schließt die Tür, darauf bedacht, dass sie niemand hört.

„Was ist los?", fragt Klara ungehalten. Sie kennt Leni ja kaum.

„Du", sagt Leni, „darf ich dir eine Frage stellen?"

„Was denn?"

„Ich habe gehört ... ich meine, manche Frauen sagen ..."

„Was sagen die?"

„Also, so viel ich weiß, stehst du auf Maggie."

Klara stutzt und schaut sie herablassend an.

„Na und?"

„Ich steh auch total auf sie", stößt Leni hervor, und Klara zuckt entsetzt zusammen. Die beiden schauen einander perplex an.

„Also das", ruft Klara aus, „das kannst du laut sagen. Das sieht ja eine Blinde mit dem Stock, Leni, wie du bei der reinbrätst."

„Wenn du sie willst, dann hör ich sofort mit dem Anbraten auf", sagt sie demütig.

Klara überlegt kurz, dann lacht sie schallend. „Nein, bitte, du kannst sie haben. Warum soll die von uns beiden umschwärmt werden? So attraktiv ist sie auch wieder nicht."

„Nimm du sie dir."

„Nein, danke, ich ziehe mich aus dem Feld zurück", sagt Klara mit Nachdruck, und wie ein Stein plumpst ihr diese Verantwortung von der Seele. Sie klopft der anderen aufmunternd auf die Schulter.

„Viel Glück, Leni." Fast beschwingt geht sie wieder zu den anderen hinaus.

Die Nacht ist dampfig heiß. Einige der Frauen nutzen die Gunst der Stunde und gehen schwimmen; die anderen laufen an die Brüstung und schauen ihnen zu.

Livia ist überdreht, schwelgt in der Euphorie des Dazugehörens. Sie fühlt sich heute zum ersten Mal als akzeptierter Teil des lesbischen Ganzen, läuft ebenfalls in die Wellen hinein, kommt aus ganzer Kehle lachend, aufgeregt, bebend vor Entzücken, aus dem Wasser und ruft Klara lauthals zu. „Das ist so toll, das ist fantastisch! Welch herrliche Nacht wir heute haben."

Also legt auch Klara die Kleider ab, um in die schwarzen Fluten mit den schwach schimmernden Schaumkronen zu tauchen. Sie überredet Leni, mit ihr zu gehen, diese vorsichtige, umständliche Person, die mehrmals fragt, ob das Meer nicht doch zu kalt sei, und sie hätten ja nichts zum Abtrocknen.

„Leni, dann trocknest du dich halt mit dem T-Shirt ab. Da ist doch nichts dabei."

„Wart auf mich, ich sehe ohne Brille nichts."

„Ja, ich warte."

Dann klammert sie sich an Klara. „Du, was die vorhin gesagt haben, wegen Affären im Urlaub, und die wären ‚pfui' und so. Wenn die wüssten, wie sehr ich mir eine kleine Affäre wünsche."

„Wem sagst du das", antwortet Klara nüchtern.

„Aber die Maggie, die steht gar nicht auf mich."

„Ich fürchte nicht."

„Dann lasse ich das Ganze."

Leni lässt es natürlich nicht, wie Klara bald beobachten kann. Nach dem Baden gehen alle auf den Hauptplatz, um zu frühstücken. Es ist fünf Uhr morgens, über dem Meer dämmert es bereits. Die Skala-Eressos-Version eines Fastfood-Restaurants hat die ganze Nacht geöffnet; um diese Uhrzeit gibt es Pfannkuchen mit Honig. Klara ist eingeschweißt in Müdigkeit, in einem zunehmend starrer werdenden Körper, den sie nur mit Mühe wach halten kann. Lange ist es her, seit sie eine ganze Nacht durchgemacht hat. Sie sollte schlafen gehen, aber sie kann sich von den anderen nicht trennen. Es gibt aber keinen triftigen Grund mehr zu bleiben. Was hält sie dann? Das Leben auskosten zu wollen? Ist das denn das Leben? In einem Fastfood-Restaurant in Skala Eressos inmitten von angetrunkenen Frauen um fünf Uhr früh Pfannkuchen zu essen?

Da sitzen sie alle, überdreht vom Baden und von der durchzechten Nacht. Klara hat kein bisschen Alkohol getrunken, sonst hätte sie nicht bis jetzt durchgehalten, aber Leni ist fett wie eine Auster. Sie tätschelt ununterbrochen Maggies Arm, Hand und Knie. Maggie ist diesen Berührungen gegenüber so gleichgültig, dass sie Lenis Hand nicht einmal wegschiebt. Offenbar braucht sie diese Art von Aufmerksamkeit, ohne sich engagieren zu müssen. Kalt wie ein Eisblock tut sie so, als ob die arme Leni neben ihr nicht existieren würde. Die Frauen trinken Tee oder Kaffee, was die Müdigkeit allerdings nicht wegspült.

Klara hat den Eindruck, mehr als sonst zwischen den Stühlen zu sitzen und eine gewisse Bedeutungslosigkeit zu haben.

KAPITEL 8

Katie ist Frühaufsteherin. Unschlüssig, aber mit griffbereiter Handkamera schlendert sie um acht Uhr morgens durch den Ort. Die Tätigkeit des Aufzeichnens, die zu ihrem Beruf gehört, ist ihr längst zur Sucht geworden, als gäbe es außer der filmbaren keine Wirklichkeit mehr. Ähnlich wie Livia sich allnächtlich während der Konzerte in emsigem Schreiben vielerlei Worte verfängt und auch tagsüber während der Mahlzeiten in der Gruppe öfter ihr ledergebundenes Buch zückt, auf die Knie legt und ihr Bewusstsein in das Verfassen von Sätzen taucht, geschieht das Zücken der Kamera bei Katie oft wie von selbst.

Ihre Finger spielen erwartungsvoll und unablässig mit den Knöpfen, und ihr Weg führt sie ausgerechnet zum Gemeindeamt. Die Terrassentüren im Erdgeschoss sind zu der Gasse hin geöffnet, aus der sie kommt. Zwei Männer in Hemdsärmeln werden sichtbar, die Stapel von Papier vor sich liegen haben. Katies Herz klopft schneller. Ein untrügliches Zeichen, die Kamera in Anschlag zu bringen. Sie glaubt zu wissen, wer der eine von den beiden ist. Diese Situation ist eine verbotene, und das allein genügt, um sie handeln zu lassen. Ohne viel darüber nachzudenken, beginnt sie zu filmen, halb verborgen an der Hinterfront eines Lieferwagens.

„Ich habe einen Teil meines Berichtes fertig und bräuchte ihn jetzt nur nach Athen durchzumailen", sagt Yakis eben zu Theofilos, der ihm den Rücken kehrt und den Stapel Fotos vor sich unachtsam durchwühlt.

„Wir haben leider seit heute Morgen Netzprobleme", sagt der Bürgermeister, ohne sich umzudrehen. „Wir können gerade keine Mails verschicken."

Yakis kratzt sich am Hinterkopf. „Das ist natürlich … kann ich es denn hier nicht ausdrucken und dann faxen?"

„Lassen Sie die Diskette bei mir, und ich werde sie der Schriftführerin übergeben, wenn sie kommt."

„Ich muss das selbst tun. Dieser Bericht unterliegt strikter Geheimhaltung."

„Wollen Sie damit sagen, dass meine Leute nicht verlässlich sind?"

„Nein, natürlich nicht ..."

„Dann geben Sie mir Ihren Bericht, und ich werde alles Weitere veranlassen."

„Danke, aber ich glaube, Sie wissen nicht, was ich meine."

Yakis verstummt. Theofilos dreht ihm immer noch hartnäckig den Rücken zu, als wäre der Ermittler ein lästiges Insekt. Yakis geht auf und ab. Dann bleibt er stehen. „Das mit Ihrer Tochter ... mit Melina ... das tut mir Leid." Yakis hüstelt vor Verlegenheit.

Theofilos fährt wie vom Blitz getroffen herum. „Was wollen Sie damit sagen?", herrscht er Yakis an.

Dieser stolpert vor Erstaunen drei Schritte zurück. „Nichts", stammelt er schnell. „Nichts. Ich wollte Ihnen mein Beileid aussprechen. Ich habe gestern zufällig bei der Durchsicht ..."

„Das ist eine Angelegenheit, die nur meine Familie etwas angeht. Halten Sie sich gefälligst heraus."

„Ich hatte keinesfalls die Absicht ... Ich habe gestern die Todesanzeige gefunden. Es tut mir so Leid. Ein so junges Leben."

„Sparen Sie sich Ihre Worte, das ist vorbei", keucht der Bürgermeister immer noch zornig, und sein Gesicht ist unter der ledrigen Haut rot geworden, seine Hände zittern. „Verlieren Sie nie wieder ein Wort darüber."

Das Gespräch erstickt im Geratter eines herannahenden Motorrollers. Katie lässt die Kamera sinken, schnell löst sie sich von dem Wagen, schiebt ihr Sweatshirt von der Schulter über die Hand mit dem Aufnahmegerät und schlendert langsam davon.

Wenig später hat sie Teambesprechung und wird von ihrer Redakteurin zum Flughafen nach Mitilini geschickt.

Gegen die Sonne trägt Sandy einen Herrenhut aus Stroh mit Hutband. Wie ein Junge schaut sie aus, wenn sie breitbeinig, den

Oberkörper beflissen nach vorne geschoben, auf die anderen zugeht und das ganze Körpergewicht dabei jeweils auf einen Fuß verlagert, so dass ein wankender Gang entsteht. Ihr geschäftiges Wesen, ihr emsig arbeitender Verstand brauchen Energie, so viel, dass sie selten ein paar Kilo zunimmt. Das Profil mit dem kantigen Kiefer und der Nase, die stupsig emporragt, verrät, dass sie immerzu am Nachdenken ist, wie sie dieses und jenes noch besser machen könnte, rund um die Uhr wach und beobachtend, analysierend und bereit, sofort einzugreifen, wenn in ihrer Umgebung etwas schiefläuft.

Da sie in Skala Eressos keine Frau näher kennt und auf niemanden Rücksicht nehmen muss, lässt ihre Anspannung mit der Zeit nach und ihr lang unterdrückter Spieltrieb kommt zum Vorschein. Am Strand liegt sie mit den anderen müßig herum, geht vorsichtig ins Wasser, wobei sie eine Schwimmbrille aufsetzt. Damit schaut sie wie ein überdimensioniertes Insekt aus. So gern sie sich am Strand aufhält, das Wasser selbst ist ihr nicht geheuer, und es ist besser, mit Brille ausgerüstet die paar Tempi vom Strand weg und wieder zurückzuschwimmen. Sie kann wenigstens schwimmen. Viele der Britinnen, wie Maggie zum Beispiel, nicht.

Als sie sich abtrocknet und zum Wasser blickt, glaubt sie, eine Erscheinung zu haben. Sie sieht eine Frau aus dem Wasser steigen, die wunderschön ist. Ihr Körper scheint Sandy vollkommen. Weiblich, aber nicht zu üppig gerundete Hüften, in den richtigen Proportionen zu ihrer Größe, die Brüste voll und leicht nach außen neigend. Die Beine schlank und lang, Schenkel, die in idealer Linie den Hüftschwung weiterführen, nicht klaffen, sondern den Scheitel des Schamdreiecks in einer einzigen Linie verlängern. Im Gesicht ein mutwilliger Ausdruck, die Bewegungen zierlich. Jetzt gerade ringt sie auf den glitschigen Steinen um ihr Gleichgewicht und lacht laut über ihre eigene Ungeschicklichkeit, wobei Grübchen in ihren Wangen entstehen. Sandy ist von diesem Anblick so überwältigt, dass sie glaubt, die Blicke aller anderen Frauen auf diesem Strand sind auf diese eine gerichtet. Sie widersteht dem Reflex, sofort hinzulaufen und deren Blöße zu bedecken oder wegzuschauen, damit niemand sieht, wie sehr sie von dieser Erscheinung berührt ist. Sie glaubt, diese Frau ist zu groß, zu mächtig für diesen einen, einzigen Strand. Sie soll nicht da sein, soll nicht so aussehen, soll sich nicht so nackt produzieren, soll Sandy nicht so durcheinander bringen. Aber dafür ist es zu spät. Sie ist aus dem Wasser und in ihr Leben getreten, und es gibt kein Zurück mehr.

Der Flughafen von Mitilini platzt aus allen Nähten, als Katie und ihr Kollege sich unter die Schar der anderen Journalisten mischen. Ein Charterflug aus London hat eine beachtliche Anzahl an Lesben ausgespuckt. Die Gäste von *Lesvos Travel* und der *Sugar Bar*, die nun die vom Bürgermeister beinahe zum Scheitern gebrachte Vergnügungsreise antreten. Keine Familien mit nörgelnden Kindern, übergewichtige Eltern mit angestrengten Gesichtern, keine Fünfergrüppchen muskulöser, männlicher Singles mit Kurzhaarschnitt, die lange warten, bis die Säcke mit ihren Surfboards als letzte aus dem Flugzeugrumpf zu Tage gefördert werden. Nein, Lesben. Spezielle aus der Londoner Szene. Nicht die unauffällige Sorte, die Sommer und Winter T-Shirt, Sweatshirt und Jeans in derselben Graufarbe trägt, dazu fettiges Haar, von der Mitbewohnerin im Nacken kahlrasiert und auf dem Kopf topfförmig stumpf geschnitten. Nein, die schillernde Variante, die, die Europas Großstädte noch zu solchen macht.

Wie die Frau, die Katie bei ihrem letzten Urlaub am Flughafen einer kanarischen Insel gesehen hat und bei deren Anblick sie glaubte, ihr zieht es die Füße senkrecht aus den Schuhen. Katie selbst war harmlos in Reisegewand gekleidet, gerüstet für die vier kommenden Flugstunden, stand in der Schlange vor dem Schalter und blickte nichts ahnend auf die Sonnenterrasse des Flughafens. Dort saß eine langgliedrige Frau, die trotz Gluthitze in glänzende, pechschwarze Nappalederjeans gekleidet war. Das anthrazitfarbige Seidenhemd mit tiefem Ausschnitt zog die Brust mehr aus als an, verweigerte die Betonung von Formen und Kurven und provozierte damit erst recht sexuelle Hochspannung. Platinweiß gefärbte millimeterlange Löckchen, eine filigran gerahmte, blauviolette Sonnenbrille im, trotz Urlaub, blassen Gesicht. So saß das Geschöpf breitbeinig auf der Terrasse, winkte, grinste und grüßte.

„Gleich wird deinetwegen unter dem Reisevolk ein Aufstand entstehen", murmelte Katie in der Warteschlange vor sich hin. „Flirtet die lesbenunüblich mit mir, einer Wildfremden?"

Dann stand die Frau auf, kam auf sie zu, und Katie erkannte sie. Eine Frau, mit der sie einmal eine leidenschaftliche Affäre gehabt hatte. Ihr Aussehen hatte sich in all den Jahren verändert. Katies Knie wurden weich, denn zwei schlaksige Beine schlingerten über den glimmerschillernden Vinylboden des Flughafens und schoben das Becken gleichförmig wippend mit, bis sie sich schmalzlächelnd und grübchenformend zu ihr herunterbeugte und sie mit fleischigen Lippen direkt auf den Mund küsste.

Solcherart sind die Frauen, die hier ankommen. Eine Parade glatter, bereits vorgebräunter oder überhaupt gleich dunkelhäutiger, nackter Bäuche mit Nabelringen, eine publikumswirksame Schau von Designerhaarschnitten, rollenden Oberarmmuskeln, glattrasierten Waden in dicksohligen Schnürschuhen, Pos in Bermudas oder 7/8-Cargohosen und Brüsten in rückenfreien, eng anliegenden Tops.

Schaulustige gibt es genug. Katie und ihr Kollege kommen zuerst nur schwer durch den Metallwald von Kameras und allerlei anderen Aufnahmegeräten. Sämtliche Athener Tageszeitungen und einige der griechischen Fernsehsender haben Mitarbeiter geschickt. Ausnahmslos Männer in den besten Jahren sind es, die hier drängeln, filmen und mit den Mikros auf Angriff gehen. Das Polizeiaufgebot ist ungefähr so groß wie das an Journaille.

Die Stimmung ist am Überkochen, als Lollipop, die Starperformerin der *Sugar Bar*, die für ihre Striptease-Abende berüchtigt ist und heute Zöpfchen trägt, beginnt, mit dem Hintern zu wackeln, die eigenen Brüste zu betasten und die Zunge in Richtung Kameras zu strecken. Die Wand der Journalisten schiebt sich noch weiter nach vorne zu ihr, zufriedenes Grunzen und Lachen ist aus den Kehlen der Männer zu vernehmen, da schreit Lollipop plötzlich auf, zuckt zusammen und hält sich die Arme vor Gesicht und Oberkörper. Eine rote Frucht ist an ihrem Hals zerplatzt und eine gallertartige Masse aus Fruchtfleisch und Kernen rinnt ihr über Schlüsselbeine und Brüste. Weitere Tomaten fliegen durch die Luft. Und in einem Gewirr aus Körpern, Koffern und Kameras prallen Lesben und Journalisten aufeinander, Flugblätter regnen auf das Getümmel.

Lollipops Begleiterinnen schirmen sie ab, ein paar andere Frauen sprinten in die Richtung, aus der die Tomaten geflogen kamen, gefolgt von Journalisten, behindert von Polizeiorganen, die die Menge zu den Autobussen drängen. In der Ferne sind ein paar männliche Jugendliche zu sehen, die sich nun unbehelligt aus dem Staub machen. Der Boden ist mit Flugblättern übersät. „Weg mit dem Unrat aus Sodom" steht darauf geschrieben. Polizisten und Lesben liefern sich zornige Wortgefechte, während Lollipop von fachkundigen Frauenhänden abgetrocknet, gestreichelt und mit Trinkwasser versorgt wird.

Wenig später ist ein Konvoi nach Skala Eressos unterwegs, denn ein Polizeiauto und mehrere Aufnahmewagen schließen sich dem Charterbus der Frauengruppe an. Katie ist die letzte, die zu filmen aufhört. Skala Eressos ist ein Ort, in dem, so scheint es, alles abgeladen wird, was Zündstoff für Aufruhr gibt, denkt sie. Im wahrsten Sinne des Wortes.

❂ ❂ ❂

Yakis ärgert sich über seine Unfähigkeit, sich gegen die schroffe Art des Bürgermeisters zur Wehr zu setzen. Wenigstens hat er die Diskette nicht hergegeben – mit der Begründung, noch einiges ins Reine schreiben zu müssen. Aber er kam sich wie ein Dieb vor, als er am Vormittag den Computer der Schriftführerin benutzte und wartete, bis sie das Zimmer verließ, um seinen Bericht auszudrucken. Gefaxt hat er ihn noch nicht, das Faxgerät steht zu nahe an Theofilos' Büro. Yakis wollte unangenehmen Fragen ausweichen.

In diesem ersten Bericht über Skala Eressos nimmt seine Darstellung der Lage Bezug auf die konservativen Kreise, die seiner Einschätzung nach für die Explosion am Strand in Frage kommen, und vergleicht die Fakten mit denen von 1989. Er deutet an, dass eine solche möglicherweise fremdenfeindliche Aktion von der Haltung des Bürgermeisters begünstigt worden sein könnte. Dieser hätte massive Vorurteile gegen bestimmte Gruppen von Touristen, insbesondere gegen allein reisende Frauen. Yakis schreibt über die Flughafenkontrollen. Eine solch ungeheuerliche Aktion wird Theofilos gegenüber der Zentralverwaltung in Athen rechtfertigen müssen. Andeutungen darüber hat Yakis bereits bei einem Telefongespräch mit seinem Büro gemacht. Nun warten die auf seinen schriftlichen Bericht. Doch das sollte Theofilos auf keinen Fall zu lesen bekommen.

Und wenn Yakis das Faxgerät auf der Post benutzt? Lächerlich, als Beamter die Behörden im eigenen Land umgehen zu müssen. Yakis schlurft durch die Straßen, aber anstatt an die Urheber einer Explosion von Unkrautsalz und Stickstoffdünger zu denken, die der Grund seiner Anreise war, oder gar an die weiße Gestalt, die Griechen überfiel, geht ihm Melina, die Tochter des Bürgermeisters, nicht aus dem Kopf. Als ob sie die einzige Tote in Skala Eressos gewesen wäre.

Ist Theofilos' Reaktion auf die Erwähnung ihres Namens angemessen gewesen? Das ist die einzige Frage, die Yakis in dem Zusammenhang beschäftigt, als würde er eine Gelegenheit suchen, dem Bürgermeister seine Überheblichkeit heimzuzahlen und ihm mit einer weiteren Straftat zu belasten. Es ist müßig, solche Fragen zu stellen. Schon tut es ihm Leid, dass er durch seine Arbeit so misstrauisch, so menschenfeindlich geworden ist. Wie reagieren Väter sonst auf die Erwähnung des Todes der einzigen Tochter, wenn dieser noch nicht einmal ganze zwei Jahre zurückliegt? Man möchte meinen, mit verstocktem Kummer anstatt mit heller Entrüstung über Beileidsbekundungen.

Er fragt sich, ob Theofilos' Verhalten bloße Wut über das Schicksal gewesen ist. Yakis glaubt, sich auch an Abscheu und Angst zu erinnern, die deutlich in dessen Augen zu lesen waren. Er selbst hat keine Kinder. Umso sensibler ist er für die Verhältnisse, die in Familien herrschen. Umso genauer kann er hinsehen. Und hat es oft genug getan. In seiner Nachbarschaft. Bei Kollegen. Bei Freunden und Freundinnen. Bei den Tätern der Verbrechen, in denen er ermitteln musste. Was er herausfand, hatte nie Anlass zur Freude oder auch nur zu einem Quäntchen Optimismus gegeben.

Erschöpft von der durchwachten Nacht und der drückenden Hitze lässt er sich für ein paar Minuten auf den Treppen eines Hauseinganges nieder. Er zieht ein Stofftaschentuch aus seiner Hose und wischt sich die verschwitzte Stirn. Dann lehnt er sich in den Schatten der Türlaibung.

„Sie sind der Ermittler aus Athen", sagt eine milde Stimme. Er schaut langsam auf. Eine Frau um die sechzig in einem speckigen, schwarzen Kleid, das sich um ihren molligen Körper spannt, steht vor ihm.

„Woher wissen Sie das?"

„Jeder hier weiß es. Man sieht es eben."

Sie starren einander an.

„Kommen Sie", sagt die Frau. „Sie schauen müde aus. Trinken Sie einen Kaffee mit mir."

Sie führt ihn in einen Hinterhof. Die Mauern sind unregelmäßig weiß gekalkt. Der Boden bloßer Beton, doch in Dutzenden eng gestapelten Blumentöpfen wuchern Hibiskusbäumchen, Geranien, Feigen, Lilien, Rosen und Bananenstauden. Yakis' Augen wandern erstaunt über diese Fülle.

„Sie leben ja in einem Paradies!", ruft er aus.

„Ach, das ist gar nichts."

Yakis setzt sich auf einen der Stühle und wartet, dann beobachtet er, wie sie mit dem Tablett näher kommt, die Schultern zurückgeworfen, den Kopf erhoben. Ihr Haar ist trotz des Alters nicht ergraut, sondern glänzend kastanienbraun und in Wellen aus der hohen Stirn gestrichen. Wenn die Zähne nicht verfault und an einigen Stellen durch Goldkronen ersetzt worden wären, wäre sie immer noch eine Schönheit. Sie stellt das Tablett neben ihm auf die Treppe. Aus einem langstieligen Kupfergefäß gießt sie die schwarze Brühe in eine dickwandige Tasse. Daneben sind einige Würfel Rahat gestapelt.

„Er ist ein Jähzorniger, der Theofilos", sagt sie. „Jetzt ist er gerade dabei, die Touristinnen zu vertreiben. Dann sind wir bald so arm wie vorher."

„Warum lassen die Leute sich das gefallen?"

„Die hat die Hitze blöd gemacht, die Leute. Seit der am Ruder ist, gibt es nur Zwist und Hader."

Sie sitzen schweigend nebeneinander.

„Wie heißen Sie?"

„Sie können Magdala zu mir sagen. Und Sie?"

„Yakis."

„Typisch vom Festland, der Name."

„Ich dachte, Theofilos will Skala Eressos groß herausputzen."

„Ja, und wer profitiert davon? Die Hotelketten aus Athen. Die kleinen Leute werden bald nichts mehr vermieten können, wenn die Frauen aus England und Deutschland wegbleiben."

„Was ist mit seiner Tochter passiert? Ein Unfall oder eine Krankheit?"

„Sie kommen aber wirklich sofort zur Sache. Die Tochter hat sich umgebracht."

„Was?"

Yakis' Blut dröhnt in seinen Ohren, und die Zikadenschreie scheinen auf einmal wie Messerstiche durch das Trommelfell zu stoßen. Er ist drauf und dran, sich die Ohren zuzuhalten.

„Im Ausland. Er hat sie nämlich verstoßen, der Alte."

Am liebsten würde Yakis jetzt weglaufen oder ihr zumindest zurufen, sie solle aufhören mit diesen Geschichten, die er selbst aufgebracht hat, durch seinen untrüglichen Instinkt, wunde Punkte sofort aufzudecken. Geschichten, die er dann doch nicht ertragen kann. Wer hat schon damit gerechnet, dass ihm der Name Valiakos im Sterberegister auffallen würde. Er war wie ein falscher Ton in einem Orgelspiel. Einmal gehört, nicht wieder rückgängig zu machen, und er wie ein Wachhund, einmal aufgerüttelt, nun wider Willen auf der Jagd.

„Aber warum?", bringt er gerade noch heraus. Wie von selbst kommt diese Frage, viele Male in ähnlichen Situationen schon gestellt.

„Ich sag jetzt nichts mehr. Es geht mich auch gar nichts an. Warum, warum. Fragen Sie in dem Hotel da vorne nach, wo die vielen Frauen absteigen."

„War sie denn auch ...?"

„Ich will damit nichts zu tun haben", sagt sie hart und steht auf. Sie baut sich vor ihm auf wie eine Würdenträgerin und schaut ihm geradewegs in die Augen. Yakis verabschiedet sich hastig. Er weiß, dass er in dem Hotel wahrscheinlich nichts über Melina erfahren wird, macht sich aus Pflichtgefühl aber doch auf.

Auf Schritt und Tritt verfolgen die Aufnahmeteams von *Alpha*, *Star*, *TVA*, *RTL Plus* und *Channel 4* die gruppenreisenden Londonerinnen, stürmen das gutbürgerliche Hotel *Menelaos*, in dem sonst vorwiegend Heteropaare in vorgerücktem Alter Ferienclubérfahrung sammeln, und mischen sich aufdringlich unter die Badenden. In fünfzig Metern Entfernung lauert die Polizeieskorte.

„Wir sind hier, weil wir Frauen lieben und Spaß haben wollen. Aber keine Angst, wir behalten unsere Kleider an", wiederholen die Interviewten immer wieder, aber es scheint weniger um die Antworten als um die Körper zu gehen, die gierig abgefilmt werden. Körper von Frauen, die nur auf Frauen stehen, für das Fernsehpublikum eine pittoreske Rarität.

„Wir wollen nur eine nette Zeit verbringen", versichern die Frauen der von Männern vertretenen Weltpresse. „Uns bloß ein bisschen amüsieren."

Sonst nichts. Ja, sonst nichts. So sittsam sind wir. Lollipop genießt unerwarteten Starruhm, nimmt ihre beiden kleinen Brüste gern zwischen die Finger und lässt sie vor den Kameras hin und her hüpfen. Dann macht sie ein paar laszive Turnübungen an einer Eisenstange.

„Ich bin nicht hier, um fremde Erwartungen zu erfüllen. Ich bin auch nicht hier, um Vorurteile zu widerlegen. Die Leute sollen sich holen, was sie wollen", sagt sie zwischendurch, während ein besonders hartnäckiger Journalist zwischen ihre rasierten Beine filmt.

Am Hotelpool geht es derweil lustig zu. Die Heteros haben auch ihre Spiele. Eben ein Damenwettbewerb: Eine Münze soll zwischen die Oberschenkel geklemmt und in eine leere Kaffeetasse fallen gelassen werden. Die Ehemänner sitzen in gestreiften Badehosen an der Bar und klatschen mit feisten Fingern anerkennend. Weiter weg Aerobic in einer der Wüste abgetrotzten Wiese. Mittels Trillerpfeife trainiert ein eitler Grieche alt gewordene Familienmütter, die sich bis jetzt wenig um ihren Körper gekümmert haben und die Beine kaum hochbekommen.

Gleichzeitig beginnen am Lesbenstrand die *Sappho Olympic Games*. Klara war schwimmen und mischt sich, flankiert von Gini, Samantha und Liz, unter die Zuschauerinnen. Lollipop hat in jeder Hand einen rotweißen Plastikwedel, ein Instrument, das man von den amerikanischen Cheerleaders als *Pom-Poms* kennt, und sie fuchtelt freudig damit herum, während sie proklamiert: *„Lesbian olympics in the sun. For the girls to have some fun!"*

Für ihre Ausführungen wird sie mit Gejohle belohnt. Die „*Wet T-shirt Competition*" hat nicht wenige Frauen herangelockt. Auch Klara ist erwartungsvoll. Was stellt sie sich denn vor? Hundert Meter Lauf der Londonerinnen. Nasser Stoff auf schlenkernde Brüste geklatscht; durch den Luftzug ständig erregte Warzen unter glitschiger Baumwolle, bereit, angefasst zu werden, heben und senken sich beim Laufen, frei flottierend den Blicken ausgesetzt, das sind Klaras heimliche, geile Fantasien.

Lollipop geht mit einem wasserschwappenden Kübel herum, fasst hinein, nimmt triefende T-Shirts heraus und reicht sie den Teilnehmerinnen. Bereits das Anlegen derselben wird einiges hergeben, denkt Klara. Aber nichts dergleichen passiert. Bald fliegen tropfende Bündel in der Gegend herum. Von nassen Brüsten keine Spur. Denn der Wettbewerb lautet: Welche ihr T-Shirt am weitesten wirft, hat gewonnen.

Auch der Wettbewerb „*Tits in the Sand*" verheißt mehr, als er einlöst. Aufgabe ist es, die Partnerin so schnell wie möglich in den Sand einzugraben, so dass außer ihrem Kopf nur noch ihre Brüste herauslugen. Das schaut scharf aus, aber keine nützt die Situation aus, um die wabbeligen rosa Puddinghügel, die sich glatt aus dem körnigen Sand erheben, zu lecken, küssen und kosen.

Die aufgestaute Erregung verpufft im „*Lilo Race*". Die spitzen Schreie der auf dem Bauch liegenden Rudernden, das Quietschen der Luftmatratzen, das ausufernde Gerufe der Zuschauerinnen, sie alle sublimieren überfälligen harten Sex und beenden diesen „*nice afternoon*" der Girlie-Erotik.

„Und davor hatten die griechischen Behörden Angst?", fragt Gini Sedlak.

Klara kommt vom Strand zurück, da winkt ihr Katie aus dem *Mariana*. Sie fuchtelt so nachdrücklich mit der Hand, dass Klara auf sie zugeht.

„Trink eine Tasse Kaffee mit mir."

„Ich wollt mich umziehen gehen."

„Ach, schade." Sie deutet auf ihre Kamera. „Wenn du wüsstest ..."

„Schon wieder eine Vermummte gefilmt?"

„Nein. Die andere Seite der Medaille."

„Hm?"

„Schau mal da durch."

„Am hellichten Tag? Was ist, wenn uns jemand sieht?"

„Ach, das macht nichts. Diese Kamera hier wirkt nicht so professionell wie die andere. Die glauben höchstens, dass das Urlaubsaufnahmen sind."

„Ich wäre mir da nicht so sicher. Du bist doch als die Kamerafrau des *Channel 4*-Teams bekannt."

„Na und? Je normaler wir uns benehmen, desto weniger fällt das auf."

Klara schaut sie zögerlich an. Katie wirkt entspannter als vor zwei Tagen. Als ob ihr nichts mehr Angst machen könnte. Dann drückt Klara das Visier vors Auge.

„Das ist das Gemeindeamt", sagt Katie. „Und das eine ist der Bürgermeister und der andere ..."

„Der Ermittler."

„Ach ja?"

Klara stößt einen Laut der Überraschung aus. „Himmel, dafür könntest du bestraft werden, die Behörden bei ihren Amtshandlungen einfach abzufilmen. Ist denn zu verstehen, was die da sagen?"

„Laut genug wär's gewesen. Aber wer von uns kann schon Griechisch?"

„Ionana in *Lesvos Travel*. Sie ist doch Griechin."

„Die müssten aber dicht halten."

„Das werden sie doch wohl."

Klara und Katie marschieren los. *Lesvos Travel* liegt gleich gegenüber. Um diese Uhrzeit haben die Geschäfte und Büros geschlossen. Auch die Läden des Reisebüros sind halb zugezogen, aber Ioana sitzt am Computer und macht ihnen auf.

„Hast du ein paar Minuten für uns?"

„Was ist los, Mädchen?"

„Wir haben heißes Filmmaterial", lacht Klara. „Über deinen Feind."

Ioana schaut sie misstrauisch an. Klara beginnt zu erklären. Wenig später schließt Ioana die Läden ganz zu.

„Ich will damit eigentlich nichts zu tun haben", murmelt sie währenddessen. „Ich bin froh, dass ich mir den Bürgermeister bis jetzt vom Leib halten konnte."

Die drückende Luft in dem Büro und die Männerstimmen auf dem Band, in einer Sprache, die Klara nicht versteht, bereiten ihr Unbehagen. Sie wird zusehends nervöser. Obwohl Katie die Kamera verhältnismäßig ruhig gehalten hat, schwebt das Bild auf und ab, und die Bewegungen der beiden Männer wirken zerfahren. Dennoch ist sichtbar, wie unangenehm der Besuch von Yakis für den Bürgermeister sein muss. Außerdem erkennt Klara den Stapel beschrifteter Fotos vom Flughafen auf dem Schreibtisch von Theofilos wieder.

„Seine Tochter Melina ist tot", sagt Ioana schließlich. „Das ist das einzig Interessante. Und davor sagt er, dass deren Elektronik schon wieder im Arsch ist, wie so oft."

„Kommt mir so vor, als ob die zwei Männer sich nicht gut leiden könnten", wirft Klara ein.

„Vor allem mag der Bürgermeister den Ermittler nicht."

„Die E-Mails gehen nicht durch? Weiter nichts?", fragt Katie enttäuscht.

„Das ist doch schon etwas, denn da kann der Bericht nicht verschickt werden. Oder der Alte will ihn nicht nach Athen weiterleiten."

„Schaut mir auch so aus."

„Und der andere will ihn nicht aus der Hand geben", fügt Klara hinzu.

„Vielleicht will der Bürgermeister ihn ja nur vorher lesen."

„Oder verändern."

„Was denn sonst noch? Ihr tut so, als ob der Bürgermeister der Übeltäter wäre und nicht jener Unbekannte, der verschleiert herumrennt."

„Wir reden nur deshalb so locker, weil bis jetzt noch keine Frau überfallen wurde", sagt Ioana.

„Können wir nicht eine Mail an das Gemeindeamt schicken? Dann sehen wir, ob deren Netz zusammengebrochen ist oder nicht."

„Und was dann? Dann suchen wir den Ermttler mit der dicken Brille und sagen: ‚Vorsicht, der Bürgermeister legt dich rein'?"

„Wir machen gar nichts. Am besten du löschst das da. Bringen tut es eh nichts", sagt Klara. Aber Katie hört ihr nicht zu.

„Die Tochter ist tot?", fragt sie. „Vielleicht hat der noch andere Leichen im Keller."

„Woran ist die Tochter denn gestorben?"

„Keine Ahnung", sagt Ioana.

„Hast du die gekannt?"

„Nein. Ich bin ja selber erst seit letztem Jahr hier. Wenn es Mord gewesen wäre, wüsste man es."

„Na, Mord!", rufen beide abfällig. „Als ob es nur das gäbe!"

Yakis betritt das Hotel *Sappho* von der Strandterrasse her. Er befindet sich in einem großen, leeren, weiß gestrichenen Raum, an dessen linker Längswand eine Bar verläuft, die gleichzeitig Rezeption ist. Er wartet einige Minuten lang. Die beiden Kellnerinnen nehmen keine Notiz von ihm. Das ist für die *Sappho*-Crew nichts Ungewöhnliches. Sie sind zu jeder Tageszeit überfordert, und in Gedanken an die Organisation des nicht Organisierbaren gleiten sie zwischen Terrasse und Hotel hin und her, manchmal, zur Erleichterung der Wartenden, auch mit einem vollen Tablett. Endlich gelingt es Yakis, sich bemerkbar zu machen, als eine der beiden Frauen mehrere Gläser Bier abzapft und deshalb einige Sekunden länger an derselben Stelle verharren muss. Hüstelnd und von einem Bein auf das andere tretend, stellt er schließlich die entscheidende Frage nach der Geschäftsführerin.

„Die bin ich", sagt die blonde Hünin, deren Jeans an den Hüften angewachsen zu sein scheinen und deren weißes T-Shirt sich eng an die Brüste und die muskulösen Schulterblätter schmiegt.

Yakis zieht zögerlich seinen Ausweis aus der Hosentasche. Ob er sie kurz sprechen könne, fragt er verlegen. Sie blickt genervt auf den Ausweis, dann auf ihn herunter.

„Klar", sagt sie schließlich.

„Bei Ihnen hat eine Melina Valiakos gearbeitet", stellt er fest.

„Vor drei Jahren, ja", sagt sie.

„Sie ist tot."

„Das wissen wir. Wir haben aber mit ihrem Tod nichts zu tun. Sie ist im Ausland gestorben."

„Wo?"

„In London. Wenn uns die Behörden jetzt einen Strick daraus drehen wollen, dass ehemalige Kellnerinnen von uns im Ausland sterben …"

„Niemand will Ihnen einen Strick aus irgendetwas drehen …"

„Das sagen Sie und schauen mich dabei freundlich an. Aber warum fragen Sie dann nach Melina?"

„Was war sie für ein Mensch?"

Sie stutzt, als hätte sie mit einer solchen Frage am allerwenigsten gerechnet.

„Sie war nett. Hilfsbereit. Aber was geht das Sie an? Über Tote redet man nicht schlecht."

„Nein, das tut man nicht", seufzt Yakis. Er weiß selber nicht, was er sucht, was er fragen will. Wozu er sich das antut.

„Hatte sie … hatte sie eine Freundin?", ringt er sich heraus.

„Eine Freundin? Sie wollen wissen, ob sie lesbisch war?"

„Ja", sagt Yakis erleichtert.

„Sie war lesbisch. Von einer Freundin weiß ich allerdings nichts."

„Und wie verstand sie sich mit ihrem Vater?"

„Mit ihrem Vater? Dem Bürgermeister? Das können Sie sich doch denken. Der hasst Lesben. Seit er im Amt ist, müssen wir alle um ein Uhr nachts zumachen. Wissen Sie, wie geschäftsschädigend das ist? Da sich hier vor allem Lesben amüsieren, wen, glauben Sie, will er damit treffen?"

„Ich verstehe."

„Sonst noch etwas?"

„Nein."

„Besteht denn zwischen den Überfällen und Melinas Tod ein Zusammenhang?"

„Darüber kann ich nichts sagen", sagt Yakis. Er ist niedergeschlagen.

„Dann kann ich ja jetzt gehen."

„Ja, das können Sie."

Yakis bleibt antriebslos in der schmucklos weißen Hotelhalle mit dem Klinkerboden stehen, dann entdeckt er ein Bücherregal an der Wand. Lesbos-Führer, Reiseprospekte, Zeitschriften, auch Bücher, die die Gäste vergessen haben, sind schlampig hineingeschichtet oder -gestapelt. Yakis zieht wahllos englischsprachige Bücher heraus und schlägt sie auf. Die Sätze verschwimmen vor seinen Augen, so traurig und müde ist er. Bücher waren schon in vielen Lebenssituationen Trost für ihn.

Göttinnen steht schlicht auf dem einen. Es ist ein hellblau eingebundenes Buch mit goldenen Arabesken auf der Vorderseite.

„Göttinnen", murmelt Yakis. „Göttinnen."

Aphrodite, Artemis, Athene, Demeter, Hera, Selene. Er setzt sich auf das viel zu weiche Sofa und fängt an zu lesen. Es wird Nachmittag, und er liest immer noch.

KAPITEL 9

Katie ist mit ihrem Video abgezogen, nachdem sie Klara und Ioana durch ihre Aufzeichnungen unruhig gemacht hat. Klara hat sie gehen lassen. Was hätte sie anderes tun sollen? Ziellos schlendert sie durch den Ort, in Grübeleien versunken. Im Vergleich zu dem Nachmittag, an dem Katie das Phantom gefilmt hatte, wirkte Katie heute zu selbstsicher und sorglos. Ja risikofreudig, als wäre sie von der Gefahr, in die sie sich durch ihre Schnüffeleien begibt, berauscht. Diese Haltung jagt Klara Angst ein. Sie glaubt nach wie vor, dass Katie in Schwierigkeiten geraten könnte, wenn es den Leuten zu Ohren kommt, dass sie Aufnahmen des Phantoms hat, ganz zu schweigen von den heutigen Aufzeichnungen des Gespräches zwischen Bürgermeister und Ermittler. Bisher wissen von Ersterem nur Livia und Klara, von Zweiterem Klara und Ioana, aber man kann ja nie voraussagen, wie schnell Gerüchte sich verbreiten.

Klara erschauert bei dem Gedanken, in all dies involviert zu sein, ohne es gewollt zu haben. Sie hat sich in ein Netz von Handlungssträngen verstrickt, die sie nicht durchschaut, als unfreiwillige Beobachterin. Viel haben sie ja aus der Auswertung des Videos nicht erfahren, erwähnt wurde bloß der Tod der Tochter des Bürgermeisters, und da dies die einzige konkrete, neue Information ist, tanzt sie wie verrückt in ihrem Hirn herum.

Der Tod der Tochter, das würde sie nicht sonderlich berühren, wenn das Wort „Tod" nicht im Umfeld der anderen Gewalttaten über die Umwege einer heimlichen Videoaufnahme zur Sprache gekommen wäre. Ein Zufall, das gehört zu haben, und es geht Klara wirklich nichts an, aber ihre Gedanken schaffen auf einmal Verbindungen, die über die Realität hinausgehen. Tod und Überfall. Tod, vielleicht Mord, wie sie zu dritt laut ausriefen. Wie naiv von ihnen, wie unreif, wie typisch für Urlauberinnen, die bis jetzt nur in TV-Krimis mit so etwas konfrontiert wurden. Warum sollte es sich gerade jetzt und hier und bei dieser Melina um Mord handeln? Nur weil Klara und Katie zufällig über ihren Tod Bescheid wissen? Die Ängste, die nun in Klara wüten, haben wohl eher mit ihrem schlechten Gewissen zu tun, nicht zur Polizei zu gehen oder Katie eindringlich zu raten, die Aufnahmen des Phantoms dort abzuliefern, damit die Dinge ihren Lauf nehmen konnten.

Sie wüsste auch nicht, mit wem sie sich darüber beraten sollte. Welche Frauen kennt sie hier schon? Gini Sedlak. Gut. Die ist ihr schon deshalb vertraut, weil sie zur Frauenszene in Wien gehört und Klara sie nach vielen Jahren wiedergetroffen hat. Aber Ginis Umgang mit Recht und Ordnung ist Klara suspekt. Und was wird Gini wohl sagen? Sie wird Klara auslachen und ihr raten, sich mehr um ihre Liebesangelegenheiten zu kümmern, das würde mehr Spaß bereiten. Livia, die Flugzeugbekanntschaft? Viele Jahre jünger als Klara. Vielleicht zu weich und zu sehr in ihre Träume versponnen, um ihr den richtigen Rat zu geben.

Geht es denn um Rat? Oder nur darum, sich einmal mit jemandem auszusprechen. Oder darum, sich aus der Verkettung von Geschehnissen zu befreien, die bis jetzt immer auch sie einbezogen haben, als ungewollte Augenzeugin, als Erduldende.

Sie sieht von der Ferne Katie und Livia auf einer Caféterrasse Platz nehmen und weiß jetzt schon, ohne dabei zu sein, dass Katie Livia nichts von ihren neuen Videoaufnahmen erzählen wird. Der Bürgermeister und der Ermittler, die früh verstorbene Tochter werden kein Thema sein. Katie ist so sehr damit beschäftigt, Livia für sich einzunehmen, dass beunruhigende Videos außen vor bleiben müssen, fern von ihrem Liebeswerben. Wie kann Katie das überhaupt trennen?

Klara sieht Gini im Kreise britischer Frauen laut auflachen. Wahrscheinlich ist sie eben auf Jagd und will mit Klaras Gewissensnöten schon gar nicht konfrontiert werden.

Klara geht am *Sappho* vorbei und sieht in der dämmrigen Eingangshalle den Ermittler sitzen, in ein Buch vertieft. Sie würde am liebsten alle Vorsicht fallen lassen, die Flucht nach vorne wagen und ihm alles erzählen. Sie setzt schon an, das *Sappho* zu betreten, da hält sie eine innere Stimme zurück. Mach die Behörden nicht unnötig auf dich aufmerksam – eine alte Weisheit der Polit-Gruppen in Wien.

Wer ist der Täter? Oder die Täterin, wie Livia und Gini manchmal betonen? Ist Klara die Einzige, die sich diese Fragen ständig stellt? Oder sind die anderen auch in einer Art Alarmbereitschaft und können nicht mehr seelenruhig allein durch eine verlassene Gasse laufen, auch nicht tagsüber? Die Überfälle passierten ja alle bis auf einen sogar bei Tageslicht, als die Chance für das Phantom, entdeckt zu werden, am größten war. Recht zynisch vom Phantom, sich am helllichten Tag über seine Opfer herzumachen.

Klara versucht kurz, Livias Aufforderung Folge zu leisten und sich vorzustellen, dass das Phantom eine Frau ist. Vielleicht sogar eine, die sie kennt. Die ungehobelte Maggie, sicherlich nie in der Lage, sich eine Hausmauer entlangzuhanteln, oder vielleicht doch? Nur weil sie nicht schwimmen kann, braucht sie nicht auch in Gymnastik ungeschickt zu sein. Vielleicht aus Konkurrenztrieb zu der Spezies Mann, die ihr ähnlich ist, aber mehr Macht hat als sie.

Gini. Der Gedanke bringt Klara zum Lachen, vor allem, wenn sie sich Gini verschleiert vorstellt. Und dennoch, kräftig und kampferprobt genug wäre sie für solche Einlagen, mit ihrer Vorliebe für Springmesser. In Wien hatte sie schon manche Rauferei für sich entschieden. Sie wäre auch unberechenbar genug. Aber wozu sollte sie das tun? Aus purem Widerstandsgeist?

Livia, die zarte, weltfremde Lyrikliebhaberin, die, wenn Klara Katie Glauben schenken darf, kürzlich einen Mann mit einem bloßen Fußstoß niedergestreckt hat, die sollte vermummt durch die Gassen laufen und Männer niederstempeln? Das Motiv vielleicht ein literarisches? Der Gedanke allein schon erheitert Klara, und sie überlegt sich, Livia diese Vorstellung beim nächsten Café Frappé in der *Primitiv Bar* mitzuteilen. Samantha, Liz' durchtrainierte Freundin, die als Sportlehrerin arbeitet? Oder vielleicht überhaupt eine von den groß gewachsenen, griechischen Volleyballspielerinnen, die sich jeden Nachmittag im Sand um den Ball prügeln und bei Männern keinerlei Skrupel hätten, zuzuschlagen. Die sind der griechischen Männerwelt noch näher und hätten bestimmt mehr Motive, denen eins überzuziehen als die ausländischen Touristinnen. Aber Klara kennt keine Einzige von ihnen gut genug, um sie sich Waffen schwingend und tief verschleiert vorzustellen. Und bei all diesen Aufzählungen hat sie etliche Britinnen vergessen, einige deutsche Brunhildes und die Französin, die ausschaut, als wäre sie täglich in einer Hafenkneipe von Marseille anzutreffen.

Männlicherseits würden ihr ebenfalls einige einfallen. Was wäre mit dem vierschrötigen, glatzköpfigen Polizisten, der mit seiner Armada just an dem Tag ankam, an dem die Überfälle begannen. Gut, um genauer zu sein, kurz nach dem ersten Überfall, aber wie weit ist es denn von Skala Eressos nach Mitilini? Er könnte schon in der Nacht zuvor kurz vorbeigeschaut haben, und seine Ankunft im Jeep und mit Gefolge war geschickte Tarnung. Sohn des Bürgermeisters. Die Überfälle von beiden ausgeheckt, um die allein reisenden Frauen in Misskredit zu bringen, oder, wenn schon das nicht gelingt, Angst zu schüren.

All das ist nicht logisch, denn die Überfallenen haben mit den Frauen nichts zu tun. Eigentlich geht es um Griechen unter sich. Männerjustiz, wieder einmal. Fehden der lokalen Mafia. Der Bürgermeister ist zu fett, um auf Dächern herumzuturnen, sonst hätte Klara es ihm ebenfalls zugetraut, der Lehrer zwar schlank, aber selber Opfer. Klara stellt fest, dass sie sich an keinen einzigen durchtrainierten Körper unter der einheimischen, männlichen Bevölkerung erinnern kann, mit Ausnahme des Sohns des Bürgermeisters natürlich. Liegt das allein an ihrer eigenen selektiven, auf Frauen gerichteten Aufmerksamkeit?

Sie beschließt, doch mit Gini demnächst über die Lage zu reden. Und mit Livia auch. Eine andere Wahl bleibt ihr ohnehin nicht. „Auf Katie sollten wir überdies alle besonders aufpassen", murmelt sie vor sich hin. Da müsste sie die Sedlak allerdings einweihen. Ob das gut ist?

In diese strategischen Überlegungen versponnen, nimmt sie nun doch auf der Terrasse des *Sappho* Platz.

Gregorios hat Dimitrios, den Pferdeschwanzträger von der *Primitiv Bar,* sich selbst überlassen. Er gibt zwar den Befehl, ihn zu überwachen, aber hat zu wenig gegen ihn in der Hand, um ihn länger festzuhalten. Die Verhaftung ist auch die Idee seines Vaters, nicht seine gewesen.

„Dimitrios stört Theofilos' Geschäfte, sitzt quasi auf dem Kapital", zischt Gregorios, als er sich die Lage vergegenwärtigt. „Ich habe es satt, seinen Handlanger zu spielen. Soll der Alte seine Probleme allein lösen."

Es reicht, dass er hier Patrouillen schieben muss, in dieser Horde von Touristen, die allesamt mit geröteter Haut in der prallen Sonne sitzen und am Strand langsam verkohlen. Der Vater hatte schon wieder irgendwo eine Goldmine aufgetan, eine Möglichkeit, sich zu bereichern, und entweder will dies jemand mit den Überfällen vereiteln oder Theofilos selbst will Feinde einschüchtern. Als Tarnung soll der Sohn wieder einmal herhalten.

Seit seiner Pubertät hat Gregorios einen ohnmächtigen, manchmal virulenten, dann wieder verschwommenen Zorn auf den Vater. Was auch immer Gregorios macht, er scheint ihm nicht entkommen zu können. An jeder Gabelung seines Lebenswegs steht der Alte, und seine Einmischung bringt stets Verderben. Allein ihn gezeugt zu haben, war die erste Unbill. Die duckmäuserische Mutter hat sich an dem Sohn gerächt, sobald Theofilos aus dem Haus war, und in ihn alles hineingeprügelt, was ihr an dem Ehemann nicht gefallen hatte. Stellvertretend für ihr armseliges Leben unter der Diktatur dieses schwergewichtigen, pedantischen Tieres von Mann bestrafte sie den Sohn, solange er sich nicht wehren konnte. Als er alt genug dazu war, starb sie. An einer nie näher erklärten Unterleibsentzündung ging sie zugrunde.

Solange Gregorios ein kleines Kind war, bedeutete allein der Hall ihrer Schritte in den derben, schwarzen Lederschuhen Bedrohung für ihn. Sie konnte dieses Kind nicht leiden. Er war zu einer Unzeit gezeugt und geboren worden. Hätte sie die Tochter allein gehabt, dann wäre sie wohl eines Tages abgehauen. Vielleicht hätte sie Melina mitgenommen, vielleicht zurückgelassen. Um Mädchen scherte man sich damals nicht. Eine Nachbarin hätte sich wohl gefunden, um sie großzuziehen. Dann lag dieser Sohn in der Wiege, zwei Kinder konnte man nicht so schnell verlassen, schon gar nicht mitnehmen. Theofilos' Rache wäre ihr sicher gewesen, wenn sie den Sohn entführt oder sich ohne ihn aus dem Staub gemacht hätte. Gregorios erinnerte sie täglich daran, dass sie diesem Leben an der Seite eines egoistischen, gewalttätigen Mannes höchstens durch den eigenen Tod ein Ende bereiten konnte. Und deshalb rutschte ihr die Hand so manches Mal aus.

Der einzige Mensch, in dessen Gegenwart Gregorios etwas wie Liebe erfuhr, war seine Schwester. Ein Jahr älter als er, wild und unzugänglich, stark und unzertrennlich von ihm. Wenn Melina bei ihm war, erschienen ihm auch die Züchtigungen der Mutter erträglich. Melinas Gegenwart bedeutete Ruhe im Sturm, ausgelassenes Lachen, Narrenfreiheit. Mit ihr gemeinsam streunte er durch die karge Gebirgslandschaft oberhalb des Meeres und fürchtete sich weder vor Schlangen noch vor Skorpionen, die dort in Unzahl aus ihren Verstecken krochen. Melina war für ihn schöner, als die anderen Frauen es je sein könnten. Eines Tages hatte er sich diese Wahrheit eingeprägt, und jeder Blick in ihr Gesicht bestätigte ihm das aufs Neue.

Er wuchs mit dem Erwachsenwerden von Melinas Gesicht heran. Es veränderte sich zuerst nur unmerklich in der täglichen Betrachtung, so wie die untergehende Sonne, wenn man sie ständig ansieht, immer am selben Fleck zu verharren scheint, in einem Himmel, der immer dieselbe Farbe zu haben vorgibt. Wendet man dann für ein, zwei Sekunden den Blick ab, hat sich alles verändert, die Sonne steht dem Horizont um ein ganzes Stück näher, das Türkis, in das sie eingebettet war, ist um Nuancen dunkler geworden.

Ähnliches passierte mit Melinas Gesicht. Zuerst schien es immer gleich, weil sie zusammen aufwuchsen und sie immer um ihn herum war. Als sie sich aber trennen mussten, weil jeder in eine andere Schule ging, er oft wochenlang nicht aus Mitilini zurückkam und sie sich nur in den Ferien sahen, war er Zeuge einer Verwandlung, die ihm viel zu schnell ging. Die Wangen waren auf einmal schlanker geworden, und dadurch wirkten die groß geschwungenen Lippen noch dramatischer. Wenn sie die Augenbrauen runzelte, war sie auf anmutige Weise erwachsen. Genau wie er hatte sie einen sportlichen, schlanken Körper mit breiten Schultern, genau wie er hatte sie eine Leidenschaft für Basketball und spielte zuerst in der regionalen, dann in der nationalen Liga. Sie wurde medizinisch-technische Assistentin. Der Vater wollte die kostspieligen Kurse nicht bezahlen, und so hastete sie zwischen Job und Ausbildung hin und her.

Gregorios konnte sich nicht erinnern, in der Nähe eines anderen Menschen eine solche Geborgenheit gefühlt zu haben, sollte er dieses Wort je ausgesprochen oder gedacht haben. Melina war Mutter, Schwester und Kumpel für ihn, und er hatte ihr so manches zu verdanken. Als Sechsjähriger wurde er eines Tages von der Mutter in einen leeren Verschlag am Feld eingesperrt, weil er andauernd greinte und sie mit ihrer Arbeit nicht zu Rande kam. Die folgenden Stunden würde er nie wieder vergessen. Es war bis auf einige Ritzen nachtdunkel in dem Kobel, und er hörte ständig, wie in einer Ecke ein Tier kratzte und schabte. Das Schlimmste war aber, dass er kein Gefühl für Zeit mehr hatte. Es konnten Stunden oder Minuten vergangen sein, und auf einmal fing der Wind an, an den Brettern zu beuteln, heulte immer stärker und drohte, die ganze Hütte emporzuheben. Gregorios war überzeugt, dass ihn die ganze Welt vergessen hatte und er jetzt sterben müsse. Da hörte er Schritte und Melinas Stimme, die ihn beruhigte. Sie öffnete den Riegel, und gemeinsam liefen sie über das sturmgepeitschte Feld nach Hause. In dieser Nacht gab er ihr seinen Kinderschwur, sie ebenfalls nie im Stich zu lassen.

Ihre Frauenliebe fand er zwar verwerflich und sündig, sie hatte ihn jedoch nie gestört, im Gegenteil, sie war doch Garant dafür, dass die Schwester ihn nie verlassen und schon gar nicht den Mann heiraten würde, den der Vater für sie ausgewählt hatte.

Der plötzliche Tod Melinas war so ungeheuerlich, dass Gregorius lange Zeit nicht daran glaubte. Im Gegenteil, er rechnete damit, dass sie eines Tages wieder vor ihm stehen würde. Er hatte die Leiche damals in London identifiziert, weil er der Erste war, der die Reise auf sich nehmen wollte, aber diese wächserne Gestalt im Plastiklaken hatte kaum eine Ähnlichkeit mit seiner Schwester gehabt, daher galt dieser Anblick nicht. Gregorios tat vor sich selber so, als wäre sie weiterhin verreist, und die meisten seiner Bekannten wunderten sich über die Gelassenheit, mit der er den Tod zur Kenntnis nahm. Sie unterstellten ihm vielleicht eine Art Genugtuung, dass sie, die die Männer ablehnte und gegen die Gesellschaft verstieß, bestraft wurde.

Das Gegenteil war der Fall. Sein Schmerz war so groß, dass er als Gefühl keinen Eingang in seine Seele fand, sondern nur als übermenschliche Anstrengung, nicht daran zu denken und die

Aufmerksamkeit auf eine sinnentleerte Gegenwart zu lenken – in der Hoffnung, dass es eines Tages anders sein würde. So wie ein zu Tode Verurteilter immer noch hofft, dass man das Urteil nicht vollstreckt.

☺ ☺ ☺

Zuerst nimmt Klara den Geruch wahr. Abgestandener Männerschweiß in einem Kunststoffhemd, scharf wie Pferdepisse. Als sie sich, drauf und dran aufzuspringen und den Platz zu wechseln, umdreht, sieht sie, wie der Ermittler aus Athen am Nebentisch Platz nimmt. Bei Tageslicht und nicht gefiltert durch Katies Videokamera wirkt sein Gesicht noch gequälter, armseliger, vom Schicksal zugerichtet. Die Augen klein hinter dem dicken Brillenglas. Von der Seite betrachtet, verschwinden sie manchmal ganz, und das Glas wird zu einem weißen, blinden Spiegel. Die Wangen zerfurcht von zwei Falten, die sich vor langer Zeit in die fettige Haut gegraben haben. Er lächelt sie unsicher an und grüßt. Sie kann jetzt unmöglich aufstehen und sich an einen anderen Tisch setzen.

„Wie geht es Ihnen? Haben Sie den Schock schon überwunden?"

Klara schaut ihn zuerst verständnislos an, dann fällt ihr ein, dass er sie das letzte Mal nach dem Überfall hinter dem Reisebüro *Lesvos Travel* gesehen hat, kurz nach ihrer Ohnmacht.

„Danke, ja", sagt sie schnell.

In seinen Händen sieht sie ein blaues Buch, auf dessen Umschlag in goldener Schrift das Wort *Goddesses* geschrieben steht.

„Das gehört nicht mir, sondern dem Hotel", sagt er in schlechtem Englisch, als er ihren Blick bemerkt.

„Und? Gefällt es Ihnen?", fragt sie höflich.

Er nickt. Er könne kaum aufhören zu lesen. Das meiste habe er in der Schule anders gelernt. Es gehe um griechische Gottheiten, von Frauen anders interpretiert.

„Und das lassen Sie gelten? Diese neuen Darstellungen?"

„Was würde es nützen, wenn ich es nicht täte?", antwortet er. In seinen Augen ist resignierte Müdigkeit zu erkennen.

„Ich habe Sie gestern Nacht gesehen", sagt Klara. „Sie gingen an der Bar vorbei, in der ich saß."

„Oh, dann entschuldigen Sie, dass ich Sie nicht gegrüßt habe. Ich war wohl in Gedanken versunken. Die Nächte sind viel zu kurz für das, was zu tun ist."

Sie schweigen. Sie schaut auf seine Hände mit den Gichtknoten. Es liegt ihr auf der Zunge, ihm zu erzählen, dass sie über sein Gespräch mit dem Bürgermeister Bescheid weiß oder dass sie und Katie die Einzigen sind, die das Phantom gesehen haben und sich ein Bild machen könnten, wenn dieses Bild nicht auch eine Einbildung wäre. Sie verspürt einen so starken Drang, ihm das mitzuteilen, dass sie glaubt, er würde ihre Gedanken erraten. Das Schweigen zwischen beiden ist so beredt, dass er seinen Kopf hebt und Klara anschaut.

„Worüber ermitteln Sie eigentlich?", fragt sie schnell.

„Hm, wenn ich das nur selber wüsste. Eigentlich geht es um die Explosion von Sprengsätzen, aber die Überfälle sind mir dazwischengekommen."

„Haben Sie schon etwas herausgefunden?"

„Es geht. Das Buch hilft."

„Inwiefern? Weil es entspannt?"

„Es entspannt nicht. Es zeigt Regungen wie Hass und Eifersucht. Machtgier und Sturheit."

Er will weise sein. Das stört Klara. Auch wenn er ihr Leid tut. Er ist außerdem ein Mann. Der kann schon für sich allein sorgen und muss nicht von ihr unterhalten werden.

„Sie sind auf Urlaub hier?", fragt er in ihre Gedanken hinein. Diese Frage lässt sie aufschrecken. Kann man diesen Aufenthalt noch als Urlaub bezeichnen?

„Ja", sagt sie zögernd. „Der Urlaub entschwindet manchmal allerdings angesichts der Ereignisse." Er nickt verständnisvoll.

„Ich bin Schriftstellerin", fügt sie überflüssigerweise hinzu. „Aber auch das Schreiben kann warten."

Warum sie das gesagt hat, weiß sie nicht. Natürlich kann das Schreiben warten, aber worauf auch? Doch nicht auf das Urlaubsende, eher kommt es ihr so vor, als hätte sie gemeint, „auf den Ausgang der Ermittlungen". Aber die gehen sie nicht einmal etwas an.

Sie langt verlegen nach dem abgegriffenen Buch und beginnt, es durchzublättern.

„Was haben Mythen mit unserem Fall zu tun?", fragt sie. „Die müssen doch schon damals überholt gewesen sein."

Er lächelt schwach.

„Sie bringen uns unseren Gefühlen näher. Manchmal wissen wir die Wahrheit schon, ohne sie zu wissen."

„Das verstehe ich nicht. Gibt es schon einen Verdächtigen oder nicht?"

„So leicht lässt sich diese Frage nicht beantworten."

„Es waren doch nur Griechen, die angegriffen wurden. Keine Touristinnen oder Touristen. Macht Sie das nicht wütend?"

„Nicht mehr, als wenn es umgekehrt gewesen wäre. Gewalt wirft uns alle zurück."

„Der Bürgermeister ist auch ganz schön gewalttätig, mit seinen Drohungen und dem Musikverbot nach ein Uhr nachts."

Yakis zeichnet mit einem Kugelschreiber Kreise auf die Papierserviette. Es scheint, als hätte er die letzte Bemerkung nicht gehört.

„Sind Sie auch am Flughafen fotografiert worden?", fragt er, ohne aufzuschauen. Klara zuckt zusammen, denkt an ihre Ankunft und daran, dass Livia ihre beiden Fotos vom Stapel des Grenzbeamten in die Tasche hat gleiten lassen. Wenn sie „ja" sagt, sucht er nach den Fotos und findet sie nicht, sagt sie „nein", fragt er, warum gerade sie nicht. Sie zögert einige Sekunden, zu lange, um zu lügen. Er schaut ihr bereits in die Augen. Seine sind von einem wässrigen Blau, der Augapfel schmutzigweiß.

„Ja, natürlich. Ich meine, es wurden ja alle abgelichtet. Wissen Sie, wozu das gut sein soll?"

„Eine bloße Vorsichtsmaßnahme. Der Drogenschmuggel nimmt auch hier überhand."

„Ach", ruft Klara misstrauisch aus. „Das glauben Sie wirklich?"

„Ich möchte Sie schon sehr bitten, die Behörden nicht in Frage zu stellen."

Das Einverständnis, das zwischen Yakis und Klara grundlos entstanden war – denn er ist der Vertreter einer Ordnungsmacht, deren Willkür sie verachtet, und sie ist eine Freidenkerin vom anderen Ufer –, zerfällt wie Asche. Plötzlich schauen die beiden einander übel wollend an. Dann lacht sie auf, und sein Gesicht glättet sich wieder.

„Nie würde ich so etwas tun", sagt sie spöttisch.

„Sollten Sie etwas in Erfahrung bringen, wäre ich Ihnen sehr dankbar …"

„Klar." Sie ist jetzt doch etwas verlegen.

„Sie glauben gar nicht, wie schwierig diese Ermittlungen sind. Dieser Attentäter … eine Nadel im Heuhaufen."

„Aber Sie müssen doch irgendeine Theorie haben."

„Eine Theorie habe ich, Mylady, aber die darf ich weder Ihnen noch sonst jemandem verraten, außer meinem Vorgesetzten in Athen."

Damit steht er auf und verbeugt sich, und Klara bleibt aufgewühlt zurück. Sie wird mehr als sonst von der Angst erfüllt, es könnte noch alles ein böses Ende nehmen. Ihr und den Frauen, die sie hier schätzt, könnte etwas zustoßen. Gini, die jede Form von Autorität hasst, Livia, die die Frechheit und Intoleranz der Jugend in sich trägt, oder Katie, dieser unschuldigen Dokumentaristin der Ereignisse.

Yakis hat das Buch in ihren Händen gelassen, als wollte er ihr damit etwas sagen. Und so beginnt sie, darin zu lesen.

KAPITEL 10

Das *Antiopi* ist ein würfelförmiger Bau mit glatter Fassade, die nur von einem rund umlaufenden Balkon geschmückt wird. Dieser liegt im Schatten des hervorspringenden Ziegeldaches und weist alle paar Meter hellblau gestrichene, glatte Säulen auf, an einer davon lehnt gerade Livia und schaut in die Ferne. Der Blick auf die kahlen Berge mit spärlichem Olivenbaumbewuchs und auf das Meer besticht, obwohl die Farben ausgeblichen sind, so als ob jemand die bunte Glanzfolie einer Postkarte abgezogen hätte. Schäbiges Lesbos. Staub hat sich auf Bäumen und Steinoberflächen abgesetzt, und auch das Meer leuchtet selten tiefblau als Abbild des nächtlichen Himmels. Immer gaukelt es helle Mitteltöne vor, irrlichterndes Kobalt.

Katie filmt Livia und fängt einen Moment ein, als deren Augen nicht auf die Ferne scharf stellen, sondern nachdenkliche Abwesenheit verraten. Fast unmerkliche Windschübe zucken durch ihr Haar. Die Wangen in ihrem ovalen Gesicht haben noch die Rundungen der Kindheit, aber der Blick ist auflehnend hart und entschlossen. Diese Schwankungen nimmt Katie auf, als ob sie damit ihre eigene Angst davor bannen könnte. Jetzt lächelt Livia mild. Überwältigt setzt Katie die Kamera ab, denn dieses Lächeln will sie ohne Zwischenwand in sich aufnehmen.

Sie stehen einander gegenüber, und Livia weicht zum ersten Mal nicht mit dem Hinweis auf eine andere Beschäftigung aus, lässt diese Situation auf sich beruhen. Aus einem fern scheinenden anderen Winkel des Hauses sind Fetzen von *Latin Groove* zu vernehmen, reißen immer wieder ab. Katie erinnert sich an ein Bild von Livia in der Nacht in einer Bar, vielleicht war es das *Sappho*, als Livia ähnlich stumm, in gesetzter Haltung an einer Säule lehnte und so aussah, als würde sie Vergangenheit und Zukunft dieses Ortes in einem Schwung an sich vorüberziehen lassen. Die Schultern zurückgeworfen, ein graziler Hals ragt aus dem hellblauen Sweatshirt mit ausgeleiertem Kragen. Livia hatte an jenem Abend von niemandem Notiz genommen. Jetzt aber schaut sie Katie an, als wäre dieser Augenblick von Bedeutung.

Katie lässt die Kamera langsam auf den runden Frühstückstisch neben der Balkontür sinken. Livia streckt die Hand nach ihr aus, ihre Finger berühren und verschränken sich ineinander. Als Katies Daumen langsam die Innenfläche ihrer Hand streichelt, schließt Livia die Augen. Überwältigt legt Katie ihre Wange an ihre.

Sandy hat heute Geburtstag. Sie ist es nicht gewohnt, diesen Tag zu feiern. Diesbezügliche Versuche im Beziehungs-Trio endeten immer mit einer Nervenkrise. Und noch früher, als Jugendliche, hatte sie fern von ihren Eltern gelebt, eine Feier hatte sich nicht ergeben. Hier aber ist sie in Gesellschaft. Mit ihren Freundinnen nimmt sie ein Ausflugsschiff nach Sigris, um diesen Tag festlich zu begehen, und steht freudig an der Reling.

Je weiter sie sich vom Strand entfernen, desto geduckter und fahler schaut Skala Eressos aus, eine flache Reihe ausgebleichter Schilfhütten, von der Hitze der Sonne niedergeschmettert. Sie kommen an einem Felsen im Meer vorbei, der wie die Brust einer liegenden Frau geformt ist, mit einer erigierten Brustwarze, die steil in den Himmel ragt. Alle Touristinnen, die lesbisch sind, stürzen auf einmal auf die linke Schiffseite und zücken ihre Kameras. Sandy unter ihnen. Sie grinst selbstironisch, als sie ihre Aufnahmen macht.

In Sigris wird gebadet. Nicht viel anders gestaltet sich dieser Strandaufenthalt als alle anderen der letzten Tage in Skala Eressos. Sandy ist amüsiert bis erschüttert, als sie den Erzählungen ihrer Kumpaninnen lauscht, wenn sie über andere Frauen, meist Ex-Freundinnen oder solche in spe, reden. Es geht in keiner Weise so politisch korrekt zu, wie sie es von ihren beiden Therapeutinnen gewohnt ist. „Bassena-Tratsch" würde eine Wienerin dazu sagen.

Frauen werden als Lustobjekte diskutiert, solche, die die anderen ficken werden, konnten oder könnten. Titten, Ärsche und Beine werden hier bewertet und verglichen, angepriesen, dass Sandy Hören und Sehen vergeht. Ich bin vielleicht nur aus der schottischen Provinz, denkt sie, aber keine meiner Partnerinnen hat je über eine Frau so gesprochen. Ich meine, wir haben es miteinander getrieben, aber das Wesen oder das Ausmaß dieses Begehrens ist tabu geblieben. Vielleicht, weil wir alle aus demselben beruflichen Milieu kamen, wir haben ja schließlich mit Inzestopfern gearbeitet. Wie sollte da Geilheit im Privatleben Thema sein, zu sehr war diese mit Gewalt verknüpft. Sogar die Geilheit der Worte, die Frauen für den Körper einer anderen finden, war gefährlich.

Hier aber fliegen die *four letter words* wie aufgewirbelter Sand in der Gegend herum, und Sandy muss sich beherrschen, nicht allzu befremdet oder verlegen dreinzuschauen.

Yakis ist schon eine Weile weg, und Klara blättert das Buch durch, das er zurückgelassen hat. Die Autorin heißt Brita G. Bluedawn. Wie im Klappentext angekündigt, versucht das Werk eine neue Deutung von Mythen, um Frauen zu ihrer verschütteten Geschichte zurückzuführen und ihnen ihre Stärke wiederzugeben. Jeder Mythos wurde in den Zeiten des Matriarchats anders erzählt, vorteilhafter für die weiblichen Hauptpersonen sozusagen.

Die wichtigste Gottheit der Vorgeschichte war die Mondgöttin, und die wichtigste mythische Beziehung war die zwischen ihr und ihren Söhnen. Im vorgeschichtlichen Europa war kein männlicher Gott bekannt.

Das klingt geradezu blasphemisch, denkt Klara, wenn man bedenkt, wie oft und wofür diese abstrakte Figur „Gott", die natürlich als männlich verstanden wird, herangezogen wird. Damals aber gab es nur die „Große Göttin", und diese wurde als unsterblich, unveränderlich und allmächtig betrachtet. Ihre Liebhaber dienten ihr nur zum Vergnügen und nicht, um ihren Kindern einen Vater zu geben. Ihre Mutterschaft galt als das Urmysterium.

Zunehmender Mond, Vollmond und abnehmender Mond erinnern an die drei Lebensabschnitte der Matriarchin: Mädchen, Nymphe und Greisin. Später wurden diese in den Göttinnen Selene, das Mädchen der oberen Luft, Aphrodite, die Nymphe der Erde, und Hekate, das Weib der Unterwelt, verkörpert.

Selbst als der Zusammenhang zwischen Sex – das Buch verwendet das Wort „Beilager" – und Schwangerschaft offiziell zugegeben wurde, blieb der Mann noch lange unter der Hoheit der Frau. Die Sonne, sein Symbol der Fruchtbarkeit, blieb unter der Aufsicht des Mondes. Der König verweilte unter der Leitung der Königin.

Bluedawn schreibt anschaulich und einfach. Auch mit wenig Konzentration kann Klara dem Text folgen. Manches ist ihr bekannt, anderes bestätigt Vermutungen.

Die griechischen Mythen, schreibt Bluedawn, dienten dazu, politische Ereignisse, meist Eroberungen und Zerstörungen von Heiligtümern, im Nachhinein plausibel zu machen. Es ging um Machtübernahme und wie diese dem gemeinen Volk erklärt werden kann. Bluedawn gibt anschauliche Beispiele für diese Verfälschung alter Erzählungen, die erste Propaganda der modernen Welt.

Zum Beispiel Perseus, der die Göttin Gorgo Medusa tötet. Das reale Ereignis dahinter war die Eroberung Griechenlands und Kleinasiens durch die patriarchalen Hellenen. Perseus enthauptet Medusa, das heißt im Klartext, die Griechen zerstörten die Altäre der dreifachen Göttin und entrissen den Priesterinnen ihre Gorgonenmasken, mit denen diese das Mysterium schützten.

Oder Apollon: Sein Versuch, Daphne zu vergewaltigen, erzählt eigentlich von der Machtübernahme durch die Archaier. Daphne wird in dieser Erzählung bereits als verschreckte Jungfrau dargestellt, war früher aber alles andere als das. Ihr Name kommt von Daphoine, „die Blutige". Sie war die orgiastische Göttin. Ihre Priesterinnen, die Mainaden, versetzten sich durch das Kauen von Lorbeerblättern in einen Rauschzustand, in dem sie bei Vollmond ahnungslose Reisende überfielen, Kinder und junge Tiere zerstückelten. Die Mainadenverbände wurden von den Hellenen unterdrückt. Nur mehr der Pythia war das Kauen der Lorbeerblätter vorbehalten, jene Priesterin, die in Delphi die Prophezeiungen machte. Pythia stand jedoch schon im Dienst des Apoll.

Eine Erzählung nach der anderen wird von Bluedawn unter die Lupe genommen, und jede, so schreibt sie, wurde zu Ungunsten der Frauen verändert. So hat Medea natürlich niemals ihre Kinder getötet. Diese Version war ein Auftragswerk des Euripides, um alteingesessene Frauenmacht zu verurteilen und schlecht zu machen.

Gut, denkt Klara, aber warum interessiert sich ein griechischer Ermittler für dieses Buch? Was macht das Werk so virulent? Welchen Bezug hat es zur Gegenwart? Sie kann sich keinen Reim daraus machen. Sie blättert die restlichen Kapitel durch, in den letzten werden Frauen dazu aufgefordert, sich ihrer Stärke wieder bewusst zu werden. Klara nimmt sich vor, am nächsten Tag weiterzulesen. Die Sonne hat ihren Zenit längst überschritten, und Klara will an den Strand.

Es ist Nachmittag. Die Unruhe, die sie seit dem Gespräch mit Yakis befallen hat, macht sie jetzt trotz der Hitze frösteln. Sie ist in die Welt des griechischen Ermittlers eingestiegen. Sie glaubt, eine gewisse Unparteilichkeit in ihm zu entdecken, auch Lesben gegenüber – soweit ein Mann mit einer traditionellen Moralvorstellung dies überhaupt kann –, auch einen fanatischen Wunsch nach Aufklärung. Eine stille Opposition gegen den Bürgermeister. Vielleicht interpretiert sie auch zu viel in ihn hinein.

Die Hitze ist schon wieder wie glühendes Blei und verursacht ein dumpfes Pulsieren im Kopf. Klara bemüht sich, den Schatten der vorspringenden Dächer beim Gehen nicht zu verlassen. Zweihundert Meter vor ihr der Supermarkt. Da hört sie auf einmal einen dumpfen Schmerzenslaut und dann das Getrappel von Schritten, die sich schnell entfernen. Ihr Herz scheint auszusetzen, die Knie geben nach, und sie hat das Gefühl, in den Sand zu sinken. Außer ihr scheint niemand etwas gehört zu haben, denn um sie herum entsteht keine Bewegung, kein Stimmenlärm oder Schritte, keine Menschen, die Geschäfte und Häuser in Aufruhr verlassen, keine Ambulanzsirenen, die zu heulen beginnen. Sie ist die Einzige, die lossprintet, sie glaubt, die Stimme erkannt zu haben, und die Macht der Gefahr treibt sie an.

Als sie um die Ecke biegt, sieht sie, was sie befürchtet hatte: Yakis am Boden liegen, eine Hand über dem Kopf, die andere unter seinem Oberkörper, die Beine hat er angezogen, sie zucken. Aus seinem Mund kommt unartikuliertes Wimmern, seine Brille liegt Meter weiter im Staub. Klara läuft zu ihm hin und bückt sich, seine Schläfe ist voller Blut.

„Lassen Sie. Gehen Sie weg", keucht er. „Schnell."

Er zieht mühsam die Hand unter seiner Brust hervor. Die hält einen dicken, grauen Pappumschlag.

„Nehmen Sie das ... Nach Athen."

Klara starrt ihn verständnislos an. Er sinkt stöhnend in sich zusammen.

„Nach Athen. Nicht zum Bürgermeister. Gehen Sie! Los!"

Sie packt das Bündel Papier und weicht zurück. Noch immer ist niemand in der Nähe. Sie kann ihn nicht allein lassen.

„Geh!", keucht Yakis.

Von der Ferne sind nun Stimmen und Schritte zu vernehmen, deren Klang näher kommt. Da fängt Klara an zu laufen. In dem abgeschiedenen Labyrinth der Gassen kommt sie zu einem Durchgang; dahinter liegt ein verlassenes Grundstück. Sie lehnt sich an die Mauer und lässt das Zittern ihrer Hände endlich zu. Der Umschlag fällt zu Boden, und sie fixiert ihn, ohne zu wissen, was nun zu tun ist. In der Ferne ist lautes Wehgeschrei um Yakis herum zu hören. Klaras Knie geben nach, und sie rutscht auf den Boden. Einige Minuten lang ist in ihrem Hirn weiße, verständnislose Leere.

Die Adresse auf dem Umschlag ist mit der Hand und auf Griechisch geschrieben. Sie fasst danach, und dabei schaut sie nach links und nach rechts. Außer einem Maultier ist aber niemand zu sehen, das Grundstück endet in einer mit niedrigen Büschen bewachsenen Steppe. Klara schiebt das Kuvert vorsichtig in ihren Rucksack mit den Badetüchern, den leeren Wasserflaschen und der Sonnencreme und wartet. Ihr Herz klopft zum Zerspringen. Sie ist auf einmal Mitwisserin geworden. Wovon, weiß sie selbst noch nicht. Sie hört einen Wagen mit Sirene kommen und harte Männerstimmen, Schritte, Wagentüren knallen. Der Krankenwagen fährt wieder an, die Sirene entfernt sich. Dann ist Stille. Sie bleibt weitere zwanzig Minuten an die Mauer gelehnt, vor Angst fast unbeweglich. Dann verlässt sie langsam ihr Versteck und geht in Richtung Hauptplatz.

„Er ist niedergeschlagen worden. Nein. Ja. Nein. Eine Wunde im Gesicht, wie alle anderen zuvor auch. Nein, habe ich nicht. Wie sollte ich wissen, dass er in Gefahr ist. Lasst ihr alle Ermittler von Gewaltfällen rund um die Uhr überwachen? In der Klinik. Weiß ich noch nicht. Der Arzt wird jeden Moment zu mir kommen. Wann? Gut. Wir werden da sein."

Theofilos steht stramm, als er spricht. Dann knallt er den Hörer hin und schaut seinen Sohn an, der auf einem Stuhl sitzt, die Beine auf dem Schreibtisch seines Vaters aufgestützt, und mit dem Briefbeschwerer spielt.

„Sie schicken einen neuen Ermittler", sagt Theofilos.

„Das war zu erwarten."

„Der wird uns nicht dazwischenfunken."

„Kann man nur hoffen."

„Yakis hat kein Mal auf der Stirn. Das fällt allerdings auf."

„Besser ging es aber nicht."

„Was hast du bei dem Pferdeschwanzträger ausgerichtet?"

„Ein feiger Hund, hat Angst um sein Geschäft. Wir brauchen nur die Bar lang genug geschlossen halten."

„Dann haben wir eine von ihm designierte Täterin und die Überfälle gehen weiter."

„Wenn wir in den Straßen präsent sind, hört das vielleicht auf."

„Vielleicht. Vielleicht auch nicht. Hast du dir überlegt, ob die vier Opfer womöglich eine Familienfehde mit jemandem laufen hatten?"

„Das heißt, du hast damit wirklich nichts zu tun?", fragt Gregorios.

„Nicht, dass ich wüsste."

Ein undurchdringliches Schweigen entsteht auf einmal. Gregorios' Augenbrauen zucken.

„Du hättest auch mehr recherchieren können, anstatt am Strand herumzulungern und die Frauen anzuglotzen."

„Ach, leck mich doch."

„Wer gibt dir das Recht, mit deinem Vater so zu reden!", brüllt Theofilos. Gregorios schaut ihn träge an.

„Und wie hast du mit meiner Mutter damals geredet? Wenn du sie nicht gerade verprügelt oder gefickt hast?"

Theofilos ballt die Hand zur Faust.

„Ein Wort noch ..."

„Ein Wort noch und was?"

Theofilos schweigt. Dann fährt er fort: „Der Überfall auf Yakis gibt uns die Möglichkeit, endlich den Strandteil abzuriegeln, in dem die Weiber alle hocken. Das wirst du gleich in Angriff nehmen."

⚙ ⚙ ⚙

Als Klara den Hauptplatz erreicht, sieht sie Katie mit der Kamera im Anschlag unter einer Tamariske stehen, dabei, Klara zu filmen.

„Nicht", ruft Klara. Sie hält die Hand vor die Augen. Da entdeckt sie, dass ihre Finger schwach mit Blut überzogen sind, von Yakis' Umschlag. „Hör sofort auf", ruft sie und versteckt beide Hände hinter dem Rücken. Katie kommt frech weiterfilmend auf Klara zu, die ihr nun doch das Objektiv mit der Hand zuhält.

„Was ist los?", fragt Katie gut gelaunt und setzt die Kamera ab. „Du bist doch sonst nicht so prüde."

„Ich muss dich sprechen", sagt Klara heiser. „Der Ermittler ist überfallen worden."

„Hab ich gerade gehört. Schrecklich." Katie wird ernst.

„Ich war dort."

„Wo?"

„Frag jetzt nicht. Ich habe ein Kuvert von ihm."

„Ein Kuvert? Von ihm?"

„Es ist in meinem Rucksack. Ich kann es nur nicht lesen."

Die beiden Frauen schauen einander entsetzt an. Dann entspannt sich Katie. Sie schiebt einen kurzen Lacher aus der Kehle und nimmt Klara um die Schultern.

„He, das ist nicht so schlimm. Schau nicht so ernst, sonst verhaften sie dich noch, allein wegen deines Blickes. Und deine Finger sind auch voller Blut."

„Ich weiß, ich bin völlig durcheinander."

Katie schiebt Klara langsam zum Büro von *Lesvos Travel*.

„Bleib cool. Am Eck stehen schon wieder zwei Bullen."

Klara lässt erschöpft den Kopf an ihre Schulter sinken.

„Er hat so furchtbar ausgeschaut, ganz voller Blut, und ich durfte nicht bei ihm bleiben. Er hat mich weggeschickt. Es ist so grauenhaft. Wer macht denn so etwas?"

„Schnell hinein da."

Das Dämmerlicht des Büros, in dem der Ventilator ächzend seine Runden dreht, umfängt Klara. Katie drängt sie zu einem Sessel. Ioana schaut die beiden fragend an.

„Hast du ein Glas Wasser?", fragt Katie.

Katie durchsucht Klaras Rucksack und nimmt den zerknüllten Umschlag heraus.

„Was heißt das da?“, fragt sie Ioana.

„Das ist die Adresse des Sicherheitsbüros in Athen“, sagt sie verwundert.

„Der Bericht!“, rufen Klara und Katie im Chor.

„Er wollte, dass ich ihn nach Athen schicke. Er sagte: ‚Gib es ja nicht dem Bürgermeister!‘“

„Wie sollen wir den wegschicken, ohne dass der ganze Ort davon weiß? Die kontrollieren doch sicher auch die Post.“

„Mach das Kuvert auf. Schau, was er schreibt.“

„Das können wir nicht!“, ruft Ioana entsetzt. „Das ist ein offizielles Dokument.“

„Los, mach es auf.“

Klara nimmt es Ioana aus der Hand, sie schnappt danach, doch Klara ist schneller und reißt es auf. Nun ist es nicht mehr rückgängig zu machen. Zwei dicht beschriebene Seiten kommen zum Vorschein, eine Diskette und eine lange Liste von Namen.

„Was schreibt er?“

Ioana nimmt das Schreiben unwillig und beginnt stirnrunzelnd zu lesen. Es ist ihr anzusehen, dass sie damit nichts zu tun haben will und es nur tut, um Katie und Klara loszuwerden. Der Bericht beginnt mit Erläuterungen zu der Explosion vor einer Woche und zieht Parallelen zu Ereignissen im Jahr 1989, in denen konservative Kreise eine gewisse Rolle gespielt hatten. Die mutmaßlichen Verdächtigen jedoch wären nun selber Opfer von Überfällen gewesen, die die Polizei bis jetzt nicht aufklären konnte. Sie seien noch nicht vernehmungsfähig. Yakis hat bis jetzt keinen Hinweis auf einen oder mehrere Täter, stellen die Frauen enttäuscht fest. Stattdessen erwähnt er die Polizeikontrollen am Flughafen, die er als widerrechtlich einstuft, und ersucht, die Verwaltungsbehörden diesbezüglich einzuschalten. Außerdem deutet er ein angeblich gespanntes Verhältnis des Bürgermeisters zu seinem Sohn an. Er müsste noch herausfinden, welche Rolle der Sohn bei der Untermauerung reaktionärer Inselpolitik spiele, ob dahinter nicht eine Abrechnung der Polizei mit den hiesigen Drogendealern stecke. Er verfolge noch eine andere Spur, über die er noch nichts Konkretes sagen könne. Dann folgen die Namen der Überfallenen, deren Familienverhältnisse, die Namen der Ehefrauen und Kinder. Zwei von ihnen, Vater und Sohn, Costas und Elias Velitzelos, besäßen Grundstücke direkt hinter dem Strand, eine kleine Enklave, umgeben vom Eigentum des Bürgermeisters und in genauer Verlängerung der Hotellandschaft *Menelaos*. Auf einem der Grundstücke würde zudem die *Primitiv Bar* stehen, deren Pächter des Drogenhandels verdächtigt werde.

„Na, das ist eine schöne Scheiße!", ruft Klara aus. „Je tiefer man gräbt in einem so kleinen, harmlosen Ort ..."

Yakis hat außerdem eine Reihe von Touristen und Touristinnen ausfindig gemacht, die nicht zum ersten Mal auf Lesbos sind und vielleicht mehr als die üblichen flüchtigen Kontakte mit der hiesigen Bevölkerung hatten. Es folgt eine Liste von Namen.

„Was haben diese Namen damit zu tun?" Die drei Frauen starren verständnislos auf die Liste.

„Er nimmt an, dass der Täter seit Jahren hierher kommt und die Bevölkerung gut kennt, selber aber nicht dazugehört", sagt Ioana.

„Seltsam." Klara nimmt die Liste mit den Namen und überfliegt sie. Sie geht über drei klein gedruckte Seiten, in mehreren Kolonnen. Lesbos ist beliebter, als sie dachte. Sie lehnt sich zurück und lässt die Liste sinken. „Wir können sie nicht nach Athen schicken."

„Wieso?", fragt Ioana.

„Mindestens die Hälfte unserer Freundinnen ist darin erwähnt. Willst du, dass die alle verhört werden?"

„Jetzt krieg dich ein. Es handelt sich wahrscheinlich um bloße Routine-Befragungen."

„Trotzdem. Ein schöner Urlaub!"

„Die Liste hat der doch sicher kopiert."

„Vielleicht nicht", mutmaßt Klara. „Er will auf keinen Fall, dass der Bürgermeister von dem Bericht weiß, also gibt es vielleicht keine Kopien. Die Diskette ist ja auch in dem Kuvert. Die lassen wir auf jeden Fall verschwinden."

„Wenn es dem wieder besser geht, sind wir aber dran", murmelt Ioana.

„Inzwischen haben einige der Frauen da vielleicht schon die Insel wieder verlassen."

„Wir können es nur hinauszögern."
„Besser als nichts."
„Und was machen wir mit dem Bericht?"
„Den faxen wir."
„Von wo aus?"
„Von hier."
„Nie im Leben!", ruft Ioana hysterisch. „Es reicht schon, dass ich euch das übersetzt habe. Wir haben bereits genug Ärger, ohne diesen Ermittler und seinen Bericht."
„Von der Post aus geht es auch nicht."
Katie und Klara schauen einander ratlos an. Den Bericht zu haben, ist wie eine Falle. Erstens steht nichts Neues drin, zweitens verführt er dazu, die Hälfte der Seiten zu unterschlagen, drittens werden sie ihn nicht los. *Lesvos Travel* hält einer polizeilichen Durchsuchung sicher nicht stand. Und sie selbst könnten jederzeit ebenfalls gefilzt werden, wenn sich die Dinge weiter so entwickeln. Andererseits gibt dieser Brief Auskunft über ungesetzliche Flughafenkontrollen, die internationale Verträge missachten. Und das soll in Athen bekannt werden.
„Was wäre, wenn wir ihn von einem Hotel aus faxen?", fragt Katie.
Ioana schüttelt skeptisch den Kopf. „Das fällt genauso auf."
„Natürlich keines, in dem nur Frauen absteigen."
„Was gibt es da sonst noch? Die müssen ja mindestens ein Faxgerät haben. Die Pension der Magdala hat nicht einmal einen Telefonanschluss. Und im *Daphne* herrscht der Bürgermeister selbst."
Klara hört den beiden kaum zu. Sie hat gute Lust, Yakis' Worte in den Wind zu schlagen und doch zur Polizei zu gehen, um den Umschlag abzuliefern.
„Ich kann das alles nicht", stößt sie hervor. „Geben wir den Bericht einfach hier bei der Polizei ab und fertig, wir sind ihm doch zu nichts verpflichtet."
Katie schaut sie mit einem enttäuschten Blick an. „Na gut. Wenn du meinst …"
Klara nimmt die Liste und faltet sie wieder zusammen.
„Und der glatzköpfige Polizist wird dich sofort fragen, woher du den Umschlag hast, und du kommst unter Verdacht. Vor allem, weil du die Erste neben dem Opfer warst und weil du das da den Behörden vorenthalten hast", sagt Katie jetzt.

„Ich werde das schon irgendwie erklären", sagt Klara mutlos.
„Bist du sicher, dass du zur Polizei willst?"
„Na ja, nicht mehr so ganz."
Klara und Katie schweigen und brüten eine Weile vor sich hin.
„Was ist mit dem *Menelaos*?", ruft Katie auf einmal. „Das ist das größte Hotel. Mit über zweihundert Zimmern können sie sich ihre Gäste gar nicht alle merken. Wenn dort jemand an die Rezeption geht und etwas faxen möchte ..."
Das *Menelaos*, dieser Prunkbau mitten in der Wüste, beschallt den ganzen Strand ab neun Uhr abends mit stupider *Fun Music*, in einer immergleichen Reihenfolge, beginnend mit den *Flintstones*, dem Ententanz, um mit Celine Dion weiterzumachen. Klara schaut sie zögerlich an. „Und wer geht hin?"
„Du", ruft Katie spontan.
„Ich?"
„Na, wenn ich ginge, wäre das wohl nicht so gut. Die haben mich bei den Aufnahmen am Pool gesehen, mit der Kamera in der Hand, und erkennen mich bei Bedarf sofort wieder."
„Dann geh halt ich", sagt Klara resigniert. „Als ob ich nicht auch irgendwie auffällig wäre."
„Du setzt dir eben ein Kopftuch auf. Dann sieht man deine Haarfarbe nicht. Jeans oder Shorts in heller Farbe. Ein Hemd. Irgendetwas Untypisches. Etwas, das jede tragen könnte."
„Kein Minikleid, nehme ich an."
„Kein Minikleid. Du gehst hin, wenn die viel zu tun haben, beim Abendessen zum Beispiel. Auf keinen Fall in der Nacht oder wenn alle am Strand sind."
„Wo steht da die Faxnummer des Athener Sicherheitsbüros?"
„Hier, am Briefkopf."
„Brauche ich für Athen eine Vorwahl?"
Ioana schreibt sie wortlos auf.
„Was ist, wenn die fragen? Bei jedem Faxgerät erscheint der Name des Empfängers, wenn er von diesem vorher eingespeichert wurde. Bei einer Behörde wie dem Sicherheitsbüro Athen ist das anzunehmen."
„Wenn du in zwei Stunden hingehst, sitzt die kleine Amerikanerin an der Rezeption", rät Ioana. „Die kann fast kein Griechisch. Außerdem ist ihr das alles ziemlich gleich."

„Ich habe Angst. Was ist, wenn ich am Weg aufgehalten werde? Durchkämmen die noch nicht den Ort?"

„Ich komme mit", sagt Katie. „Ich werde so tun, als ob ich dich filmen würde. Das lenkt ab."

„Und die Liste, die Diskette?"

„Die musst du bei dir verstecken. Oder du steckst sie in ein Kuvert und schickst sie nach Wien. Das ist unauffälliger als eine Athener Behördenadresse."

„Mein Gott, wer hätte sich so etwas gedacht. Dass ich in so etwas hineinschlittere? Mir schlottern jetzt schon die Knie."

„Ich hole dir ein paar unscheinbare Klamotten", meint Katie. „In zwei Stunden gehen wir gemeinsam über den Strand zum *Menelaos*."

„Ich brauch aber vorher einen Kaffee", sagt Klara kleinlaut.

„Dann setz dich in die *Zehnte Muse*. Aber in aller Ruhe. Und warte dann bei den anderen am Strand auf mich."

Katie verlässt *Lesvos Travel* vor Klara. Ioana wartet eine Weile, bis sie um die Ecke gebogen ist, und verabschiedet Klara. Sie nimmt sie in den Arm und tätschelt ihren Rücken, in einem ersten Anflug von Mitgefühl.

„Ich drück dir die Daumen", sagt sie. „Ich hoffe, wir haben dann alle wieder unsere Ruhe."

Nun geht Klara ebenfalls zur Tür und schaut durch die Scheiben auf den Platz, der scheinbar menschenleer in der Sonne brät. Polizei ist keine zu sehen. In der *Zehnten Muse* sitzt eine Gruppe „Kampflesben", ausnahmsweise ein beruhigender Anblick. Klara macht die Tür auf, und ein Schwall Mittagshitze drückt sie fast gegen die Scheiben zurück. Langsam geht sie auf die Kneipe zu und setzt sich in den Schatten eines der riesigen, weißen Leinenschirme. Ihre Gliedmaßen zittern, sie fühlt sich so schwach, als ob sie seit Monaten nichts gegessen hätte, würde jetzt aber keinen Bissen hinunterbekommen. So beschränkt sie sich auf flüssige Nahrung und bestellt Café Frappé. Den Rucksack mit seiner kostbaren, verbotenen Fracht stellt sie auf einen Stuhl neben sich hin und legt ihren Arm unauffällig in eine seiner Schlaufen, um gegen jede Eventualität gerüstet zu sein.

KAPITEL 11

Das Meer hängt wie ein Tuch lautlos und fast unbeweglich in seinem Becken, und der Spätnachmittagswind wirft gelegentlich schattige Kräuselflecken über die mäßig schwappende Oberfläche. Am Lesbenstrand scheint die Zeit seit Klaras Ankunft vor einer Woche stehen geblieben zu sein. Keines der Furcht erregenden Ereignisse im Ort hat dieses Leben durcheinander gebracht. Wie das wohl gehen mag, fragt sich Klara. Die Schirmchen sind ausnahmslos aufgespannt, und darunter liegen zumeist Pärchen in unnahbarer Immobilität gefangen oder kunterbunte Grüppchen, wie das um Gini Sedlak herum. Engländerinnen sind nicht zu sehen, keine Architektin, keine schicke Turnlehrerin. Keine Maggie. Alle sind heute in Sigri. Es ist schon spät am Nachmittag, vielleicht sechs Uhr, die Ersten brechen auf.

Als Klara sich neben Gini niederlässt, wünscht sie sich, der Vorfall mit Yakis möge bloß zu einem bösen Traum gehören. Noch dazu fängt Gini sofort an, von dem neuen Überfall zu berichten.

„Ich weiß, Gini, ich hab davon gehört", sagt Klara schlaff.

„Na und? Was sagst du dazu? Wem ist denn der Ermittler jetzt bloß zu gefährlich geworden?"

Klara ist knapp davor, Gini alles zu erzählen, doch müsste sie erwähnen, was sie und Katie bald vorhaben. Das kann sie nicht. Nicht bevor das Fax abgeschickt ist. Das würde sie noch nervöser machen. Wie würde Gini reagieren? Vielleicht würde sie versuchen, Klara davon abzubringen. Schwer vorstellbar, da sie sich in Gesetzesbrüchen sogar besser auskennt als Klara selbst. Klara nimmt sich vor, später am Abend mit ihr zu reden.

Die nichts ahnende Gini zieht Klara zum Wasser, und diese gibt sich unbeschwert. So watscheln die beiden kichernd hinein, krabbeln betont ungeschickt auf den Luftmatratzen herum, die zur freien Verfügung im Wasser tanzen, Gini auf dem Delphin,

Klara auf dem Drachen, und beide schreien wie am Spieß vor Spaß.

Diese Minuten ziehen, einem anderen Leben gleich, an Klara vorbei, und sie beobachtet sich wie aus der Ferne. Ihre Spiele verblassen angesichts der Gefahr, in der alle schweben, von der die anderen Frauen nichts ahnen und die Klara zu einer geheimen Mission veranlasst.

Kurz ins Wasser gehen ist ihr Auftrag und dann, von Katie filmenderweise eskortiert, ins *Menelaos*, das Fax verschicken. Yakis' Bericht wird vor allem den Bürgermeister anschwärzen. Wenn das nicht so wäre, wäre ihnen „Yakis' Vermächtnis", wie Katie und Klara den Umschlag mittlerweise nennen, egal. Sie legt sich neben Gini in den Sand und wartet, bis Katie kommt und ihr das Zeichen zum Aufbruch gibt.

Da springt Gini plötzlich auf, und ihre Rufe sind so laut, dass alle die Köpfe heben.

„Schaut euch das an!", schreit sie. „Die stellen Absperrungen auf. Um den lesbischen FKK-Bereich herum. Das gibt's doch nicht!"

Sie deutet auf eine Hand voll Polizisten, die in einiger Entfernung Metallgitter aus einem LKW ziehen, in den Sand stellen und ineinander verkeilen. Schon ist die Surfschule durch eine Sperre von den Frauen getrennt. Gini und Klara schauen einander betreten an. Nun sind auch die anderen Sonnenbadenden aufgestanden, aufgeregte Gruppen bilden sich.

„Wir müssen etwas unternehmen", sagt eine der Deutschen.

„Was willst du machen?", antwortet Gini. „Heute ist der Ermittler fast umgebracht worden. Gerade, dass der nicht im Koma liegt. Wenn die Sperren aufstellen wollen, werden sie es tun."

Von den anderen unbeobachtet hat Katie sich neben Klara gestellt.

„Höchste Zeit, wenn du nicht an einer der Sperren aufgehalten werden willst. Rechts von uns ist der Strand noch offen", sagt sie leise.

Sie reicht ihr ein Khakihemd und ausgeblichene Jeans, die ihr um eine Nummer zu groß sind. Katie ist mindestens einen Kopf größer als Klara. Gini schaut entgeistert.

„Was wird denn das?"

„Schutzkleidung", lacht Klara.

„Echt?"

„Ja. Falls uns die Polizei belästigt."

„Ist es denn schon so schlimm?"

„Aber nein", beschwichtigt Klara sie. „Katie und ich, wir wollen eine bestimmte Szene abdrehen. Ihr werdet sie schon rechtzeitig sehen."

„Ist das nicht die Frau, die auf Livia steht", flüstert Gini auf deutsch.

„Ja. Und?"

Gini verliert ihr unbeschwertes Lachen nicht, obwohl ihre Augen dunkel und ernst vor Erstaunen sind. Klara knüpft sich ein Tuch um die Haare.

„Ihr gebärdet euch ziemlich merkwürdig", sagt Gini.

„Bitte", flüstert Klara, „mach jetzt kein Aufheben. Ich erzähle dir alles am Abend." Gini nickt erstaunt, und die beiden stapfen los.

Je näher sie dem Landstrich kommen, wo in einer Entfernung von einem Kilometer Polizisten dabei sind, den lesbischen FKK-Bereich abzuzäunen, umso vorsichtiger sind sie. Katie zückt nun ihre Kamera und bittet Klara, einige kleine Tanzschritte zu machen und diese nach einer Weile zu wiederholen. Dann auf sie zuzulaufen. Mit diesen Inszenierungen gelangen sie nach und nach zu der Hotelanlage. Das *Menelaos* liegt einer Oase gleich in einer Wüste, die von Polizisten, faulig riechenden Misthaufen, vertrocknenden Baumleichen und von schmutzstarrenden, abgerissenen Palmwedeln bevölkert ist.

„Ich bleibe am Pool und warte auf dich", sagt Katie. „Keine Angst."

Und so kommt es, dass Klara ihren ersten Widerstand gegen die hiesige Exekutive leistet, einem fremden Mann einen Gefallen tut und sich damit selber einer Verfolgung aussetzt. Sie lässt sich von ihrer Intuition leiten, dass Yakis' Einschätzung der Lage nicht falsch sein kann und unterstützt werden muss. Vielleicht ist es das Mitgefühl, das sie seit dem ersten Abend seiner Anwesenheit empfunden hat, vielleicht erkennt sie eine Art Gemeinsamkeit zwischen sich und ihm, diese Suche nach einer anderen Wahrheit als der offensichtlichen, von allen akzeptierten. Vielleicht ist es auch Bosheit einem scheinbar allmächtigen Bürgermeister gegenüber, der seine Willkür immer weiter treibt. Natürlich fehlt ein wesentliches Detail dieses Berichtes, die Liste, und das macht Klara zusätzlich froh, denn reinen Gehorsam will sie dem Ermittler nicht leisten.

Das Faxen geht schnell vor sich. Die Amerikanerin an der Rezeption ist mit einer neu angekommenen Reisegruppe beschäftigt, führt Klara ins Büro, zeigt ihr schnell und gehetzt die Bedienung des Faxgeräts und lässt sie wieder allein. Klaras Kopftuch verrutscht nicht, die Sonnenbrille hat sie gar nicht erst abgenommen, und Katie wartet draußen geduldig am Pool.

Beim Zurückgehen meiden sie den Strand, denn dort sind die Sperren fortgeschritten und haben bereits den Lesbenstrand in seiner ganzen Ausdehnung erfasst und umzingelt. Sie gehen auf der Staubstraße unter den Bäumen zurück und sehen, wie Frauen, die den FKK-Strand verlassen wollen, nun an Kontrollen vorbei müssen, in ihren Strandtaschen nach Ausweisen kramen, unverrichteter Dinge mit den Schultern zucken, da sie die Reisepässe zumeist auf ihren Zimmern gelassen haben, gestikulieren und schließlich von den Beamten durchgewunken werden mit der Ermahnung, von nun an immer ein amtliches Papier bei sich zu tragen.

Die Stimmung unter den Frauen ist gedrückt, und die Barrieren am Strand sind beim Abendessen das einzige Gesprächsthema. Von behördlicher Seite wurden Flugblätter verteilt, in denen bekannt gemacht wurde, dass jede Frau selbstverständlich die Freiheit hätte, sich bekleidet in anderen Strandbereichen des Ortes aufzuhalten, dass aber der Nacktbereich, insbesondere der, der vorwiegend von einem weiblichen Publikum frequentiert werde, abgesperrt bleibe, wegen der Überfälle und der daraus resultierenden Sicherheitsvorkehrungen.

Es ist der Abend, an dem Klara halbherzig versucht, mit anderen Frauen als mit Livia und Gini freundschaftliche Gespräche zu führen und Maggie zu meiden.

Die lauen Nächte sind vorbei, und sie trägt ihre rote Lederjacke, die sie bis zum Hals schließt, wenn ihr kalt wird. Als sie ins *Fue-*

go kommt, wird eifrig getanzt. Samantha schnappt ihre Hand und zerrt sie gleich in die Menge.

Gini tanzt neben ihnen und strahlt gerade eine kleine, schmale Frau mit ausrasiertem Nacken und wilden Löckchen in der Stirn an. Diese Frau ist in weichem Weiß gekleidet und schaut passabel aus. Hat denn Gini schon wieder eine Neue aufgegabelt? Klara schaut den beiden bestürzt beim Tanzen zu. Die Weißgewandete ist zierlich und kaum größer als sie selbst, bewegungsfreudig, der Haarschnitt pfiffig. Sie hat einen arglos freundlichen Ausdruck im Gesicht und stampft beim Tanzen enthusiastisch in den Boden hinein. Auch eine Butch wie Gini. Das kann gar nicht funken zwischen den beiden, schießt es Klara durch den Kopf. Und die weiteren Ereignisse sollen ihr Recht geben. Gini hat Klara jetzt bemerkt, begrüßt sie herzlich, nimmt sie um die Schultern und stellt ihr die andere vor.

„Das ist Sandy, und, wie ich eben hörte, hat sie heute Geburtstag", sagt Gini zu Klara.

„Alles Gute." Klara ist beiläufig höflich, weiß nicht, was es dazu sonst noch zu vermerken gibt. Den Namen des Geburtstagskindes hat sie gleich wieder vergessen. Dann wendet sie sich zum Gehen. Gini läuft ihr nach und packt sie am Ärmel.

„Was war das heute Nachmittag für eine Aktion? Warum bist du klammheimlich ins *Menelaos* abgehauen?"

„Das ist sehr kompliziert", weicht Klara aus. Auf einmal hat sie Angst davor, Gini einzuweihen. Aber die lässt nicht locker. „Hat es etwas mit den Überfällen zu tun?"

„Ich kann hier nicht darüber reden."

„Mir gefällt deine Geheimnistuerei nicht", sagt Gini ärgerlich. „Was hast du mit der kleinen Kamerafrau auszuhecken?"

„Die ist gar nicht so harmlos, wie sie aussieht."

Da nimmt Gini Klara und zieht sie weg vom Lokal, zur Brüstung, die zum Strand hin abfällt. Jetzt sind sie allein, dennoch dreht Klara sich immer wieder um, um zu schauen, ob ihnen jemand gefolgt ist. Dann erzählt sie der Sedlak alles. Angefangen von Katies erster Aufnahme des Phantoms bis zu dem Fax mit Yakis' Bericht, das sie am Nachmittag von der Rezeption des *Menelaos* abgeschickt hat. Gini bleibt der Mund offen.

„Alle Achtung", sagt sie, als Klara fertig ist. „Das ist ja ein Ding!"

Klara versucht, in der Dunkelheit ihren Gesichtsausdruck zu erkennen.

„Ich meine, da habt ihr ganz schön gegen die Behörden agiert", redet Gini weiter.

„Meinst du, das war falsch?"

„Falsch nicht. Nein. Ein bisschen gefährlich. Aber ich hätte es auch nicht anders gemacht."

„Gini, Ich bin so froh, dass ich dir das anvertrauen kann. Ich kam mir schon völlig isoliert vor mit meinem Wissen. Diese Katie ist so unvorsichtig und so jung."

„Steht denn in dem Bericht irgendetwas, das uns Frauen schaden könnte?", fragt die Sedlak.

„Was meinst du damit?"

„Na, erwähnt er irgendeine Verdächtige?"

„Eher nicht. Aber Namenslisten von Urlauberinnen gibt es, das hab ich dir schon erzählt."

„Und?"

„Und die meisten der Frauen hier waren schon einmal auf der Insel."

„Das ist ja nichts Neues."

„Nein, aber der Vermittler stellt offenbar einen Zusammenhang her."

„Aha."

„Du warst ja auch schon einmal da. Dein Name stand auch drauf. Hast du mir gar nicht erzählt."

„Na und? Ich dachte, das weißt du. Jede in der Szene, die etwas auf sich hält, war mindestens einmal auf Lesbos. Du doch auch", sagt Gini patzig.

Dichtes Schweigen entsteht.

„Da müsste er uns alle verdächtigen", setzt Gini fort.

„Das habe ich ja befürchtet, andererseits hat er noch nichts diesbezüglich unternommen."

„Wo ist die Liste jetzt?"

„Bei mir im Zimmer."

„Die solltest du vernichten. Am besten verbrennen. Oder du gibst sie mir, und ich vernichte sie."

„Meinst du?", fragt Klara unschlüssig.

„Überleg es dir."

„Vielleicht sollten wir einmal anfangen, selber zu recherchieren."

„Worüber? Und wie willst du das machen?"

„Man könnte ja die Griechen fragen, ob es in den letzten Jahren ein ungewöhnliches Vorkommnis gab."

„Wie zum Beispiel was?"

„Ich weiß es nicht, Sedlak. Ich bin nicht sehr geschickt in solchen Sachen. Ich habe absolut keine Ahnung."

Sie gehen langsam wieder zu den anderen zurück.

Punkt eins ist die Musik aus, wie immer. Keine hat Lust, nach Hause zu gehen. Die Frauen sitzen wieder in einer großen Gruppe zusammen, auch Livia ist diesmal dabei. Klara setzt sich in die Runde und langweilt sich. Sie hält es nie lange auf einem Stuhl aus, sie muss herumwandern, aktiv sein. Gruppen nerven sie, wenn sie so dicht zusammenrücken. Entweder will sie sie anführen, oder sie können ihr gestohlen bleiben.

Erstmalig versucht sie, außer Maggie auch andere Frauen attraktiv zu finden, wie die eine burschikose Deutsche im hellblauen Sweatshirt hinter ihr, die sie schon mehrmals in der *Primitiv Bar* gesehen hat. Sie ist also auf dem Weg zur Besserung, was Maggie betrifft. Gott sei Dank, denn es ist höchste Zeit. Maggie sitzt nun schon seit einer geraumen Weile drinnen an der Bar, und ihr Gespräch mit Birgit „Kartoffelgesicht" wird immer vertrauter und ausschließlicher. Bald hat jede begriffen, dass zwischen den beiden bald etwas laufen wird. Wie schnell die Gruppe über solche Vorkommnisse informiert ist. Da lehnen die zwei auf den Barhockern, versteinert, fast gestenlos, und formulieren kaum noch Sätze, die von der Offensichtlichkeit ihres Begehrens ablenken. Ihre Körper kommen einander nicht näher, weichen aber auch nicht voreinander zurück. Wie eingefroren sitzen sie da, kurz vor dem Moment, in dem es losgeht.

Klara sitzt mit dem Rücken zu ihnen, muss dringend aufs Klo und weiß nicht, ob sie hineingehen kann, ohne ein Schreckerlebnis zu haben. Das Schlimmste wäre, an Maggie und Birgit vorbeizugehen, wenn sie einander zum ersten Mal küssen, und Klara würde mit einem Ausdruck abgrundtiefen Entsetzens in den Augen von einer von ihnen ertappt werden.

Sie dreht sich vorsichtig um und lugt in das Lokal hinein, um die Lage zu prüfen. Sofort fragt ihre Tischnachbarin, die süße, dunkelstimmige Samantha, wen sie wohl so genau anschauen würde. Vielleicht weiß sie, was in mir vorgeht, denkt Klara, vielleicht bin ich längst ein offenes Buch für sie und für die anderen. Diese Gruppendynamik erinnert sie auf erschreckende Weise an ihre Teenagerzeit. Eine Regression ungeheuren Ausmaßes. Hier herrschen dieselben brutalen Regeln wie damals auf Partys mit Jungs. Lässt dich eine abblitzen, dann darfst du es ja nicht zeigen. Diese Drehscheibe des Flirts auf Lesbos mutet an wie ein Dschungel. Wirst du einmal hinauskatapultiert, kannst du nur heimlich deine Wunden lecken. Höchstens von Livia und Gini Sedlak braucht sie keinen Verrat zu befürchten.

Da wird Klara glücklicherweise einer Antwort auf Samanthas Frage enthoben. Eine mollige Frau aus Bristol ruft Klara über alle Köpfe hinweg plötzlich zu, sie hätte sie im englischen Fernsehen gesehen, und in einem Interview hätte sie über Sex gesprochen. Alle horchen auf.

„Nie im Leben war ich im englischen Fernsehen", sagt Klara. Damit wäre das Gespräch beendet. „Höchstens im deutschen, das ja", rutscht es ihr heraus. Sie ist noch nie im Fernsehen gewesen, aber wer weiß das hier schon?

„Im deutschen, wirklich?", rufen die Frauen durcheinander. „Zu welchem Thema?"

„*Female orgasms*", lacht Klara. Alle perplex, Gemurmel, Gelächter.

„Warum gerade du?", ist die nächste Frage.

„*I'm an expert*", sagt sie. Wieder Auflachen in der Runde. Klara ist im Mittelpunkt, ohne viel dazu beigetragen zu haben. Gerade heute aber will sie niemandem gefallen, wem auch? Vor Liz und Samantha ist ihr das Thema Sex noch dazu peinlich, die wollen ja nicht einmal einen Flirt im Urlaub, geschweige denn Sex im Fernsehen.

„Eigentlich habe ich keine Ahnung von Sex. Die Medien interviewen meistens Leute, die keine Ahnung haben", redet sie weiter.

Gelächter. Die Sache beginnt, ihr Spaß zu machen.

„Ich hatte in meinem ganzen Leben noch kein einziges Mal Sex. Ich bin Jungfrau."

Gegröle und Gejohle. Sie lächelt unverhohlen geschmeichelt, obwohl ihr schon alles egal ist.

Sie kennt die wenigsten aus dieser Runde. Sie weiß nur, dass sie heute nicht auf lieblich-weiblich unterwegs ist, sondern zugeknöpft und hart. Aber diese Bedürfnislosigkeit in puncto Flirten scheint besser anzukommen als ihr drängendes Begehren an den Abenden zuvor. Die Frau, die heute Geburtstag hat, schießt ununterbrochen Fotos von ihr. Und jede der Anwesenden tut nun ihre Meinung zu dem Thema „Sex in den Medien" kund. Eine lebhafte Diskussion entsteht, die Klara nach Gutdünken in jede beliebige Richtung lenken kann. Dies tut sie eine Zeit lang mit Begeisterung und vergisst alles, was sich im Laufe des Tages sonst noch ereignet hat.

Sandys Geburtstag endet mit einer kleinen Feier im Kreise ihrer neu gewonnenen Freundinnen. Die Checkerin, die beiden Mitläuferinnen und das Lamm haben Kärtchen und Geschenke ins Restaurant mitgebracht. Was man hier in Skala Eressos so kaufen kann; Schlüsselanhänger mit einem blauen Glasglücksauge an einem Lederband, bemalte Teller mit einer Laute spielenden Sappho, ein Notizbüchlein, in Pergament gebunden. Sandy ist heute von lang anhaltender Fröhlichkeit. Auf dieser Reise fühlt sie sich frei und ungezügelt. Im *Fuego* lässt sie sich von der Musik mitreißen und stampft mit den anderen im Kreis herum. In dieser einen halben Stunde kurz vor ein Uhr nachts, in der alle zu tanzen beginnen, weil gleich darauf Musikschluss ist. Im dröhnenden Gewühl der Menge fühlt sie sich geborgen.

Über die ersten Worte, die sie mit Klara wechselt, über die allererste Begegnung zwischen ihnen, schreibt sie Folgendes in ihr neues Tagebuch:

„Ich denke an nichts Weltbewegendes an diesem Abend und erwarte auch kein außergewöhnliches Ereignis. Beim Tanzen lasse ich mich übermütig mit der deutschsprachigen Runde ein, etwas, das ich aus Schüchternheit früher wohl nie getan hätte. Aber Lesbos bringt auch diese alten Verhaltensweisen ins Wanken. Die Musik übertönend, stellen die Frauen sich mir vor: Livia,

Leni, Gini. In meinem Gehirn schwirren die Namen. Ich lache Gini eben an, als neben ihr eine blonde Frau in hochgeschlossener, roter Lederjacke auftaucht. Gini dreht sich um und begrüßt sie freudig. Mein Herz macht einen Sprung. Vor mir steht die Frau, die gestern wie eine Erscheinung aus dem Wasser gestiegen ist und mir so ausnehmend gut gefallen hat. Ich tanze weiter, aber meine stabil dahinfließende Lebensenergie scheint auf einmal wie von einem Sog erfasst zu werden und sich wie verrückt um die eigene Achse zu drehen. Gini geht gleich darauf mit ihr hinaus. Ich folge ihnen, ohne etwas dagegen tun zu können, vor Aufregung fühlen sich meine Beine schwammig an. Gini nimmt diese Frau jetzt um die Schultern – was für eine Qual, dies mitanzusehen – und stellt uns beide vor.

„Klara, das ist Sandy", sagt Gini zu ihr. „Wie ich eben hörte, hat sie heute Geburtstag."

Ich lache laut auf. Es wirkt selbstsicher, obwohl ich vor Verlegenheit nicht weiß, wohin ich schauen soll.

„Alles Gute", sagt die Frau namens Klara zu mir, murmelt ein paar weitere Worte und geht davon.

Etwas später, als die Musik zu Ende ist und wir alle zusammensitzen, mache ich Fotos von unserer Runde. Die blonde Frau mit der Lederjacke und dem Namen Klara ist kein Gruppenmensch, stelle ich sofort fest. Sie fügt sich nicht in die Reihe der Sitzenden ein, sondern ist ständig auf dem Sprung, bereit, schnell abzuflattern. Erst als sich die Aufmerksamkeit der anderen auf sie allein richtet, bleibt sie sitzen.

Im Bett würde sie genau wissen, was sie will, denke ich beim Zuhören. Allein, dass sie in aller Öffentlichkeit, auch im Fernsehen über Sex spricht.

Und diesen Gedanken finde ich beruhigend. Klara kommt mir unter den Frauen wie ein Fels in der Brandung vor. Abgehoben und souverän, aber in einer noch nicht bestimmbaren Weise verletzlich, unabhängig und doch auf Zuneigung wartend, eine für mich gefährliche Mischung zwischen sanft und hart, weiblich und männlich. Jetzt hat sie den Zipp der Lederjacke bis zum Brustansatz heruntergezogen, stützt sich auf die Armlehne des Stuhles, überkreuzt die Beine, schiebt den Po heraus, und ich muss einen seufzenden Laut der Freude unterdrücken, als ich in die klaffende

Öffnung der Jacke schaue. Ich bringe es den ganzen Abend lang nicht über mich, ein Gespräch mit ihr anzufangen.

Nach einer Weile steht Klara gemeinsam mit Livia und Gini auf und geht. Die Enttäuschung zieht sich durch meine Glieder wie ein stechender Schmerz. Es ist, als würde mir etwas Lebensnotwendiges entzogen werden. Gleichzeitig fühle ich mich leicht und sorglos wie noch nie."

KAPITEL 12

Gregorios steht am Flughafen und denkt an vorgestern Abend zurück, an die Minuten mit der Bekannten seines Freundes im Auto, eine Szene, die immer wieder aufs Neue Wollust in ihm weckt, auch jetzt, als er auf den neuen Ermittler wartet und den vorbeigehenden Frauen auf die Brüste oder auf den Hintern schaut. Und er fühlt sich gut dabei. Immer wieder beschwört er diese Erinnerung herauf, um das andere Bild, das im Hintergrund seiner Gedanken lauert, nicht sehen zu müssen. Eines, das ihn beunruhigt und Anlass dafür ist, dass er in den letzten Tagen die Lippen besonders fest zusammenkneift und seine linke Augenbraue manchmal zu zucken beginnt.

Gregorios hat ein Geheimnis, das er sogar vor sich selbst am liebsten verbirgt. Es geht um eine Frau. Eine von denen, die wohl lesbisch sein müssen, genau feststellen lässt sich das ja nicht, bevor sie es nicht selbst zugibt, aber er hat sie bis jetzt immer in Gesellschaft der anderen Lesben gesehen, jener, die im *Mariana* sitzen, im *Fuego*, jener, die an den FKK-Strand gehen und dort in Grüppchen zusammensitzen. Der Anblick dieser Frau bereitet ihm Unbehagen. Zuerst dachte er, er würde sie kennen, aber wenn er nachdenkt, woher, fällt ein Schleier vor seine Erinnerung, und in seinem Bauch entsteht Angst, ein Gefühl, das er bis jetzt nur bei herannahender Gefahr hatte. So hat es keinen Sinn, weiterzuforschen, viel eher denkt er, sie würde einem Model aus den Plakatwerbungen oder Fernsehspots ähnlich sein, Zielgruppe Großstadtjugend. Die werben mit androgynen, fast geschlechtslosen Frauen. So sieht sie aus. Das ja, aber sie hat auch etwas Durchsichtiges, Entschwindendes, etwas, das für Gregorios neu ist. Sie scheint da zu sein, und auch wieder nicht, bereit, jederzeit zu entweichen, zart, klein, jung, durchgeistigt, mit einem arrogant verschlossenen Gesichtsausdruck, wie er beobachtet hat, vor allem, wenn sie in die Nähe von Männern, in diesem Fall von Polizisten, kommt. Gut, das scheint verständlich.

Es irritiert ihn noch mehr, dass sie ihm aufgefallen ist und dass er sich den Kopf über sie zerbricht. Ja, mehr noch, dass er täglich darauf wartet, sie zu sehen. Bei seiner Ankunft in Skala Eressos, am Freitagmorgen, ging sie über den Strand, einfach so, ohne etwas Besonderes damit ausdrücken zu wollen. Er war unter den Bäumen damit beschäftigt, einen erhitzten Motor zu überprüfen, da sah er sie vorbeischweben, als gäbe es keine Schwerkraft für sie. Sie trug eine schwarze Tasche, die schwer und groß aussah und deren Farbe zu erdig wirkte für die Feinheit der restlichen Farben, hellblaues T-Shirt, rosa Wickelrock. Ihr Blick war nach innen gerichtet und machte sie selbstgenügsam und abweisend. Und Gregorios glaubte, sie wiederzuerkennen. Aber vielleicht glaubt man das immer bei Menschen, die einem auffallen oder die Fantasie anregen – oder in diesem Fall anderes. Gefühle wie Angst, aber auch Verlangen nach mehr. Nach Aufmerksamkeit vielleicht. Er weiß es nicht. Will er, dass sie ihn wahrnimmt und nicht mehr nachtwandlerisch an ihm vorbeizieht, als wäre sie in einer Welt außerhalb der seinen, als hätte die Welt sich verdoppelt und zwei davon existierten parallel?

Vor allem kennt er das Gefühl nicht, das sich in ihm ausbreitet, sobald er sie sieht. Es ist Ungenügen und Mangel, körperlich ausgedrückt, wie die Zeit knapp vor dem Orgasmus, ein bestimmtes Ziel vielleicht nie erreichen zu können. Es ist Verlangen. Wonach, weiß er nicht. Sehnsucht. Aber dieses Wort existiert in seinem Wortschatz nicht, vielleicht in Liebesfilmen, die er sich nie anschaut, die seine Schwester einst gesehen hat, vielleicht bei anderen Menschen. Seit Melina tot ist, gibt es noch weniger Gelegenheit, ein solches Vokabular zu hören. Als sie noch lebte, schwirrten Gefühle im Haus herum wie verirrte Vögel, wenn sie telefonierte zum Beispiel. Wenn sie sich mit dem Vater stritt oder weinte. Nicht, dass er ihr immer zugehört hätte, aber ihre Worte, der Klang ihrer Stimme, wenn sie traurig war oder aufgebracht oder wütend, hatten sich in ihm festgesetzt. Mehr als alles andere war es die Stimme, die für ihn die Erinnerung an die Schwester auslöste. Die Gefühle, die diese Stimme ausdrückte, ließen ihn manchmal kalt, aber ihren Klang hörte er immer wieder, in seinen Träumen oder kurz vor dem Einschlafen oder wenn er in der Nacht im Jeep über die Insel fuhr. Melinas Stimme zu hören war die einzige Form von Trauern über sie, die er kannte, die er zuließ. Und sie würde sein Leben lang währen. Er konnte ihren Klang nicht abstellen, und sie überfiel ihn, wenn er es am allerwenigsten erwartete. Ihr Tod war vielleicht doch eine Strafe Gottes. Dies begann er sich einzureden, je mehr die Erinnerung an seine Liebe zu ihr verblasste. Ihr Tod war vielleicht die Strafe für diesen Bruch gesellschaftlicher Regeln, den sie begangen hatte, als sie sich mit Frauen einließ.

An dieser Erklärung hielt er fest und versuchte, für sie oder ihresgleichen Verachtung zu spüren. Aber ihre Stimme wurde er nicht los, die war stärker als sein Wille und trieb ihren beängstigenden Schabernack mit ihm. Genauso wie die Erscheinung dieser sehr jungen Frau. Und weil die Gefühle, die in ihm hochkamen, in beiden Fällen ähnlich waren, brachte er auch beide Frauen miteinander in Verbindung. Natürlich, beide standen nicht auf Männer, waren, wie man so sagte, „pervers". Auch diese Junge müsste vertrieben werden wie alle da auf dem FKK Strand. Gleichzeitig regte sich der Wunsch in ihm, wenigstens über diese eine nicht zu richten, sondern sie näher anzusehen, von ihr wahrgenommen zu werden, vielleicht sogar gemocht. Angelächelt.

Aus diesem Gesicht, hart wie Stein, ein Lächeln zu holen, das würde mich glücklich machen, denkt Gregorios. Kaum ist ihm dieser Satz bewusst, will er sich dafür ohrfeigen, für diesen Lapsus, für diesen Ausrutscher, und er dreht sich um und schaut entsetzt, ob jemand diesen Gedanken gehört hat, ob er ihn vielleicht laut ausgesprochen hat.

Nein, niemand hat ihn gehört. Es war auch nur ein Flüstern in seiner Brust, das die Unruhe besänftigen sollte, die Unruhe, sie heute noch nicht gesehen zu haben. Für ein Lächeln von ihr würde er viele Tage ertragen können, ohne sie zu sehen. Würde er? Nein, das wäre unmöglich. Nach außen so gefasst, cool und beherrscht, bemerkt er, dass er innerlich immer zerfahrener wird, und die Manöver, die er seinen Untergebenen befiehlt, darauf abstimmt, ob er die Frau dadurch schneller zu Gesicht bekommt oder nicht. Er weiß, dass er deswegen unverlässlich wird, nicht mehr so kampfbereit wie früher, aber es spielt keine Rolle, denn das hier ist ohnehin ein von seinem Vater ausgehecktes Sandkastenspiel, das ihn nicht fordert und niemandem wehtut, den Vater jedoch zufrieden stellt.

Gestern hatte er sie nur aus der Ferne gesehen, als sie in das Hotel *Antiopi* ging und er mit Yakis' Geschichte so beschäftigt war, dass er sie nicht abpassen konnte. Durch die Strandkontrollen war sie bis jetzt nicht gegangen. Na gut, die gab es auch erst seit gestern Nachmittag.

Natürlich hat er auch bei den Polaroidfotos der Flughafenbehörde sofort nachgeschaut, um zu erfahren, wie sie heißt, sie aber nicht gefunden. Unbegreiflich. Wie konnte das passieren, dass eine Frau nicht abgelichtet wurde? Da die Beamten die unverzeihliche Dummheit begangen hatten, zwar Zettel auszugeben, die die gleichen Nummern wie die mit Namen beschrifteten Fotos trugen, aber keine Liste über die Fotos selbst anzulegen, stand er vor der absurden Situation, dass eine Person quasi gar nicht existierte, wenn ihr Foto verschwunden war. Und das Foto der jungen Frau fehlte. So viel stand fest.

In diese Gedanken hinein hört er eine harsche Männerstimme „Guten Tag" sagen, und vor ihm steht ein knöcherner Mann mit hagerem Gesicht, der ihm ohne Anflug eines Lächelns in die Augen schaut.

Der neue Ermittler ist angekommen.

Unsere Lage, denkt Klara, hat nichts mehr mit Urlaub zu tun. In jeder der kleinen Gassen knapp hinter dem Strand patrouilliert nun auch tagsüber Polizei. Die Beamten halten niemanden auf und schauen stur an den Frauen vorbei, doch ihr Anblick stört. Sie tragen Waffen. Ihre Montur ist mit diesem Ort nicht vereinbar, der mit seinen vor den Geschäften hängenden Trauben von Strandutensilien aus Plastik, Ansichtskartenständern, aufgerollten Badematten, Schlauchbooten, Luftmatratzen, Sonnenschirmen, Sternenlampions wie nackt daliegt, im Vergleich zu solcherart aufgerüsteten Männern. Die bisher entspannte, etwas lethargische Stimmung griechischer Urlaubsorte scheint bloß ein trügerischer Vorbote kriegerischer Ereignisse gewesen zu sein.

In der *Zehnten Muse*, im *Mariana*, im *Sappho* diskutieren Frauen, was sie gegen diesen Ausnahmezustand unternehmen können. Die Fernsehteams sind längst weg, auch *Channel 4* hat gestern seine Zelte abgebrochen, zurück blieb nur Katie, weil sie an Livia einen Narren gefressen hat. Sie kann von den Absperrungen, durch die die Frauen nun gehen müssen, um in den FKK-Bereich zu gelangen, Videoaufnahmen machen, aber wem nützt das?

Natürlich haben die Journalistinnen unter den Urlauberinnen – und es gibt von jedem Land mindestens eine – ihre Redaktionen sofort informiert, aber was davon in den Nachrichten gebracht wird, ist enttäuschend. Es heißt, dass auf Grund mysteriöser Überfälle auf Touristinnen der FKK-Strand bewacht werden müsse. Gleichzeitig läuft im britischen Fernsehen die vor einigen Tagen aufgenommene Reportage von *Channel 4*, in der versucht wird, Urlaubsidylle zu zeigen, einander liebende Pärchen, die nichts anderes zu tun haben, als in der Sonne zu liegen oder in den Lokalen zu sitzen und auf den Sonnenuntergang zu warten. Selbst die so genannten Inselrowdys, die in der Nacht angeblich in betrunkenen Horden umherziehen, wurden nicht erwähnt. Zu Beginn der Sendung sind Katies morgendliche Aufnahmen des klaren, stahlfarbenen Wassers, des noch nachtfeuchten Sandstreifens eines Strandes, der aus einem paradiesischen Schlummer zu erwachen scheint, zu sehen. Eine schlanke Frau, die mit ausgebreiteten Armen meditiert und in der Klara Ginis geburtstagsfeiernde Bekannte Sandy erkennt, ist die einzige Gestalt am Wasser. Nichts könnte mehr mit Frieden und Eintracht zu tun haben als dieses Bild. Die Frauen, die eben gemeinsam eine Videokopie dieser Sendung im *Mariana* ansehen, schütteln verärgert die Köpfe.

„Nicht wir sind überfallen worden und müssen nun geschützt werden, sondern griechische Männer. Das ist nur ein Vorwand, Lesben zu kontrollieren!", brüllt June gerade ins Telefon, am anderen Ende der Leitung ist die Besitzerin der *Sugar Bar* in London. „Gib das gefälligst weiter. Wenn *Channel 4* nur kommt, um ein paar halb nackte Tänzerinnen zu fotografieren, dann sind wir verraten und verkauft. Was? Man kann nicht genug darauf hinweisen. Die Pauschalreise ja, aber was jetzt abläuft, ist viel gefährlicher. Auf der Straße werden wir alle zehn Minuten dazu aufgefordert, uns auszuweisen."

Eine Gruppe von Frauen beschließt, ins Gemeindeamt zu gehen, um gegen die Barrieren am Strand zu protestieren. Sie würden sich wie in einem Ghetto vorkommen. Nach zwei, drei Stunden sind sie wieder zurück. Sie wurden höflich empfangen und mussten einige Zeit warten, dann wurde jede einzeln in ein Zimmer gerufen, in dem eine Beamtin ihre Personalien aufnahm und mit den eigenen Aufzeichnungen verglich.

„Die hat uns nach dem Beleg mit der Nummer und unserer Pension gefragt, den wir am Flughafen ausgehändigt bekommen haben", erzählt eine der „Kampflesben". „Dann hat sie den mit den Fotos verglichen, die bei unserer Ankunft gemacht wurden. Wenn du den nicht mithattest, bist du gleich abgewiesen worden."

„Ja, und dann haben sie nach dem Grund unserer Beschwerde gefragt", redet Samantha weiter. „Die wurde niedergeschrieben, mit unserer Unterschrift, wie bei einem Verhör. Und alle mussten warten, bis die Letzte ihre Beschwerde vorgebracht hatte. Dann erst durften wir gehen. Das war natürlich schlauchend."

„Und der Bürgermeister, was hat der gesagt?", fragt Klara.

„Der war gar nicht da."

Diese Aktion führte zu Niedergeschlagenheit und Teilnahmslosigkeit unter den Frauen.

Gegen Nachmittag haben sich alle damit abgefunden, dass sie an einer Polizeikontrolle vorbei und einen Beleg mit einer Identifikationsnummer oder einen anderen Ausweis herzeigen müssen, um in den FKK-Bereich gelassen zu werden.

Klara hat Yakis' Listen unter ihrer Matratze versteckt, nicht sehr originell, denn dort würde jede Untersuchung sofort beginnen, aber es ist ohnehin nur vorläufig, sie will Ginis Angebot annehmen und ihr die Blätter zur Aufbewahrung oder auch Vernichtung übergeben. Es bleibt noch die Diskette. Soll sie sie auf die Post tragen und nach Wien schicken? Auch das will sie mit Gini besprechen, findet sie aber nirgends. Desgleichen möchte sie über das Buch *Goddesses* mit ihr reden. Warum hat Yakis ihr gerade dieses Werk gegeben? Inwiefern hat es mit den Vorkommnissen zu tun? Oder hat es nichts damit zu tun, und all dies ist ein unerwartetes Zusammentreffen von Umständen? Immerhin hat Yakis dieses Buch zufällig im *Sappho* entdeckt und zufällig angefangen, es zu lesen. Es kann also keine heiße Spur darstellen, wenn es überhaupt eine

Spur ist, dann höchstens eine falsche. Über all das nachgrübelnd, passiert Klara die Kontrollen am Strand.

Die Beamten stehen in voller Uniform mitten im brennend heißen Sand und werden unbarmherzig von den Strahlen der Mittagssonne beschossen, ihr Interesse an der Arbeit ist ein minimales. Manchmal winken sie die Frauen einfach durch, die Augen halb geschlossen und knapp vor dem Kreislaufkollaps.

„Wenn du Lust zu plaudern hast, klopf bei mir an. Würde mich freuen", steht auf dem Zettel an Klaras Zimmertür.

Livia wohnt am selben Gang wie Klara und öffnet ihr mit einem ihr nun schon bekannten, verschlafenen, verwunderten Gesichtsausdruck, die Augen blinzeln träge ins Licht. Sie beginnt, schelmisch und verträumt zu grinsen, als sie Klara hereinlässt. Blasse, straffe Haut der Arme und Schultern in malvenbleichem T-Shirt mit dünnen Trägern. Ihre Haare stehen teils ab, teils liegen sie feucht von der schweren Luft des Nachmittags am Kopf an. Ihre Nasenflügel beben, als sie fragt, ob Klara einen Kaffee möchte.

Obwohl sie Klara erwartet, ja eingeladen hat, wirken sie und das Zimmer in gleicher Weise derangiert und unvorbereitet auf ihren Besuch. Alle Gegenstände, die sie auf die Reise mitgenommen hat, sind über das Sofa und das Doppelbett verstreut. Kleine Haufen von T-Shirts oder Unterhosen in ähnlich hellen Pastelltönen, eine weiße Trainingshose und ein dazugehöriges Hemd, eine Miniaturausgabe von Nivea-Kosmetika in winzigen Täschchen, Audio-Kassetten, andere Beutel, deren Bestimmung Klara unbekannt ist. Ihr Lederarmband und die Kette mit dem silbernen Anhänger liegen auf dem Nachtkästchen. Daneben ein zerlesener Rilke-Gedichtband, eine größere Anzahl Bögen Papier, die mit einer steilen, großen Handschrift dicht beschrieben sind und mehr wie willkürlich ausgeschnittene Teile eines Puzzles aussehen als einzelne, mit einem bestimmtem Inhalt betraute Blätter, da Livia sich weder um Seitenränder kümmert noch um den Winkel, in dem die Linie eines Satzes auf dem Papier auftrifft. Die Bögen sind kleine Fetzen eines für Papier ohnehin viel zu großen Universums. Eine Zauberhand könnte die Geschichte der Welt in kilometerlangen

Linien auf Sand geschrieben haben, und zufällig sind an manchen Stellen ein paar Blätter Papier darunter gelegen, die nun einen unvollständigen Eindruck dessen vermitteln, was auf den Küsten, Steppen oder Wüsten zu schreiben möglich ist.

Klara kann nicht umhin, hie und da ein Stück der herumliegenden Teile von Livias Alltagswelt aufzuheben und wieder fallen zu lassen, vielleicht in einem Bemühen um Orientierung. Das Sammelsurium der Gegenstände ist noch in einem Zustand des Davor, eines Daseins vor der hierarchischen Ordnung; hier hat noch jeder Gegenstand die gleiche Wichtigkeit wie der andere und unterscheidet sich auch farblich kaum von den anderen.

Schließlich ist Klara durch den nachmittäglich abgedunkelten Raum gelaufen und auf der Terrasse gelandet, auf der ein schwacher Wind weht, der der Hitze etwas von ihrer betäubenden Mächtigkeit nimmt.

„Diese Zettel mit den Nummern, die sie uns am Flughafen ausgehändigt haben, und die Fotos haben nun doch eine Bedeutung erlangt, die wir nicht ahnen konnten", sagt Klara zu Livia und erzählt von den Frauen, die am Gemeindeamt waren, um sich über die Einzäunung des FKK-Bereiches zu beschweren. „Eine, die diese Belege nicht mit hatte, hatte kein Recht, vorzusprechen."

„Vielleicht war das von Anfang an ein Plan des Bürgermeisters", antwortet Livia. „Mich wundert es, dass die noch nicht draufgekommen sind, dass von dir und von mir gar kein Foto existiert."

„Sie haben nicht notiert, wie viele Fotos sie gemacht haben, die Dummköpfe!", lacht Klara. „Ich bin bis jetzt noch bei keiner Ausweiskontrolle misstrauisch angeschaut worden."

Livia hat zwei saubere Tassen aus den Schlünden der Küche hervorgekramt und kommt mit der dampfenden Metallkaffeemaschine, in der es noch brodelt und zischt und die klobig wirkt in ihren Händen, obwohl sie von eher durchschnittlichen Ausmaßen ist. Vielleicht ist es auch Livias Ungeübtheit in Erwachsenenritualen, die die Kanne so groß macht und diesen Eindruck des Provisorischen vermittelt, so dass Klara in Erstaunen versetzt wird, wenn Livia der Akt des Einschenkens, des Hinstellens der Kanne wie durch Zufall gelingt. Die Tassen zerspringen nicht, die Kanne fällt nicht um, der Tisch wackelt nicht, und weder Klara noch Livia kommt an den Tischbeinen an, um etwas zu verschütten. An ihrer eigenen Reaktion auf solche Details merkt Klara, wie lieb sie Livia schon gewonnen hat. Als wäre sie ihre Tochter oder Nichte.

„Der Ermittler ist zusammengeschlagen worden", sagt sie.

„Ich weiß", antwortet Livia, und die beiden schauen einander bedeutungsschwanger an.

„Und du weißt auch von unserem Fax?"

„Ja", antwortet Livia knapp. Als sie Klaras fragenden Gesichtsausdruck sieht, redet sie weiter. „Natürlich hat Katie mir davon erzählt, aber ich weiß nicht, ob ich den Bericht durchgegeben hätte. Ich hätte ihn vernichtet. Warum sollen wir uns immer in diesen Kleinkrieg der Männer einmischen und uns dadurch gefährden. Was geht das uns an?"

Sie wirkt nun ziemlich wütend. „Je mehr du dich damit befasst, umso mehr trägst du dazu bei, dass das System sich selbst erhält", fügt sie hinzu.

„Was wäre dann die Alternative?"

„Wir sollten ihnen alles verweigern, nicht den kleinsten Finger mehr für sie rühren. Fertig. Eines Tages trocknet ihre Herrschaft dann von innen aus und zerstiebt wie trockene Asche."

Bei diesen Worten zündet Livia sich eine Zigarette an und bläst angestrengt den Rauch in die Luft. Klara weiß nicht, was sie darauf erwidern soll. In gewisser Weise hat Livia Recht, in gewisser Weise hat sie sich dem Ermittler angebiedert, durch das Fax, durch ihr Mitgefühl. Klara schämt sich vor Livia, die so jung und so unbestechlich ist.

„Wie geht es dir und Katie?", fragt sie, um das Thema zu wechseln. Ein Lächeln gleitet über Livias Gesicht.

„Ich war heute Morgen bei ihr, und es war wunderschön", sagt sie, und ihre Stimme bekommt einen zärtlichen Klang.

„Sex?"

Livia beantwortet diese Frage nicht sofort. „Wenn ich an ihre Brüste denke und wie die sich bewegen! Sie hat einen so schönen Körper", meint sie schließlich.

Sie habe sie nur besucht, um das Video anzuschauen, das Katie von der vermummten Gestalt gedreht hatte, die alle für die Angriffe auf die Griechen verantwortlich machen. Dieses Vorhaben sei jedoch immer unwichtiger geworden. Am Balkon habe Katie nicht anders gekonnt, als sie zu filmen, eine eher statische Szene, das Einzige, was sich bewegt habe, seien Livias Haare gewesen.

„Wie es zu Sex gekommen ist, weiß ich immer noch nicht. Ich wollte ihr nicht nahe sein, und das Unausgesprochene wäre viel besser gewesen. Die Nichtberührung. Aber dann sind wir hineingegangen und haben uns zu zweit auf einen Stuhl gesetzt, ich auf ihren Schoß. Wir haben lachen müssen, weil es so eng war, das Zimmer ist ja auch so winzig, und plötzlich begann sie, mich zu küssen, was ja noch nichts bedeutet, aber wir schaukelten so viel hin und her, dass der Stuhl umflog und wir auf dem Boden lagen."

Livia schleudert vor Begeisterung ihre Hände in die Luft, und die Finger erstarren für Sekunden wie aufgespreizte Palmenwedel. Sie hat die Arme auf den Ellenbogen aufgestützt, beugt sich zu Klara vor und starrt sie mit dem Ausdruck höchsten Entzückens an.

„Sie hat ein so perfektes Gesicht! Nachher ist sie eingeschlafen, und ich habe ihre Züge im Schlaf beobachtet und mir gedacht, wie glücklich ich bin, hier neben ihr liegen zu können."

Klara ist bewegt. Das herausragendste Merkmal lesbischer Frauen war für sie nie so sehr die abstrakte Tatsache, dass sie Frauen lieben oder dass ihr Leben ohne Orientierung an einen Mann verläuft, sondern diese tiefe Begeisterung, absolute Hingabe und fanatische Verehrung, die sie der Geliebten entgegenzubringen im Stande sind. So auch bei Livia. Kein Wort ist ihr schillernd genug, um diesen Zustand der Verzückung ausdrücken zu können, den sie in Gegenwart von Katie empfunden hat. Eine Verzauberung, die stets eine totale ist. Ihr ganzes Wesen scheint dann von der begehrten Frau eingenommen zu werden, und was vorher war, existiert nicht mehr. All dies hat Klara bei Erzählungen von Männern nie in derselben Intensität beobachten können.

KAPITEL 13

Trotz der Sperren am Strand und der entsprechend getrübten Stimmung veranstaltet das *Sappho* ein Fest. Ein Versuch der Hotelcrew, Urlaubsatmosphäre zurück in die Köpfe der Frauen zu bringen. Als Klara sich auf den Weg macht, hat sie Yakis und die Polizeikontrollen vergessen. Sie ist kribbelig und aufgekratzt, als ob es heute um alles ginge, ums Leben, ums Überleben in dieser Gruppe, die keine ist und doch ein fest gefügtes Ganzes darstellt, in dem jede bereits unverrückbar ihren Platz eingenommen hat. Heute oder nie, denkt Klara, heute will ich endlich Sex, acht Tage nach meiner Ankunft.

Schon längst kommt sie sich vor wie die Füchsin vor den Trauben, die zu hoch hängen. Immer wieder entziehen sich ihr die Frauen. Die meisten butchig bis ins Mark, aber mundfaul und träge. Eine schwere Prüfung für Klaras Attraktivität.

Heute hat sie, als sie beim Frühstück auf dem Balkon saß, gesehen, wie Maggie und Birgit die Straße entlangkamen, aus Maggies Apartment offenbar, nach ihrer ersten gemeinsamen Nacht. Klara hat nichts anderes erwartet, und die beiden wirkten nicht viel vertrauter als sonst. Sie hielten einander nicht an den Händen, schauten beide blöde wie immer vor sich hin. Aber die Einhelligkeit, der Gleichschritt allein war für Klara Stöße in den Solarplexus. Sie lehnte sich weit an die Mauer zurück, damit die beiden, falls sie aufschauten, nicht sähen, wo sie wohnte und dass sie nun Bescheid wusste. Aber sie schauten ohnehin nicht auf. Es war, als hätte die Hitze und nicht der Sex sie erdrückt.

Wer kommt für eine körperliche Annäherung überhaupt in Frage? Die Engländerin aus der Gruppe um Liz herum, die Klara gleich am ersten Tag anstieg, ihr aber zu alt ist? Und außerdem, so Livia: „Ich bitte dich, die verkauft Würstel!" Die eine Französin etwa, die seit einigen Tagen am Tresen des *Fuego* lümmelt und Klara an so manchen Kneipenwirt erinnert, mit ihrem speckigen Ledergilet und dem Bierbäuchlein? Etwas unappetitlich, der Sex wäre bestimmt derb und obszön. Harmlos ist die nicht, und wäre Klara mit der Französin zusammen, wäre ein gelegentlicher Klaps auf den Hintern nicht ausgeschlossen. An der Bar würde sie ihre Geliebte wahrscheinlich immer zwischen ihre ausladenden Schenkel geklemmt halten und sich währenddessen mit ihren Kumpels unterhalten. Klara ist sich nicht sicher, ob sie das will.

Gemeinsam mit Livia nähert Klara sich der am Meer gelegenen Hotelterrasse des *Sappho*; ihre Freundinnen sind längst da. Aufgeregtes Kribbeln in Klaras Bauch, weil hier so viele Frauen, die sie noch nie gesehen hat, ein- und ausgehen, Bierflaschen in der Hand, die Hüften nach vorne geschoben, als könnten sie sich nicht dazu entschließen, die Füße vom Boden zu heben. Ernste Gesichter, keine lacht schallend oder herzlich auf. Das kann an den lauernden Polizisten liegen, aber Schwerfälligkeit hängt weltweit über jedem Frauenfest. Punktuell anschwellendes Grölen ist erst später von den Betrunkenen zu erwarten; die werden dann um die fünfzig Prozent der Anwesenden ausmachen. Die Kellnerin bewegt den breitschultrigen, biegsamen Sportlerinnenkörper auch nicht schneller als sonst von der Stelle, und mit ihrem erstarrten, emsigen Blick hätte sie genauso gut deutsche Verlagslektorin, Journalistin oder Grünpolitikerin nach der Wahlniederlage sein können. Aber allein das Stimmengewirr, die Musik und das Gedrängel am Hoteleingang findet Klara aufregend.

Heute ist ein Abend, an dem die Waffen gezückt sind, wie sonst noch nie. Die Lust auf Fleischliches hat sich atmosphärisch zugespitzt.

In der leer geräumten Hotelhalle stehen Lautsprecher auf Bierkisten; der Empfang ist zur Bar umfunktioniert. Dieses schmucklose Arrangement erinnert Klara an eine Schulparty oder an die Schihüttenatmosphäre im *Club Med*. Die Menge tanzt frenetisch, zur besten Musik bis jetzt in diesem Urlaub. Klara und Livia sind spät dran, viel zu spät, das Fest läuft schon seit neun, und um eins hört ja wie immer die Musik auf. Jetzt ist es bereits elf, knappe zwei Stunden hat Klara noch, um sich für eine der Anwesenden zu erwärmen, die trockenen Tage auszugleichen, endlich mal eine Frau im Arm zu halten. Nur welche?

Auf der Tanzfläche sieht sie Gini bei Samantha und Liz stehen. Gini entdeckt sie als Erste und beginnt, wild mit ihr zu tanzen. Immer ein Herz und eine Seele mit Klara und immer froh, den Clown mit ihr zu spielen.

Klara vermutet, dass Maggie ziemlich bald mit Birgit auftauchen wird, als Paar vereint. Die Vorstellung, die beiden in sexuell konnotierter, wenn auch ausdrucksloser Haltung nebeneinander stehen zu sehen, ist zum Erbrechen. Klara weiß im Voraus, sie werden beide zu feige sein, um sich vor den anderen zu küssen. Da ist keine Leidenschaft zwischen ihnen, sie stellt sich ihren Sex als eintöniges Rammeln ohne Wollust vor, danach schweigendes Zigarettenrauchen, gespickt mit einem unbarmherzig banalen Wortwechsel.

Solcherart in Gedanken versunken tanzt Klara mit Gini arglos vor sich hin und rechnet mit nichts mehr, außer damit, die Französin etwas genauer ins Visier zu nehmen. Auf einmal packt sie jemand an den Händen und zieht sie mit sich. Sie schaut verdutzt hoch: Es ist das Geburtstagskind vom Vorabend, die kleine Lockenstirn-Butch namens Sandy, und sie ruft Klara zu: „*You are a wonderful dancer. Would you mind dancing with me?*"

Klara schaut sie mit offenem Mund an, bildlich gesprochen. Gibt es denn so etwas? Eine, die sie bis jetzt nicht beachtet hat, mit der sie noch nichts vorhatte, will mit ihr tanzen. Statt einer Antwort lächelt sie höflich, und schon wird sie von der fremden Frau durch die Gegend gewirbelt. Die Lockenstirn-Butch nimmt sie fest um die Taille, macht breite, wuchtige Schritte, und sie walzen quer durch die Menge. Die Augen der Lockenstirn sind intensiv auf Klara gerichtet. Sie strahlt, und Klara weiß nicht, ob sie nun weinen oder lachen soll, denn diese Frau ist ja eindeutig die falsche. Nicht, dass sie hässlich wäre, im Gegenteil, klein, mit einem energischen, kantigen, aber ebenmäßigen Gesicht, ein Knabe, könnte man fast sagen, Kurzhaarschnitt, wie fast alle hier, aber Löckchen vorne. Dunkelblond, *very british*. Aber sie kommt ungelegen. Sie ist zu jung, wirkt auf Klara geschlechtslos.

Die Schottin schreit ihr ins Ohr, dass sie sie schon gestern beim Tanzen bewundert hätte: „*Your style is most definitely Euro-*

pean." Und das scheint als Kompliment gemeint zu sein. Die hat einen Knall, diese Frau, denkt Klara, ich tanze nicht anders als alle anderen hier. Dennoch ist sie von ihrem Interesse fasziniert.

Nach dem Tanz macht Klara sich los und weicht zurück. Die andere hält sie nicht auf, bedankt sich und geht davon. Klara wechselt ein paar taktvolle Worte mit Leni, die ihr zuflüstert: „Du, da ist schon wieder eine, die mir gefällt, dort hinten, mit dem blonden Haar und dem hellblauen Sweatshirt. Zuerst dachte ich, die ist mit der Großen, Schlanken zusammen, aber das stimmt nicht, ich hab's überprüft."

Klara blickt sich um. Als sie Lenis neuesten Schwarm sieht, lacht sie schallend auf. „Leni, schon wieder eine, bei der du keine Chance hast. Die ist unnahbar. Das siehst du doch. Aber einen guten Geschmack hast du. Mir ist die auch schon aufgefallen." Klara findet es bedenklich, dass Leni auf dieselben eiskalten, unerreichbaren Frauen steht wie sie selbst.

Sie streunt durch den Saal und sieht endlich Maggie und Birgit nebeneinander stehen. Allein die Art, wie die sich zueinander lehnen, ohne einander zu berühren, so lässig, wie gerade vom Fick aufgestanden, ist ein solcher Schock für sie, dass sie glaubt, ein paar Gläser zerschlagen zu müssen.

Während sie die beiden betrachtet und auch gleich wieder wegschaut, kommt ihr die einzige, für sie relevante Wahrheit des Abends ins Bewusstsein. Klara gesteht sich ein, dass es hier in diesem Saal zumindest eine gibt, die sie begehrt und bei der es nicht verfehlt wäre, noch einen Versuch zu machen, den letzten für diesen Sommer, denkt sie, und wenn der fehlschlägt, dann ist Schluss mit den Frauen, generell. Und es ist nicht die Französin, die ihr in glasklarer Eindringlichkeit – so eindringlich, dass sie am liebsten gar nicht daran denken will – in den Sinn kommt, obwohl sie eben den Saal betreten hat, *direttamente* zur Bierausgabe, und es ist auch nicht die würstelverkaufende Engländerin, die sie jetzt immer noch anschmachtet.

Es ist diese Kleine da, Sandy, mit den Locken in der Stirn, die so enthusiastisch mit ihr getanzt hat. Einer Eingebung gleich fällt es Klara wie Schuppen von den Augen. Eine innere Stimme vielleicht, ein sich Einstimmen von Energiefeldern. Es ist unmerklich merklich, und es ist so klar und einfach, dass es fast wehtut.

De illico hält sie nach ihr Ausschau, sieht sie aber nicht, zieht genervt durch die Menge, wird von der Würstelverkäuferin aufgefordert und dreht eine Anstandsrunde mit ihr. Die ist verschwitzt und aufgekratzt, vielleicht denkt sie sich ebenfalls: Heute oder nie. Vielleicht sind Klara und sie die Einzigen, die sich das denken.

Klara macht sich bald los und geht vor die Tür, bemüht, nicht an Maggie vorbeizulaufen. Sie mustert die Frauen auf der Terrasse, die Grüppchen und Paare, die Stühle, Tische und Lampions in den Tamarisken und fühlt sich wie auf „Sendepause". Der Lockenkopf ist nirgends zu sehen. Sie weiß nicht recht, wohin nun. Es ist kurz vor Mitternacht, und ihr Elan lässt langsam nach.

Da schleicht sich auf einmal eine energische, kleine Hand in ihre und zieht sie mit sich mit. Das Lockenstirnchen hat wieder die Initiative ergriffen. Klara lächelt vor sich hin und lässt sich treiben, zu Ereignissen, die sie ausnahmsweise nicht in die Wege geleitet hat. Sie spielt mit dem Feuer einer fremden Leidenschaft, aber das ist ihr egal. Es scheint keine Bedeutung zu haben, welche von den Anwesenden letztendlich drankommt. Es scheint schon gar nicht wichtig zu sein, was sie für jemanden fühlt und was sie will. Hier hat das Schicksal gegen ihren Willen entschieden, und sie schlittert auf dieser Bahn vorwärts, ohne zu denken.

Losgelöst von Skrupeln, in ihrem Gehabe frech, weil sie für diese Frau gar nichts empfindet, zieht Klara ihre Partnerin an sich, obwohl diese sie nicht einmal antörnt, hält sie fest und gebieterisch tief an den Hüften, so tief, dass sie fast die Spalte zwischen ihren Arschbacken spürt, drängt das Becken an sie und schiebt ihre Schenkel zwischen ihre.

Roh kommt sie sich dabei vor, wie ein Rockstar zu seinem Groupie. Die andere aber lacht. Ein kerniges Lachen, eines, das zu tief, zu erwachsen und zu wissend ist für ihr jugendliches Äußeres, und sie sagt: „Schüchtern bist du ja nicht gerade!"

„Ich bin sehr schüchtern", widerspricht Klara in dem gutturalen Ton der Begierde und zieht sie mit einem Ruck noch fester an sich, während sie sie mit dem Schenkel dirigiert und herumwirbelt. Sie hat nun ihre Kraft wieder. Das hat sie dieser Frau zu verdanken. Nun soll sie ihr nicht so leicht davonkommen.

„Wenn du mich weiterhin so anfasst, werfen die uns hinaus", lacht die Junge wieder, mit einer Stimme, die vor Erregung noch tiefer geworden ist.

„Das sollen sie ruhig tun", antwortet Klara abgebrüht und schaut sie nicht einmal an dabei. Wie durch ein Wunder lässt ihre Tanzpartnerin sich widerstandslos von ihr führen und scheint nicht wegzuwollen. In Klara ist in diesem Moment so viel Selbstsicherheit, ja Überheblichkeit, dass sie kein bisschen annimmt, dies könnte auch anders sein. Sie ist mein, sagt sie zu sich selbst. Mein. Sie schämt sich fast dafür, denn sie hat keinen Funken Sehnsucht nach dieser Neuen. Sie nimmt sie einfach. Die Musik schleicht unverschämt lasziv dahin und verurteilt Klara dazu, Sandy noch mehr an sich zu drücken, so dass ihre Vulva fest an ihrer aufliegt. Der Körper der anderen ist ja so leicht. Eine Feder. Und sie ist ihr ganz hingegeben.

„And what do you do when you're not talking about orgasms on TV?", lacht Sandy.

„Having orgasms", antwortet Klara, und ihre Hand zieht jetzt auch noch den Oberkörper der Partnerin fest an sich.

Sie rempeln niemanden an; wie durch ein Wunder ist Platz in Hülle und Fülle um sie. Keine der Frauen, die Klara näher kennt, ist in ihrem Blickfeld, als wären sie alle taktvoll längst gegangen. Das hier kann nicht wahr sein, denkt sie, das ist nun keine Realität, alles andere in den Tagen zuvor, der Schmerz des Abgewiesen-Werdens ja, aber das hier nicht. Sandys Locken kitzeln sie in der Nase, sie sind unordentlich und wild. Bronzefarben. Und Klara weiß nicht weiter mit dieser Abwesenheit von Flucht oder Weigerung, mit Sandys unkomplizierter Hingabe.

Die Musik von *Sex Bomb* fährt Klara in die Eingeweide, so dass ihr Körper vibriert. Das hier ist unverhältnismäßig, denkt sie, die Rutsche in die Hölle. Geilheit ohne Gefühl. Unmoralisch und doch toll.

Als der Tanz vorbei ist, gehen Sandy und Klara verlegen vor die Tür. Sandy fragt, ob sie ihr etwas zu trinken kaufen könne, kommt mit einer Flasche Bier und einer Flasche Mineralwasser zurück. Klara greift automatisch nach dem Wasser.

„Nein", sagt Sandy, „das ist für mich."

„Nein, für mich", entgegnet Klara aufgebracht.

„Ich dachte, du willst Bier."
„Ich trinke keinen Alkohol."
„Ich auch nicht", lacht Sandy.

Die beiden schauen sich überrascht an. Sandy stellt das Bier auf den Tresen zurück und schenkt der Barfrau das Retourgeld. Dieser Vorfall allein spricht Bände. Gini hat Klara noch vor zwei Tagen geraten, Alkohol zu trinken, um endlich einen Aufriss machen zu können.

So setzen sie sich mit einer Mineralwasserflasche für zwei vor die Tür, auf eine Holzbank, die Klara bis jetzt noch nie ins Auge gesprungen ist, und reden. Sandy erzählt, dass sie gestern in der Runde dabei gewesen ist, als Klara von ihren TV-Auftritten erzählt hat. Das Reden ist aber nur ein Vorwand, ist jenes Nichts, das dem Sex vorausgeht.

Ihr Streben zu diesem Unfassbaren ist so offensichtlich und klar, dass Klara es nicht wahrhaben will, obwohl es genau das ist, was sie immer gewollt hat, diese spielerische Einfachheit, ohne Umwege, kurz und prägnant. Ihre Worte sind unsinnig, nichtig und schlüpfrig, sind nicht dazu angetan, die Wahrheit zwischen ihnen zu übertünchen. Sie und Sandy geben sich nicht einmal die Mühe, ihr Verlangen zu verbergen, wie Maggie und Birgit, die immerhin sechs Tage lang darumherum geredet haben. Ihrer beider Lachen allein ist sexuell aufgeladen. Wie ertappt grinsen sie einander immer wieder an. Vis-à-vis von ihnen, in fünf Metern Entfernung, sitzen Livia und Gini, die ihnen ungläubig zuschauen und nicht eingreifen können, weil Klara ihnen dazu keine Gelegenheit gibt.

Es ist unnötig, ein weiteres Mal tanzen zu gehen, aber auch das wickeln sie noch ab. Ohne Vorwarnung drückt Sandy einen Kuss auf Klaras Lippen. Diese weicht zurück. Das findet sie nun doch zu kühn, außerdem kommen ihr diese Lippen entsetzlich dünn und unbedeutend vor, Hautlappen halt, die sie undifferenziert berühren.

Sofort gibt sich ihre Eroberung schuldbewusst. *„If you think I'm too fresh, just say so."*

„What does ‚fresh' mean?", fragt Klara.

„To be too bold."

„No, you're just fine." Klara nimmt sie beschwichtigend am Nacken, streichelt ihren Hinterkopf, der sich schlank und fein

anfühlt. Klara ist berührt von ihrer Jugend, von ihrer dynamischen Unschuld.

Sie gehen wieder vor die Tür. Ein Moment des Aufschubs, der Unsicherheit, eine Art Langeweile, nicht wissen, ob es so weitergehen soll.

Plötzlich hebt die Lockenstirn-Butch an und sagt das bisher Unaussprechliche. Es kommt so abrupt, dass Klara zuerst glaubt, sich verhört zu haben. In aller beiläufigen Unschuld und, als wäre es das Einfachste der Welt, sagt Sandy die magischen Worte: *„Do you want to come to the beach with me?"*

Und Klara denkt: Mut hast du, Biene! Ganz schön viel Mut!

Sie schaut Sandy in die Augen, holt tief Luft. Dann strahlt sie sie an.

Sandy nimmt ihre Hand, und sie machen einen Satz von der Terrasse des *Sappho* hinunter in den Sand. Sie springen quasi in das Leben hinein, von all den langweiligen, sexmuffeligen, unentschlossenen, matronenhaften Lesben weg in die Freiheit. Sie gehen Arm in Arm ans Meer, als würde es nur ihretwegen hier an den Sand schlagen, als würden sie sich immer schon kennen.

Hinter ihnen reißt Gini vor Verblüffung den Mund auf und ruft: „Was tut denn meine Klara da, mit einer fremden Frau am Strand? Ich muss ihr sofort nach." Sie wird aber von den anderen zurückgehalten.

Klara und Sandy gehen aus dem Ort hinaus, dorthin, wo der Strand samtig dunkel unter den Sternen liegt. Sie kommen zu den verlassenen Polizeisperren, klettern darüber, helfen einander dabei und gehen weiter in die Schwärze hinein.

Sandy sagt Dinge, die für beide, weil sie dieses Wagnis eingehen, beruhigend klingen sollen.

„Wir werden jetzt die Sterne zählen, und du sagst mir, welche Konstellationen du erkennst."

Klara, schnippisch: „Ich erkenne sicher keine einzige."

„Dann erfindest du sie halt."

Dort, wo es keine Lichter mehr gibt, wo eine kleine Landzunge sich ins Meer schiebt, bleiben sie stehen, neben ihnen klatschen Wellen gegen die Steine, blubbern und verebben wieder. Sie umarmen sich, atemlose Stille. Es ist unglaublich aufregend, so zu stehen und nicht mehr weiterzuwissen, denkt Klara, mit einer

Frau, die ich vor kurzem nicht begehrt habe. Jetzt lasse ich mich in ihre Gegenwart hineinfallen. Warum, weiß niemand.

Sandys zweiter Kuss fühlt sich besser an als der auf der Tanzfläche, zart zucken ihre Lippen zu ihren, sie fragt immer wieder: *„Am I too fresh?"*, während sie ihre Hände unter Klaras T-Shirt schiebt, über ihre Hüften, zwischen ihre Schenkel, und Klara antwortet immer wieder: *„No, you're just fine."*

Gleichzeitig denkt sie: Hör nur ja nicht auf, bevor ich es gekriegt habe! Ich sag's dir im Guten, ich will endlich alles haben, da, hier, sofort, so sehr hab ich auf einen Moment gewartet, der so perfekt ist wie dieser hier.

Sie rutscht langsam in den kühlen Sand. Als Sandys so kleine, zarte Hand zwischen Stoff und Haut gleitet, zieht Klara sich aus.

Es kommt ihr ganz schnell. Ihre Lust ist da, als ob es immer schon so zwischen ihnen gewesen wäre, schleicht unbemerkt heran, kurz bevor Sandy in sie eindringt, in das nasse Innere, in das Herz ihrer Sexualität. Ihre Lust ist schnell, hart, gierig, so unermesslich groß. Die Finger ihrer nächtlichen Partnerin sind kaum wahrnehmbare Auslöser eines Gewittersturms, der Klara mit sich zieht, in die Schwärze der Sternennacht. Auch durch die Fremdheit, die mit dieser Frau verbunden ist.

Als Klara kommt, gibt Sandy kleine, weise Laute von sich, als würde sie einen schwerwiegenden Satz von Klara plötzlich verstehen.

„Mm ... hm!", ertönt es aus Sandys Brustkorb, so als wären ihr die eigenen Klänge nicht bewusst. Mit Klaras Lust mehr noch als mit ihrer eigenen verbunden, mehr von ihr wissend, als diese selbst von sich zu wissen in der Lage wäre, weil sie sie im Orgasmus spürt. Klara – ein offenes Buch für die Wahrnehmung innerster Vorgänge, und Sandy längst auf mysteriöse Weise mit ihr verbunden.

„Mm ... hm!", sagt Sandy langsam als Bestätigung der Luststöße, die Klaras Körper schütteln, und nimmt sie damit ganz an sich. Klara taucht erstaunt aus der Anstrengung ihrer Schreie auf und spürt sich in Sandys Armen wieder.

Sandy spricht süße Worte. Sie sagt, *„you are lovely"*, sie sagt, *„you are so beautiful"*. Nach diesem Satz macht sie eine lange Pause.

„Ich wette, jede Nacht fragt dich eine andere, ob sie mit dir an den Strand gehen darf. Etwas anderes kann ich mir nicht vorstellen. Du bist so schön. Wenn du nach dem Schwimmen aus dem Wasser steigst, schauen dich alle an."

Aus ihrem Mund kommen all die Zärtlichkeiten, die Klara sich seit ihrer Ankunft ersehnt hat. Wunscherfüllung pur. Und Klara bewundert Sandy, ihren Mut, die Klarheit ihres Wollens, ihre Direktheit, die Zartheit der Berührung.

Sandy begleitet Klara nach Hause. Es ist knapp vor eins, so früh ist Klara hier noch nie zu Bett gegangen, das Fest noch voll im Gange, aber sie will niemanden mehr sehen.

Noch lange stehen beide an der Straßenecke am Ende von Klaras Gasse, um sich zu verabschieden. In diesen Minuten, in denen Autos, Motorräder und Menschen an ihnen vorbeiziehen, in dieser Straße, die sogar spätnachts keine Ruhe findet, erfühlen sie einander zum ersten Mal auf zärtliche Weise, und das gefällt Klara.

KAPITEL 14

Am Morgen nach der Party ertönt wiederholtes Poltern vor dem Haus. Anfangs sinkt Klara in den Schlaf zurück, bald aber bricht das unregelmäßige Aufschlagen von Gegenständen an Böden und Brüstungen durch die Mauer ihrer Träume von Sandy und der gemeinsamen Liebesnacht. Klara fährt auf. Wahrscheinlich ist gerade jemand ausgezogen, und die Alte putzt wenigstens einmal in der Saison den Balkon und schert sich nicht darum, ob das Trommelfell ihrer Gäste platzt, wenn das Echo der Stöße, mit denen sie die Plastikstühle aufeinander schichtet, durch die Betonwände hochturnt.

Jetzt aber sind andere Gewalten im Spiel. Auf einmal schlagen auch Klaras Fensterflügel heftig gegen die Mauern, und im Zimmer wird es in schneller Abfolge nachtdunkel, dann wieder hell. Ein Gezerre, Getöse und Gewinsel vor dem Fenster, ein Rauschen und Ächzen, die leichtgewichtigen Balkonmöbel scheppern und schieben sich von allein über die enge Fläche. Durch den Lärm hindurch klopft jemand an die Tür. Schlaftrunken taumelt Klara hin. Livia steht vor ihr. Der Wind stiebt durch ihr Haar, hinter ihr fegt er, zu gelbem Sand geworden, über das graue, ausgewaschene Land.

„Schnell, lass mich rein und schließ die Jalousietüren!", japst sie atemlos und ist schon mitten im Zimmer.

„Ein Sturm!", ruft Klara entgeistert aus. „Fürchtest du dich davor?"

„Und vor den Bullen. Die sind mir auf den Fersen!"

„Die Bullen?"

Livia schaut gehetzt um sich. Sie zittert am ganzen Körper, ist schweißnass. Ein dünnes Rinnsal läuft über ihr Gesicht, sie wischt schnell mit dem Ärmel drüber, aber der dunkle Fluss quillt erneut aus ihrer Haut.

„Du blutest."

„Es ist gar nichts, nur ein Kratzer, von einer Hauswand, als ich vorhin abgebogen bin."

Livia langt nach dem Geschirrtuch und drückt es sich an die Schläfe. Ihr Gesicht ist so bleich, dass Klara glaubt, die Adern unter der Haut zu erblicken. Sie nimmt sie in den Arm.

„Lass mich das zuerst verarzten."

Livia macht sich schnell und zornig los.

„Wir haben keine Zeit, begreifst du das nicht? Die kommen sicher jeden Augenblick hier rein, wo soll ich mich bloß verstecken, so hilf mir gefälligst!"

„Was ist überhaupt los?"

„Die patrouillieren doch jetzt die ganze Nacht, keine Gasse ist sicher vor denen. Einer hat mich belästigt, Ausweis und so, dann wollte er mich anfassen. Ich hab ihm einen Tritt gegeben, du weißt schon, einer meiner Tritte halt. Der ist zusammengebrochen. Jetzt sind sie hinter mir her."

„Haben sie dich gesehen?"

„Ich weiß nicht, ich bin gerannt, was das Zeug hält, aber du kannst ja nirgends mehr unbemerkt hingehen. Was sollen wir sagen, wenn sie kommen?"

„Geh ins Schlafzimmer", sagt Klara zu Livia, schubst sie hinein und schließt die Tür hinter ihr. „Beweg dich nicht."

Es gießt in Strömen, die Tropfen prasseln auf Klaras T-Shirt und ihre nackten Füße, als sie versucht, gegen den Sturm die Jalousietüren zu schließen. Als sie den letzten Laden geschlossen hat, wird es finster in den beiden Räumen, aber der Wind ist immer noch zu hören, wie er über den Strand fetzt. Klara und Livia legen sich in wortloser Eintracht nebeneinander auf das Bett und lauschen hämmernden Herzens auf die Geräusche vor dem Haus.

„Wie bist du da hineingeraten?", flüstert Klara.

„Frag nicht, es ist ganz anders, als es aussieht."

Auf einmal hören sie Stimmen durch den Sturm hindurch, unten vor dem Haus. Getrampel auf der Außentreppe, an alle Wohnungen donnern dieselben ungeduldigen Faustschläge. Die Nachbarin, die gestern erst angekommen ist, wird aus dem Schlaf geweckt. Die Schweizerin mit grauem Haar. „Nein", hört Klara sie sagen. „Ich habe niemanden gesehen."

Die Suche nach der Hausbesitzerin schlägt fehl. Die ist nie zu Hause, warum sollte sie heute aufzutreiben sein? Livia setzt sich zitternd auf und schlingt die Arme um ihre Knie.

Dann klopfen sie auch an Klaras Tür. Der Schreck macht ihre Glieder kalt und unbeweglich.

„Bitte, mach nicht auf", sagt Livia.

Das Klopfen wird lauter und eindringlicher. Die Tür wird jeden Moment hineinkrachen.

„Wenn ich nicht öffne, kommen sie von selbst herein", flüstert Klara.

„Dann halt sie wenigstens hin, schau, dass sie nicht ins Schlafzimmer hereinkommen."

Jetzt wird auch noch an der Klinke gerüttelt. Das Schloss wird dem höchstens einige Sekunden lang standhalten.

„Ja?", ruft Klara fragend.

„Aufmachen. Polizei!"

„Moment."

Sie hat lähmende Angst und fühlt ihre Beine nicht mehr, als sie aufsteht. Sie bedeutet Livia, ganz still zu sein, verlässt das Schlafzimmer, schließt die Tür hinter sich, geht langsam zur Eingangstür und macht sie auf. Vor ihr stehen vier Polizisten. Einer von ihnen kommt ihr bekannt vor. Er hat den Kopf kahlrasiert und wirkt wie ein Schrank. Das linke Auge zuckt vor Anspannung, die wulstigen Lippen sind zusammengepresst. Er schaut sie überrascht an, als müsste er sich bei ihrem Anblick an etwas erinnern.

„Sind Sie allein?"

„Ja", sagt Klara ohne zu denken. „Ja."

Sie starrt mit weit aufgerissenen Augen in sein Gesicht. Er muss spüren, dass sie lügt. Die Lüge muss aus ihr heraussickern, wie ein übler Geruch.

„Was ist passiert?", fragt sie.

„Wir suchen jemanden." Er macht einen Schritt nach vorne und schiebt sie zur Seite.

„Was machen Sie da? Sie können doch nicht einfach. Das ist ..."

„Halt's Maul."

Mit drei Schritten durchmisst er das Wohnzimmer mit der abgetakelten Küche und den beiden unberührten Liegen. Klaras Blick fällt auf das Geschirrtuch, das Livia eben benutzt hat, um sich die Schläfe trocken zu wischen. Zu spät, um es zu verstecken. Er nimmt aber keine Notiz davon.

„Sind Sie sicher, dass Sie hier allein leben?"

„Fragen Sie die Hauseigentümerin, die wird es Ihnen bestätigen."

„Wohin führt diese Tür?"

Sie wendet sich zur Schlafzimmertür und bleibt wie eine Wache davor stehen.

„Das ist nur mein Schlafzimmer."

„Machen Sie auf."

„Warum?"

Er langt hinter sie und öffnet die Tür. Klara ist schwindlig vor Panik. Sie kann keinen Satz mehr denken; die Stimme versagt ihr. Der Raum ist im Vergleich zu vorhin taghell, die Balkontür offen und schlägt immer wieder gegen den Rahmen, das dünne Fensterglas klirrt jedesmal mit. Im Bett ist niemand zu sehen, der Bulle reißt den Schrank auf, nichts.

„Was tun Sie da?", ruft Klara jetzt aus.

Er tritt auf den Balkon und schaut die Hausmauern entlang.

„Waren diese Türen nicht vorhin geschlossen?"

„Der Wind hat sie offensichtlich aufgedrückt."

Sie schauen sich herausfordernd und voller lodernden Hasses an.

„Wo ist die Eigentümerin des Hauses?"

„Das weiß ich doch nicht, die ist nie da."

„Vielleicht lügen Sie ja."

Klara antwortet nicht, und er zieht sich in Richtung Eingangstür zurück.

„Sie werden beobachtet werden. Wir werden euch alle rund um die Uhr beobachten."

Das sind seine letzten Worte, dann versucht er die Tür zuzuknallen, aber wie auch bei der Wirtin vor einer Woche bleibt sie am Boden hängen, wippt wie ein Blatt Papier nach, einen Spalt breit offen. Mit einem Fluch dreht er sich um, und Klara schaut ihm nach, wie er die Treppen hinunterläuft. Sie hastet ins Schlafzimmer, doch Livia bleibt verschwunden. Sie schaut unter das Bett, was lächerlich ist, denn dort kann nicht einmal eine Maus unbemerkt sitzen, dann zum Balkon hinaus.

Die wenigen Tamariskenbäume und das Schilf an dem kleinen Fluss gegenüber biegen sich unter der Wucht des Windes. Das Land ist in ein ockerfarbenes, schmutziges Licht getaucht; es gibt keinen Halt mehr für die Luftmassen, die darüber hinwegprügeln. Wie ist Livia aus dem Zimmer gekommen, wie hat sie die Tür aufgemacht, ohne dass sie es hörte, ohne dass ein Windstoß sie ihr aus der Hand riss? Wie konnte sie auf der Straße unbemerkt fliehen?

Jetzt muss ich sie auch noch suchen, denkt Klara mürrisch, was hat sie mir da eingebrockt mit ihrem Leichtsinn? Ich komme mir vor wie im Krieg. Uniformierte in aller Herrgottsfrüh in meinem Zimmer – und das im Urlaub! „Das wird immer bunter hier", flucht sie.

Der Anblick der wirbelnden Staubschichten, die das Land abfegen, das Pfeifen, Stöhnen und Heulen machen ihr nicht gerade Mut, aufzubrechen. Sie wartet einige Minuten, die Polizei scheint die Gasse abgehakt zu haben, dann tritt sie vor die Tür. Sofort wird sie vom Wind gegen die Wand gedrückt. Sie sucht Halt am Geländer und versucht, in den Schutz des Treppenaufganges zu kommen. Niemand ist zu sehen. Außer den röhrenden Sturmtönen ist nichts wahrzunehmen. Als sie an der Waschküche vorbeikommt, reißt der Wind die Glastür auf. Sie packt die Klinke und will sie wieder zuziehen, da sieht sie am Boden neben einem Stapel gewaschener Wäsche einen kleinen schmutzigweißen Haufen mit dunklen Flecken. Es reicht jetzt, denkt sie, nicht das auch noch. Da hat sie ihn aber schon aufgehoben. Es ist ein dünner, weißer Schleier, mit eingetrockneten Blutflecken, und er befindet sich ausgerechnet in dem Haus, in dem sie wohnt. Jemand hat ihn hier versteckt, also kann es noch nicht lange her sein, sonst hätte die Wirtin ihn gefunden und Alarm geschlagen, schon allein wegen der Blutflecken, aber Klara erinnern das Weiß und die Beschaffenheit des Stoffes an die Videoaufnahme von Katie, die Aufnahme des Phantoms. Anstatt ihn liegen zu lassen, knüllt sie ihn hastig zusammen und schiebt ihn unter ihr Sweatshirt in den Hosenbund. Dann verlässt sie das Haus, als ob nichts wäre, kein Sturm, keine Polizei, keine verfolgte und verschwundene Livia, kein weißes, blutbeflecktes Tuch in ihrer Hose.

Sie schaut sich immer wieder vorsichtig um, ob sie auch nur den Schatten einer Uniform sieht oder das Gewand eines Einheimischen, der ihr auflauern und sie verpetzen könnte, schwarze Frauenkittel, weiße Männerhemden. Nichts. Von den Windböen nach vorne geschoben, nähert sie sich dem verlassenen Strand, der der gelben, heranstiebenden Staubwand schutzlos ausgeliefert ist. Sie versucht, unter den Bäumen zu bleiben, sich von Stamm zu Stamm zu hangeln, strauchelt und fällt einmal hin. Niemand begegnet ihr, und sie findet ihr Unternehmen halsbrecherisch und unsinnig. Warum sollte Livia ausgerechnet diese Richtung ausgewählt haben? Warum hat sie nicht einfach an ihre Tür geklopft, vielleicht ist Livia bloß in ihr Zimmer gehuscht, genauso lautlos, wie sie Klaras verlassen hat? Aber an das Nächstliegende kann sie nicht glauben.

Die Barrieren, die die Polizei vorgestern aufgestellt hat, um den lesbischen FKK-Strand vom Rest der Badenden zu trennen, sind bis auf zwei oder drei Gitter sämtlich umgestürzt, ein Bild der Verwüstung. Die Luftmatratzen, die auch nächtens im Wasser vor sich hinschaukeln, sind vom Sturm losgerissen worden, alle bunten, durchsichtigen, silbrigen, pinkigen *„lilos"* verschwunden, hinaus aufs offene Meer getrieben. Auch der Drache, auch der Delphin. Noch immer keine Menschenseele zu sehen, kein Auto, kein Hund. Klara gelangt in den Schutz der *Primitiv Bar*, deren Läden seit drei Tagen dicht sind. Die Sonnenblumen vom Wind geknickt, das Schilfdach an mehreren Stellen heruntergerissen, die Stühle übereinander getürmt, bietet der Ort einen traurigen Anblick. Klara lässt sich in einer Ecke nieder, die von den Böen nicht getroffen wird, und fängt vor Erschöpfung an zu weinen.

Gregorios weiß nicht, wen er verfolgt. Mikis, einer seiner Männer, ist angefallen worden. So wurde es ihm berichtet. Bei genauerem Nachfragen stellte sich jedoch heraus, dass von einem Überfall nicht die Rede sein konnte. Mikis hatte eine Ausweiskontrolle vorgenommen, am frühen Morgen, eher aus Spaß oder Langeweile, weil die Patrouilliererei die Jungs nervös machte. Der Sturm trieb ihnen Sand ins Gesicht, gönnte ihnen keine ruhige Minute. Die Böen, die ihnen entgegenkamen, waren ein Symbol der ausweglosen Situation in Skala Eressos: täglich unter brennender Sonne im Einsatz zu stehen und Touristinnen zu beobachten, täglich zu erfahren, dass wieder ein Mann aus der Bevölkerung niedergestreckt worden war, das jüngste Opfer der Ermittler aus Athen.

Da stand auf einmal eine kleine, sehr junge Frau vor Mikis. Sie wäre beinahe in ihn hineingerannt. Er und sie blieben abrupt stehen. Anstatt weiterzugehen, schaute sie ihn mit einem unverschämten Gesichtsausdruck an, die Hände in den Hosentaschen. Wenn sie bloß ohne viel Aufhebens ihren Weg fortgesetzt hätte. Aber Mikis hatte das Gefühl, dass sie allein mit ihrem Blick einen Zusammenstoß provozieren wollte.

„Papiere!", bellte er wie vor einer großen Herausforderung. Sie schaute ihm weiter ruhig in die Augen, ohne eine Miene zu verziehen und ohne die Hände aus den Taschen zu nehmen.

„Ich habe keine, ich gehe immer ohne Papiere aus", sagte sie ruhig. Er schüttelte sie an den Schultern. „Papiere!", wollte er noch einmal brüllen, da erstarben die Worte in seinem Mund. Ein bestialischer Schmerz zuckte zwischen den Beinen hoch, er krümmte sich und sank zu Boden. Eine Handkante ins Genick folgte. Er ächzte, und ihm wurde schwarz vor Augen. Sein Kollege, der mit einigen Sekunden Verspätung angelaufen kam, sah die Frau davonsprinten und schlug Alarm. Andere Uniformierte kamen aus der Nebengasse.

Gregorios war weiß vor Wut. Er ließ Mikis in die Klinik bringen. Er wollte wissen, warum sein Kollege erst so spät zur Stelle war, hätten sie nicht zu zweit sein sollen? Der Mann war verlegen, er sei kurz beiseite getreten, um Wasser zu lassen.

Ob diese Frau vielleicht mit der weißen Gestalt zu tun habe, fragen die anderen Polizisten. Gregorios schnaubt verächtlich. Er glaubt die Geschichte mit der weißen Gestalt nicht. Schon gar nicht, dass eine solche mit den Überfällen in Verbindung gebracht werden kann. Er hält dies für ein Märchen der abergläubischen Bevölkerung hier in Skala Eressos und fühlt sich darüber erhaben. Er ist der einzige Rationalist hier, scheint es ihm.

Auch auf seinen Vater ist nicht zu zählen. Dieser ist von absurden, fast wollte er sagen, kranken Rachegedanken erfasst. Alles, was sich nicht seinen Vorstellungen einer idealen Gesellschaft beugt, muss verschwinden. Es betrifft nicht nur die allein reisenden Frauen – wie man hierzulande euphemistisch zu den Lesben sagt, um dieses Phänomen nicht anerkennen zu müssen. Theofilos will die *Primitiv Bar* vernichten und den kleinen Kiosk neben dem Restaurant von Gabi und Ioannis an der Einfahrtsstraße ebenfalls.

Vis-à-vis ist ein Juweliergeschäft, das einem der besten Freunde von Theofilos gehört. Es hat jenes adrette Aussehen, das sich Theofilos für alle Geschäfte des Ortes wünscht: die Auslagen fast weiß vor Licht und Leere, die kleinen goldenen Preziosen sind in dieser Helligkeit von der Ferne nicht einmal auszumachen. Eine aseptische Atmosphäre geht von diesem Geschäft aus.

Auf der anderen Seite jedoch der Sündenpfuhl. Der Kiosk eines deutschen Aussteigers namens Knut, eine Bar, am Abend grellbunt gelb und orange beleuchtet, mit Hockern zur Straße hin und mit jener schleppenden Musik, die allein schon durch ihre Klänge aufsässigen Müßiggang verheißt. Der Deutsche hat zu Beginn der Saison das Dach erneuert, ein Zeichen mehr, dass er nicht gewillt ist, das Lokal aufzugeben, obwohl Theofilos ihn mit Strafmandaten wegen Lärmbelästigung überhäuft. „Tickets" werden sie genannt. Nach drei Tickets verliert man angeblich die Konzession. Aber der Deutsche schert sich nicht darum, hat stattdessen eine Klage in Mitilini eingereicht, gegen den Bürgermeister. Die läuft nun, und bis die Gerichtsverhandlung stattfindet, sitzt jeden Abend weiterhin das Gesindel vor der Bar, Menschen, die ohne Familienanschluss angereist kommen und nicht im Rahmen einer Pauschalreise, Menschen, die sich der Kontrolle von Theofilos entziehen.

Gregorios macht sich an die Verfolgung der Frau, die den Polizisten niedergestreckt hat. Wie sie aussieht, weiß er nicht, er ist nur erstaunt darüber, dass es ihr gelungen ist, Mikis bewusstlos zu schlagen, das hätte er keiner Frau zugetraut. Für ihn sind die Frauen hier keine Bedrohung. Er vermutet viel eher, dass es zu einem Streit zwischen Mikis und seinem Kollegen gekommen ist, die beiden sich geprügelt haben und dies nicht zugeben wollen.

Sicherheitshalber klappern sie aber die Häuser jener Gasse ab, in der die Frau verschwunden sein soll, ohne Erfolg, wie Gregorios vorausgesehen hat. Erst als er zum Haus in der Mitte der Gasse kommt und einer verschlafenen, blonden Deutschen oder Österreicherin gegenübersteht, fühlt er plötzlich Unbehagen, als ob etwas nicht mit rechten Dingen zuginge. Er versucht, sich an etwas zu erinnern, weiß aber nicht, woran. Sie kommt ihm bekannt vor, aber er hat keine Ahnung, in welchem Zusammenhang. Und er spürt, dass sie etwas verbirgt. Die Lüge sitzt auf einem Luftkissen mitten im Zimmer und grinst ihn an.

Er wundert sich, dass er ihr überhaupt die Frage gestellt hat, ob sie allein wohnt. Die ist nicht von Belang für die Verfolgung. Warum er ausgerechnet ihr Apartment betritt und durchsucht, wo er, wie erwartet, nichts Auffallendes findet, weiß er ebenso wenig. Als er geht, ist er auf der Hut und merkt sich dieses Haus. Er kann allerdings nicht sagen, wieso.

„Wer weint denn da? Der Sturm ist doch schon längst vorbei."

Gini Sedlak hockt sich vor Klara hin. Ihre schwielige Hand fährt ihr über Haar und Schulter und hinterlässt eine Sandspur.

„Livia ist von der Polizei gesucht worden, und jetzt ist sie verschwunden", schnieft Klara.

„Was wollen die von der Kleinen?"

„Sie hat angeblich einen Polizisten angegriffen."

„Die? Die kann doch gerade noch eine Füllfeder halten."

„Es war ja auch ein Fußtritt."

„Beeindruckend, diese Jugend."

„Was machst du hier?"

„Der Wind hat mich hierher gefegt", lacht Gini. „Bei dem Getöse machst du ja am Strand kein Auge zu. Sogar die Absperrungen sind mir um die Ohren geflogen. Am liebsten würde ich die griechische Polizei wegen fahrlässiger Körperverletzung anzeigen."

Darüber muss Klara unfreiwillig lachen.

„Komm, wir gehen zum Flussbett und schauen uns die Schildkröten an."

„Ich habe jetzt keinen Nerv für so etwas, bevor ich Livia nicht gefunden habe", sagt Klara ärgerlich. „Du bagatellisierst prinzipiell immer alles."

„Nein", meint Gini beschwichtigend. „Aber in deinem Zustand bist du ohnehin keine Hilfe für sie, und finden tust du sie schon gar nicht."

Sie nimmt Klara an der Hand, und zusammen verlassen sie die desolate Terrasse der *Primitiv Bar*. Sie gehen an verfallenen Hütten und Hühnerställen vorbei zu den mageren, windzerfetzten Tamarisken mit ihrer schlierigen, grauen Staubhaut. Wind und Regen haben sich verzogen, und die Sonne reißt die Wolkendecke auf. Der Sand ist mit den Abdrücken der Regentropfen wie mit Schrotkugeln durchsetzt, und das Schilf am Fluss hebt und senkt sich in der leichten Brise, als wäre nichts geschehen. Die schwarzen Köpfe der Schildkröten tanzen auf der Wasseroberfläche.

„Komm", sagt Gini und führt Klara auf einem schmalen Weg ins Schilf. Bald glaubt Klara, Stunden unterwegs zu sein, obwohl sie höchstens zweihundert Meter hinter sich gelassen haben. Der Weg hört plötzlich auf. Vor ihnen liegt das Wrack eines Ruderboots, und darin schläft friedlich, den Kopf auf Gini Sedlaks einziger, jetzt zusammengeknüllter Ausgehjacke, Livia.

Klara unterdrückt einen freudigen Schrei und klammert sich an die gepolsterten Schultern der Sedlak, so dass sie mit einem leisen „Autsch" zusammenzuckt.

„Sie ist direkt auf mich zugerannt", sagt Gini, „und das Boot da habe ich vor einigen Tagen entdeckt."

„Und die sind euch nicht nachgekommen?"

„Nicht die Bohne. Ich glaube, die haben nicht recht gewusst, ob ihre Aktion die richtige ist."

„Ich habe einen fürchterlichen Verdacht", sagt Klara.

Der Sturm hat nicht nur die Luftmatratzen und allerlei anderes Strandgut weggefegt, sondern auch die Metallgitter umgelegt, die um den lesbischen FKK-Bereich aufgestellt worden waren. Die Lesben strömen gruppenweise an den Strand und trampeln auf den Gittern herum oder packen sie kurzerhand und ziehen sie ins Wasser. Nicht aus purer Boshaftigkeit, eher aus Spielsucht und weil seit Tagen endlich einmal keine Polizei am Strand zu sehen ist.

„Neu aufstellen und bewachen!", brüllt Theofilos. Sein Atem riecht nach Knoblauch und Fisch. Trotz der Hitze trägt er ein kariertes Sakko.

„Die halten nicht", antwortet Gregorios lakonisch.

„Dann überleg dir was anderes."

„Wie lange wirst du das noch durchziehen?"

„Das geht dich nichts an. Du gehörst zur Exekutive, die fragen nicht, sondern führen Befehle aus."

„Was hat der neue Ermittler herausgefunden?"

„Ich weiß es nicht, er hat sich bei mir noch nicht blicken lassen, schnüffelt nur in unseren Akten herum. Ich glaube, Athen ist mehr daran interessiert, uns eine Steuerhinterziehung nachzuweisen, als den Täter zu finden."

„Und Yakis?"

„Vorläufig in einem künstlichen Tiefschlaf. Das wenigstens war tadellos von dir. Der redet nicht so schnell wieder."

„Nato-Draht", murmelt Gregorios jetzt.

„Wie bitte?"

„Pflöcke und dazwischen Nato-Draht – für die Absperrungen."

„Du Idiot. Wir haben keine Armeebestände auf der Insel."

Gregorios schaut ihn verächtlich an. „Du hast wie immer keine Ahnung."

„Nach der Liebesstunde am Strand konnte ich nicht einschlafen", schreibt Sandy am Morgen auf der Terrasse des Hotel *Sappho* in ihr Notizbuch, und ihre Aufzeichnungen haben jenen melodramatischen Schmelz, der die Äußerungen aller Verliebten auszeichnet. „Ich habe Klara um ein Uhr nachts nach Haus gebracht, und immer noch war ich in fiebriger Erregung. Da ich die Regel habe, wagte ich es nicht, Klara ganz an mich heranzulassen. So hatte meine Geilheit kein Ventil gefunden, ist in keinem Orgasmus zerplatzt und tobte in meinem Körper weiter. Stundenlang wälzte ich mich in meinem Bett hin und her. Im Morgengrauen hielt ich es nicht mehr aus und marschierte los, über den kilometerlangen Strand, dann hinauf auf den Felsen, dessen zum Meer abfallende Kante „Das Gesicht Sapphos" genannt wird. Sappho mit spitzer Nase und aufgerissenem Mund, der täglich den roten Ball der untergehenden Sonne verschluckt.

Oben steht ein Heiligtum. Zumindest nenne ich es so. In Wahrheit ist es ein geducktes, leer stehendes Ein-Zimmer-Haus, mit weißgekalkten Wänden und einem überdachten Essplatz davor. Hie und da hat jemand in dem Raum eine Kerze brennen lassen. Ich zündete Räucherstäbchen an und bedankte mich bei der Göttin für die Begegnung mit Klara.

Es war zugig dort, und das Meer tief unten ähnelte dunstverhangener Seide. Die Bewegung der Wellen war so langsam, dass sie nicht mehr zu erkennen war und mehr einer der Gewohnheit entsprungenen Sinnestäuschung gleichkam. Es schaute so aus, als ob die sich bis zum Horizont dehnende Fläche sich mal in die eine, mal in die andere Richtung senken oder heben würde oder begänne, sich zu drehen.

Dabei war es im Moment vor allem ich selbst, die sich drehte. Mit nacktem Oberkörper und Kopfhörern an den Ohren vollführte ich zu dem trommelfellzerreißenden Getöse von *Garage Music* einen rituellen Tanz, dass meine blonden Locken nur so flogen und ein vorbeikommender Hirte schnell das Weite suchte.

Das Erlebnis mit Klara ist für mich eine Art Befreiung. Außergewöhnlich. Überwältigend. Nie hätte ich gedacht, dass die Erfüllung eines Wunsches sich so schnell einstellen würde. Als ich Klara am frühen Abend am Nebentisch sah, verstummte ich, so schön kam sie mir vor. Glanz lag über ihrem Gesicht, im roten Lack des Lippenstifts und den nassgeduschten Wimpern, in ihrem Lachen, das auf Sex aus war. Und es schien mir, als ob das Leben selbst aus ihr strahlen würde. Ich schaute Klara geradewegs in die Augen, und mein Gesichtsausdruck war pure, fanatische Verehrung, aber sie nahm keine Notiz davon.

Auf der Tanzfläche erblickte ich sie etwas später wieder und forderte sie auf. Ich wollte einmal „richtig europäisch" tanzen, das heißt, auf Tuchfühlung mit der Partnerin, in allerlei Umschlingungen und Drehungen verstrickt, etwas, das meine britischen Freundinnen nicht konnten oder nicht wollten. Die stampften zumeist auf ihrem karg bemessenen Platz hin und her und grinsten einander in willkürlich bemessenen Zeiträumen an. Das machte mich ungeduldig, und so schlugen meine Freundinnen mir vor, es doch mit einer der Österreicherinnen zu versuchen. Dabei stupsten sie einander an, denn sie wussten ohnehin, wen ich auffordern würde. Meine Neigung war bereits im Gespräch.

Und so nahm ich Klara inmitten eines Tanzes um die Taille. Mit den Worten *„You're such a wonderful dancer!"* drängte ich mich ihr auf. Danach wollte ich es gut sein lassen. Vor Verlegenheit war ich unbeholfen und steif.

Etwas später aber beschloss ich, mir selbst ein Zeichen zu setzen. Ich lief auf mein Zimmer und zog mich um, entledigte mich des jungfräulichen Weiß meines Pullis, der mir so bar jeder sexuellen Ausstrahlung vorkam, und zog ein schwarzes T-Shirt über. Dann ging ich, für jedes Abenteuer gewappnet, zurück in den Tanzsaal. Ich brauchte eine Weile, bis ich Klara fand. Sie stand an der Tür zu der Terrasse und blickte auf das Geschehen vor sich, um diese Uhrzeit bereits ratlos. Ich schlich mich hinter sie und nahm sie an der Hand.

Den folgenden Tanz werde ich nie vergessen. Klara drückte mich übermütig, provokant eng an ihren Körper, so dass mein Verstand sich auf der Stelle verabschiedete. Heiße, glitschige Geilheit zwischen meinen Beinen beherrschte Denken und Fühlen, und ich glaubte, nur mehr stammeln zu können. Unsinnige, banale Sätze entschlüpften mir. Jetzt beim Schreiben wundere ich mich, dass Klara mir nicht schon in diesem Moment weggelaufen war.

„Was machst du beruflich?", fragte ich sie und hätte mich für diese dumme Frage am liebsten sofort auf die Zunge gebissen. Ich hatte nicht einmal die Entschuldigung, angetrunken zu sein. Gott sei Dank war Klara genauso wenig bei Trost wie ich und wollte ebenfalls nur das Eine.

Gleichzeitig hatte ich wie nie zuvor ein hellhöriges Gefühl für das Richtige. Bis in alle Ewigkeit wird es mir rätselhaft bleiben, wie ich den Mut aufbrachte, Klara an den nächtlichen Strand zu bitten und den herausragend kühnen Satz zu sagen: *„Do you want to come to the beach with me?"* Vollendet höflich, dennoch von einer Brisanz, die nicht mehr rückgängig zu machen war.

Als wir Arm in Arm am Strand entlanggingen, in die menschenferne Dunkelheit hinein, dachte ich in einem fort: Sie mag mich, sie findet mich nicht hässlich oder ungeschickt oder sonst etwas, sonst würde sie jetzt nicht mit mir hier sein. Wie aber soll das weitergehen? Dann beschwichtigte ich mich selbst: Was auch immer geschieht, es wird, so wie es ist, schön sein. Denn ich glaube ja an ein mir gewogenes Schicksal.

Und so geschah es auch. Ich liebte Klara im Sand, der kühl und aufgepeitscht war, in der Vorahnung des kommenden Sturmes. Und ich dachte, ich müsse sterben vor Glück, als ich meine Hände durch Klaras T-Shirt hindurch zu ihren Brüsten schickte und deren Erhebungen in meinen Fingern und unter der kalten Glut der Sterne erfahrbar wurden, in vollkommener Form, Festigkeit und Größe.

Diese Liebesstunde war für mich bis jetzt der Höhepunkt der Ferien. Ich wollte damit zufrieden sein, dass Klara sich mir für eine kurze Weile und fast anonym hingegeben hatte. Ich habe sie als Diva der Nacht erlebt. Mehr wollte ich nicht verlangen. Als ich sie nach Haus begleitete und mich an der belebten Straßenecke von ihr verabschiedete, wagte ich es unvorsichtigerweise, den Blick in ihre Augen zu senken. Ich vermeinte darin größte Verletzlichkeit und nicht zu heilende Trauer über die Vergangenheit zu lesen. Da war es um mich geschehen. Die Liebe schnappte sich mein Herz und hält es von nun an. Sanft, aber bestimmt."

KAPITEL 15

Gini und Klara bewachen Livias Schlaf. Im Schatten des Schilfes sitzen sie und unterhalten sich flüsternd. Im grünen Wasser des Tümpels dreht eine Wasserschlange ihre Kreise. Durch den Wellenhub wie ein glatter Stängel angeschwemmt, stößt sie mit pulsierenden Bewegungen ihren silbrigen Körper in einer glatten Kurve von sich. Dann holt sie ihn wieder heran.

Mit fasziniertem Grauen beobachtet Klara, wie er sich ausbaucht und zusammenschlüpft. Der Kopf ist schwarz mit zwei weißen Tupfen und rammt den Rand des Tümpels, als würde ihre Beute dort hängen und darauf warten, verzehrt zu werden. Diese Stöße durchzucken den Körper bis zum Schwanz. Als ob sie wüsste, dass sie beobachtet wird, verstärkt sie ihre Akrobatik und macht nun Schlingen in ihren Körper, die sie wieder auflöst, dann dreht sie sich plötzlich sogar auf den Rücken und bleibt regungslos, wie tot liegen. Der Bauch ist hässlich, weiße, dicht zusammengequetschte Knorpel mit schwarzen Einschüben, alt und ledrig.

„Du und die Kleine von gestern Nacht! Das hätte ja niemand erwartet, dass du mit der gleich verschwindest", lacht Gini.

„Das war doch dein Auftrag. Das Leben beim Schopf zu packen, solange die Sterne noch leuchten."

„Ja, aber gleich so schnell?"

„Dafür kann ich gar nichts. Das war ihre Idee."

„Lang hat sie dich ja nicht bitten müssen."

Klara schweigt entzückt. Diese Stunde am Strand scheint schon Jahre her zu sein. Sandy hat sie bis vor die Haustür gebracht und hat dann noch lange vor ihrem Balkon gestanden. Als Klara daran denkt, fallen ihr das Treppenhaus ein und die Tür zur Waschküche, die heute Morgen offen gestanden hat. Ihr Magen zieht sich zusammen, sie holt das weiße Tuch hervor, das sie unter dem Sweatshirt versteckt hat, und zeigt es Gini.

„Das habe ich in der Waschküche gefunden, kurz nachdem die Bullen wieder abgezogen sind."

Gini zieht es auseinander; es ist zerschlissen und hat dunkle Flecken.

„Na und?"

„Na und? Das hier ist Blut."

„Aber geh!"

„Das sieht man doch."

„Das kann alles Mögliche sein. Vielleicht ein altes, überdimensioniertes Schnäuztuch", lacht Gini. „Der Besitzer hat Nasenbluten gehabt."

„Du verweigerst die Realität", sagt Klara ärgerlich.

„Willst du mir einreden, dass es von dem Phantom ist?"

„Ja, will ich. Warum wäre es sonst versteckt worden."

„Vielleicht ist es gar nicht versteckt worden, sondern lag für den nächsten Waschgang bereit."

„Das glaube ich nicht."

„Bedeutet das, das Phantom wäre bis zu deiner Waschküche vorgedrungen?"

„Genau das möchte ich dir schon die ganze Zeit sagen."

„Hm!"

Die Schlange hat inzwischen ihre Rückenlage aufgegeben und zuckelt mit hocherhobenem Kopf davon.

„Und wer käme da in Frage? Wer war in letzter Zeit bei dir?"

„Sandy, Livia und der glatzige Einsatzleiter von der griechischen Polizei."

„Die sind ja alle drei enorm tatverdächtig", lacht Gini.

„Und du übrigens, vor dem Fest gestern."

„Na also, das ist doch ...", fährt Gini entrüstet hoch. In diesem Moment erwacht Livia und schaut sie ausdruckslos an. Klara und Gini unterbrechen ihr Gespräch.

„Dich zu beschützen und wiederzufinden ist nicht gerade einfach", ruft Klara aus. „Das schaffe ich auf die Dauer nicht allein."

Livia lächelt wider Willen.

„Ich freu mich sowieso, dass ihr beide da seid", sagt sie.

„Was ist denn nun wirklich passiert?", fragt Gini.

„Es ist alles so schnell gegangen", fängt Livia zu erzählen an. „Ich weiß gar nicht, wie ich in eine solche Lage kommen konnte. Ich war unterwegs nach Hause, ziemlich früh am Morgen, zu einem Zeitpunkt, als das Fest im *Sappho* längst zu Ende war. Katie und ich hatten Streit gehabt."

„Streit? Du und die süße Kamerafrau?"

„Na und? Streit kommt in den besten Familien vor. Außerdem waren wir nicht mehr ganz nüchtern."

„Worüber habt ihr denn gestritten?"

„Das sag ich jetzt lieber nicht", kontert Livia in einem Anflug von Verlegenheit. „Auf jeden Fall war der Himmel bereits hell, und ich ging in Gedanken versunken durch die Straßen. Nicht gerade gut gelaunt, vielleicht sogar zornig auf Katie. Da stieß ich mit einer Polizeistreife zusammen, die eben um die Ecke bog. Ich war ziemlich überrascht und glotzte den Polizisten an. Ich musste mich ja erst wieder in der Realität zurechtfinden und konnte meine Wut über seine plötzliche Anwesenheit daher nicht zügeln. Mein Blick schien ihn am meisten provoziert zu haben, ein Blick, der scheinbar die Aufforderung enthielt, sich für seine Existenz zu entschuldigen. So hat das Verhängnis seinen Lauf genommen. Er verlangte einen Ausweis von mir. Den hab ich ihm verweigert, aus Prinzip, vielleicht hätte ich sogar einen dabei gehabt, aber diese Kontrollen nerven mich. Er kam mit einer Drohgebärde auf mich zu. Mein erster Fußtritt in die Weichteile streckte ihn nieder. Als er vom Boden aus nach mir fassen wollte, setzte ich mit der Handkante nach. Er blieb reglos liegen, und ich begann wie eine Verrückte zu laufen, nach Hause natürlich."

Gini und Klara schauen sich bei dieser Erzählung mehrmals viel sagend an.

„Wieso musstest du so brutal sein?", fragt jetzt Gini.

„Ja, was stellst du dir vor? Soll ich mich auf einen Nahkampf einlassen mit dem? Wenn du etwas beginnst, musst du es auch zu Ende bringen", sagt Livia kalt.

Weder Gini noch Klara finden in diesem Moment Zugang zu ihr. Sie sind über ihre Rohheit entsetzt, die von einer gnadenlosen Logik begleitet wird. Das passt nicht zu ihr, weder zu ihrer milden Erscheinung noch zu ihrem manchmal berstenden Lachen und ihrem spontanen, kindlichen Übermut. Außerdem können sie nicht umhin, sie einhellig zu bewundern, sogar die abgebrühte Gini ist überrascht. Jede Frau wünscht sich wohl, die Fertigkeit zu besitzen, einen Mann jederzeit niederstrecken zu können, um sich nie wieder im Dunkeln zu fürchten, um die Vergewaltigungsangst zu bannen, um sich gelassen auf freiem Feld, in schlecht beleuchteten Gassen, auf leeren Plätzen oder anderen öffentlichen Orten zu bewegen, Welten, die Männer für sich vereinnahmt haben. Um dort nicht unterzugehen, wo immer noch das Recht des Stärkeren herrscht. Jetzt haben sie eine vor sich, die das kann. Gut, Gini Sedlak ist auch nicht gerade ein Schwächling, aber es schaut so aus, als ob Livia ihr das voraushätte, einen Kampfsport zu beherrschen, ohne dass man es ihr auch nur ansieht.

„Welche Technik ist das eigentlich?", fragt Klara.

„Keine. Das gestern Nacht war Selbstverteidigung. Bei der Polizei in Wien gelernt", sagt Livia und grinst herausfordernd.

„Bei der Polizei in Wien! Das soll ich dir glauben?", ruft Gini aus. „Die haben dir beigebracht, wie man Männer in die Eier tritt? Die Bullen zeigst du mir!"

„Es stimmt aber. Meine Mama und ich haben sogar gemeinsam an diesem Kurs teilgenommen."

„Und das gestern war wirklich bloß Verteidigung?", fragt Klara misstrauisch.

„Ein einfacher Reflex."

„Aber dass du so cool bleibst und so genau triffst."

„Intuition", meint Livia. Sie würde einer inneren Stimme dabei folgen. Sie mache außerdem mit ihrer Mutter seit ihrer Kindheit Tai-Chi.

„Aber Tai-Chi ist doch langsam und harmlos. Fast schon meditativ."

„In den ersten Jahren schon", sagt Livia. „Aber mit den Bewegungen, die du lernst, kannst du dich auch verteidigen, wenn du mehr Sicherheit darin hast. Mit der Zeit wächst du da hinein. Zupacken oder Schlagen resultieren aus demselben Prinzip, wie die Form, die du jahrelang wiederholst, nur schneller."

Beredtes Schweigen folgt.

„Ich habe dieses Tuch da in unserer Waschküche gefunden", sagt Klara und zeigt es Livia. Sie nimmt es überrascht in die Hand und betastet die gerippte Oberfläche.

„Was ist das?"

„Ich weiß es nicht. Ich dachte …"

In diesem Moment ist der Motor eines Wagens von der nahen Staubstraße zu hören.

„Wir gehen jetzt besser", meint Gini.

„Gib mir das Tuch", sagt Livia.

„Wo willst du es denn unterbringen? Ich pack es wieder unter mein Sweatshirt."

„Nein, ich nehme es!", ruft Gini, rollt es zusammen und stopft es unter ihre weite, schwarze Jacke. So stehen sie auf und gehen in Richtung Ort.

Skala Eressos scheint sich vom Sturm erholt zu haben, hockt unbehelligt unter dem Felsen und strahlt Hitzewellen aus. Die drei folgen der Straße, Motorroller kommen ihnen entgegen. Am Strand werden die ersten Schirme aufgestellt. Die Surfschule hisst ihre Fahne.

Da steht auf einmal der Wagen einer Polizeistreife vor ihnen. Verwundert schauen sie einander an. Der Strand und die Sperren, die seit dem Sturm nicht wieder aufgestellt wurden, sind weit entfernt. Was tun die Bullen also hier? Zwei lehnen an der Wagentür, der Dritte, mit geschorenem Kopf, steht vor ihnen und redet mit scharfer Stimme auf sie ein.

„Geht einfach weiter, als ob nichts wäre", flüstert Klara.

Gini und Livia gehorchen, sie verstummen, verlangsamen ihre Schritte, schauen geradeaus, in ein unbestimmbares Nichts. Schon sind sie auf gleicher Höhe, wenige Sekunden und sie sind an ihnen vorbei.

„Ausweis!", ruft einer plötzlich. Die drei bleiben erschrocken stehen. Zwei der Polizisten kommen auf sie zu, der dritte hat keine Notiz von ihnen genommen. Er dreht ihnen den Rücken zu, denn er hat eben die Wagentür geöffnet und beugt sich hinein, die krachenden Geräusche eines Polizeifunks sind zu hören, und er sagt etwas in ein Mikrofon.

Klara hat keinen Ausweis bei sich, so schnell ist sie aus dem Haus gelaufen. Gini kramt indes bereitwillig in den Taschen ihrer engen schwarzen Leggings mit den Mottenlöchern an den Innenseiten der Waden. Weil sie am Strand schläft und ihre Habseligkeiten unter einer Tamariske zurücklässt, hat sie ihre Papiere immer bei sich. Auf Schadensbegrenzung aus, zieht sie einen zerfledderten Führerschein aus einer Hosentasche, den der Beamte wortlos entgegennimmt. Livia hält auf einmal ebenfalls ein Stück Papier in der Hand. Woher, ist nicht ersichtlich. Klara erkennt es aber wieder. Es ist der Kontrollschein mit Nummer, den sie den Frauen am Flughafen ausgehändigt haben. Die dazugehörigen Fotos hatte Livia ja vernichtet. Warum sie ihnen diesen Zettel hinreicht, weiß Klara nicht. Vielleicht aus dem Mut der Verzweiflung heraus. Livia schaut noch blasser und verletzlicher aus als sonst.

In diesem Moment schließt der Dritte die Wagentür und dreht sich zu den Frauen um. Im Nachhinein kommt es Klara vor, als hätte sich das Folgende in Zeitlupe abgespielt. Er wendet sich also zu den drei Frauen, und in diesem Augenblick erkennt Klara, dass es sich um den Offizier handelt, der heute Morgen nach Livia gesucht hat und bei ihr im Zimmer war. Das Blut scheint ihr in den Adern zu gefrieren. Sie möchte schreien, aber wie in einem Alptraum kommt kein Laut aus ihrer Kehle. Er betrachtet zuerst Klara, dann Gini, und dann richten sich seine Augen auf Livia und fixieren sie, wie die eines Reptils, das den Feind erkannt hat. Livia zuckt nicht zusammen, sondern schaut ihn ebenfalls an. Sie taxieren sich, und die Bewegungen der anderen beiden Beamten scheinen auf einmal hängenzubleiben, in ihren Absichten nichtig geworden.

Er betrachtet Livia, die ihn ihrerseits auch nicht aus den Augen lässt. Im Gegenteil, fast aufbegehrend starrt sie ihn an, als stünde sie unter Hochspannung. Gleich kommt es zu einem Zusammenstoß, dann ist alles aus, denkt Klara. Hat sie denn immer noch nicht genug? Hat ihr die letzte Nacht nicht gereicht? In der Kaltblütigkeit, mit der sie dem Blick des Polizisten standhält, erkennt sie Livia nicht wieder. So sanft, zurückgezogen und defensiv hat sie sie bis jetzt erlebt. Was soll sie machen, wenn die sie hier und jetzt festnehmen wollen? Zu allem entschlossen rückt Klara etwas näher zu Livia. Auch Gini lehnt sich zu den beiden.

Da senkt der Bulle auf einmal die Augen und wischt sich mit der Hand über die Stirn. Er scheint antriebslos in sich zusammenzusacken. Jede Energie weicht von ihm, wie nach einer großen Anstrengung, dann wendet er sich zu seinen Untergebenen und herrscht sie an, indem er auf die drei Frauen deutet.

„Lasst sie durch!", sagt er, dann zu Livia gewandt: „*Excuse them!*" Die Polizisten winken die drei weiter, ohne auch nur einen Blick auf Livias Papier geworfen zu haben.

Klara glaubt zu träumen. Während der ersten Sekunden nach dem Zwischenfall bringen alle drei Frauen keinen Ton heraus. Wie von einer fremden Kraft angeschoben, bewegen sie sich von den Polizisten weg. Die Angst hat sich wie ein dunkles, feuchtes Tuch über sie gelegt. Gini unterbricht das Schweigen als erste.

„Ich hab noch nie einen Menschen gesehen, der so wenig von sich selbst überzeugt ist wie dieser Glatzkopf."

„Wie meinst du das?", fragt Klara erleichtert. Mit diesem Satz, der genauso gut ein anderer hätte sein können, zerbricht Gini die Bedrohung.

„Na, zuerst war er ganz *tough*, ‚Ich bin der Boss, und alle haben zu gehorchen, wenn nicht, zertrete ich euch', und auf einmal wollte er buchstäblich, dass wir aus seinem Gesichtsfeld verschwinden."

„Was sagst du dazu, Livia?" Klara wendet sich zu ihr.

„Es war sehr eigenartig", antwortet sie langsam.

„Als ob du ihn verhext hättest", meint Klara, halb scherzend.

„Ja", sagt Gini. „Hypnotisiert."

„Niemals würde ich so was tun", ruft Livia jetzt fast feindselig. „Für einen solchen Menschen so viel Energie und Aufmerksamkeit zu verschwenden, das ist unmoralisch."

„Könntest du das überhaupt? Ihn hypnotisieren?"

„Natürlich nicht, woher auch?"

„Kennst du ihn denn?"

„Nein. Ich meine, den haben wir ja alle schon einmal gesehen. Der ist der Einsatzleiter der Polizei aus Mitilini."

„Aber er scheint dich zu kennen."

Livia wirft ärgerlich die Hand in die Höhe, Klara solle sofort damit aufhören.

Sie sind auf der Strandpromenade angelangt, wie am rettenden Ufer. Luftmatratzen und Schwimmreifen baumeln wie eh und je vor den Geschäften in der Sonne, als ob nichts gewesen wäre. Die Sonnensegel des *Sappho* bauschen sich in einer warmen Brise auf, und Klara sieht eine Gestalt, bei deren Anblick ihr heiß ums Herz wird.

„Sandy, deine kleine Freundin von gestern Nacht", ruft Gini entzückt aus.

Sandy sitzt an einem der vordersten Tische am Meer, hat den Kopf in die Hand gestützt und blickt in die Ferne. Ihr Anblick ist Poesie. Sie scheint durch nichts aufgescheucht werden zu können. Ihr rasierter Nacken, der am Hinterkopf in ein Lockengebausch übergeht, rührt Klara an. Mehr, als sie gedacht hat.

„Ich muss zu ihr", sagt Klara zu Gini und Livia. „Wir sehen uns später."

Sie verlässt die beiden und bahnt sich einen Weg durch die blaulackierten Tische, an einigen Pärchen vorbei, die noch beim Frühstück sind, und legt von hinten die Arme auf Sandys Schultern. Sie gibt ihr gerade noch Zeit, den Kopf zu wenden und sie wiederzuerkennen, dann rutscht sie mit dem Gesicht an ihren Hals, wie in wattige Weichheit, und schließt die Arme um ihre Brust. Dieses Verharren betört Klara. Sie scheint mit Sandy wegzufliegen und alles hinter sich zu lassen: die Polizei, die Überfälle und das Phantom, aber auch sämtlichen Liebeskummer der Vergangenheit. Letzteres ist allerdings so unwahrscheinlich, dass ihr vor der Neuheit eines solchen Glücksgefühls schauert.

„Ich habe gerade von dir geträumt", sagt Sandy zärtlich und legt die Hand auf ihren Arm.

Ich kenne sie nicht einmal, denkt Klara. Drei, vier Worte während des Tanzens gewechselt, in ihren Armen einen Orgasmus erlebt. Ihre Gefühle beziehen sich auf so wenig Konkretes, höchstens auf die Übereinstimmung von Handlungen und Entscheidungen.

„Ich konnte nicht schlafen", sagt Sandy. „Die ganze Nacht bin ich wachgelegen, im Begehren nach dir. Ich musste gehen, laufen, klettern. Oben auf dem Berg habe ich getanzt."

Sie gehen wortlos und Hand in Hand in Sandys Hotel hinein. Zwei der Österreicherinnen schauen ihnen neugierig nach. Noch nie ist Klara über die Eingangshalle hinausgekommen. Die Wände im Flur haben einen weißen Ölanstrich, die Zimmer sind klein. „Meines hat als einziges ein Doppelbett", erklärt Sandy stolz. Klara nimmt den gelben Überwurf wahr, den Sandy aus London mitgebracht hat, um das Zimmer heimeliger zu gestalten. Geburtstagskarten mit Geschenken auf einem Tischchen, eine Muttergottheit in Reisegröße, an die Venus von Willendorf erinnernd, umgeben von diversen Halbedelsteinen und silbernen Anhängern mit allerlei Symbolen. Schnell erhascht sie ein piktisches Kreuz und die Hälfte einer keltischen Doppelspirale.

Klara findet die Häufung dieser Gegenstände merkwürdig, sogar etwas lächerlich, auch die Art, wie sie drapiert sind, möchte aber nicht an der neuen Bekanntschaft herummäkeln und versucht, das Gefühl von Peinlichkeit beim Anblick dieses kleinen Altars zu ignorieren.

Ist Sandy Sammlerin, Forscherin oder einfach nur auf eine befremdende Weise religiös, fragt sie sich.

Klara kommt nicht dazu, sich länger mit diesem Thema zu befassen. Sandy kniet schon auf dem Bett, zieht sie in ihre Arme, und sofort badet Klara in Wollust. Obwohl es Klara bis jetzt immer gelungen war, jemanden zu finden, wenn sie Sex dringend nötig hatte und es ihr immer möglich gewesen war, Höhepunkte zu erleben, fühlt sich diese Begegnung anders an. Das Bett wirkt wie ein Thron über den Wolken, alles ist weiß und voller Licht. Sandys dünner Körper schlingt sich um sie und öffnet sie. Zwischen Sandys Schamhaaren schäumt der Saft und trieft zwischen Klaras Finger, so dass der Übergang von flüssig zu fest, von seifiger Nässe zu dem Fleisch ihrer Lippen, schwammigen Hügel und Schlitzen ein fast unmerklicher ist. Klara wird von ihr eingesogen, von ihrer Dunkelheit, die ihre Hand umfasst, als wäre sie es als Ganze und nicht bloß ihre Hand, die in Sandy eindringt. Klara ist entsetzt, aber auch aufgegeilt von der Größe der Öffnung, der feuchten Zudringlichkeit von Sandys Vulva.

Ihre Berührungen glätten alle Tageshärte, Klaras Höhepunkt driftet in Schüben durch ihre Glieder, schießt in die Fingerspitzen und lässt diese taub und prall zurück.

Auf der Stelle schläft Klara ein und nimmt noch wahr, dass Sandy neben ihr liegt, das Gesicht aufgestützt, und sie betrachtet. In den letzten Jahren hat Klara niemanden so nahe an sich herangelassen, dass sogar ihr Schlaf in der Anwesenheit einer anderen Person stattfindet. Jetzt aber fällt sie in tiefe Träume, obwohl sie sich dessen bewusst ist, dass sie neben einer unbekannten Frau nackt auf einem Hotelbett liegt. Sie kann sich aus den Schlingen des Schlafes nicht lösen. Langsam sinkt Sandys Kopf auf ihre Schultern, und das Heben und Senken ihres Brustkorbes passt sich Klaras Atem an.

Livia stürmt in das *Antiopi*. Zwei Stufen auf einmal nehmend läuft sie in den ersten Stock und klopft hektisch an Katies Zimmertür. Als sie öffnet, stößt sie sie beiseite und stürzt ins Zimmer.

„Wegen dir, wegen der ewigen Diskutiererei bin ich heute Nacht von den Bullen verfolgt worden und hab mich gerade vor einer Festnahme retten können. Und wo warst du, frage ich dich, die ganze Zeit?"

„Ich hab doch gar nichts gewusst. Du bist doch weggelaufen."

„Ich habe das satt hier. Alles. Dich, die Polizei, die überall aus ihren Löchern kriecht, diese verdammte Sonne, wegen der ich den ganzen Tag im Dunkeln sitzen muss!", brüllt sie. „Ich habe es satt, satt, satt!"

Dann wirft sie sich auf das Bett und schluchzt. „Ich kann nicht mehr, ich kann nicht mehr. Es ist mir alles zu viel. Alles!"

Katie steht machtlos an der Tür, die ohne ihr Zutun von allein zuklatscht. Dann geht sie zu Livia, kniet sich vor sie hin und streichelt sie.

„Das wollte ich nicht, glaub mir. Das wollte ich nicht."

„Warum willst du mich nicht verstehen!"

„Ich versuche es ja."

Sie legt ihre Wange auf Livias Kopf.

„Bist du sicher, dass du so weitermachen willst wie bisher?"

Von Livia kommt keine Antwort.

„Ein schwerer Weg, ohne Liebe."

„Fang nicht wieder damit an."

„Mach ich sowieso nicht. Es war schön, so wie es war."

Livia weint weiter. Es ist, als würde das bisschen Kraft, das noch in ihr gelagert war, langsam ihrem Körper entweichen. Katie geht zum Kühlschrank und kommt mit einem kalten Glas Wasser zurück.

„Ich will das Scheißwasser nicht!", schreit Livia und schlägt es ihr aus der Hand, so dass es dröhnend zu Boden fällt. Das dicke Glas zerspringt nicht einmal, sondern kullert unter das Bett. Katie setzt sich wieder hin und streichelt sie schweigend. Livias Schluchzen lässt langsam nach.

„Ich fliege übermorgen nach London zurück", sagt Katie traurig. „Wenn du irgendetwas von mir brauchst, dann ruf einfach an."

Als Antwort legt Livia den Kopf in ihren Schoß, nimmt ihre Hand und drückt sie fest.

„Ich kann keine Versprechungen machen. Ich kann mich nicht mehr verlieben, es geht nicht", sagt Livia. „In niemanden. So ist es eben."

Von einem startenden Mofa werden Klara und Sandy geweckt. Die Aggressivität des Motors, der sich wie eine Säge durch Klaras Hirn fräst, verursacht Herzrasen und das Gefühl, etwas versäumt zu haben, nicht zur richtigen Zeit zur Verfügung gewesen zu sein, eine Pflicht nicht erfüllt zu haben.

Wo ist Livia in diesem Augenblick? Wird sie wieder von der Polizei verfolgt? Wo ist Gini Sedlak? Wie geht es Yakis in seinem Krankenzimmer? All diese Fragen schießen ihr durch den Kopf und verursachen Unbehagen. Sie empfindet Sandys Nähe auf einmal als aufdringlich und sträubt sich gegen ihre Umarmungen. So viel Harmonie kann sie nicht ertragen, nach so vielen Jahren des Alleinseins und konfliktbehafteter Affären. Sandy versteht, ohne zu fragen. Sie versteift sich nicht auf Liebesbezeugungen und geht unter die Dusche.

Mit den Fingern streift Klara über die Geburtstagskarten und die Geschenke, das piktische Kreuz, dessen schweres Metall sich feucht anfühlt, und zieht die Doppelspirale unter dem Tuch hervor. Sie staunt, denn es ist gar keine Doppelspirale, oder besser, der zweite Teil scheint abgebrochen zu sein, nur der äußerste Bogen ist bis zur Hälfte erhalten und steht wie ein verlorener Ast ab. Klara nimmt sie in die Hand und begutachtet sie. Ein prächtiges Schmuckstück muss das einmal gewesen sein; es hat ein ziemliches Gewicht. Für eine Brosche oder einen Anhänger ist es allerdings zu schwer. Auf der Rückseite ist eine Metallschlaufe montiert. Eine Gürtelschnalle also. Weil die Hälfte weggebrochen ist, wirkt das Stück unbeholfen und asymmetrisch.

Sandy steht in der Tür und beobachtet sie.

„Was ist das?", fragt Klara.

„Der Rest eines alten Familienschmuckes. Ich nehme sie auf jede Reise mit", sagt Sandy.

„Ganz schön schwer. Damit könnte man jemanden erschlagen", sagt Klara nachdenklich.

„Wer wird denn so grausame Gedanken hegen?", lacht Sandy und kommt beschwichtigend auf sie zu. Aber ihre blauen Augen blitzen, und Klara glaubt, ein kaltes Aufflackern zu sehen, als sie ihr die Gürtelschnalle aus der Hand nimmt.

Die Explosion kommt so unvorbereitet und ist von solcher Wucht, dass die Männer, die in dem Gebirgsdorf Eli auf dem Kirchenplatz sitzen, von ihren Stühlen stürzen, auf die Knie sinken und die Hände schützend über den Kopf halten. Die Erde bebt, dumpfes Rollen von Steinlawinen ist zu hören, und das Geschirr auf den Tischen rattert zu Boden. Als es wieder still ist und der Himmel hinter dem Berg von einer Staubwolke verdunkelt wird, erhebt sich ein babylonisches Gewirr von Stimmen, ein Durcheinander an Ausrufen, die sich gegenseitig überbieten, ein Schreien und Fluchen. Fragen werden laut, die nie beantwortet werden, und Vermutungen, die sich nie bestätigen lassen. Wochen später wird sich die Meinung durchsetzen, dass die Armee einen geheimen Auftrag für Sprengungen hatte, wie es damals während der Türkeikrise öfter der Fall gewesen war.

Die Straße aus Mitilini führt in engen Kurven den Hang entlang. An einer unübersichtlichen Stelle zweigt ein Schotterweg ab, der als militärisches Sperrgebiet ausgewiesen ist und wegen seiner Steigung nur durch Geländewagen mit Allradantrieb oder durch Panzer passierbar ist. Letzteres hat Gregorios natürlich nicht zur Verfügung. Er und drei andere Polizisten sitzen in einem Jeep Santana und werden ordentlich durchgeschüttelt. Wie Puppen tanzen sie mit ernsten Gesichtern auf den Sitzbänken auf und ab, als das Fahrzeug sich langsam, Meter für Meter, hochzieht. Schließlich kommen sie zu einem Plateau, das aussieht wie ein verlassener Steinbruch. Ein verrosteter Kran ragt düster gen Himmel, dahinter eine Stahltür im Felsen, in die das griechische Staatswappen gestanzt ist. Sie springen ab und machen sich mit Brecheisen an der Tür zu schaffen. Schnell wird jedoch klar, dass Gregorios mit seinen Werkzeugen nichts erreichen wird. Die Tür bewegt sich keinen Millimeter von der Stelle.

„Das habe ich erwartet", ruft Gregorios. „Dann wird eben gesprengt. Ladung vorbereiten! Lunte legen, wie ich es euch beigebracht habe!"

„Moment mal, was ist, wenn drinnen auch Munition gelagert ist?"

„Da ist keine Spur von Munition. Ich war doch selbst dabei, als das eingeladen wurde. Außerdem bleiben wir mit der Sprengung ja im Eingangsbereich."

„Wenn das nur gut geht."

Die Schlauesten hab ich heute nicht mit, denkt Gregorios verstimmt. Mikis wäre nicht so blöd, aber der liegt ja noch in der Klinik, k.o. geschlagen von einem Weib. Hellos, der Kleine, hätte ihn aus Versehen mit einer Eisenstange beinahe erschlagen, jetzt macht er mit jedem Handgriff einen Knoten mehr in die Lunte. Und die anderen beiden Kollegen zittern vor Angst.

„Eine links und rechts, eine in der Tormitte", brüllt Gregorios. „Nein. Nehmt noch eine Stange, das ist zu wenig, damit kriegt ihr nicht einmal eine Autotür auf."

Dann packt er alle drei wieder in den Jeep und fährt sicherheitshalber ein paar Hundert Meter weiter als geplant. Man soll mir nicht nachsagen …, denkt er, als das Feuer an der Lunte entlangzischt. Zu weiteren Überlegungen kommt er nicht mehr, denn eine ungeheure Detonation, gefolgt von zwei weiteren, durchbricht die Stille wie die Ankunft des Jüngsten Gerichts. Die Druckwelle fegt alle vier zu Boden, und dann ist das Rollen und Grollen von hinabkollernden Felsen zu hören. Sie bleiben noch eine geraume Weile liegen, dann stehen sie ächzend auf. Wie aus Ton getöpfert schauen ihre staubverkrusteten Gesichter aus.

„Wir haben doch zu viel Dynamit verwendet", knurrt Gregorios.

Wenigstens war das Tor aber sauber hinweggefegt worden. In der Höhle dahinter werden neben anderem Material auch mehrere Rollen des berüchtigten Nato-Drahts sichtbar, ein Stacheldraht der besonderen Art, durchsetzt mit rasierklingenscharfen Plättchen, die tiefe Wunden schneiden, wenn man auch nur leicht ankommt.

Obwohl die Rollen mit Gummigriffen versehen sind, erweist sich das Verladen als umständlich. Der Draht hat einen Meter Durchmesser, es ist also nicht ratsam, danebenzugreifen. Die drei Jungs schwitzen beim Aufladen, unter anderem vor Angst. Gregorios schaut grimmigen Blickes und ungehalten zu. Als mehrere Rollen verstaut sind, bringt er eine Kette mit einem Verbotsschild vor dem Schlund des Stollens an, und der Jeep hoppelt davon.

Gregorios ist es letztendlich zuzuschreiben, dass die Dinge auf eine Katastrophe zusteuern. Ihm und seiner Nachlässigkeit. Oder sollte man sagen, seiner Zerstreutheit im Leben? Nie hört er richtig hin, wenn ihm jemand etwas über sich erzählt, nie ordnet er seine Beobachtungen, nie bringt er auch nur das geringste Interesse für seine Mitmenschen auf. Das fing schon damit an, dass er die Frauenliebe seiner Schwester nicht mitbekam. Das heißt, er bemerkte natürlich, dass sie keine Jungs nach Hause brachte und sich für Costas, den ihr Vater für sie als Verlobten ausgesucht hatte, nicht im Geringsten interessierte. Gregorios bekam mit, dass sie immer länger am Strand blieb, wo die Frauen Handball und Volleyball spielten, aus sportlichem Interesse angeblich, aber auch nach dem Spiel verließ sie die Gruppe nicht, sondern ging mit ihnen etwas trinken. Schließlich kam sie jede Nacht erst um drei Uhr früh nach Hause.

Als es zwischen ihr und Theofilos zu den ersten Auseinandersetzungen diesbezüglich kam, war Gregorios erstaunt. Er ergriff Partei für sie. Sie sei mit zwanzig alt genug, um das zu tun, was sie wolle, er wüsste nicht, warum der Vater sich so aufrege. Gregorios erkannte in den Frauen, mit denen sie verkehrte, keine Bedrohung. Es wunderte ihn, dass der Vater die als schlechten Umgang, als „unmoralisch" bezeichnete. Für Gregorios waren das Touristinnen, vermögender als die Mehrzahl der Einheimischen, Menschen, die gut zahlten. Er bekam von den Ereignissen, die dazu führten, dass Melina wegzog, ebenfalls nichts mit. Zu diesem Zeitpunkt war er auf Ranger-Ausbildung auf dem Festland. Als er zurückkam, war sie bereits in London.

War es Gleichgültigkeit den anderen gegenüber oder bloß die Weigerung, sich mit der Gegenwart zu befassen? Auch jetzt lenkt sein Geist ihn ständig von dem ab, was täglich vor sich geht. Als hätte er Mühe, sich auf die Zusammenhänge zwischen den Überfällen, Theofilos' Geschäften, Lesben, Frauenpauschalreisen und dem Phantom zu konzentrieren. Schon deshalb, weil er niemandem glaubt. Er nimmt Theofilos mit seinen Geschichten von in die Haut gestanzten Buchstaben nicht ernst. Er glaubt Mikis nicht, der von einer kleinen, eher schmächtigen Frau niedergetreten worden sein will, er möchte sich die Beschreibung dieser Frau nicht einmal anhören. Das wenigstens hätte ihn auf Livias Spur geführt. Aber was hätte er dann gemacht? Festgenommen hätte er sie sicher nicht. Er traut keinem der beiden Ermittler über den Weg und denkt, die wollen sich nur wichtig machen oder Zeit schinden, wie Beamte es eben tun.

Seinem Vater zuliebe hat er sich vor zwei Tagen ein weißes Tuch umgehängt und Yakis einen Schlag versetzt, um ihn vorläufig ruhigzustellen, und der Schlag hatte gesessen. Wie meistens, wenn Gregorios zum Angreifer wird, bleibt kein Stein auf dem anderen. Aber er fragt sich, welchen Sinn es ergibt, den Ermittler krankenhausreif zu prügeln. Nach einer Weile würde der wohlauf sein, und der Ärger würde wieder von vorne losgehen. Außerdem hatten sie nicht einmal den Bericht bei ihm gefunden, auf den sie es abgesehen hatten.

Gregorios tut alles, um Livia täglich zumindest aus der Ferne zu sehen, und ärgert sich über die Schlamperei mit den Polaroid-Fotos. Als sie aber vor ihm steht, sogar mit dem Blatt Papier in der Hand, auf dem ihre Kontrollnummer, ihr Name und ihre Pension angegeben sind, winkt er sie einfach weiter. Er kann die Situation nicht zu seinem Vorteil nutzen.

Als er sie heute Morgen sah, war sein Hirn plötzlich wie diese öde Felsenlandschaft hier, durch die eben die Lunte gezischt hatte. Er war nahe daran zu explodieren. Er konnte keinen klaren Gedanken fassen. Sie stand so dicht vor ihm, dass es fast schon unangenehm war, und er schämte sich, sie in die demütigende Lage zu bringen, sich ausweisen zu müssen. So hat er sich den ersten Wortwechsel mit ihr nicht vorgestellt. Ihm fiel nichts Besseres ein, als sich bei ihr für die Unannehmlichkeiten zu entschuldigen und sie durchzuwinken. Nachher dachte er, dass er damit bei seinen Leuten vielleicht das Gesicht verloren hatte. Aber nicht einmal diese Befürchtung berührt ihn.

Er verbraucht so viel Zeit und Energie damit, bestimmte Gefühle unter Verschluss zu halten, bestimmte Erinnerungen nicht hochkommen zu lassen, dass er fortwährend abwesend ist. So will ihm nicht einfallen, wo er Livia und die blonde Frau, in deren Zimmer er heute Morgen war, schon gesehen hat. Und jede Verbindung, die er zwischen den Ereignissen der letzten zehn Tage hätte herstellen können, ist bedrohlich. Dadurch könnten sich andere Kombinationen, die er nicht wahrhaben will, ebenfalls ergeben. Zum Beispiel, warum die Schwester London zum Leben vorzog, warum sie dem Vater nicht mehr schrieb, bevor sie starb, warum dieser sie kein einziges Mal danach erwähnte, auch nicht, als sie tot war.

So treibt das Bewusstsein von Gregorios durch die Weiten wie ein ankerloses Schiff, bemüht, nirgendwo anzustreifen und die Dinge sein zu lassen, wie sie sind, ohne darüber nachdenken zu müssen. Und dies wird allen zum Verhängnis werden.

Der Strand liegt unschuldig in der frühen Abendsonne, als wäre nichts passiert, und Klara kann sich, während sie auf dem Bauch in der Sonne liegt, einreden, dies wären ganz normale Ferien. Die Aufregungen um Livia, um überfallene Griechen und abgesperrte FKK-Gebiete hat es nie gegeben. Auch die Barrieren sind bis jetzt nicht wieder aufgestellt worden.

Sie hat sich von Sandy kurz zurückgezogen, um nachzudenken. Worüber, weiß sie nicht einmal. Die Lustgefühle rumoren in ihrer Leibesmitte weiter, ihre Schamlippen und der Vulvahügel sind immer noch angeschwollen. Bei jeder zufälligen Berührung pulsieren sie und machen sie darauf aufmerksam, dass sie eben Sex genossen hat, so komplett und ausfüllend wie schon lange nicht. In ihrem Kopf schwirren Gedankenfetzen und zusammenhanglose Bilder.

In gewisser Weise hat sich durch die Befriedigung ihres Verlangens nach einer Frau Ruhe eingestellt. Und Maggie ist nicht länger eine Bedrohung ihrer Eigenliebe. Die butchige Engländerin befindet sich zwar ebenfalls am Strand, und alle schauen ihr zu, wie sie mit anderen Londonerinnen auf einer aufblasbaren Plastikbanane über das Wasser reitet, gezogen von einem Motorboot, wie sie über die Wellen hoppelt und in einem hohen Bogen durch die Luft fliegt, als das Boot plötzlich wendet, und dann quiekend und schreiend wieder aufkommt. Aber dies berührt Klara nicht mehr. Ist Sandy also ihr persönlicher Schalldämpfer Maggie gegenüber? Ist Sandy nun das, was Klara sich gewünscht hat, sind dadurch ihre Sehnsüchte erfüllt?

Sie hat hier also die gewünschte Urlaubsliebe, und der Sex mit Sandy ist schön, ein Erlebnis ohne Enttäuschung, auch beim zweiten Mal. Sandy ist keine, vor der Klara die Tür gleich wieder verschließen möchte – um vom Schlimmsten auszugehen. Sie kann zwar jetzt noch nicht absehen, ob sie sich mit ihr langweilen wird, ob die Leere des gegenseitigen Unverständnisses eintritt, die ihr so bekannt ist. Oft ist diese schon nach der ersten Nacht gewiss und wird eifrig unterdrückt, um ein paar weitere, intensive Liebesstunden zu genießen. Bei Sandy ist jedoch alles offen.

Sie haben kurz über ihre jeweiligen Berufe gesprochen, und das Bildungsniveau scheint ähnlich zu sein. Aber, denkt Klara, so eine wie sie wollte ich nicht. ‚Sie ist mir zu …', beginnt die Stimme ihrer Zweifel und kleinen Kritteleien. Sie ist mir zu androgyn, nicht wirklich männlich wie Maggie, weiblich schon gar nicht, hüften- und busenlos, wie sie ist. Sie ist mir zu naiv, zu konziliant, zu genügsam, zu lammfromm, zu jung. Zu romantisch. Kein Konflikt ist abzusehen. Sie scheint zufrieden zu sein, mit mir, mit unserer Begegnung, sogar überglücklich, wie ich ahne. Und nun? Muss ich sie wollen, nur weil sie zufällig mich will, mich ohne Wenn und Aber?

Natürlich wagt Klara nicht, solche Gedanken vor Gini, die neben ihr liegt, auszusprechen, aus Angst, den schönen Schein der Urlaubsromanze in den Augen der anderen nicht wahren zu können, aus Angst zu versagen.

So versucht sie, diese Gedanken wegzuschieben, zieht das Buch *Goddesses* heraus und kann sich mit Gini endlich wieder unterhalten.

„Du, Sedlak", sagt sie, während sie die Nivea-Kindersonnenmilch nachdrücklich und kokett in kleinen Tupfen spiralförmig auf dem Oberarm verteilt, um sie dann einzumassieren. „Ich kenne mich nicht mehr aus."

„Womit? Was gibt's denn?"

Gini betastet ihren geröteten Bauch. Sie besteht darauf, nicht unter einem Schirmchen zu liegen, obwohl genug verwaiste Exemplare zur Verfügung stehen, die die Frauen bei ihrer Abreise zurückgelassen haben. Sie will dunkelbraun nach Wien zurückkommen, damit alle sehen, dass sie im Urlaub war.

„Der Ermittler Yakis hat mir dieses Buch in die Hand gedrückt, bevor sie ihn niedergeschlagen haben, und so getan, als ob es mit den Vorgängen hier etwas zu tun hätte. Dabei werden darin nur griechische Gottheiten beschrieben, deren Sexualleben mich schon in der Schule gelangweilt hat."

Klara reicht ihr den Band mit dem blauen Umschlag. Gini Sedlaks Ferienstimmung scheint bis jetzt noch immer nicht beeinträchtigt worden zu sein. Sie dämpft die Zigarette im Sand aus und schiebt sich ihr rotes Stirnband mit Edelweißmuster etwas höher hinauf, als ob sie dadurch besser sehen könnte. Dann nimmt sie mit einem nachsichtigen Blick das Buch in die Hand.

„Mhm", sagt sie, und das Gebrumme klingt guttural und wohlgesonnen. „Mhm."

„Was heißt Mhm?"

„Mhm heißt, dass ich die Autorin kenne."

„Nein!", ruft Klara bewundernd. „Die kennst du?"

„Klar, Brita G. Bluedawn, Jahrgang 1939. In den Siebzigern bekannt geworden mit ihren eigenwilligen Interpretationen von Sagen und Mythen. War vorher Theologin oder Schauspielerin."

„Was ja fast dasselbe ist."

„Schreck aller männlichen Religionsforscher auf Podiumsdiskussionen. Hohe, schrille Stimme, nicht enden wollende Schachtelsätze, viele Haarspangen, Locken meist fettig und seit der Geburt nicht mehr geschnitten."

„Was hat ihr Haar damit zu tun?"

„Nichts. Ich sag ja nur. Nicht sehr telegen, aber stets von jungen Gören umlagert."

„Woher kennst du sie?"

„Wen kenne ich nicht, nach über zehn Jahren in der Redaktion einer feministischen Zeitschrift?"

„Das Buch ist gar nicht so schlecht. Sie sagt, dass jeder Mythos über griechische Göttinnen eigentlich eine politische Erzählung ist."

„Ich weiß, das sagt sie. Der Mythos, eine Art Propaganda, um gesellschaftliche Machtübernahme plausibel zu machen. Also die der Männer über die Frauen, um es platt zu sagen."

„Und du meinst, das stimmt?"

„Na ja, irgendwie müssen die Frauen ja darauf trainiert werden, dass sie zu kuschen haben. Das fing damals schon an, als auf einmal erzählt wurde, dass die Göttinnen mehr oder weniger alle vergewaltigt worden sind oder dass Muttermord nicht mehr strafbar ist wie bei Klytämnestra."

„Du meinst die Atriden?"

„Ja, zum Beispiel. Erst bringt Agamemnon auf einem Altar die gemeinsame Tochter um, damit der Krieg gut ausgeht, dann lässt er sich jahrelang nicht blicken, und Klytämnestra muss zu Hause alles schaukeln, wenn möglich monogam bleiben, dann kommt er zurück und hat eine Liebhaberin. Und sie soll das alles schlucken."

„Hat sie sowieso nicht."

„Nein, hat sie nicht, denn da war noch ein bisschen Frauenpower aus alten Zeiten in ihr, und außerdem hat sie einen Liebhaber gehabt, war also gut durchgefickt, und so hat sie den Gatten einfach umgelegt. Aber sie war die letzte Frau, die so etwas getan hat, zumindest sollen wir das glauben. Denn der Sohn Orest hat den Vater später gerächt und seine eigene Mutter ermordet. Ungestraft, auf das kommt es an. Ungestrafte, nie gesühnte Gewalt an Frauen, bis heute."

Gini Sedlak hat sich in eine leidenschaftliche Kampfrede hineingesteigert.

„Also liegt es an den Söhnen?", fragt Klara.

„Ja, vielleicht. Auch. An deren Beziehung zur Mutter oder zur Schwester, die meistens außerhalb dessen, was der Vater gerade noch gestattet, nicht existiert."

„Und das liest du alles aus der Bluedawn heraus?"

„Nein, natürlich nicht. Das denke ich mir. Bücher sind ja zum Weiterdenken da. In einem archaischen, religiösen Weltbild, sagt die Bluedawn, gab es weder männliche Götter noch Priester, sondern nur die Weltgöttin und ihre Priesterinnen. Frauen waren das herrschende Geschlecht."

„So deutlich, wie sie das beschreibt, habe ich es bisher nirgends gelesen."

„Eben, und das brachte ihr den Ruf ein, zu simpel zu sein, zu pauschalisierend."

„Wo ist aber die Verbindung zu unserer Situation hier und jetzt?"

„Was weiß ich? Soll es da eine geben?"

„Der Ermittler hat behauptet, es gäbe eine."

„Vielleicht wollte er dich nur ablenken oder hat das Buch einfach auf deinem Tisch vergessen."

„Nein. Er sagt, was hier drinnen beschrieben ist, hat mit den Überfällen zu tun. Mit Hass, Eifersucht, Machtgier und Schmerz, so ungefähr drückte er sich aus."

„Na gut, aber Hass und Eifersucht haben mit unserem ganzen Leben zu tun und nicht nur mit den paar Sigma-geschädigten Griechen."

„Mich wurmt, dass er mehr aus dem Buch herausgelesen hat als ich."

„Vielleicht spielt er auf die Absichten der Bluedawn an", meint Gini jetzt.

„Was für Absichten?"

„Na, die will ja die ursprünglichen Zustände wiederherstellen, die vorpatriarchale Zeit."

„Das geht doch gar nicht."

„Deswegen eckt sie ja auch überall an, sogar in der Frauenbewegung."

„Aber wer will denn heute noch eine weibliche Gottheit anbeten? So ein Humbug!", ruft Klara aus, und sofort schlägt sie sich die Hand vor dem Mund.

„Sedlak", ruft sie entsetzt. „Die kleine Sandy, die ist so eine."

„Eine was?"

„Eine Anhängerin. Adeptin, Jüngerin, wie du willst. Die betet zu einer Göttin, jeden Morgen, am Strand. Heute früh war sie am Hügel oben und hat ihr ein Opfer gebracht."

„Wirklich?", fragt Gini. „Interessant." Aber sie klingt auch jetzt nicht erschüttert.

„Ja, ja, ja." Klara schüttelt sie an ihrem festen Oberarm. „Das kannst du mir glauben. Sie hat es mir erzählt. Und außerdem hatte sie silberne Anhänger auf ihrem Nachttisch, Runen, piktische Kreuze und eine Gürtelschnalle, die aussah wie die Hälfte einer keltischen Doppelspirale."

„Wie schaut die Hälfte einer keltischen Doppelspirale aus?"

„Wie sie aussieht? Das kann ich dir sagen. Genauso wie die Zeichen, die den Opfern der Überfälle vor einigen Tagen in die Stirn gestanzt worden sind. Wie ein Sigma!"

Jetzt endlich hat Klara die Sedlak aufgerüttelt. Gini setzt sich auf, und beide schauen sich mit kaltem Entsetzen an.

Der neue Ermittler ist weniger höflich und schüchtern als Yakis. Die Gefühle anderer sowie seine eigenen lässt er nicht an sich heran; sie interessieren ihn äußerst selten. Vielmehr beschränkt er sich auf das Zusammentragen unhinterfragbarer Fakten und lässt sich nicht durch Ahnungen auf Nebenschauplätze ablenken. Er hat Kenntnis von Yakis' Bericht, wurde von Athen darüber informiert. Natürlich hat er im Hotel *Menelaos* Nachforschungen betrieben, um zu erfahren, wer das Fax aufgegeben hat. Niemand konnte ihm Auskunft geben. Yakis' Bericht jedoch, oder was davon übermittelt wurde, wird Ausgangspunkt für weitere Recherchen. Das so genannte Sprengstoffattentat am Strand vor zehn Tagen ist für den Ermittler nur ein dummer Jungenstreich. Obwohl er weiß, dass ein ähnlicher Vorfall 1989 vom damaligen, rechtskonservativen Bürgermeister angezettelt wurde, weigert er sich, eine Verbindung zu politischen Kreisen zu sehen. Theofilos will den Ort zwar von manchen „Elementen", wie er es mehrmals formulierte, säubern, aber die Explosion passt nicht zu seiner Strategie. Welche Gruppierungen kämen aber noch in Frage? Auch Yakis hat dazu nichts herausgefunden.

Der neue Ermittler erfährt bald, dass das Verhältnis zwischen Theofilos und seinem Vizebürgermeister, dem Restaurantbesitzer Alexis Sifounakis, angespannt ist. Alexis steht an der Spitze jener Geschäftsleute, die sich gegen Theofilos und für die lesbische Pauschalreise ausgesprochen und Unterschriften gesammelt hatten, dafür, dass diese Reise doch stattfindet. Die Kluft scheint aber über diesen einzelnen Vorfall hinauszugehen. Theofilos hält Anteile der Gesellschaft, die das *Menelaos Village* betreibt. Die Kaufleute im Ort, angeführt von Alexis, sind gegen diesen Hotelkomplex, da sie daran nichts verdienen. Er liegt so weit außerhalb, dass die vierhundert Gäste fast nie in den Ort kommen; die Großeinkäufe für das Hotel werden in Mitilini getätigt. Die Gäste und die zu ihrer Verpflegung notwendigen Nahrungsmittel werden per Bus oder LKW herangekarrt. In Skala Eressos selbst profitiert von dieser Art Tourismus niemand. Nur die Lesben, die im *Menelaos* wohnen, sind zeitweilig zwischen dem Hotel-Komplex und dem Ort unterwegs, weil es in Skala Eressos genügend Frauenbars gibt, in denen die Kontaktaufnahme blüht. Aber diese Gäste will Theofilos ja loswerden und versucht, die Frauenbars durch strikte Öffnungszeiten in den Ruin zu treiben. Der Saubermann Theofilos scheint jedoch noch von anderen Geschäften zu profitieren als von seinem Hotel und der Erledigung der Amtsangelegenheiten. Diesen will der Ermittler nun auf die Spur kommen.

Der Ermittler wartet gar nicht erst Theofilos' Sprechstunden ab, sondern sucht ihn im Hotel *Daphne* auf. Stickig und verlassen liegt die Hotelhalle da, aus mehreren Zimmern röhren die Klimaanlagen bis auf die Straße. Man könnte sagen, das Hotel *Daphne* ist schon durch das Getöse seiner Klimaanlagen von weitem akustisch zu erkennen. Theofilos ist auf Schlüsselkontrollgang, diesmal wieder nackt, als er bei einer Biegung des Korridors mit dem Ermittler zusammenstößt. Beide machen einen verärgerten Aufschrei. Dann sieht der Ermittler, was es zu sehen gibt, und räuspert sich verächtlich. Mit hochgezogenen Brauen schaut er auf die Schweißrinnsale, die über Theofilos' fetten Hals zur Brust und, mehrfach aufgehalten durch vereinzelte Brusthaare, den Bauch entlanglaufen. Der Stummelschwanz ist wegen der Wölbung des Bauches nicht zu sehen, aber der Ermittler schüttelt trotzdem rügend den Kopf.

„Was tun Sie unangemeldet in meinem Hotel?", brüllt Theofilos. „Wer sind Sie überhaupt?"

„Was tun Sie nackt an einem öffentlichen Ort, außer gegen die guten Sitten zu verstoßen?"

„Das ist immer noch mein Haus."

„Was sagen Ihre Gäste dazu?"

„Das geht die gar nichts an. Wer sind Sie verdammt noch mal?"

„Ich ermittle in Sachen Sprengstoffattentate und Überfälle."

„Oh", druckst Theofilos herum und wird verlegen. „Das tut mir furchtbar Leid. Ich weiß nicht, wie ich mich ... natürlich ist das hier eine absolute Ausnahme ... ich komme gerade von der Dusche. Mein Gewand ist eben gebügelt worden ..."

„Dann ziehen Sie sich etwas an, ich habe ein paar Fragen an Sie."

„Ja, natürlich, sofort, bitte gehen Sie doch vor, links ist mein Büro."

Wenig später tänzelt Theofilos untertänig um den Ermittler herum, lässt Kaffee kommen, bringt selbst das Tablett mit einem Aperitif.

„Das sind hier alles fürchterliche Zustände. Ich weiß ehrlich gesagt nicht, wie ich das in den Griff bekomme. Schuld sind die Touristen, ich meine nicht alle, aber die, die man nicht kontrollieren kann, die ohne Reisebüro einfach so ankommen und überall schlafen, wo es ihnen nur passt. Wir haben da ein ganz schönes Gesindel angezogen, durch die Laxheit der letzten Ortsregierung."

Der Ermittler schweigt, was das unangenehme Gefühl in Theofilos verstärkt.

„Ich habe Ihrem Vorgänger schon alles gesagt, was ich weiß, und ihm meine Hilfe angeboten."

„Stimmt es, dass Sie alle Opfer kennen?"

„Klar", sagt Theofilos. „Hier kennt jeder jeden."

„Elias und Costas, die an zwei aufeinander folgenden Tagen überfallen worden sind, sind Nachbarn von Ihnen?"

„Ja, sind sie. Sowohl hier in Skala Eressos als auch im Ortsteil im Landesinneren."

„Welches Verhältnis haben Sie zu ihnen?"

Theofilos schaut den Ermittler mit wachsendem Misstrauen an.

„Ein gutnachbarliches, wie mit allen. Wieso?"

„Gab es Zwistigkeiten?"

„Nein, natürlich nicht."

„Nie?"

„Ich weiß nicht, was die Frage soll?"

„Man sagt, Sie sprechen seit eineinhalb Jahren nicht mehr miteinander."

„Wer sagt das?"

„Leute. Im Ort. Und vorher wären sie sehr eng gewesen. Costas sei der Verlobte Ihrer Tochter gewesen."

„Wer redet so über mich? Wer verleumdet mich da?" Theofilos springt auf.

„Das ist ja vorerst noch keine Verleumdung."

„Doch, ist es! Das heißt so viel wie, ich kann meine gesellschaftlichen Kontakte nicht pflegen."

„War Costas nun mit Ihrer Tochter verlobt?"

„Ja, so gut wie", knirscht Theofilos.

„Und wurde die Verlobung aufgelöst?"

„Meine Tochter ist verstorben. Ein tragischer Unfall. Ich will darüber nicht reden."

„Das tut mir Leid."

Theofilos fängt an zu schwitzen.

„Und? Hatten Sie vor den Überfällen noch Kontakt zu Costas und Elias oder nicht?"

„Mein Gott, Kontakt, was heißt das schon? Der Alte ist schrullig geworden, wie ich vielleicht auch, geb ich ja zu, und Costas ist ohnehin nie auf der Insel. Jetzt hat er hier zufällig grad Urlaub gemacht. Erhellt es Ihre Ermittlungen, das zu wissen?"

„Sie haben in den letzten Jahren mehrere Grundstücke erworben."

„Ja, aber ... ."

„Und jetzt gehört Ihnen der ganze Bereich zwischen dem *Menelaos Village* und dem Ort. Vom Strand ist Ihr Land nur durch die Grundstücke von Elias, Costas und der *Primitiv Bar* getrennt."

„Wenn Sie so wollen, ja. Aber was hat das mit den Überfällen zu tun? Das ist ja nichts Ehrenrühriges, Grundstücke zu kaufen."

„Haben Sie je daran gedacht, diese drei Grundstücke auch noch zu erwerben?"

Theofilos antwortet nicht gleich. Er bohrt einen Schlüsselanhänger mit dem Zeichen Phi in einen Stapel Rechnungen.

„Antworten Sie mir."

„Nein, habe ich nicht. Wozu auch?"

„Es geht das Gerücht, dass Sie auf diesem Gelände einen weiteren Hotelkomplex bauen wollen, ähnlich wie das *Menelaos.*"

„So ein Unsinn. Das Land ist nicht einmal Baugrund."

„Elias und Costas waren gestern erstmalig vernehmungsfähig. Sie sagten aus, Sie hätten ihnen ein Kaufangebot gemacht, das sie abgelehnt haben."

„Das ist eine Lüge. Glauben Sie denen doch nichts. Die liegen doch noch halb im Koma. Was können die schon aussagen?"

Der Ermittler antwortet nicht, und im Raum entsteht eine schwer lastende Stille. Theofilos versucht, den birnenförmigen Schlüsselanhänger wie einen Kreisel zu drehen.

„Sie sind nicht viel anders als Ihr Kollege, der eins über die Rübe bekommen hat", sagt jetzt Theofilos. „Sie verunsichern mich, anstatt den wahren Schuldigen zu suchen."

„Wollen Sie mir drohen?"

„Sind Sie verrückt? Sind denn alle hier verrückt? Das ist meine Art zu reden. Geradeheraus. Ich kann nicht anders, als alles zu sagen, wie es ist."

„Können Sie sich denn vorstellen, wer Elias und Costas überfallen haben könnte?"

„Natürlich kann ich das", faucht Theofilos. „Eines von den perversen Weibern war es, damit die ihren Männerhass abkühlen können."

Der Ermittler schweigt.

„Wer sollte so etwas sonst tun?", keift Theofilos weiter. „Diese krankhafte Idee mit dem eingestanzten Buchstaben auf der Stirn. Das ist ein Hexenkult. Das kommt nur von denen. Wer von uns käme auf eine solche Idee?"

„Sie scheinen Buchstaben auch besonders zu mögen."

„Werfen Sie mich ja nicht mit denen in einen Topf, sonst verklage ich Sie wegen übler Nachrede!"

KAPITEL 16

Die Sonne ist untergegangen. Gini und Klara sitzen im kalten Sand und frösteln. Der Verdacht, den Klara laut ausgesprochen hat, macht beide kleinlaut. Es ist das erste Mal, dass sie eine der Frauen verdächtigen und es für möglich halten, dass Gewalt aus ihren Reihen kommt, eine willkürliche, heimtückische Art von Gewalt.

„Wenn das so ist", sagt Gini langsam, „dann müssen wir herausfinden, ob Sandys Doppelspiralen-Gürtelschnalle wirklich die Tatwaffe ist."

„Und wie machen wir das?"

„Zuerst einmal, was hätte sie für ein Motiv?"

„Sie folgt bloß einem alten Ritual, um eine bestimmte Göttin zu befriedigen."

„Und damit ist sie auch zufrieden?", lacht die Sedlak. „Also mich befriedigt diese These nicht."

„Auf jeden Fall kann sie fechten, hat sie erzählt."

„Du meinst wie Zorro? Ein Sigma zu ritzen ist aber etwas komplizierter als das doofe Zorro-Z. Ritsch, ratsch!"

„Oder die Schnalle war auf einen schwertartigen Gegenstand montiert."

„Wie sollte sie die so schnell fixieren?"

„Oder sie hat die Schnalle an einem Gürtel befestigt und schlägt damit zu."

„Selbst wenn, erklärt das nicht, warum."

„Religiöser Fanatismus."

„Das ist zu wenig. Erinnere dich an die alte Krimiregel. Warum wird gemordet? Aus drei Gründen: Liebe, Macht- oder Geldgier. Mehr gibt es nicht."

„Es ist aber kein Mord."

„Verstümmelung halt, das tötet auch einiges ab."

„Glaubst du, sie kennt die Bluedawn?"
„Das wirst du heute herausfinden, wenn du mit ihr ausgehst."
„Und was machst du?"
„Ich setz mich ins Internet-Café und schau mir mal alte keltische Zeichen und anderen Spuk im Netz an."

Im Ort herrscht die Ruhe nach oder vor dem Sturm. Je nachdem, welchen man meint. In Windeseile hat sich herumgesprochen, dass heute, in den frühen Morgenstunden, ein Polizist von einer Frau niedergestreckt wurde und sogar verarztet werden musste. Wer diese Frau war, weiß man nicht. Die Informationen dürften daher weniger von Livia selbst, von Katie oder Gini verbreitet worden, sondern eher auf der Schiene „Klinik – griechisches Personal – Maria, *Love-Boat-Party*-Organisatorin – *Zehnte Muse*" unter das Volk gelangt sein. Livias Fußtritte und ihr Handkantenschlag werden von selbst ernannten Expertinnen, Aikido-Kämpferinnen und anderen Sportlerinnen analysiert. Maggie, weder das eine noch das andere, sondern schlicht und einfach Krankenschwester, ist eine der lautesten dabei.
„Wir sollten uns überhaupt mehr wehren", sagt sie. „Diese Aufstellerei von Zäunen, dieses tägliche Abfragen nach Ausweisen geht mir auf den Keks."
„Heute gibt es ohnehin keine Barrieren mehr", beschwichtigt sie Liz. „Willst du uns den Urlaub ganz verderben?"
„Ich meine, ein paar Tritte in den Hintern schaden den Griechen hier gar nicht."
„Wann hast du deinen letzten Kampf gehabt?"
„Das ist erst einige Monate her, aber ich werde mich nicht lange bitten lassen, wenn's so weit ist."
Zwei ihrer neuen Freundinnen nicken zustimmend. Sie gehören zu jenen „Kampflesben", die Livia und Klara jeden Tag um die Mittagszeit in enger Formation über den Hauptplatz schlendern sehen. Eine mit roter Bürstenfrisur spannt beiläufig den tätowierten Bizeps an, die andere gibt ein dunkles Lachen von sich und schlägt sich auf die Schenkel. Sandys Freundinnen stehen daneben und hören gebannt zu. Am liebsten hätten sie Sandy dabei

gehabt, damit diese ihre Fechtkünste zum Besten gibt, aber die ist heute vergeben.

Zum ersten Mal, seit Klara auf Lesbos ist, hat sie ein richtiges *date*. Eine Frau, die auf sie steht, wartet auf sie, und erst mit ihr ist jene Ausschließlichkeit möglich, die Klara wie ein Kokon vor der Gleichgültigkeit der anderen schützt. Wie sehr sie das bis jetzt vermisst hat.

Du bist undankbar, sagt eine Stimme in ihr. Was ist mit Gini, was ist mit Livia? Haben die nicht die ersten Stunden der Enttäuschung mit Maggie gemildert? Sind sie nicht für dich da gewesen, die Sedlak eher auf der Ebene der spöttischen Weltverachtung, Livia verbalradikal und Stein und Bein utopisch. Aber trotzdem?

Klara will die Wichtigkeit der beiden nicht abschwächen. Natürlich hat sie sich mit Livia wohl gefühlt, in ihrem Komplizentum gegen die Welt, heraufbeschworen in der *Primitiv Bar*, in ihrer sich durch die Zunft des Schreibens ergebenden Gemeinsamkeit. Schreiben, das wie ein Suchtmittel ist und nur von jenen verstanden wird, die dieselbe Droge nehmen, ebenfalls an die trügerische Kraft der Worte glauben, wenn sie Macht über die Wirklichkeit gewinnen möchten. Das Aufbegehren gegen widrige Umstände gefesselt und gefügig gemacht im Akt der Niederschrift.

Auch die Beziehung zu Gini Sedlak ist hier auf der Insel gehaltvoller geworden, als sie in Wien je war. Aber das Treffen mit Sandy ist anders. Es ist Gleiches mit Gleichem, obwohl Klara über sie fast nichts weiß. Ungläubig, dass diese Annäherung zwischen ihr und Sandy stattfindet, kleidet sie sich festlich und tut so, als wäre nichts, als gäbe es kein Risiko. Sie versucht, so unbeteiligt wie möglich zu bleiben, als sie geschminkt und nach Parfum duftend durch die Straßen geht und sich dem *Sappho* nähert, dessen Terrasse um diese Uhrzeit berstend voll mit Frauen ist, die sie alle beobachten werden, sollte Sandy noch nicht da sein, sollte Klara auf sie warten müssen.

Sandy ist aber da. Gleich neben dem Eingang sitzt sie, abseits von den Tischen der anderen, in weiß gekleidet. Die Locken scheinen zu schweben, als sie aufsteht und freudig auf Klara zugeht.

Ihre Umarmung ist wie Sonnenstrahlen und der Duft von Honigblüten. Klara vergisst sofort, was sie gemeinsam mit Gini heute Nachmittag über sie gesagt und vermutet hat, sie vergisst Doppelspiralen und piktische Kreuze. Sie geht, Sandys Arm um ihre Hüften geschlungen, durch den Ort, ist jenseits der Welt, verwirrt und wie berauscht, ist stolz. Sandy fühlt sich in ihrem Sweatshirt flauschig an, drahtig, kantig einerseits, andererseits weich, und Klara scheint sie mit jeder ihrer Berührungen biegen zu können, je nachdem, wo an ihrem Körper sie sie gerade braucht. Sie lachen, dann küssen sie sich, und dies ununterbrochen. Es ist, als würde Klara erstmalig durch diese Gassen schweben.

Erst beim Essen fragt Klara Sandy, warum sie jeden Morgen zu einer Göttin betet.

„Ach, das ist eher eine Zeremonie für mich selbst."

„Aber du hast doch heute Morgen noch ‚Göttin' dazu gesagt."

„Ja, und ich finde das Konzept für mein Leben fruchtbringend."

„Was für eine Gottheit sollte das sein?"

„Kein personaler Gottesbegriff, wie wir ihn kennen. Es ist eher eine Verbindung zu meiner weiblichen Kraft, wie zur Sonne, zum Wind und zu den Bäumen. Zum Meer. Zu einer inneren Stimme, die mir Sicherheit gibt."

Klara schaut sie ratlos an. Es hatte sie bis jetzt immer mit Unbehagen erfüllt, wenn Menschen mit absoluter Gewissheit an etwas Übersinnliches glaubten und darauf ihre Existenz bauten. Es kam ihr immer wie eine Flucht vor, vor dem Eingeständnis an eine Leere.

„Aber wie kann ein Baum dir Sicherheit geben?", fragt sie und muss bei dieser Vorstellung lachen. Sandy lacht mit.

„Du kannst dich dahinter verstecken oder dich fest halten, wenn Wind aufkommt."

„Und wenn der Blitz einschlägt, bist du tot."

„Du hast bei mir wie ein Blitz eingeschlagen, und jetzt willst du mir meinen Glauben an die Bäume auch noch wegnehmen. Was bleibt dann von mir übrig?", scherzt Sandy. Diese plötzliche Zärtlichkeit macht Klara verlegen.

„Aber wieso?", stottert sie. „Wieso interessierst du dich dafür?"

„Ich habe Religionsgeschichte studiert. Da ist es nahe liegend, sich auch die Randgebiete anzuschauen. In den offiziellen Glaubensgemeinschaften finde ich mich schon längst nicht mehr wieder."

„Sagt dir der Name Bluedawn etwas?", fragt Klara und kommt sich waghalsig vor. Sandy zuckt zusammen und schaut sie nachdenklich an.

„Ja", sagt sie langsam. „Klar. *Goddesses*, ihr Hauptwerk."

Klara ist erschüttert. Gini Sedlak und sie haben also doch Recht gehabt. Sie fühlt, wie ihre Finger taub werden vor Aufregung. Sandys Augen sind jetzt dunkel und neugierig.

„Wieso fragst du mich das?"

„Ich weiß nicht. Ich habe hier das Buch zum ersten Mal gelesen."

„Ich kenne sie persönlich", sagt Sandy jetzt fast wider Willen.

„Woher?", fragt Klara und bemüht sich, so ruhig wie möglich zu bleiben.

„Ich habe einmal ein Seminar bei ihr gemacht. Sie lebt zurückgezogen, in einem Cottage in der Nähe von London. Wir waren zu zehnt."

„Was war das Thema?"

„Mobilisierung deiner inneren Energien."

„Und? War es toll?"

„Nein, im Gegenteil. Ich bin früher weggefahren. Ich glaube, das hat sie mir bis heute nicht verziehen. Sie hat mich sehr enttäuscht. Zu totalitär, herrschsüchtig, ihr Ansatz ist gefährlich. Frauen müssen sich zuerst rächen für die Demütigung der vergangenen Jahrtausende, dann erst können wir die Macht wieder erlangen."

„Also jede soll mit der Pistole im Halfter auf die Straße gehen?"

„So ähnlich. Nur etwas ritualisierter. Nichts für mich", sagt Sandy düster. „Die anderen Teilnehmerinnen waren begeistert. Es gab einige, deren Seele nach Vergeltung schrie."

„Und deine nicht?"

Sandy schaut Klara lange an, zögert.

„Nein", sagt sie wie im Traum. „Meine nicht. Nicht mehr. Hoffe ich zumindest."

Nach diesen Worten ist es schwer, zurückzukehren in die banale Welt des Essens und der sozialen Kontakte. Immer wieder kommen Frauen an Klara und Sandy vorbei, die sie kennen und ihnen wissend und grinsend zunicken. Sandys Freundinnen bleiben ein paar Minuten an ihrem Tisch stehen, und der anzüglichen Scherze ist kein Ende, dann sieht Klara Gini vorbeigehen, Livia und Katie im Schlepptau. Die Letzteren schauen blass und abwesend aus, als hätten sie schwere Kämpfe hinter sich. Klara grüßt in ihre Richtung, erntet aber von Livia kein verständnisvolles Lächeln.

„Na", ruft Gini. „Ihr beiden Turteltäubchen. Gleich ist Beach-Party, weit draußen, beim Bombentrichter. Samantha und Liz haben nach euch gefragt. Kommt ihr auch?"

Klara und Sandy antworten, sie wüssten es noch nicht.

„Du hältst mich doch hoffentlich nicht für ganz naiv und leichtgläubig, wegen meiner Gebete", fragt Sandy, als sie wieder allein sind.

„Nein, nein", antwortet Klara hastig.

„Jede Frau sollte das Recht haben, sich auf ihre Weise gegen Männergewalt zu schützen und zu wappnen", sagt Sandy, und Klara glaubt, in ihren Worten einen gefährlichen Unterton zu hören. Nicht auf sie gemünzt, aber bedrohend trotzdem.

Sie schlendern nachher ohne Ziel durch den Ort; zur Beach-Party wollen sie nicht. Klara fühlt sich heute der Vergnügungssucht der anderen nicht gewachsen. Sie hat auch Angst, die Rolle der Geliebten nicht perfekt genug zu spielen. Der Stachel Maggie sitzt noch immer. Klara kennt sich selbst gut genug, um zu wissen, dass sie Maggies Affäre mit Birgit womöglich als aufregender ansehen würde als die eigene, erwachsener, lesbischer, selbstverständlicher. Sandy begleitet sie nach Hause, und Klara sagt, dass sie jetzt allein sein möchte, sie sei müde.

„Kein Problem", sagt Sandy. Aber anstatt zurückzuweichen, nimmt sie sie zum Abschied erst recht in den Arm, streichelt über ihre Hüften und Taille, über ihre Brüste, in einer einzigen, nicht enden wollenden Bewegung, als könnte sie nicht mehr von ihr lassen.

„Du bist so schön", seufzt sie. „So wunderschön." Und auch Klara kann sich nicht von diesen Fingern lösen, die sie durch ihre Zärtlichkeit neu zu formen scheinen, als würden ihre Brüste erst durch Sandys Berührungen zu existieren beginnen. Als würden ihre Hüften durch ihre gleitenden Hände eben erst entstehen.

Sie ist bezaubernd, denkt Klara. Da ist sie in mein Leben eingetreten und wartet auf nichts Besonderes, stellt keinen anderen Anspruch als den, dem Moment nachzugeben und ihn zu genießen. Obwohl sie ständig sagt, wie perfekt mein Körper ist, wie wunderbar rund und voll meine Brüste, wie elegant mein Hüftschwung, wie einzigartig der Blick meiner Augen, scheint all dies an mir erst durch ihre Hände schön zu werden.

Es ist fast Mittag, als Klara am nächsten Tag an den Strand kommt. Als Erstes fallen ihr sechs oder sieben Polizisten auf, die Drahtrollen von beachtlichen Ausmaßen aus einem Jeep ziehen. Ihre Hände stecken in festen Handschuhen, jene unverwüstliche Marke, die die Wiener Müllabfuhr ebenfalls trägt, und sie halten die Rollen mit weit vom Körper gestreckten Armen, tun so, als wären es schlafende Raubtiere. Die Gesichter der Polizisten wirken gesammelt, etwas verkniffen, alles in allem ernst und bei der Sache. In Abständen von zehn Metern sind Pflöcke in den Sand gerammt und horizontal mit Draht verbunden worden. Dazwischen werfen sie die Rollen aus.

Klara geht etwas beunruhigt an ihnen vorbei. Sie nehmen keine Notiz von ihr, keine Ausweiskontrolle, kein prüfender Blick.

In der Ferne unter den Tamarisken sieht sie, wie Gini sich aus ihrem Schlafsack schält und in die Sonne blinzelt.

„Zu viel Licht für Nachtschwärmerinnen?", ruft Klara.

Gini grunzt und setzt sich auf.

„Was machen die Bullen da?", fragt Klara, mehr zu sich selber.

„Ich weiß es nicht", sagt Gini. „Das Gehämmer ist seit acht Uhr früh zu hören. Jetzt haben sie endlich den letzten Pflock hineingeklopft. Frage nicht, wie oft die daneben geschlagen haben. Und bald wird vor meinem Schlafsack wieder eine Demarkationslinie verlaufen. Ich hier unter der Tamariske im Niemandsland, ihr vor dem Meer im Ghetto."

„Die bauen wirklich einen Zaun aus Stacheldraht? Das ist ungeheuerlich. Haben die nichts anderes zu tun?"

„Männer", sagt Gini Sedlak und räkelt sich, „tun weitgehendst nichts. Hast du das noch nie beobachtet?"

„Nein."

„Ihr Leben lang sitzen oder stehen sie irgendwo oder füllen die Stunden und Minuten mit scheinbar zielgerichteten Fortbewegungen innerhalb eines Raumes. So wie unsere Uniformierten hier. Die fahren von Mitilini nach Eressos Ort, von Eressos Ort nach Skala Eressos, dort patrouillieren sie vom Ortsanfang bis zum Ortsende, vom Bürgermeisteramt bis zur Polizeistation, wieder zu den Wagen zurück und haben damit den ganzen Tag umgebracht."

„Na gut, das sind die Wachmannschaften. Aber die anderen?"

„Die anderen ebenso. Das existentielle Nasenbohren des männlichen Geschlechts bezieht sich nicht nur auf Pistolenputzen, Gürtel-Zuschnallen, auf das Abladen von Metallteilen, Waffen, Aufstellen von Absperrungen, Verschieben von Fahrzeugen, Starten von Hubschraubern oder auf das regungslose Sitzen auf Plätzen, in Wirtshäusern und Kafeneions, auf das Spielen mit Rosenkranzkugeln. Auch das schnellere Totschlagen von Zeit, das hektische Rennen im Hamsterrad der Stunden, wie das Kreischen und Gestikulieren an Wertpapierbörsen, das Hasten von Konferenz zu Konferenz oder die Zerschnipselung des Tages in Morgen-, Mittag- und Abendgebet gehört eigentlich zu diesem Nichtstun."

„Gini, du übertreibst. Wie sollten die das aushalten, ohne überzuschnappen?"

„Sie halten es ja auch nicht aus. Männer, die in diesem Nichtstun gefangen sind, haben eine depressive Grundstimmung, und ich frage mich, wie sie je die aggressive Energie für den Geschlechtsverkehr aufbringen. Einzig allein dann, wenn sie sich wieder einmal für einen militärischen Einsatz bereit machen, auf Flugzeugträgern mit den Fahnen winken und die Jagdbomber mit Raketen bestücken oder wenn sie gerade ein Fußballspiel gewonnen haben, habe sie ich sie je lachen oder einander fröhlich auf die Schulter klopfen sehen."

„Aber alle sind doch nicht so, ich meine, manche lesen doch auch hie und da etwas, wie Yakis, unser Ermittler", wirft Klara ein.

„Lesen!", ruft die Sedlak aus. „Kann man das als Lesen bezeichnen, was Männer tun? Dieses Raffen von Buchstaben und Seiten, um damit eine Überlegenheit über den Gesprächspartner zu erlangen, um sich in Selbstgefälligkeit über die eigene Verstandesleistung zu ergehen? Oder können sie sich in die Geschichte eines

Buches hineinfallen lassen, bis zur Aufgabe der eigenen Wahrheit, bis zu dem Punkt, in dem du vom Strudel der Seiten mitgerissen wirst und dich als Person auflöst?"

Klara schüttelt ergeben den Kopf. „Und bei Frauen ist es anders, glaubst du?"

„Natürlich ist es anders. Oder hast du je eine Frau gesehen, deren Betriebsamkeit Sinnlosigkeit suggeriert hat?"

„Nein, aber die Zimmerwirtin Magdala sitzt zum Beispiel auch jeden Abend mit ihren Freundinnen auf einem unbequemen Stuhl vor ihrem Haus, quetscht sich den Hintern auf der geflochtenen Sitzfläche ab und tut nichts."

„Na gut, sie tut zufällig nichts oder weil alles andere schon erledigt ist. Sie ruht sich aus. Männer ruhen sich nicht aus, wovon auch? Jede der Verrichtungen der Magdala ist von der Notwendigkeit ihrer Existenz geprägt und dazu da, etwas zwingend Lebenserhaltendes zu tun. Deshalb brüsten sich Frauen auch nicht mit all ihren Taten, weil die ihnen selbstverständlich eingegeben werden, von ihrem Dasein."

„Ich weiß nicht, das ist kommt mir etwas biologistisch vor", sagt Klara unsicher.

„Warum muss das gleich biologistisch sein, wenn ich bloß meine Beobachtungen zusammenfasse?"

„Vielleicht sind deine Beobachtungen einfach nur ungenau."

„Wie war dein Rendezvous mit Sandy?", lenkt Gini ab.

„Wunderschön. Und außerdem: Ich habe sie gefragt. Sie betet nicht wirklich zu einer Göttin, sie sammelt nur ihre innere Stärke oder so ähnlich."

„Na, siehst du."

„Aber sie kennt die Bluedawn."

„Das heißt noch nichts. Als Religionsforscherin tut sie das zwangsläufig."

„Und du, was hast du herausgefunden?"

„Noch nichts, ich bin doch eben erst wach geworden. Die Beach-Party fand hier in der Nähe meines Schlafplatzes statt, glaubst du, da hab ich ein Auge zugedrückt, bevor die Letzte nach Hause ging?"

„Dann bitte beeil dich. Wer weiß, wann das Phantom wieder zuschlägt."

Sandy ist durch ihren Herrenhut aus Stroh leicht zu erkennen, auch durch ihre Magerkeit, die sie freimütig zur Schau trägt. Sie läuft Klara entgegen und rückt von der Gruppe ihrer Freundinnen ab, als diese sich neben ihr niederlässt. Sie gehen miteinander schwimmen, und Klara hat Mühe, sich mit Sandys Körper anzufreunden, der so bar fleischlicher Üppigkeit ist. Jetzt in der prallen Sonne fällt ihr dies umso mehr auf. Was sollen die anderen von ihr denken, wenn sie mit einer schmächtigen, spindeldürren Kindfrau im Wasser tollt? Maggie kann nicht weit weg sein, Klara hat zwar keine Anstrengungen unternommen, sie zu suchen, weiß aber, dass alle sie beobachten. Sandy hat zudem ein lautes, aus dem untersten Kehlenbereich kommendes Lachen, das über einige hundert Meter zu hören ist. Ebenfalls ist zu vernehmen, dass sie nicht weit hinausschwimmen will, weil sie Angst hat, unterzugehen, dass sie nur mit Schwimmbrille bewaffnet ins Wasser geht, weil sie dadurch weniger Angst hat, und dass sie überhaupt nur dann einige Tempi wagt, wenn sie mit dem Kopf unter Wasser schwimmt. Sich über Wasser zu behaupten, auch wenn die Oberfläche glatt wie in einer Badewanne ist, würde sie nie wagen. Diese Unvollkommenheit, zu der sie noch dazu ohne Komplexe steht, stört Klara. Sie schaut nicht hin, als Sandy ins Wasser steigt. Ungeschicklichkeit und Mangel irritieren sie, an sich selber, aber insbesondere an der Person, die sie als Liebhaberin ausgewählt hat. Ihre Angst, sich zu blamieren, wächst erneut.

Sandy andererseits ist voller Bewunderung für sie, für ihre Schwimmkünste, die Klara bis jetzt als selbstverständlich angesehen hat.

„Alle Frauen schauen dir zu", sagt Sandy zärtlich und wartet bereits mit dem Handtuch, um es ihr um die Schultern zu legen und sie sanft trockenzureiben.

Klara legt sich neben sie und schließt die Augen. Die Sonne übergießt die Innenseite der Lider mit dunkelorangenem, flirrenden Licht und weitet ihren Körper mit Wärme. Sandys Hand ist in ihre geglitten, und erstmalig ist die Hitze nicht lästig und unerträglich, sondern putscht Klara auf. Sie zieht Sandys Hand zu ihren Hüften und spürt die samtige Berührung ihrer Finger kühl am Oberschenkel. Die Hand macht kleine, streichelnde Bewegungen, und Klara seufzt auf. Lust kriecht langsam über die Schenkeloberfläche nach innen, setzt die Scheide in Flammen, reißt die Schamlippen auf vor ungeduldiger Gier, und sie drängt sich mehr an Sandys wasserkalten Körper.

„Wir sind hier nicht allein", sagt Sandy leise.

„Na und?", flüstert Klara zurück. Sie weigert sich, die Augen zu öffnen, denn so scheint sie mit Sandy allein zu sein, in einer Welt satinierten, hellen Lichtes und heißer Sandkörner zwischen den Zehen.

„Sie schauen aber alle her."

„Und?", gurgelt Klara ungerührt.

„Ja, die kennen mich doch. Was glaubst du, wie wir jetzt beobachtet werden", seufzt Sandy in ihr Ohr, und die Zunge leckt in schwammig klammer Nässe hinein.

„So komm schon, komm", sagt Klara. „Leg ein Badetuch über mich."

Sandy stutzt verlegen. Dann will sie es sich doch nicht mit Klara verscherzen und legt ein Badetuch über sie, vom Hals bis zu den Sohlen. Sie beugt sich zu ihr und küsst sie, ihre Hand schlängelt sich unter den Frotteestoff.

Wie Klara sich danach gesehnt hat, dass Sandy so wie jetzt näher kommt, näher und näher, die obersten Locken des Schamhaars bereits berührt, während ihr Daumen noch beim Nabel weilt. Dass ihre Hand auf ihrer Möse ganz aufliegt, von außen gesehen ruhig, und sie warten lässt und nachspürt, wie Klara das Becken vorsichtig, damit es niemand sieht – aber jede weiß ohnehin schon, was unter dem Tuch vorgeht –, hochhebt, durchstreckt, ihr entgegenreckt, um ihrem Finger das Eintauchen leichter zu machen. Sandy stöhnt bei dieser Berührung auf, so heiß und nass wird sie von Klara empfangen. Wie ein Eindringling in verschlossene, saftig glitschige Dschungellandschaften ist ihr Finger, schiebt sich Millimeter um Millimeter voran und reizt mit solchen Ortsveränderungen außen und innen, links und rechts, bis Klara leicht an der Klitoris zieht und in der Sekunde selbst kommt, sofort geht es los und durchstößt sie, wälzt sich über sie drüber, wie ein Monstrum, während Sandy nun losfickt und Klaras Schreie sich an ihrem Hals verlieren.

Nachher glaubt Klara, verschmolzen zu sein, mit dem Boden, der Luft, der Sonne, mit Sandys Haut. Sie hält deren Finger und glaubt, diese gehörten noch zu ihr selbst, zu ihrem eigenen Körperdasein. Die Welt ist für Minuten höchstes Glück und wird nie mehr anders sein.

Klara und Sandy räumen ihre Sachen zusammen, ohne auf die anderen zu schauen, die sie ungläubig betrachten, und gehen taumelig und schweigsam auf Sandys Zimmer, und dort treiben sie es noch einmal und noch einmal, bis Klara in einen ohnmachtähnlichen Schlaf sinkt.

Nachmittag. Klara verlässt das Hotel *Sappho* nach ihrer Liebesstunde mit Sandy, da hört sie, wie jemand ihren Namen ruft. Gini Sedlak kommt aus der dunklen Hotelhalle auf sie zu.

„Na, ordentlich durchgefickt?"

Klara lacht schallend. „Es geht so. Wo sind deine Liebhaberinnen geblieben?"

„Habe ich für so etwas noch Zeit, wenn ich für dich Detektivin spielen muss?"

„He, heißt das, du hast etwas herausgefunden?"

„Drei Stunden war ich heute im Internet-Café. Ich hoffe, du beteiligst dich an den Kosten."

„Also was ist es?"

„Zuerst einmal die Suchbegriffe. Das war das Hauptproblem. Ich fand weder etwas Brauchbares unter ‚Doppelspirale' noch unter ‚Göttinnen', ‚Rituale' oder ‚Bluedawn'.

„Was? Die ist nicht drinnen?"

„Natürlich ist sie im Netz drin, aber nur zuerst einmal durch die Titel ihrer Bücher. Und jetzt rate, was ich noch eingegeben habe?"

„Ich weiß nicht. Die Namen der weiblichen Gottheiten, die sie beschreibt vielleicht? Aphrodite, Artemis?"

„Gut, du kommst schon näher. Die Bluedawn hat über jede Gottheit eine Abhandlung geschrieben und ihr einen griechischen Buchstaben zugeordnet, und das Sigma gehört zu Selene oder auch Semele, was ‚Mond' heißt."

„Selene? Mutter des Dionysos. Was macht die sonst so alles?"

„Laut Bluedawn beschützt sie den weiblichen Körper, noch präziser den Unterleib, die Gebärfähigkeit, die Geschlechtsorgane, und rächt deren Verletzung, und zwar auf ziemlich raubeinige Weise. Sie ist auch unter dem Namen Thyone, ‚die tobende Königin', bekannt."

„Hübscher Name. Sandy arbeitet als Therapeutin bei einer Hotline für missbrauchte Frauen."

„Du nimmst das viel zu wörtlich."

„Die Täterin oder der Täter doch auch. Was noch?"

„Es gibt ein altes Zeremoniell, in dem Selene heraufbeschworen wird, ein vorpatriarchales Ritual, das auf die Pelasger zurückgeht. Und da kam ich auf die geniale Idee, den Suchbegriff ‚Sigma, kultisch', einzugeben. Nicht unintelligent, oder?"

„Fantastisch, Sedlak, darauf wäre ich nicht gekommen. Aber was kam heraus?"

„Das ist so ungeheuerlich, dass ich es nicht so freihändig sagen kann, du musst mitkommen. Wir rufen es noch einmal ab."

„So sag es doch."

„Nicht hier. Es ist besser, wir gehen ins Café, vielleicht finden wir noch andere Infos."

Klara folgt ihr also in das Internet-Café von Skala Eressos. Eine von außen unscheinbare Bar in der ersten zum Strand parallel laufenden Gasse, dunkel und verlassen. Eine Urlauberin sitzt am Tresen vor einem Bier und schaut sie mit glasigem Blick an; eine griechische Barfrau, die gleichzeitig die beiden Computer verwaltet, kommt für ein paar Sekunden hinter einem Fliegenschutz hervor und lässt sich danach nicht mehr blicken.

Gini geht zu dem Bildschirm, der am weitesten weg vom Tresen in einer Ecke steht. Sie und Klara holen zwei Barhocker und setzen sich hin. Es dauert eine geraume Zeit, bis sie im Netz sind.

„Das ist das Öde hier, dass alles so lange dauert, aber bitte, da hast du es, ‚Sigma, kultisch', du könntest genauso gut ‚Bluedawn, Selene' eingeben und würdest denselben Text finden."

Die beiden schauen gebannt auf den Bildschirm.

„Ein in den siebziger Jahren entstandener Selene-Kult beruft sich auf die ursprünglichen, vorpatriarchalen Eigenschaften der Göttin als Hüterin des Menstruationsblutes und der weiblichen Gebärfähigkeit und auf

die Energien, die durch die Vereinigung der Göttin angeblich erzeugt werden. Das Zeichen der Göttin ist ein Sigma.

Mittels geheimer Rituale wird die Göttin angerufen, in Anlehnung an eine Auferstehungszeremonie aus Delphi, die allein von Frauen durchgeführt wurde und ‚Herois' oder auch ‚Fest der Heldin' genannt wurde.

Begründerin dieses Kultes: Brita G. Bluedawn. Diese Mythenforscherin kam zusehends in Verruf, weil ihr vorgeworfen wurde, die von ihr organisierten rituellen Zusammenkünfte und die dabei erzeugten Energien zu nützen, um in den Adeptinnen Anfälle von Größenwahn hervorzurufen. Manche fühlten sich nachher dazu ausersehen, im Zeichen des Sigma Vergeltung für Männergewalt zu üben."

„Das ist es, Gini. Und nun sag mir, dass Sandy da nicht eine Hauptverdächtige ist. Wir haben die Täterin, das Zeichen und die Tatwaffe."

„Aber kein Motiv. Sandy ist zum ersten Mal hier, sie kennt diese Männer nicht einmal."

„Sie kann ja etwas über sie in Erfahrung gebracht haben."

„Schau dir lieber das da an. Ich gebe jetzt ‚Sigma, Brandmal' ein.

„Warum Brandmal?"

„Die Markierung auf der Stirn könnte ein abgewandeltes, angedeutetes Brandmal sein. Also hier, ‚Sigma, Brandmal', und was kriege ich serviert?

„Als Brandmarkung diente das Zeichen des Sigmas in manchen kriegerisch ausgerichteten Geheimbünden in Osteuropa noch bis zum Ende des vorigen Jahrhunderts als Kennzeichnung des Verrats. Wer mit dem Sigma als Brandmal versehen wurde, hatte nicht lange zu leben, er wurde als Verräter von den anderen Mitgliedern des Geheimbundes meuchlings ermordet. Vereinzelte Anzeichen für das Wiederaufleben der Sigma-Brandmarkung gab es 1998 in Nordgriechenland."

„Und weiter, hier:"

„Eine Studentenverbindung in New Jersey, die sich mit okkulten Sitzungen beschäftigte, hatte den Namen Sigma Rho. Sie wurde verboten, nachdem bekannt wurde, dass ihre Einweihungsrituale den mehr oder weniger unfreiwilligen Beischlaf mit Studentinnen zum Inhalt hatten."

Klara schüttelt sich entsetzt.

„Sedlak, hör auf mit solchen Horrorgeschichten, das passt doch überhaupt nicht zu uns hier. Das ist ja wie in der Geisterbahn."

„Bitte, ich habe ja nicht damit angefangen. Das kommt davon, wenn du Dotcom um Rat fragst."

„Was willst du mir damit beweisen?"

„Dass es noch andere mögliche Täter gibt. Den Polizisten zum Beispiel."

„Den? Wieso den?"

„Du siehst ja, das sind Männerbünde, sowohl diese Sekte in Nordgriechenland als auch die Studentenverbindungen in den USA. Korpsgeist ist stark ausgeprägt. Du weißt ja, wie Männer sind, wenn sie sich treffen, da werden sie schnell zu braven Soldaten."

„Soldat ist nicht automatisch mit Polizei gleichzusetzen."

„Genauso gut könnte der Einsatzleiter das Tuch bei dir in der Waschküche versteckt haben. Und hast du gesehen, wie er Livia angeschaut hat?"

„Was hat das mit Livia zu tun?"

„Vielleicht weiß sie etwas und ist jetzt in Gefahr."

„Gini, das ist zu viel. Ich habe keine Ahnung, warum du mir jetzt den Polizisten als möglichen Täter servierst."

„Weil es mir auf die Nerven geht, dass du einfach eine Frau beschuldigst, nur weil deine neue Liebhaberin etwas aus dem Rahmen fällt. Was ist schon dabei, wenn die am Morgen meditiert?"

„Dann lassen wir es halt", sagt Klara resigniert. „Ich will mich mit dir nicht streiten."

„Nein. Geben wir noch etwas ein. Was weiß ich, ‚Doppelspirale, keltisch'."

„Oder ‚kultisch'!"

„Die Doppelspirale verwechseln die meisten sowieso mit der Doppelhelix", sagt die Sedlak jetzt. „Wer da noch glaubt, dass das WWW für mehr Allgemeinbildung sorgt."

„Und wo ist der Unterschied?"

„Die Helix ist wie eine Schraube, immer gleich weit vom Mittelpunkt entfernt, wie das Gehäuse einer Wendeltreppe. Die Spirale geht von einem Mittelpunkt aus und wird größer, wie ein Schneckenhaus."

„Aber die Schrauben, die ich zu Hause habe, du weißt schon, die, für die du einen Schraubenzieher brauchst, gehen auch von einem Punkt aus, von der Schraubenspitze nämlich, und vergrößern sich dann. Die wären dann ein Helixschraubenhybrid."

„Ach, jetzt komm mir nicht mit der gemeinen Haushaltsschraube, wenn es um unser aller Erbgut geht."

In diesem Moment wird durch die Eingangstür Livia sichtbar, die an dem Café vorbeigeht. Klara läuft hinaus und ruft ihr nach. Sie hat seit gestern Morgen, als Livia von der Polizei verfolgt wurde, keine Gelegenheit gehabt, mit ihr zu sprechen. Livia bleibt stehen und schaut Klara unschlüssig an. Sie wirkt erschöpft und gedrückt.

„Was macht ihr da?", fragt sie, als sie hinter Klara Gini auftauchen sieht.

„Wir beschäftigen uns mit Haushaltsschrauben und Doppelspiralen im Internet", sagt die Sedlak fröhlich.

„Geht es dir gut?", fragt Klara Livia.

„Ach, ich weiß nicht. Eher nicht."

„Hat es mit Katie zu tun?"

„Nein. Doch. Nicht nur."

„Seht ihr euch noch?"

„Ja, aber alles ist so schwierig. Ich mag jetzt nicht darüber reden. Das mit der Polizei gestern hängt mir auch noch nach. Ich weiß nicht, wie lange diese Ruhe dauert."

„Ich glaub, das ist erledigt, mit den Bullen", sagt Gini beschwichtigend. „Bei dem Oberbullen hast du einen Stein im Brett." Livia funkelt sie böse an.

„Sagt dir der Name Bluedawn etwas?", fragt Klara unvermittelt. Livia schaut überrascht. Dann setzt sie mehrmals zu sprechen an und bricht wieder ab.

„Brita G. Bluedawn?", wiederholt Klara.

„Na ja. Klar", sagt Livia zögernd. Sie zupft sich ein paar Haare aus der Stirn. „Anthropologin, glaube ich. Meine Mutter hat sie einmal zu einem Workshop eingeladen."

„Und die war dir unsympathisch?"

„Nicht wirklich. Eher unrealistisch fand ich sie. Mit ihren Forderungen nach einer neuen Gottheit."

Klara schaut nachdenklich.

„Ich muss jetzt weiter", sagt Livia und wendet sich zum Gehen.

„Treffen wir uns auf einen Kaffee?", ruft Klara ihr nach.

„Sicher. Morgen vielleicht", antwortet sie und ist schon um die Ecke gebogen. Klara schaut verdutzt auf das Haus, hinter dem sie verschwunden ist. Livia hat so schmal ausgeschaut. Am liebsten hätte Klara „Und isst du auch genug?" gefragt, aber wer ist sie denn, dass sie sich anmaßt, sich in Livias Ernährung einzumischen?

„Na, bitte, eine neue mögliche Täterin", spöttelt die Sedlak hinter ihr. „Sie kennt die Bluedawn auch."

„Und dein Polizist wahrscheinlich ebenfalls", schnaubt Klara.

Heute, Mittwoch, drei Tage, nachdem er überfallen wurde, ist Yakis soweit hergestellt, dass er ohne Kopfschmerzen und Schwächeanfälle ein Gespräch führen kann. Der neue Ermittler sitzt an seinem Krankenbett, hat die Schwestern weggeschickt und bemüht sich zumindest, seine Fragen nicht in dem üblichen harschen Ton zu stellen. Nicht, dass er besonders viel Mitleid hätte, es ist eher eine formale Solidarität einem Kollegen gegenüber. Für Yakis ist es das erste Mal, dass er als Opfer vernommen wird, ein seltsames Gefühl, das ihm noch mehr zu schaffen gemacht hätte, wenn er sein Gehirn auf gewohnt schnelle Art benutzen könnte. So halten ihn die Schmerzen davon ab, seine Gedanken auf weite Reisen zu schicken, und er fügt sich lethargisch in diese Situation. Die Beruhigungsmittel sorgen außerdem für eine heilsame Gleichgültigkeit.

„Und Sie sind sich dessen sicher?", fragt der neue Ermittler.

„Ganz sicher. Ich habe die Schuhe erkannt, bevor er weggerannt ist."

„Dann gehen die anderen Überfälle vielleicht ebenfalls auf sein Konto."

„Das glaube ich wiederum nicht. Die anderen Opfer sind ja mit einem Sigma gestempelt worden, wenn man so sagen will. Ich nicht. Ich bekam einen satten, undifferenzierten Schlag an die Schläfe."

„Vielleicht war die Tatwaffe gerade nicht einsatzfähig."

„Wie sollte die aussehen?"

„Das kann man nur vermuten. Ein Stock, auf den das Sigmazeichen als reliefartiges Metallplättchen montiert ist."

„Der ist kaum unbemerkt zu transportieren", wirft Yakis ein.

„Ich gestehe, wir sind da nicht weitergekommen."

„Das Metallplättchen, wie Sie sagen, müsste zumindest so scharf sein wie eine Rasierklinge, sonst gäbe es diese tiefen Wundränder ja nicht."

„Wie montiert man Rasierklingen auf eine Waffe, ohne sich selbst beim Tragen zu verletzen?"

„Sie müssten einziehbar sein, wie bei einem Springmesser", sagt Yakis. Er beginnt zu husten, und der neue Ermittler fürchtet schon, ihn zu sehr beansprucht zu haben.

„Wie geht es den Opfern?", fragt Yakis.

„Dem Lehrer geht es ganz gut. Der hat am wenigsten abgekriegt. Wurde genäht und nach Hause entlassen. Die Narbe wird allerdings bleiben."

„Und der junge Velitzelos?"

„Costas? Den hat's am schlimmsten erwischt. Bei ihm muss der Schlag mit einer ungeheuren Wucht ausgeführt worden sein. Er ist auch auf den Hinterkopf gefallen."

„Ich weiß. Umgeknickt wie ein Baumstamm."

„Subdurales Hämatom. Stirnbeinfraktur."

„Also haben sie ihm den Kopf eingegipst."

Der Neue nickt.

„Ist der schon aus Mitilini zurückgebracht worden?"

„Ja. Die Untersuchungen haben zum Glück keine neurologischen Veränderungen ergeben."

„Und der Vater?"

„Ist ziemlich schwach. Nasenbeinbruch und Gehirnerschütterung. Allgemeiner Schockzustand."

„Den darf man nicht allein lassen."

„Richtig. Der ist immer noch hier, der Sohn liegt bei ihm."

„Im selben Zimmer?"

„Na ja", sagt der neue Ermittler, und es ist ihm sichtlich peinlich, weiterzusprechen. „Also der Bürgermeister hatte die etwas merkwürdige Idee, vor dem Krankenzimmer der beiden eine Art Wache zu postieren."

„Was?" Yakis richtet sich vor Überraschung so schnell auf, dass der Kopf wie ein Gong zu dröhnen anfängt. „Wozu denn das? Das ist ja eine unnötige Vergeudung von Ressourcen."

„Es ist ohnehin nur der alte Polizist mit dem Fahrrad."

„Der? Tomi? Der sitzt vor dem Krankenzimmer?"

„Wenn er nicht gerade im Schnapsladen ist ..."

„Das ist ja eine Farce."

Der neue Ermittler zuckt resigniert mit den Schultern. „Das macht Theofilos auch nicht weniger verdächtig, wenn er die Opfer im Nachhinein bewachen lässt."

Yakis sinkt in die Kissen zurück. Schweigen entsteht. Dann erzählt der Neue, dass Yakis' Bericht von einer bis jetzt noch nicht identifizierten Person vom Hotel *Menelaos* aus nach Athen gefaxt worden ist.

„Können Sie sich vorstellen, wer das gewesen sein kann?"

„Nein", lügt Yakis. „Als ich niedergeschlagen wurde, hatte ich die Unterlagen noch bei mir. Vielleicht ist der Umschlag beim Sturz aus meiner Tasche gerutscht."

„Da hat uns jemand ohne unser Wissen zugearbeitet. Wer hätte ein solches Interesse?"

Yakis gibt keine Antwort. Er weiß, dass es die Schriftstellerin gewesen ist, die Frau, die zufällig in der Nähe war, als er niedergeschlagen wurde. Nie aber würde er ihre Identität preisgeben, da würde herauskommen, dass er dem Bürgermeister misstraut hatte, was als Feigheit ausgelegt werden könnte.

„Was ich nicht verstehe, Sie erwähnen in Ihrem Bericht eine Namensliste von Personen, die schon einmal auf der Insel waren. Die wurde aber nicht mitgefaxt", sagt der neue Ermittler jetzt. Yakis versucht, sein Erstaunen zu verbergen.

„Die war aber dabei, ganz sicher, ebenfalls eine Diskette mit all den erhobenen Daten."

„Die Diskette ist auch unauffindbar."

„Befindet sich wahrscheinlich bei der Person, die das Fax geschickt hat."

„Danke, darauf wäre ich selber auch gekommen", grunzt der Neue verärgert, und das Gespräch gerät ins Stocken. Yakis verfängt sich in Grübeleien. Seine so sorgsam recherchierte Liste! Warum hat die Schriftstellerin die zurückbehalten? Das ist auffällig. Das kann doch nur daran liegen, dass ein Name darauf war, den sie kennt, ein Name aus ihrem Umkreis, und das allein ist schon verdächtig. Sie will jemanden schützen. Also weiß sie mehr als er und hat ihm das nicht mitgeteilt. Er nimmt sich vor, seine eigenen Recherchen anzustellen, sobald es ihm besser geht. Außerdem gibt es da noch die Familiengeschichte des Bürgermeisters, die vielleicht, aber auch nur vielleicht, einen Teilaspekt dieser mysteriösen Ereignisse darstellt. Der neue Ermittler hat seine eigenen Schlussfolgerungen dazu. Er interessiert sich weniger für eine verstorbene Tochter, dafür mehr für einen sehr lebendigen, gewaltbereiten Sohn.

„Was bringt uns näher zu dem Sigma?", fragt sich Yakis. „Die Grundstücksspekulationen des Vaters oder der Selbstmord der Tochter? Das Erste ist ein Delikt und daher handfest, außerdem durch das Argument Geldgier fassbar. Das andere ist ein Verzweiflungsakt und kann lediglich auf Grund eines verschwommenen Bauchgefühls erklärt werden. Eine besonders unglückliche Gefühlskonstellation führte zu dem Selbstmord. Oder gibt es eine vererbbare Neigung zu Depressionen? Selbstmord als Ausdruck einer Familienkrankheit?"

„Die unterschiedlich stark ausgeführten Schläge könnten auch auf zwei Täter hinweisen", sagt der neue Ermittler in Yakis' Gedanken hinein. „Ich bin mir noch nicht im Klaren, ob ich nach einem oder einer ganzen Personengruppe suchen soll."

„Natürlich nicht", antwortet Yakis vage.

„Wie bitte? Was meinen Sie mit ‚natürlich nicht'?"

„Ich meine, natürlich ist es noch nicht geklärt, ob es ein Einzeltäter ist oder nicht", sagt Yakis. Er beschließt, dem Neuen von seinen Überlegungen nichts zu erzählen, auch nicht von dem Buch über weibliche Gottheiten, das er vor drei Tagen gelesen hat. Er vermutet, dass ihm ohnehin nicht geglaubt wird. Seine Gedanken sind zu esoterisch und damit zu trendig für einen Bürohengst aus Athen. Und außerdem ist er eifersüchtig, dass ein Neuer daherkommt und ihm seinen Fall wegnimmt. Gut, denkt er, soll der sich mit den Männern herumschlagen. Ich mache mir ein Bild von den Frauen.

Klara hat den Eindruck, dass ihr die Zeit davonläuft, seit sie mit Sandy zusammen ist. Der Tag hat doch eben erst begonnen, sagt sie sich, als ihr bewusst wird, wie tief die Sonne bereits steht. Es kann doch höchstens Minuten her sein, seit sie nach den Liebesstunden aus Sandys Zimmer in die Hotelhalle und dort Gini direkt in die Arme lief und von ihr in das Internet-Café entführt wurde. Wann wird sie endlich wieder Zeit für sich haben? Gleich wird sie Sandy wiedersehen, die will sich mit ihr den Sonnenuntergang am Strand ansehen. Klara ist voll schlechten Gewissens, dass sie vierundzwanzig Stunden lang tatsächlich geglaubt hat, Sandy wäre die Täterin. Jetzt ist ihr klar, dass sie es nicht sein kann. Sie hat Gini dazu gebraucht, um sich solche Flausen auszutreiben.

Klara läuft an den Terrassen der Lokale am Meer entlang, dem schräg stehenden Licht entgegen, das die Sonnendächer unterläuft und zwischen Tische und Stühle scheint. Es macht die Haut der Urlauberinnen dunkel wie Bronze. So werden die menschlichen Gestalten als Ursprung der langen Schatten gewichtiger, bedeutender, als sie es in Wirklichkeit sind. Die Markise der *Mariana Bar* ist hellblau geblümt und besonders ausladend. Das Korbgeflecht der Stühle, das Blumenmuster des Stoffes, der blitzhelle Lichtstrahl über dem Wasser blenden Klara und erinnern sie an den ersten Abend mit Livia, der bereits einem anderen Urlaub anzugehören scheint. Sie schaut zu dem Tisch, an dem sie mit ihr gesessen hat, als könnte sie sich und Livia dort noch einmal sitzen sehen, und stößt mit jemandem zusammen.

„Katie", ruft Klara überrascht und erfreut.

„Hi", murmelt sie, ebenso erstaunt und verdutzt.

„Wie geht es dir? Weitere Filmaufnahmen gemacht?"

„Nein", sagt Katie vorsichtig. „Ich habe es aufgegeben."

„Auch nicht heute Morgen, als die Bullen den neuen Zaun aufstellten?"

„Ach so, das", meint Katie mit einer wegwerfenden Handbewegung. „Das habe ich natürlich aufgenommen. Das ist ja nur ein Detail. Das zählt nicht."

„Ein Detail?" Klara schaut sie fragend an.

„Das einzig wichtige Motiv wäre Livia", stößt Katie hervor, und sie wirkt rastlos bei diesen Worten. „Aber sie will sich nicht filmen lassen."

„Ach so", sagt Klara. „Ich verstehe."

„Nein", begehrt Katie auf. „Du kannst das nicht verstehen, du nicht und die anderen nicht." Sie wendet sich zum Gehen. Klara packt sie am Arm.

„Katie, was ist los?"

„Nichts. Frag mich nicht. Morgen um die Zeit geht mich das hier alles nichts mehr an. Da bin ich schon wieder irgendwo. In London, im Studio oder in der U-Bahn."

Klara schaut sie aufmerksam an. Katie schnieft und wischt sich mit dem Ärmel die Nase sauber.

„Und dann könnt ihr alle schauen, wo ihr bleibt, mit eurem Bürgermeister, den Bullen, dem Phantom, dem Bericht und dem Fax. Das ist mir alles egal, und vor allem Livia."

„Was ist mit Livia?"

„Nichts. Was soll mit ihr sein? Der geht es hervorragend, frag sie doch einmal nach ihrem Verhältnis zu Männern. Das hätte sie mir echt früher sagen können. Aber jetzt scheiß ich drauf, und morgen bin ich weg, das ist das Beste, was mir passieren kann."

Dann läuft Katie davon, und Klara schaut ihr stirnrunzelnd nach.

KAPITEL 17

Wieder einmal Nacht in Skala Eressos. Livia ist schnell unterwegs, sollte schon längst bei den anderen sein. Sie kommt vom linken Ortsende und schlägt den Weg zum Busparkplatz ein, ein schmaler Pfad, der zwischen hohen Hausmauern und Gärten entlangführt und schlecht beleuchtet ist. Erst einige hundert Meter weiter bei einer Biegung ist ein blaues Eingangstor mit einer hellen Laterne darüber. Danach triefende Dunkelheit. Sie geht an dem Tor vorbei und folgt der Biegung, da verstellt ihr jemand den Weg. Ein Mann.

Breitbeinig steht er vor ihr. Sie bleibt unentschlossen stehen. Ihre Augen gewöhnen sich schnell an die Dunkelheit, und sie erkennt ihn. Beide stehen unbeweglich voreinander, als hätten sie auf diese Gelegenheit gewartet oder gewusst, dass sie sich einmal ergeben wird. Nur dadurch ist zu erklären, dass sie keinerlei erschreckte Gesten macht, sich umdreht, um wegzulaufen oder ihn gar angreift. Angriff ist die beste Verteidigung, hat sie gelernt. Sie verschränkt die Arme vor der Brust und stellt sich ebenfalls breitbeinig hin.

„Ich wollte Sie nicht erschrecken", sagt Gregorios. „Zigarette?"

„Danke." Sie nimmt eine aus der Schachtel. Er gibt ihr Feuer. Seine Hand zittert, so ungewöhnlich kommt ihm diese Situation vor. Sie macht den ersten Zug und lehnt sich nun doch an die Mauer, um sich zu entspannen.

Er lehnt sich ebenfalls an die weiß verputzten Steine und weiß nicht, was er sagen soll.

„Ich sehe Sie täglich über den Strand gehen, mehrere Male", sagt er. „Einmal waren Sie sogar am Felsen oben, bei dem Heiligtum."

„Skala Eressos ist mir manchmal zu laut", sagt sie.

Dann schweigen sie wieder. Sie nimmt tiefe Züge, so wie sie vor Jahren geraucht hat, Lungenzüge, als wäre das ihr einziger Halt in der Welt. Sie konzentriert sich ganz auf dieses Einatmen, damit die

Gegenwart des Fremden erträglich wird, damit sie einen Grund hat, weiterhin zu schweigen und nichts über sich zu sagen.

„Ich hatte eine Schwester", sagt er plötzlich und schweigt dann bestürzt über diese Offenbarung. Was geht das sie an? Dann aber spricht er weiter. „Ich hätte gewollt, dass Sie sie einmal kennen lernen."

Der Schmerz zieht sich wie eine Lanze von ihrer Brust in die Eingeweide, als hätte der Zigarettenrauch die Lungen in Brand gesetzt. Sie krümmt sich vor Pein und hustet erstickt.

„Zu tief inhaliert?", fragt er und versucht aufzulachen.

„Ja", hustet sie.

Er legt ihr die Hand auf die Schulter, die wie ein Bleigewicht auf ihr lastet. Sie weicht zurück.

„Kommen Sie", sagt er. „Wir gehen zum Ort zurück."

Willenlos folgt sie ihm. Den glimmenden Stummel fest zwischen die Finger gepresst. Dann dämpft sie die Zigarette an der Mauer aus.

„Sie sind auch zu den Konzerten gegangen, jeden Abend", sagt er, als sie weiter schweigt. Sie fühlt sich durch seine dunkle Stimme irritiert, nickt aber.

„Die sind ja jetzt schon zu Ende, die Bühne wurde heute abgebaut", redet er weiter.

„Leider", ruft sie aus. „Die Chöre waren wunderbar." Sie weiß nicht, warum sie einen solchen Gefühlsausbruch zulässt.

„Es gibt noch weitere Konzerte in Sigri, ab morgen Abend."

„Aha", sagt sie abwesend. Der Busparkplatz ist in Sicht.

„Ich wollte Sie fragen, ob Sie mit mir morgen nach Sigri fahren, zu dem Konzert", sagt er hastig, und gleichzeitig denkt er, das hätte ich nicht tun sollen. Ich kenne mich mit einer solchen Situation nicht aus. Ich gehe neben ihr und komme mir vor wie ein klobiger Pflock, und sie ist so abweisend wie noch nie eine Frau zuvor. Das war ein Fehler.

Bei seinen Worten bleibt sie stehen und dreht sich brüsk zu ihm um. Die Straßenlichter des Parkplatzes machen die Umgebung grell; ihre beiden Gesichter sind bleich und hart. Ihre Augen tasten sein Gesicht unerbittlich ab.

„Ich komme mit", sagt sie, und er bekommt die Bedeutung der Worte zuerst nicht mit und denkt, sie hat ihn mit einer schnell dahingesagten Ablehnung beleidigt. Er will schon grob antworten, da fällt ihm auf, dass sie „ja" gesagt hat.

„Oh", sagt er kurz und vergräbt die Hände tiefer in den Taschen. „Dann ..."

„Dann bis morgen", sagt sie.

„Hier, um halb zehn", schlägt er vor.

„Um halb zehn", wiederholt sie.

„Ich freue mich", sagt er. Aber sie hat sich schon auf dem Absatz umgedreht und geht davon, Schultern zurückgeworfen, Hände in den Taschen, die Fersen treten sicher in den Sand.

Heute ist für viele Frauen aus dem Vereinigten Königreich der letzte Abend, denn morgen geht der Charter nach London. Auch Sandy und zwei ihrer Freundinnen fliegen ab.

Als Klara und Sandy ins *Fuego* kommen, sitzt die ganze Gruppe lärmend zusammen. Es gibt einen einzigen freien Stuhl, der beiden angeboten wird, so kommt Klara auf Sandys Schoß zu sitzen. Ihr gegenüber Maggie. Allein, denn Birgit ist heute Nachmittag mit dem Frankfurt-Flieger abgereist. Klara genießt die Aufmerksamkeit, die die anderen ihr und Sandy, dem glücklichen, unzertrennlichen Liebespaar, zollen, wagt es aber nicht, in Maggies Gesicht zu schauen. Sie hätte sie nur triumphierend angrinsen können. Die Stimmung unter den Frauen ist improvisiertes Warten. Als würde das Flugzeug nicht erst morgen, sondern in ein paar Stunden starten.

Trotz der Scherze liegt unruhige Trauer über das Ende der Ferien in der Luft. Und da keine der Anwesenden Lust darauf hat, groß essen zu gehen, wird Geld für Gyros gesammelt, und bald darauf hat jede eine Papiertüte in der Hand, aus der Fleisch und Zwiebel ragen. Einige Minuten lang herrscht von Kaugeräuschen durchsetztes Schweigen. Sandy hat die Arme um Klara geschlungen, die beiden hören den Gesprächen der anderen zu und wirken, als wären sie die Einheit *in persona*. Es ist angenehm für Klara, den wendigen Körper der Liebhaberin im Rücken zu spüren. Aber sonst empfindet sie heute Abend alarmierend wenig für sie.

Im Gegenteil. Sandy kommt ihr lästig vor, mit ihrem eindringlichen Blick, der sie ununterbrochen und ohne Filter abtastet, dem sie nicht entfliehen kann. Auch als später alle tanzen, starrt Sandy Klara so intensiv an, dass sie Abneigung empfindet. Es ist ihr, als wollte Sandy mit diesem Blick etwas von ihr fest halten oder mitnehmen. Sie wahrt keine Distanz mehr. Sie ist so auf Klara konzentriert, dass ihr Oberkörper wie von selbst nach vorne gelehnt ist und sie bedrängt. Sandy folgt jedem ihrer Schritte, wie eine Puppe, die mit einem Gummiband an Klaras Taille befestigt ist.

Klara zeigt ihren Ärger nicht. Das würde ihr noch fehlen, vor den anderen schlechte Stimmung zwischen ihr und Sandy aufkommen zu lassen. Aber sie hält es mit ihr nicht mehr aus. Sie findet sie untertänig, servil und aufdringlich. Sie weigert sich, neben Sandy stehen zu bleiben und ihr ins Gesicht zu schauen, als ob die Lage dadurch erträglicher würde. Einmal schubst sie sie sogar von sich weg.

„Ich habe keinen Platz zum Tanzen", sagt sie etwas zu scharf und weicht mit einem entschuldigenden Wort zurück. Dieser ungewollte Ausbruch macht Sandy nachdenklich, aber keine der beiden ist in der Verfassung, darüber zu sprechen.

Nein, denkt Klara, sie ist nichts für mich. Ich bin nicht verliebt, ich bin froh, ab morgen wieder allein zu sein. Ich finde sie „ganz nett", aber dieses Adjektiv ist für eine Liebesgeschichte das Todesurteil.

Jetzt steckt Sandy ihr ein Kärtchen zu, die Visitenkarte des *Fuego*, auf die Rückseite hat sie ein Liebesgedicht an sie geschrieben. Klara bedankt sich, aber sie hat keinen Zugang zu den Versen, die überraschend schön sind. Sie findet Sandy als Person zu melodramatisch und zu sehr um sie bemüht. Außerdem ist Klara voller Groll über ihre Distanzlosigkeit und wagt nicht, das auszusprechen, denn heute Abend will sie vor den anderen gut dastehen, und morgen früh fährt Sandy ohnehin schon ab. Danach werden sie einander nie wiedersehen. Wozu also heute eine Szene machen?

Das Gefühl der Einengung ergab sich von einem Moment auf den anderen schon am späten Nachmittag, als Klara mit Sandy am Strand entlangschlenderte, Richtung Sonnenuntergang, und Livia auf einem Handtuch lag und ihnen nachschaute, mit einem verlorenen, traurigen Blick, der Klara in der Seele wehtat. Natürlich hatte Livia nichts mit ihrer Abwehr Sandy gegenüber zu tun, aber in Klara regte sich eine Stimme, die sagte, wegen Sandy kommst du nicht einmal dazu, mit deinen Freundinnen mehr als nur einige Worte zu wechseln.

Sandy spürte diesen inneren Rückzug und fragte Klara, ob alles in Ordnung sei. Noch schrecklicher, dass sie diese Frage überhaupt stellte, denn Klara brachte es nicht fertig, ihr zu sagen: „Du gefällst mir doch nicht so, wie ich es erwartet hätte."

„Ja, ja, es ist alles in Ordnung", antwortete sie.

„Ist es, weil ich morgen schon abfahre? Bist du deswegen vielleicht traurig."

„Ich weiß nicht. Vielleicht", sagte Klara ausweichend, und die Vorstellung, die Wahrheit in Bezug auf mangelnde Liebesgefühle sagen zu müssen, lauerte wie eine düstere Bedrohung im Hintergrund.

„Wenn du möchtest, dass wir uns wiedersehen, dann werde ich alles daransetzen, dass wir es tun. Wenn es aber so bleiben soll, wie es ist, drei schöne Tage hier und mehr nicht, dann ist es auch okay", sagte Sandy. Klara wusste nicht, wie sie diese Großzügigkeit auffassen sollte. Noch nie war jemand in Liebesdingen entgegenkommend zu ihr gewesen. Keine Vorwürfe, keine Ansprüche, kein Druck auf sie, wie sie sich zu verhalten hätte. Wie lässt sich also das Gefühl von Aussichtslosigkeit erklären, das am späten Nachmittag begann und sich bis jetzt fortsetzt?

Sandys Offenheit ihr gegenüber erzeugt Angst, verschlungen zu werden, sich nicht mehr wehren zu können. Da waren Maggies raubeinige Ablehnung und die Einsamkeit, die sie erzeugte, noch leichter zu ertragen.

Klara steht am Tresen, Sandy lehnt an ihr, sie beobachten die Frauen auf der Tanzfläche, und Klara hofft, dass dieser Abend bald vorübergeht. Livia ist seit ein paar Minuten auch dabei, sie hat eine Flasche Bier in der Hand und steht etwas weiter weg. Ihre und Klaras Blicke treffen sich in der Spiegelwand gegenüber der Bar, und sie grüßen sich. Livia hebt verhalten lächelnd die Hand mit der Flasche.

„So jung sie ist, wirkt sie echt selbstsicher und erwachsen, wie sie da so steht", sagt Sandy.

„Ja", pflichtet Klara ihr bei und schaut auf das Bild im Spiegel. Sie sieht sich selbst mit Sandy, Maggie mit dem Rücken zu ihnen, Livia mit der Bierflasche in der Hand, umgeben von den Londonerinnen. Gini betritt breitschultrig und die Brust mehr denn je rausgereckt den Saal, und auf einmal kommen Klara Bedenken. Sie runzelt die Stirn. Etwas stört sie an dem Anblick, den alle bieten, und sie kommt nicht drauf, was es ist. Liz nimmt Livia jetzt um den Hals, beide lachen, Livia erklärt gerade etwas mit großen Gesten, Maggie grölt, und Klaras Unbehagen wächst. Es ist, als ob ein dunkler Fleck ihren Blick auf etwas trüben würde, und sie weiß nicht, worauf. Der Spiegel ist nicht einmal beschlagen, sondern frisch geputzt und neu. Alles, was zu sehen ist, ist sichtbar. Angst kriecht in ihr hoch, und sie weiß nicht, wieso. Sie ist nicht in der Lage zu deuten, was sie sieht. Wie selektiv wir doch wahrnehmen, denkt sie, es ist hier sicher mehr in meinem Gesichtsfeld, als ich bewusst erkenne, und dieses Mehr bedroht mich. Aber wieso? Es ist wie mit diesen Fotos, auf denen, wenn sie entwickelt sind, eine Person mehr zu sehen ist als bei der Aufnahme. Zumindest erzählt man sich, dass es solche Fotos gibt. Hier ist es ähnlich. Ich sehe etwas, das ich nicht sehen kann oder darf, und weiß nicht, was es ist.

In diesem Moment packt Sandy ihren Arm. „Komm", sagt sie. „Erinnerst du dich? Das war unser erster gemeinsamer Tanz." Klara folgt ihr widerstrebend, dann wird sie von den Klängen mitgerissen und vergisst ihre Grübeleien.

Sie verlassen bald das *Fuego* und gehen am Meer entlang zum Ortsende. Der dritte Tag mit Sandy verursacht eine Weltuntergangsstimmung in ihr, die sie nicht deuten kann. Sie ist verzweifelt über ihre plötzliche Gefühllosigkeit Sandy gegenüber und dass sie sich so wenig im Griff hat, etwas Schönes, Perfektes nicht annehmen kann. Denn sie akzeptiert Sandys Zuneigung nicht; diese beengt sie und macht sie ärgerlich. Noch dazu fängt Sandy an, ein Märchen zu erzählen: Die Lichter da draußen im dunstigen, schwarzen Meer seien keine Schiffe, sondern Sterne, die kurz auf die Erde gefallen sind und Wünsche erfüllen, sagt sie. Klara hat heute aber keinen Sinn für ihre Romantik und verspottet sie.

Als sie sich auf einer Liege zusammenkuscheln und dem Mond zusehen, wie er aus dem Wasser steigt, findet Klara, dass dieser Abend schon viel zu lange dauert. Sie kämpft gegen ihre Müdigkeit und Gleichgültigkeit. Warum kann das Leben nie so sein, wie man es sich erhofft? Maggie hätte sie gewollt, Sandy hat sie bekommen. Leer ist sie also nicht ausgegangen, aber der Gefühlstransfer von einer Frau zur anderen funktioniert leider nicht klaglos. Sie kann Maggie nur durch den Schleier der Kränkung sehen, und Sandy nur als die, die mit allem, was von ihr kommt, einverstanden ist. Diese Vorgabe ist zu groß, um nicht daran zu scheitern.

Als sie sich verabschieden, bleibt Sandy noch einige Minuten unter ihrem Balkon stehen, um das Bild in sich aufzunehmen. Klara steht lachend an der Brüstung, winkt ihr und schickt ihr Kusshändchen, will ihr diesen Moment nicht verderben, aber ihr selbst bedeutet er nichts.

Klara hat sich sogar den Wecker gestellt, um das letzte Treffen mit Sandy vor ihrer Abreise nicht zu verschlafen. Sie hat ihr versprochen, um halb acht am Meer zu sein, vor dem *Sappho*, wo Sandy um diese Uhrzeit täglich schwimmen geht. Wenn sie sie schon nicht lieben kann, möchte sie doch wenigstens verlässlich sein.

„Du musst aber nicht kommen", hatte Sandy in ihrer gewohnt nachgiebigen Art gemeint. „Ich verstehe, wenn du zu müde bist."

Es kostet Klara einiges, sich aufzurappeln. Dann aber lohnt sich die Mühe. Außer ihr ist niemand im Ort oder am Meer zu sehen. Das Wasser schaukelt durchscheinende, glatte Wellen an den Kies. Lichtnetze zucken über den Grund. Sie erkennt in der einzigen, weißgekleideten Gestalt am Strand, die leicht nach vorne gebeugt mit ausgebreiteten Armen dem Horizont zugewandt steht, Sandy. Als sie auf sie zuläuft, sieht sie, wie sie den Fotoapparat zückt und mehrere Aufnahmen von ihr macht. Klaras Kleid hat dieselbe Farbe wie das Blau der Fischerboote, und Sandy schwärmt von ihrem Gang, ihrer Silhouette und ihrem Lachen. Die Begeisterung ist ihr noch nicht vergangen, denkt Klara und lächelt sie an. Aber würde es sich damit leben lassen?

Sie werfen Steinchen ins Wasser, dann schwimmt Klara in langen Tempi hinaus, zur letzten Boje am Horizont. Sandy bleibt bei ihren Runden parallel zum Ufer.

„Sollen wir nun in Kontakt bleiben oder nicht?", fragt Sandy, als sie das Badetuch um Klara legt und sie abfrottiert.

„Ich weiß nicht", antwortet sie zögerlich. „Haben wir einander auf Dauer denn etwas zu sagen?"

„Die Frage ist doch: Wollen wir einander etwas zu sagen haben?"

Klara lässt die letzten Tage Revue passieren. Sandy ist um einige Jahre jünger als sie. Aber nicht ihre Jugend stört sie, sondern diese Unverdorbenheit, das Fehlen von Doppelbödigkeit. Sandy ist nicht zynisch. Den schwarzen Humor, eine Art Daseinsbewältigung der Hilflosen, der den Wienerinnen so vertraut ist, kennt sie nicht. Was sie sagt, das gilt. Sie ist zu gut für mich, denkt Klara. Vielleicht täusche ich mich auch.

Klara schweigt. Wie oft in ähnlichen Situationen kann sie nicht aussprechen, was sie fühlt und welche Bedenken sie hat. Schon gar nicht kann sie erklären, was gestern den Hauch von Begeisterung für Sandy, der sich abzuzeichnen begann, wieder zerstört hat. Du musst handeln, sagt eine Stimme in ihr. Sonst handeln die anderen für dich, und das bringt Schmerz. Aber Klara ist der Mund wie zugeklebt.

„Dann lassen wir es eben offen", sagt Sandy jetzt. „Wir haben ja Telefonnummern ausgetauscht. Wenn eine Lust dazu hat, ruft sie einfach an."

Klara nickt und weiß im Voraus, wer von ihnen das sein wird.

Das Taxi holt Sandy und ihre Freundinnen ab. Klara hilft beim Einladen der Taschen und Rucksäcke. Sandy kann nicht aufhören, sie zu umarmen, ist durch ihre Abreise so verwirrt, dass sie die Hälfte ihres Gepäcks auf der Straße stehen lässt. Klara läuft ihnen schreiend nach, und der Wagen muss umkehren. Als sie endlich um die Ecke gebogen sind, lässt sie sich aufatmend auf der Terrasse des *Sappho* nieder und bestellt einen Honigpfannkuchen. Eine der Deutschen, eine Journalistin aus Stuttgart, grinst sie viel sagend an.

„Ihr seid aber ein entzückendes Liebespaar", sagt sie. „Ich habe euch die letzten Tage beobachtet."

„Danke. Sie ist aus Edinburgh, lebt in London", seufzt Klara.

„Eine Schottin. Wie reizend. Das musst du ausnützen, solange das Feuer der Liebe noch brennt. Schottland ist ein traumhaft schönes Land. Warst du schon einmal dort?"

„Nein."

„Die beste Gelegenheit, das zu tun."

In diesem Moment kommt Gini Sedlak auf Klara zugelaufen.

„Ich habe dich schon überall gesucht. Am Strand gibt es Zoff."

Alarmiert geht Klara mit Gini mit, und die Journalistin lässt sich auch nicht abschütteln. Bis zur Surfschule schaut der Strand aus wie immer. Danach wie ein Kriegsgebiet. Ein zwei Meter hoher Stacheldrahtverhau zieht sich vom Meer bis zu den Tamarisken, verläuft danach fünfhundert Meter parallel zum Meer bis zu dem Trichter, den die Explosion vor zwei Wochen in den Sand gesprengt hat, und fällt dann wieder zum Wasser ab, umschließt also das ganze FKK-Gebiet, in dem vorwiegend Lesben sonnenbaden.

„Die Kollegen Kieberer haben sich gestern mächtig ins Zeug gelegt und ganze Arbeit geleistet", sagt Gini. „Heute ist ihr Werk fertig. Und wer hat es eingeweiht?"

Einen einzigen Durchgang durch dieses Konglomerat aus Stacheldraht und Pflöcken gibt es, und an diesem steht ein Uniformierter. Unter den Tamarisken sind zwei Streifenwagen geparkt, mit weiteren Polizisten.

Jetzt hat sich vor dem Posten eine schreiende, gestikulierende Menge versammelt, die immer größer wird. Ein Zwischenfall hat sich ereignet, aber nicht die Lesben waren die Auslöserinnen. Die meisten von ihnen schlafen ja bis Mittag, höchstens drei, vier Wienerinnen, die sich nie im *Fuego* blicken lassen, sind um neun Uhr schon am Strand. Nein, das Problem ging von der Hetero-Familien-Szene aus, von jenen Leuten, die nie auf die Idee kommen, dass es jenseits der Surfschule und der Liegen in Reih und Glied überhaupt noch so etwas wie einen Strand gibt, die vielleicht nie etwas von FKK gehört haben. Erst durch den Stacheldraht wurde auch für sie ein Diesseits und Jenseits geschaffen, ein zweites, bis jetzt unerforschtes Gebiet auf der anderen Seite des Zaunes, das Neugier verursachte. Und zwar nicht bei den Erwachsenen, die ihre versulzten Körper gerade noch vom Hotel zur Strandliege schleppen, sondern bei den Kindern. Und die Kinder waren es auch, die dem Draht zu nahe kamen, ihn abtasteten, versuchten, unten durchzukrabbeln und recht bald, von den Klingen aufgeritzt, heulend und plärrend zu den Eltern liefen, die ihrerseits wieder zur Rotkreuzstation rannten, beziehungsweise rannten die Mütter zur Rotkreuzstation, die Väter versammelten sich hingegen vor dem Polizisten, der wiederum seine Kollegen anforderte und nach Gregorios schickte, dessen Idee dieser verdammte Zaun gewesen war, der aber, wie zu erwarten war, nicht zur Verfügung stand.

Zu den aufgebrachten Vätern gesellten sich Maggie und ihre zwei kampflesbischen Freundinnen und rückten rotzig und zornig so nahe an die Jungs von der griechischen Polizei heran, dass diese ihren unausgeschlafenen Schnaps- und Zigarettenatem vor der Nase hatten und sie angeekelt wegstießen, worauf die Mädels zurückboxten, dann stießen aus Solidarität zu Maggie und ihrer Gefolgschaft noch die Väter dazu, und schließlich rollten gleich sechs oder sieben Leute am Boden, manche kamen dabei gefährlich nahe an den Stacheldraht, als Gini und Klara aufkreuzten und mit ihnen gleichzeitig Gregorios.

Bei Gregorios' Ankunft entwirrt sich die Lage. Polizisten, Lesben und Väter lassen voneinander ab und erheben sich. Dann reden sie auf ihn ein. Besonders laut und ungehalten gebärdet sich einer, der sagt, er sei Rechtsanwalt. Er möchte *stante pede* eine Erklärung dafür, was dieser Stacheldraht mitten in einem Urlaubsgebiet soll. Seine Kinder hätten sich bereits aufgeschürft, nicht auszudenken, was sein wird, wenn sie sich eine Blutvergiftung geholt haben. Er wird Anzeige gegen den Bürgermeister erstatten wegen fahrlässiger Gefährdung von Zivilpersonen. Er verlangt, dass der Zaun sofort wieder niedergerissen wird. Maggie und ihre Freundinnen murren und knurren zustimmend. Schließlich nimmt Gregorios die Hauptbeteiligten aufs Revier mit, und zwar den Juristen und Maggie. Die lauten Proteste der Anwesenden beschwichtigt er. Die beiden sollen bloß Gelegenheit haben, die Vorfälle zu Protokoll geben. Ihre Beschwerde würde dann von der Gemeindeverwaltung ordnungsgemäß behandelt werden.

Gini und Klara bleiben ratlos zurück.

„Sollen wir auch auf die Polizei gehen und sie unterstützen?", fragt Klara. „Wer weiß, was dort mit ihr passiert?"

„Das hat nicht gefährlich ausgeschaut, mit dem Glatzköpfigen", meint die Sedlak. „Wenn der so ein Traummännlein ist wie vor zwei Tagen mit Livia, dann erklärt er ihr noch den Gebrauch von Handfeuerwaffen, anstatt sie zu vernehmen."

„Wir gehen hin und warten auf sie", sagen jetzt Maggies Kumpels.

„Geht nur, wenn ihr nichts anderes vorhabt", sagt Gini Sedlak aufmüpfig. „Ich lege mich ans Wasser und sonne mich, oft komme ich hier ohnehin nicht dazu."

„Und die Absperrung, Gini?"

„Nato-Draht oder nicht, das ist mir egal."

Gini geht zum Posten, der den Durchgang bewacht, zeigt ihm ihren zerfledderten Führerschein, der von weitem wie eine angebissene Scheibe Extrawurst aussieht, und ist schon drinnen.

Im Taxi, eingeklemmt zwischen der Checkerin und dem Lamm, sitzt Sandy wie betäubt da und versucht, nicht daran zu denken, dass sie abfährt und Klara zurücklässt, dass sie im Begriff ist, sich von ihr zu trennen, zuerst natürlich räumlich, dann, sobald sie in London zurück sein würde, auch zeitlich, emotional, geistig, spirituell, und was für Worte sie auch immer für diese bestürzende Tatsache findet. Diese Gedanken sind so unerträglich, dass ihr schlecht wird und sie sich nach vorne neben den Fahrer setzen muss. Die Checkerin schlägt ihr vor, Klara doch eine SMS zu schicken. Drei, vier Liebesworte, das würde zumindest für Minuten das Gefühl lindern, von ihr abgeschnitten zu sein.

„Sie hat ja nicht einmal ein Handy mit. Wohin soll ich ihr die SMS denn schicken?"

„Schick es an Samantha. Die soll es an sie weiterleiten."

Sandy greift nach ihrem Handy wie eine Ertrinkende. Sie schickt eine Nachricht an Samantha, mit dem Auftrag, diese unverzüglich an Klara weiterzugeben. Danach fühlt sie sich besser. Sie hat ein bisschen Kontrolle über die Situation erlangt.

Sie schätzt es sehr, dass die Checkerin sie auf die Idee der SMS brachte, noch dankbarer ist Sandy aber, dass sie, ohne die Augen zu verdrehen und ohne aufzumucksen, den Lobeshymnen über Klara zuhört. Wie schön Klara sei, wie intelligent, wie zartfühlend und originell, und dass sie weder rauchen noch trinken würde. Die Checkerin sagt immer nur „ja, super", „toll", „fantastisch", „hast du aber ein Glück". Wenn sie befürchtet, dass Sandy den ganzen Flug über mit diesen Erzählungen weitermachen würde, dann zeigt sie es nicht.

Endlich sind sie am Flughafen, warten in der Schlange beim Check-in, und Sandy ist weiterhin in Trance vor Verlustschmerz. Sie sieht nichts um sich herum und rempelt, als sie ihre Reisetasche mit dem Fuß weiterschiebt, einen vorbeigehenden Beamten der Flughafenpolizei an. Der dreht sich wutschnaubend um, und ein griechischer Wortschwall ergießt sich über sie.

„Reden Sie gefälligst Englisch, wenn Sie mich schon beschimpfen", sagt Sandy.

„Oh, du glaubst wohl, das kann ich nicht. Weißt du, was du bist?"

„Na, sag schon!"

„Für so eine wie dich reg ich mich gar nicht auf!", schreit er weiter. „Du bist doch von dem Frauenstrand, der heute abgesperrt wird."

„So halt das Maul!", mischt sich die Checkerin ein.

„Noch so eine", macht er weiter. „Lange bleibt ihr alle ohnehin nicht auf der Insel. Ab heute geht's nämlich rund."

„Was heißt das?", fragt Sandy.

„Na, was wohl! Frag den Bürgermeister, der hat endlich genug von euch."

Er wirft ihr seine halb gerauchte Zigarette vor die Füße und geht davon. Sandy ist außer sich. Sie rüttelt die Checkerin am Arm.

„Hast du gehört, was der gesagt hat?"

„Ja, hab ich. Und?"

„Die Bullen greifen heute an, und Klara ist ganz allein."

„Du brauchst doch nicht zu glauben, was so ein Mensch sagt. Daran ist doch kein Wort wahr."

„Wenn aber doch?"

„Bist du von Sinnen? Meinst du, der Bürgermeister schickt den Frauen die Polizei an den Hals? Was hätte er davon?"

„Alles Mögliche! Dass sie abhauen, nie mehr wiederkommen. Säuberung des Ortes. Der ist doch ohnehin krank."

In diesem Moment piepst Sandys Handy. Eine SMS von Samantha. *„Kann Klara nicht finden. Muss jetzt weg. Kämpfe mit Bullen. Frauen verhaftet. Verletzte. Zaun."*

„Da hast du es!", schreit Sandy jetzt. „Die drehen dort alle komplett durch."

„Das glaub ich nicht."

„Lies es. Nein, warte, ich rufe sie gleich an. Was sollen wir uns da noch viel mit SMS verzetteln!"

Sandy wählt die Nummer, kommt aber nicht durch. *Service unavailable.*

„Was ist das jetzt? Haben die ihr das Handy schon abgenommen?"

„Vielleicht ist ihr Akku leer oder die Leitung überlastet, oder sie hat am Meer gerade keinen Empfang."

„Ich ahne Böses." Sandy tritt von einem Bein auf das andere. „Ich kann Klara nicht allein lassen."

„Komm mal runter von deinem Trip, Frau. Hol das Ticket raus, du bist an der Reihe."

„Ich kann nicht."

„Was heißt, ‚ich kann nicht'?"

„Ich kann nicht wegfliegen, und sie ist hier und wird womöglich verletzt. Nie im Leben."

Die Checkerin nimmt ihr jetzt das Ticket aus der Hand, stellt Sandys Reisetasche auf das Förderband neben dem Schalter und verlangt für sie einen Fensterplatz. Sandy schaut ihr zu, als würde sie sie gar nicht sehen.

„Da, deine Bordkarte. Jetzt gehen wir noch was trinken."

Sandy folgt ihr, aber sie wirkt abwesend. Die Checkerin drückt ihr eine Flasche Cola in die Hand.

„So, jetzt beruhige dich endlich."

Sandy versucht noch einmal, Samantha zu erreichen. Ohne Erfolg. Da schaut sie die Checkerin in aller Ruhe an.

„Ich bleibe hier."

„Das kannst du nicht. Dein Gepäck ist schon im Flugzeug."

„Dann wirst du dich in Heathrow darum kümmern müssen."

„Dreh doch nicht durch, nur, weil die nicht an den Apparat geht. In einer halben Stunde antwortet sie, und alles ist okay."

„Ich glaub das nicht."

„Das kostet dich einen komplett neuen Flug. Du hast kein Quartier mehr, du kannst niemandem erklären, warum du das tust, und in Wirklichkeit wird der Abend am Strand genauso verlaufen wie alle anderen auch. Ein, zwei Patrouillen, die muss ja deine Klara nicht gerade k.o. schlagen, und sonst nichts."

„Was hat der aber dann gemeint?"

„Was weiß ich? Der ist frauenfeindlich und sagt irgendetwas. Komm jetzt."

„Nein." Sandy weicht ihr aus. „Keine Chance. Ich bleibe da."

„Du bist verrückt", schreit jetzt die Checkerin. „Du glaubst wohl, das ist die große Liebe, was? Und schon tanzt du aus der Reihe. Kannst du dir das überhaupt leisten? Was ist, wenn die schon die Nächste hat, heute Abend?"

„Dann weiß ich es wenigstens", sagt Sandy leise. „Ich fahre zurück. Mit dem Bus um zwei Uhr nachmittags, da kostet es mich weniger."

„Sture Ziege."

„Ach, lass mich."

Die Checkerin hat Tränen in den Augen, als sie sich von Sandy verabschiedet. Sie weiß selbst nicht, warum. Aus Wut, Rührung oder Angst.

„Also dann zieh halt in deinen selbst gebastelten Krieg!"

Auf dem Polizeirevier. Maggie fühlt sich nicht wohl, ihr Wagemut und ihre Großmäuligkeit sind verschwunden. Noch dazu lässt Gregorios sie warten. Zuerst nimmt er den Juristen dran, und erst nachdem sie eine Stunde in einer staubigen Stube verbracht hat, in die nur durch ein hohes, kleines Fenster Licht dringt, widmet er sich ihr. Sie weiß längst nicht mehr, warum sie da ist. Was soll sie bloß sagen, losgelöst von ihren Freundinnen, die ihr Bestätigung geben könnten?

Gregorios wiederum hat keine Lust, sich mit diesem Fall zu befassen. Innerlich schiebt er die Verantwortung für den Zaun von sich. Sein Vater wollte die Touristinnen einpferchen. Bitte, jetzt hat er seinen Willen, und ob drei oder vier von denen sich aufregen, ist ihm egal. Die Frau hier ist ihm bloß lästig.

„Wie heißen Sie? Wo wohnen Sie? Geboren wann? Können Sie sich ausweisen?", fragt er und merkt nicht, dass sie eingeschüchtert ist. Maggie antwortet schnell und beflissen, die Worte überschlagen sich.

„Und was haben Sie mir zu sagen?"

Die Frage ist neutral gestellt; Gregorios schaut auf die Uhr dabei. In Maggies Ohren klingt jeder Satz jedoch wie ein Gewehrfeuer. Sie findet keinen Anschluss zu ihrer Wut von vorhin. Was sie formuliert, ist vage und verschwommen.

„Wir können doch nicht täglich durch einen Zaun gehen", sagt sie zögerlich.

„Der Zaun soll Sie nur schützen. Wir sind auch nur zu Ihrem Schutz da, zu nichts anderem."

„Aber es wirkt wie eine Schikane."

„Schikane höchstens für die, die Angriffe planen und nun vor einer Barriere stehen."

„Ja, ja", sagt Maggie jetzt. „Klar."

Gregorios langweilt sich. Er schaut sie an und kneift die Augen zusammen. „Das Phantom ...", sagt er, um irgendetwas zu sagen. „Vor dem beschützen wir Sie."

Sie schaut ihn an, als wüsste sie nicht, wovon er redet.

„Die Person, die mehrere Einheimische überfallen hat", fügt er hinzu. Sie nickt.

„Wissen Sie, wie es aussieht?", fragt er dann, eher belustigt.

Maggie zuckt zusammen. „Was wollen Sie mit dieser Frage?"

„Nichts, nichts. Manche sollen es ja gesehen haben."

„Nein", sagt sie schnell. „Ich doch nicht. Ich habe doch ... ich bin eine ganz normale Touristin."

„Jetzt regen Sie sich nicht auf."

Maggie schwitzt. Sie weiß nicht mehr, was sie schon gesagt hat, was sie sagen will, ob sie auf Fragen antworten muss oder die Aussage verweigern soll.

„Haben Sie denn Kontakt zu der griechischen Bevölkerung?"

„Ich? Kontakt? Was meinen Sie damit?"

„Sie brauchen keine Angst zu haben. Ich wollte nur wissen, ob sie Freunde hier haben."

„Freunde? Ich habe nur unter den Touristinnen Bekannte."

„Aha." Gregorios kritzelt nachlässig auf seinem Block und überlegt, das Gespräch abzubrechen. Warum stellt er überhaupt Fragen? Warum gerade dieser hier? Das sollen doch die Ermittler machen.

„Aber die sind okay", redet Maggie weiter. „Wirklich. Ich meine, die Österreicherinnen spinnen etwas. Die eine ist eine Anarchistin."

„Wie bitte? Eine was?"

„Nein, ich will sagen, die ist harmlos."

„Sie haben eben ‚Anarchistin' gesagt."

„Aber ich habe es nicht so gemeint."

„Was haben Sie dann gemeint?"

„Nichts", stammelt Maggie. „Die ist bloß etwas seltsam. Hat eine Freundin, die am Strand lebt, und selber schreibt sie Bücher und hält Reden im Fernsehen. Aber sonst nett."

Gregorios schaut Maggie an. Das hat ihm gerade noch gefehlt. Anarchistin! Dieses Wort. Jetzt wird er doch ermitteln müssen.

„Und wo finde ich diese nette Anarchistin?", fragt Gregorios langsam.

Maggie verzieht vor Ausweglosigkeit weinerlich das Gesicht.

„Ich wollte das nicht so sagen. Es ist ganz anders. Sie ist locker. Die Österreicherinnen sind schwer in Ordnung."

„Wo wohnen die Österreicherinnen?"

„Den Namen der Pension weiß ich nicht."

„Aber wo sie liegt, wissen Sie vielleicht?"

„Ja."

„Dann würde ich sagen, wir fahren dort kurz vorbei", sagt Gregorios und hält ihr die Tür auf.

In Maggie krampft sich alles zusammen. Sie macht sich fast an vor Angst, als sie in seinen Jeep steigt, und sieht nicht einmal, dass ihre Freundinnen auf der anderen Straßenseite warten. Sie gibt ihm fast flüsternd die Richtung der Pension an, in der Klara und Livia wohnen, und wagt auf der Fahrt nicht, sich zu bewegen oder seitlich hinauszuschauen. Ihre Hände liegen klamm auf ihren Schenkeln. Als er vor der Pension stehen bleibt, zeigt sie auf den ersten Stock. Sie hat Klara eines Nachmittags aus einer der Türen kommen sehen und es sich gemerkt. Sie konnte allerdings nicht wissen, dass Klara gerade aus Livias Zimmer kam, bei der sie Kaffee getrunken hatte. Gregorios erinnert sich, dass er vor zwei Tagen schon einmal in diesem Haus gewesen ist.

„Und welche Tür ist es?", fragt er.

Maggie deutet auf Livias Tür und glaubt, es ist die von Klara.

„Die rechte", sagt sie.

„Sind Sie sicher, dass es nicht die linke ist?"

„Ganz sicher." Sie nickt heftig.

Hm, denkt Gregorios, ich hätte geschworen, die, die links wohnt, ist die Anarchistin. Die hat mir widerständig und frech ausgeschaut, aber bitte, habe ich mich eben geirrt, muss ich das rechte Zimmer einmal anschauen lassen.

Laut sagt er: „Ich danke Ihnen." Er hilft ihr beim Aussteigen und versichert, der Bürgermeister werde sich selbstverständlich in Kontakt mit ihr setzen, um die Vorsichtsmaßnahmen, denen der Zaun dient, zu klären. Als Maggie in ihr Zimmer kommt, heult sie vor Scham und Angst.

Katie stellt ihre Reisetasche auf das Band der Sicherheitskontrolle. Sie kann nicht anders, als ununterbrochen an Livia zu denken, und hat das Gefühl, versagt zu haben. Sie hätte sich nicht Hals über Kopf in einem Liebestaumel verlieren sollen. Aber sie war diesen Gefühlen gegenüber gleich von Anfang an machtlos gewesen. Außerdem war Livia nicht unschuldig daran, weil sie ihr anfangs nachgegeben hatte. Genau genommen kamen sie keinen Tag ohne einander aus, seit sie sich kannten, aber Katie spürte bald, dass Livia manchmal in eine Traumwelt abglitt, die undurchdringlich war und so erschöpfend, dass Livia danach am Ende ihrer Kräfte schien. Es war, als ob eine schwere Last auf ihr liegen würde, die auch im Urlaub nicht ganz von ihr wich. Und je tiefer Katie mit dem Feingefühl der Verliebten in Livias Lebenswelt drang, umso weiter entfernte sich der Mensch Livia von ihr. Katie ahnte mehr, als sie aussprechen oder benennen würde, konnte manche von Livias Entscheidungen und Gedanken nicht nachvollziehen und versuchte, ihr erklärlich zu machen, dass diese sie immer mehr von der Gemeinschaft der anderen ausschließen würden. Livias Gefühle zu Männern verstand sie schon gar nicht. Als sie das aussprach, wurde Livia verstockt und verschloss sich ganz.

Der Abschied war nicht viel anders als die letzten Tage mit ihr, ein Zusammen- und Getrenntsein in einem. Livia brachte es fertig, in manchen Momenten von einer steinernen Gleichgültigkeit und Härte zu sein, die Katie fast umbrachte, dann wieder war sie anschmiegsam und zärtlich.

Im Handgepäck, das jetzt durch den Scanner rollt, befindet sich ihre Kamera. Katie geht ebenfalls durch die Kontrolle, dann will sie ihre Tasche nehmen. Der Beamte hält sie auf.

„Sie haben eine Kamera in dieser Tasche", sagt er.
„Ja, ich bin Journalistin."
„Haben Sie einen Ausweis?"
Sie reicht ihm ihren Presseausweis von *Channel 4*.
„Waren Sie bei dem Fernsehteam, das letzte Woche gefilmt hat?"
„Ja."
„Sie sind nicht mit denen abgereist?"
„Nein, ich habe noch Urlaub gemacht."
„Haben Sie da noch weitere Aufnahmen gemacht?"
„Na ja, ein paar", sagt Katie, und ihre Knie werden weich.
„Ist die Kassette in der Kamera?"
„Ja", sagt sie.
„Dann muss ich sie leider beschlagnahmen."
„Aber warum?"
„Weil in Anbetracht der Umstände nur autorisierte Aufnahmen das Land verlassen dürfen."
„Wir sind aber nicht im Krieg!"
„Es gab eine Explosion. Es gibt Überfälle auf griechische Bürger, und das Material Ihres Senders wurde ebenso gesichtet, bevor es freigegeben wurde."
Sie schaut ihn mit großen Augen an. Sie denkt gar nicht so sehr an den Bürgermeister, den sie heimlich gefilmt hat, oder an Yakis oder an Klara, die mit blutverschmierten Händen auf sie zukam. Alles kompromittierende Bilder. Sie denkt an Livia, an die Nahaufnahmen ihres Gesichtes, das sie über alles liebt, und fängt an zu weinen.
„Nein", sagt sie, „bitte nicht. Es sind ganz wichtige Erinnerungen. Ich muss sie einfach mitnehmen, ich brauche sie. Bitte!"
„Ich kann leider keine Ausnahme machen", sagt der Beamte und weist sie zu einem Tisch, wo sie angehalten wird, die schriftlichen Formalitäten der Beschlagnahmung zu erledigen. Das Papier, das sie unterschreiben soll, verschwimmt hinter einem Schleier von Tränen, und er muss ihr den Stift richtiggehend in die Hand drücken und ihr den Text vorlesen, der besagt, dass der griechische Staat eine Video-Kassette zu Ermittlungszwecken zurückbehält, die ihr nach Maßgabe der Möglichkeiten zurückerstattet wird.
„Aber wann?"

„Darüber kann ich Ihnen keine Auskünfte geben."

Katie unterschreibt und schaut hilflos zu, wie ihre Kassette mit all den Erinnerungen an eine heftige, brutale Liebe in einem Kuvert der griechischen Flughafenpolizei verschwindet. Und sie weiß, dass sie das Band schon wegen Yakis und dem Bürgermeister, wegen des Aufmarsches der Polizei am frühen Morgen, wegen der Szenen über das Aufstellen des Stacheldrahtzaunes nie wieder in ihren Händen halten wird.

Und vielleicht soll das ein Zeichen sein. Vielleicht soll es ja nichts Materielles geben, das sie an diesen Ort bindet, an diese Zeit, an diese sinnlosen Versuche, die Gefühle einer Frau zu erringen, die für so etwas längst unempfindlich geworden ist.

❂ ❂ ❂

Yakis ist zum ersten Mal nach dem Überfall wieder auf den Beinen und begibt sich in das Büro der Schriftführerin im Gemeindeamt, die einzige gute Seele der Verwaltung, wie er findet. Sie zeigt etwas wie Freude, als sie ihn heranhinken sieht. Verängstigt wie sie ist, erschöpft sich dies in einem scheuen Lächeln und dem Angebot, ihm einen Kaffee zu bringen. Yakis dankt ihr und lächelt ebenfalls. Und dann versucht er, seine Gedanken und die damit verbundenen Schritte zu ordnen. Dazu gehören Anrufe nach London, zu diversen Stellen der Stadtverwaltung. Das allein dauert Stunden, denn die Verbindung reißt immer wieder ab, genau dann, wenn er eine Person in der Leitung hat, die Auskünfte geben kann, über Ereignisse, die schon einige Zeit zurückliegen.

Dann fragt er die Schriftführerin, ob er ihren Computer benutzen darf. Natürlich. Aber es ist nur möglich, Briefe zu schreiben, auszudrucken und abzuspeichern. Mails kann er keine verschicken, und ins Internet kommt er auch nicht hinein; seit fünf Tagen warten sie auf einen Techniker aus Mitilini. Wenn er surfen wolle, ist es besser, ins Internet-Café im Ort zu gehen, sagt sie. Yakis überschlägt, was ihn das kostet, und beschließt, diesen Rat anzunehmen. Dort muss er sich wenigstens nicht ständig über die öffentliche Verwaltung ärgern.

Er ist schon an der Tür, da kommt der neue Ermittler die Treppe herauf. Beide schauen sich befremdet an.

„Sie sollen sich nicht überanstrengen; die Untersuchungen laufen ohnehin auch ohne Sie", sagt der Neue. Yakis nickt.

„Wir haben den Lehrer vernommen und das Opfer vom Flughafen in Mitilini. Es ist nach wie vor rätselhaft, wie die mit den anderen beiden Überfällen zusammenhängen. Selbst wenn man hier von zwei gespaltenen Lagern ausgeht, war der Lehrer eher auf der Seite des Bürgermeisters. Außerdem hat er keinen Grundbesitz, der zu verkaufen wäre."

„Gehen Sie immer noch von Ihrer Theorie der Einschüchterung aus?"

„Auf jeden Fall. Theofilos hat versucht, die Bebauungspläne zu manipulieren."

„Wie kann er das?"

„Er ist mit zwei Bauunternehmen in Kontakt und hat Verträge unterschrieben unter Bezugnahme auf eine bevorstehende Änderung der Bauordnung. Die geht zwar von Athen aus, aber wenn er dort jemanden sitzen hat, wird gar nicht geprüft, ob schon vor der Gesetzesnovelle hier gebaut wird oder nicht. Im Nachhinein wird wohl keiner ein gut gehendes Hotel abreißen und Arbeitsplätze gefährden."

„Klingt plausibel", sagt Yakis. „Dann frage ich mich aber, warum der Pächter der *Primitiv Bar* nicht auch überfallen und gebrandmarkt wurde. Der blockiert ja mit seiner Pacht auch ein beträchtliches Stück Land."

„Die Bar wurde ohnehin vorläufig geschlossen, weil ebendieser Pächter wegen Drogenhandel angezeigt wurde. Je länger sie außer Betrieb ist, umso höher sind die Chancen, dass er seinen Kredit nicht zurückzahlen kann. Dann muss er die Pacht aufgeben."

Yakis nickt bedächtig. Dies ist alles nachzuvollziehen, und wenn er weniger Fantasie hätte, wäre er ebenfalls zu denselben Schlüssen gekommen.

„Der Unfall mit den Sprengstoffen am Strand?"

„Pff! Unwichtig. Vermutlich hat Theofilos oder ein anderer einen Jungen geschmiert, dass der etwas Dynamit hochgehen lässt. Vielleicht ist es auch eine Gruppe aus Mitilini. Dort gibt es einen religiösen Verein ‚Rückkehr zur Reinheit'. Die haben auch die Schmähschriften bei der Ankunft der Frauen aus London am

Flughafen verteilt. Das erscheint mir nicht so dringlich nachzuweisen."

„Aber deswegen sind wir doch eigentlich hier", meint Yakis müde. „Wegen des Dynamits am falschen Ort."

„Jetzt ist aber etwas anderes daraus geworden", meint der Neue barsch. „Und das kann wohl keinen von uns kalt lassen."

„Seit dem Überfall auf mich ist aber nichts weiter passiert", merkt Yakis an.

„Theofilos weiß, dass wir ihn verdächtigen, er wird sich hüten", ist die Antwort.

Yakis greift desillusioniert zu seiner Aktentasche.

„Die Frage ist vielmehr, ob es mit den vier Opfern getan ist oder ob noch jemand überfallen werden soll", sagt er. Der Neue schüttelt verständnislos den Kopf.

„Ich warte noch auf zwei schriftliche Aussagen, dann nehme ich mir Theofilos vor", sagt er düster.

„Was ist mit der Tatwaffe?"

„Die finden wir bei ihm. Da bin ich mir sicher."

Yakis grüßt und verlässt das Büro.

Sandy kommt gerade noch rechtzeitig zum Busbahnhof in Mitilini-Zentrum, um den Bus nach Eressos zu erwischen. Dreieinhalb Stunden dauert die Fahrt, dreimal so lang wie mit dem Taxi. Der Bus fährt täglich um zwei Uhr nachmittags weg, in der größten Mittagshitze, da helfen die offenen Fenster auch nichts. Während sie so dahinrollen, hat Sandy jede Menge Zeit nachzudenken, aber in den ersten eineinhalb Stunden kommen ihr keine anderen Gedanken in den Sinn als die panikartige Wiederholung der Worte: „Ich muss sie retten, ich muss sie retten, ich muss sie retten". Und sie stellt sich vor, wie sie Klara aus den Fängen der Häscher befreit. Dann wird sie mich wirklich lieben. Kaum hat sie das gedacht, muss sie selber darüber lachen. Natürlich ist die ewige Dankbarkeit, die aus der Situation des Gerettet-worden-Seins resultiert, kein guter Anfang für eine Liebesbeziehung.

Lieber wäre es mir, sie liebt mich vorher schon. Daraufhin muss sie wieder lachen. Da merkt sie, wie guter Laune sie ist. Die unausweichliche Trennung von Klara ist durch ihren spontanen Entschluss für einige Zeit aufgeschoben. Und das war wohl der Sinn ihrer Entscheidung. Sie will nicht von Klara getrennt sein, und die Rückkehr nach Skala Eressos ist ein Geschenk, das sie sich selber macht. Aber wie lange wird sie dort bleiben können? In ihrem Budget sind solche Ausgaben nicht vorgesehen. Vor allem fliegt ihr Gepäck gerade Richtung London. Und sie hat nur das, was sie am Leib trägt, eine weiße Bermuda und ein weißes Sweatshirt, eine dunkelblaue Jacke, die sie gern um die Hüften schlingt, und einen weißen Schal. Gut, ein Badetuch könnte sie sich kaufen, aber Kleidung zum Wechseln? Und wo wird sie schlafen? Am Strand wie Gini Sedlak, schlimmstenfalls.

Der nächste Charter nach London geht am Samstag, in zwei Tagen also. Viel Zeit hat sie nicht gewonnen, aber besser, als jetzt schon im Flugzeug zu sitzen und zu wissen, dass Sonne, Meer und Klara langsam entschwinden.

Was wird Klara sagen, wenn sie mich unerwartet wiedersieht?, denkt Sandy. Vielleicht macht sie ein betretenes Gesicht und findet mich lästig. Vielleicht flirtet sie schon mit einer anderen, wenn ich komme.

Diese Gedanken beschäftigen sie, und die Reise vergeht wie im Flug, bis der Bus plötzlich zu ruckeln und röcheln anfängt, langsamer wird und mitten auf der Landstraße stehenbleibt. Sandy steigt mit den anderen aus, der Stop kommt ihr nicht ungelegen, so kann sie die Beine vertreten, die Gliedmaßen strecken. Aber dann sieht sie, wie der Busfahrer die Kühlerhaube öffnet und weißer Rauch aufsteigt.

„Wir können nicht mehr weiter. Wir haben einen Motorschaden", sagt einer der Mitreisenden in gebrochenem Englisch zu ihr.

Alexis Sifounakis, Vizebürgermeister und Besitzer des *Odysseus*, des größten Restaurants im Ort, betritt wutschnaubend das *Daphne* und brüllt nach Theofilos. Dieser lässt sich mit seinem Erscheinen Zeit.

„Was soll dieser Stacheldraht da draußen am Strand?", schreit Alexis. „Da werden reihenweise Kinder zur Rotkreuzstation gebracht."

„Welcher Draht? Ich weiß nicht, was du meinst."

„Stell dich nicht so an. Der, mit dem du den Nudistenstrand eingekesselt hast."

„Das war doch nicht ich. Da muss die Polizei ..."

Alexis reißt den Mund auf vor Empörung.

„Das wagst du mir zu sagen? Der Einsatzleiter ist dein Sohn!"

„Na und? Der untersteht Mitilini. Wenn der Gouverneur befindet ..."

„Der befindet doch nichts, ohne dich zu fragen."

Theofilos fasst Alexis an der Schulter und zieht ihn zum Sofa.

„So setz dich doch mal. Das ist nicht so schlimm. Der kommt gleich wieder weg, wenn wir dieses unsägliche Phantom gefunden haben."

„Was hat das Phantom mit dem Zaun zu tun? Dort hängen nur Touristinnen rum."

„Und? Dann haben wir wenigstens die im Griff."

Alexis schaut ihn verdattert an.

„Aber wozu?"

„Wer weiß?" Theofilos lächelt kryptisch. „Vielleicht sind die in die Sache involviert."

Alexis horcht auf, dann sieht er in Theofilos' fettem Gesicht und den wässrigen Augen wieder nur das schlaue Grinsen, das er seit Jahrzehnten kennt. Er erhebt sich brüsk.

„Du wirst mir nicht schon wieder etwas weismachen. Der Zaun kommt weg, und zwar heute noch, dafür sorge ich."

„Der Zaun bleibt, ich warne dich."

„Er kommt weg."

„Der Bürgermeister bin immer noch ich."

„Das warst du viel zu lang, geschäftsschädigend wie du für uns alle bist."

„Das kannst du bei der nächsten Sitzung im Gemeinderat vorbringen, bis dahin geschieht, was ich will."

„Das werden wir sehen."

Bebend vor Zorn verlässt Alexis das Hotel.

KAPITEL 18

Gemeinsam mit den anderen Fahrgästen aus dem havarierten Bus geht Sandy zuerst zu Fuß ein Stück die Landstraße entlang und versucht dann zu trampen. Am frühen Nachmittag sind nicht viele Fahrzeuge unterwegs, und die, die anhalten, nehmen die älteren Frauen mit. Erst eine Stunde später lässt ein Bauer sie aufsitzen. Allerdings fährt er nicht weit. Im Gebirgsdorf Eli ist er zu Hause, und dort ist für ihn das Ende der Fahrt, aber er ist so freundlich, sie auf einen *greek coffee* einzuladen. Den hat sie dringend nötig. Der Bauer bringt auch Wasser, Brot und Oliven, setzt sich neben sie, und beide versuchen, ohne Worte freundlich zueinander zu sein. An den anderen Tischen sitzen Bekannte von ihm, und hie und da schnauzt er knappe Worte in deren Richtung. Sandy versucht, etwas über einen geplanten Polizeieinsatz in Skala Eressos herauszufinden, soweit sie sich verständlich machen kann.

„Skala Eressos?", ruft ein junger Mann auf einem Motorroller aus. „Aber das ist doch der friedlichste Ort der Insel. Wir mögen Touristen, vor allem Frauen." Dann startet er und röhrt davon.

Warum hat sie sich dann so aufgeregt, den Flug versäumt und riskiert nun, dass Klara sich von ihr bedrängt, ja verfolgt fühlt und sich noch mehr zurückzieht? Eine unsinnige Idee, umzukehren. Was ist bloß in sie gefahren?

Der Bauer erklärt ihr nun, er habe jemanden gefunden, der heute nach Skala Eressos weiterfährt, allerdings erst um acht Uhr abends. Wenn sie so lange warten wolle? Oder soll er doch ein Taxi für sie rufen?

„Nein", sagt Sandy, „ich nehme das Angebot an."

Sie ist müde. Die ganze Nacht lag sie ja vor Trauer darüber, Klara verlassen zu müssen, wach, und der Tag ist bis jetzt auch nicht erholsam gewesen. Sie hat griechische Bergstraßen in allen Facetten genießen dürfen, im Taxi, per Bus, auf einem Lieferwagen und zu Fuß. Jetzt kann sie nicht mehr. Bis acht Uhr hat sie drei Stunden Zeit, und wenn sie heute Abend noch zu etwas gut sein will, muss sie sich ausruhen. Sie nimmt ihren Rucksack, steuert eine Bank unter einer Tamariske am Rande des Platzes an und legt sich hin. Trotz an- und abfahrender Autos und Motorräder, Fußball spielender Kinder und der heiseren Schreie der Alten im Kafeneion sinkt sie in einen tiefen Schlaf.

Am frühen Abend trifft Klara sich mit Livia. Das erste Mal seit Tagen. Sie hat ihr so viel zu erzählen, sie weiß nicht, womit sie beginnen soll. Schließlich gibt sie zu, dass sie Sandy verdächtigt hatte, das Phantom zu sein, und deswegen fast Streit mit Gini hatte, dass Gini und sie im Internet nach dem Sigma geforscht haben, aber nur widersprüchliche Informationen, unter anderem über okkulte Studentenverbindungen in den USA, ausgegraben haben. Livia hört wie immer in ihrer diskreten, stillen Art zu.

„Ich komme mir kindisch vor, auf eigene Faust ermittelt zu haben", sagt Klara.

„Das brauchst du nicht. Wir Schriftstellerinnen neigen leicht dazu, die Realität auf unsere Art weiterzuspinnen und unsere Handlungen danach abzustimmen, anstatt umgekehrt."

„Wie meinst du das?", fragt Klara erstaunt.

„Vielleicht kommst du dir im Moment selber wie eine Romangestalt vor und agierst dementsprechend. Ich finde das mit dem Sigma interessant. Gibt es wirklich Studentenverbindungen in den USA, die das Zeichen benutzen?"

„Ja, aber was die machen, klingt eher reaktionär."

„Schade. Andererseits, Ginis Fantasie möchte ich mal haben, da gleich ins Netz zu gehen, ein, zwei Begriffe einzugeben und mit Informationen über die ganze Welt zurückzukommen."

„Mir geht es nur darum, uns nicht in Gefahr zu bringen. Was mache ich, wenn Yakis sich so weit erholt hat, dass er Nachforschungen über die Liste anstellt, die wir nicht mitgefaxt haben?"

„Wo ist die denn?"

„Die habe ich Gini gegeben. Sie meinte, bei ihr in ihrem abgefuckten Rucksack ist sie am sichersten."

„Was ist denn an der Liste schon dran?"

„Unsere Namen. Alle, die schon einmal hier waren, sind verdächtig."

„Blödsinn. Das wäre ja der ganze Strand."

„Auch du bist erwähnt, übrigens, du warst auch schon einmal hier. Mir hast du nichts davon erzählt."

„Ach ja, stimmt, ich war schon einmal hier", sagt Livia. „Aber darüber haben wir doch schon im Flugzeug gesprochen."

Sie folgen der Hafenmole bis zu ihrem äußersten Zipfel und bleiben schließlich auf einem der großen Steinblöcke sitzen, die als Wellenbrecher übereinander getürmt worden sind. Vor ihnen der Hafen in seiner armseligen Hässlichkeit. Griechinnen und Griechen stehen in Gruppen zusammen und sprechen vermutlich über den aktuellen Fischfang und welche Werkzeuge repariert werden müssen.

„Dieses Tuch mit den Blutflecken geht mir auch nicht aus dem Kopf. Ob wir nicht wenigstens das abliefern sollen?", sagt Klara.

„Das Tuch? Das hat die Sedlak dann doch mir gegeben, und ich habe es irgendwo hingeknüllt. Wenn das jemand bei mir findet, bin ich sofort die Hauptverdächtige", lacht Livia.

„Bitte nimm das etwas ernster. Sollten wir es nicht doch der Polizei übergeben?"

„Ich weiß nicht. Ich würde es lieber wegwerfen, bevor ich mit den Bulllen noch einmal zu tun haben muss."

Die sinkende Sonne hat beinahe den Felsen erreicht und wird davon in einigen Minuten verschluckt werden. Klara und Livia schweigen eine Zeit lang in mystischer Naturverbundenheit. Hie und da verirrt sich ein Auto bis zu ihnen, dreht um und fährt wieder weg.

„Gestern Abend habe ich mich mit Sandy nicht mehr wohl gefühlt. Sie war mir zu vereinnahmend, mit ihrer Verliebheit", sagt Klara schließlich.

„Ich bin richtig erleichtert, dass du das sagst", meint Livia.

„Wieso?"

„Weil dich das so normal macht. Ich kann das gut nachvollziehen, diese plötzliche Leere und Langweile."

„Andererseits ist es traurig, nicht hundertprozentig für jemanden empfinden zu können."

„Ja, aber so ist das Leben. Das ist viel realistischer, als sich Romanzen vorzumachen", sagt Livia, die Vierundzwanzigjährige.

„Es gibt Augenblicke im Leben", seufzt Klara, „in denen dich ein Sonnenuntergang oder ein Sternenhimmel mehr als alles andere nervt."

„Das hast du jetzt schön gesagt."

Sie lachen auf und umarmen sich. Etwas von der Vertrautheit der ersten Tage kommt langsam zurück.

„Was war nun mit Katie?"

„Ach, es ist zu kompliziert, um es zu sagen", antwortet Livia ausweichend. Klara schaut sie fragend an.

„Sie wollte Dinge von mir, die ich ihr nicht versprechen konnte."

Klara wartet, dass sie diese Dinge erklärt, aber Livia redet nicht weiter.

„Es geht dir doch gut?"

„Ja, klar. Wie immer", sagt sie.

„Der Zaun ist aufgestellt", sagt Gregorios zu seinem Vater. „Ein Meter zehn hoch, doppelte Drahtreihen. Da kommt jetzt keine raus und rein, ohne von uns kontrolliert zu werden. Die müsste schon einige Meter vom Ufer wegschwimmen, und wer tut sich das an, mit Badetasche, Luftmatratze und so weiter?"

„Mhm", grunzt sein Vater, während er die Zimmerschlüssel einen nach dem anderen auf das Schlüsselbrett hängt. Wie an der makellosen Fülle leicht ersichtlich ist, sind alle Hotelgäste zum Abendessen unterwegs und haben ihre Schlüssel samt und sonders folgsam abgegeben. Theofilos fährt mit dem Zeigefinger stolz über die pendelnden Birnenkörper und murrt zufrieden. Dann dreht er sich zu Gregorios um.

„Ja, also", sagt er. „Du nimmst halt immer alles zu wortwörtlich, was man dir sagt."

„Ich versteh dich nicht."

„Ich hab zwar ‚Barrieren' gesagt, aber doch nicht so einen Verhau."

Gregorios runzelt die Stirn in Unverständnis. „Wie bitte?"

„Ich hab eher an etwas Mobiles gedacht, das improvisierter aussieht. Wir kommen ja wirklich noch in Verruf."

„Willst du mich verarschen? Vorgestern waren dir die Schranken nicht gut genug, die hätte man jederzeit entfernen können."

„Ich hab gesagt, veranker die ordentlich und stell ein paar Posten mehr hin, das genügt."

„Das hast du eben nicht gesagt!", ruft Gregorios aufgebracht. „Du wolltest richtige Absperrungen."

„Absperrungen!", spottet Theofilos. „Wie schaut denn das jetzt aus? Wenn der Kosmopolit überraschend anreist, glaubt der, wir sind hier in einem Bürgerkrieg."

„Ich hab dich doch darüber informiert, dass ich Nato-Draht holen werde."

„Nato-Draht? Glaubst du, ich hab dein Gefasel ernst genommen?"

„Gefasel?" Gregorios springt auf ihn zu und packt ihn an der Gurgel.

„Wage ja nicht, das noch einmal auszusprechen, du seniler Arsch mit deinem Buchstabentick! Über dich macht sich doch schon längst jeder lustig."

Theofilos würgt und greift nach Gregorios' Fingern, um sie von seiner Kehle zu lösen. Gregorios wirft ihn gegen die Rezeption. Die Schlüssel klimpern zu Boden. Theofilos rappelt sich hoch und versucht, die in der Gegend herumfliegenden, polternden, klappernden Holzbirnen mit den goldenen Buchstaben zu fassen.

„Schau, was du angerichtet hast, du ungehobelter Kerl!", schreit er mit hoher Stimme. Gregorios schießt die Schlüssel mit der Fußspitze in alle Richtungen, und Theofilos kriecht ihnen fluchend und schnaufend hinterher.

„Gamma, Delta, Epsilon ...", zählt er auf.

Gregorios lehnt mit verschränkten Armen an der Wand und schaut dabei zu.

„Ab nächsten Monat bin ich aus diesem Irrenhaus heraus."

Theofilos erhebt sich und schaut ihn entsetzt an.

„Das darfst du nicht. Du kannst mich hier nicht allein lassen, für dich hab ich das alles aufgebaut."

„Ich halte weder dich noch deine Kumpanen eine Sekunde länger aus. Ich will es zu etwas bringen, aber so wie hier geht es nicht weiter."

Theofilos fasst ihn am Arm.

„Ich hab es vorhin nicht böse gemeint. Du kannst jetzt nicht einfach abhauen."

„Du bist ein widerlicher, verkorkster Greis."

„Ich wollte doch nur sagen, dass du die Feinheiten der Politik bis jetzt nicht mitgekriegt hast."

„Von wem auch?", zischt Gregorios und hebt den letzten Anhänger auf. Der Buchstabe darauf glänzt besonders hell. Ein Sigma.

„Da", sagt er und reicht ihn seinem Vater. Der schnappt schnell danach.

„Moment", ruft Gregorios. „Was ist denn mit dem Schlüssel passiert?"

Er hält ihn gegen das Licht.

„Das Gold ist viel heller als bei den anderen", sagt er langsam und schaut seinen Vater auf einmal mit wachsendem Misstrauen an.

„Na und?"

„Der Buchstabe ist erneuert worden", sagt Gregorios. „Interessant, dass es gerade das Sigma ist."

„Der Schlüssel ist verloren gegangen. Ich hab einen neuen anfertigen lassen müssen."

„Aha. Verloren gegangen. Ausgerechnet der Schlüssel mit dem Sigma. Ein Sigma aus Metall. Mit scharfen Kanten. Und das soll ich dir glauben?"

Er wirft ihn Theofilos vor die Füße und verlässt das Hotel.

Die Party im *Naos*, der größten Disco des Ortes, ist der Höhepunkt der Pauschalreise von *Lesvos Travel*. Die originellsten Frauen werden gekürt. Die Wahl von „Ms Sexy", „Ms Fun" und „Ms Sport" wird für die richtige Stimmung sorgen. Als Preise winken Lustartikel von *Toybox*, Londons Sexshop für Frauen. Lollipop wird strippen.

Als Gini und Klara am Nachmittag durch die Lokale streifen, hören sie jedoch auch ablehnende Stimmen.

„Die sind ja pervers", sagt eine Frau. „Glaubt ihr wirklich, ich gehe dorthin? Ich brauche weder eine Stripperin noch ihre Sexartikel zu meinem Glück."

„Das ist nicht meine Vorstellung von Ferien", so eine andere.

„Wie stehen wir vor den Griechen da, wenn wir uns so aufführen?", fügt eine Dritte hinzu. „Kein Wunder, dass die auf uns sauer sind."

Gini und Klara laufen bedrückt weiter.

„Das ist ja hervorragend", sagt Gini. „Du brauchst gar keine Männer, um dir den Spaß so richtig zu verderben. Die Lesben sorgen schon selbst dafür."

Klara ist eine der Ersten im *Naos*. Nach Sandys Abreise fühlt sie sich unternehmungslustiger denn je und hat sich in Glitter und Glamour gehüllt. Die Begegnung mit Sandy hat das Gefühl, noch nicht genug gelebt zu haben, das ihr seit der frühesten Jugend vertraut ist, höchstens gedämpft, nicht aber zum Erliegen gebracht. Wider besseres Wissen und alle Erfahrung glaubt Klara erneut, einem berauschenden Fest für alle Sinne zuzustreben.

Weder Gini noch Livia sind zu sehen, und der Saal, der von beachtlicher Größe ist, ist halb leer. In dieser unbevölkerten Schwärze dröhnt aufdringlich aufpeitschende Musik, und mehrfarbige Scheinwerfer zucken in den hintersten Winkel. Die Tanzfläche ist ein glatter, schwarzer Spiegel, über den die Lichter huschen. Eine Bühne ist ebenfalls aufgebaut worden. Vereinzelt sind in der von Rauch und gelegentlichen Schwaden Trockeneis umwölkten Dämmerung Grüppchen von Frauen auszumachen, die in regelmäßigen Intervallen an Zigaretten ziehen. Ein mit rotem Samt ausgekleideter Tisch zeigt erotische Zeitschriften und Sexspielzeug aller Art. Die Stripperin Lollipop steht daneben und unterhält sich mit einem Pärchen, das vorsichtig den einen oder anderen Dildo abtastet.

Klara geht an den Rand der Tanzfläche und betrachtet alles sehnsüchtig. Ihr Top ist paillettenbestickt, und sie würde allein wegen der Lichtreflexe auf ihrem Busen gerne tanzen, aber das dünkt sie eine Mutprobe, für die es noch zu früh ist. Was ist, wenn

Livia und Gini gar nicht kommen und sie in diesem Gewölbe mit den hohen Säulen in vollkommener Anonymität allein lassen?

Die Nacht ist längst hereingebrochen, als Sandy endlich in Skala Eressos ankommt. Sie wurde in den letzten beiden Stunden durchgerüttelt und -geschüttelt, dass es die reinste Freude war. Der Lastwagen hat wohl seit Jahrzehnten keine Stoßdämpfer mehr. Der Ort ist still, und keine wie auch immer bedrohliche Stimmung liegt in der Luft. An der Uferpromenade im ausgetrockneten, sandigen Flussbett wie immer schreiende, Ball spielende Kinder; der Hauptplatz ist überfüllt mit Feriengästen, kein einziger Polizist ist zu sehen.

Sie stürzt hungrig in das Fastfood-Restaurant und holt sich ein Gyros. Sie nimmt es zum Meer mit und wirft sich in den kalten Sand. Wie eine Fremde kommt sie sich vor, ausgesetzt und doch heimgekehrt. Noch nie hat sie sich in einem Urlaub so eigenmächtig und unvernünftig verhalten.

Sie ist selten verreist. Als Jugendliche und als Studentin hatte sie kein Geld und arbeitete in den Ferien, desgleichen als sie mit dem Studium längst fertig war. Wenn sie zurückdenkt, hatte sie ihr Leben lang zu allen Zeiten des Jahres gearbeitet und sich selten freigenommen. Und wenn, dann verreiste sie immer in einer Gruppe, in der sie Unterschlupf vor den Unwägbarkeiten des fremden Landes fand. Auch in Lesbos knüpfte sie gleich am Flughafen Kontakt zu anderen Urlauberinnen und war mehr oder weniger sofort in einer Gemeinschaft akzeptiert. Von da an war alles vorhersehbar.

Heute ist sie zum ersten Mal aus der Reihe getanzt, tat etwas, das sie als Herumvagabundieren bezeichnen würde. Und schon war Zeit zu einem nicht mehr fassbaren Faktor geworden. In den vielen Stunden, die sie für achtzig Kilometer brauchte, um an ihren Ausgangspunkt zurückzugelangen, hätte sie auf einem anderen Kontinent, in Asien oder Amerika, sein können. Stattdessen sitzt sie schon wieder am Strand von Skala Eressos und fühlt sich den anderen Urlauberinnen gegenüber wie ein Eindringling.

Weitere existentielle Fragen will sie aber nicht an sich heranlassen. Ihr Vorhaben ist in unmittelbare Nähe gerückt, und sie beginnt, sich dafür zu rüsten.

In verzweifelter Hektik eilt Klara von einer Ecke zur anderen, holt sich Mineralwasser von der Bar und schaut wiederholt zum Eingang. In ihr wächst das Bedauern, nicht mit Sandy hier zu sein. Sie sieht, wie sich zwei Frauen küssen, und denkt an das Fest im *Sappho* zurück, als Sandy sie zum ersten Mal zum Tanzen aufforderte. Am liebsten würde sie die Zeit zurückdrehen.

Da steigt eine Frau auf die Bühne, ergreift das Mikro, die Musik verhallt, und im Saal wird das Licht ein wenig heller. Es ist June von *Lesvos Travel* persönlich. Heute Abend hat sie den Haushaltskittel gegen einen bodenlangen, grauen Schlauch eingetauscht. Das Haar kann sich wie immer nicht entscheiden, ob es unter Haarspangen plattgedrückt bleiben oder in Strähnen die Schulter streifen soll.

„Girls", sagt June und bemüht sich, freudig zu sein, wirkt aber immer noch wie eine Hausfrau, die sich gleich die Lockenwickler ins Haar rollen wird. „Wir freuen uns, euch die Entscheidungen der Jury mitteilen zu können. Die Jury hat unsere Urlauberinnen eine Woche lang auf ihren Unternehmungen begleitet und sich ein Urteil gebildet."

Von der linken Ecke des Saals, in der sich eine größere Runde befindet, ist Applaus zu vernehmen.

„Welche Jury?", flüstert eine bekannte Stimme in Klaras Ohr, und sie muss auflachen.

„Na die, die seit Tagen die erotischste Frau hier aussucht", sagt sie zu Gini und gibt ihr links und rechts einen Kuss. „Endlich bist du da."

June wedelt mit einem Gummischwanz in blau und verkündet dessen zukünftige Besitzerin, eine Lucy Thompson aus Newcastle, ist zu „Ms Sport" gekürt worden. Gelächter und Gejohle von links folgen. Eine mächtige Frau in Holzfällerhemd mit einer Baseballmütze auf dem Kopf besteigt gewichtig die Bühne, nimmt den Dildo in Empfang und schwingt ihn triumphierend.

„Kennst du die Frauen hier?", fragt Klara Gini.

„Kaum eine. Die leben ja im *Menelaos* unter freiwilliger Quarantäne. Die mischen sich nicht unter das gemeine Volk."

„Und von unseren Freundinnen ist niemand da?"

„Liz und Samantha, da, vor der Tanzfläche. Livia kommt wohl noch."

„Was ist mit Maggie?"

„War ziemlich fertig, als sie von der Polizei kam. Ob die sich heute noch raustraut, ist fraglich."

„Wie ist es ihr ergangen?"

„Ist bloß etwas eingeschüchtert worden", sagt Gini.

Mittlerweile hat ein weiterer Preis sich ins Publikum verirrt. Zur „Ms Fun" wurde Emily Frank aus Manchester gewählt, eine emsig blickende Frau mit Brille. Sie nimmt eine Kette chinesischer Lustkugeln in Empfang, die sie mit einem befremdeten Blick betrachtet, was mit Gelächter quittiert wird. Dann warten alle gespannt auf „Ms Sexy". June wirft ein glitzerndes Kettenhemd wie eine Trophäe immer wieder in die Luft und gibt periodisch Schreie ab, die mit Gegenschreien aus dem Publikum beantwortet werden.

„Man könnte glauben, da sind die Hundertschaften versammelt", ätzt die Sedlak. „Dabei schreien nur drei oder vier aus dem Haufen heraus."

„ ‚Ms Sexy' ist …", brüllt June unter Trommelwirbel in den fast leeren Saal hinein, und ihre Stimme überschlägt sich. „… Unsere liebe Lollipop!" Worauf der Jubel kein Ende findet.

Gini und Klara verdrehen die Augen.

Lollipop ist mit zwei katzenhaften Sätzen auf die Bühne gesprungen, nimmt hüpfend das silberne Kettenhemd in die Hand und bemächtigt sich des Mikros.

Wenn der Moment gekommen ist, Kämpferin, verschmilzt du mit der Waffe, bist nicht mehr bloß eine Handelnde, die die Waffe führt, sondern wirst selbst zu dieser. Geist, Körper und jenes Stück Materie in deiner Hand werden eins, zum Schwert an sich. Um das Ziel zu erreichen, ordnest du alles andere dieser Einheit unter. So öffnest du den Verschluss, lässt das Metall an deiner Schlagader entlanggleiten und hältst die Waffe nun in deinen Händen. Sie fühlt sich gleichzeitig warm und kalt an. Kalt, das Metall, warm die Trägersubstanz, die die Temperatur deiner Hand annimmt. In gewohnter Schnelligkeit brichst du die Schutzkappe auf, und die Klingen liegen nun blank vor dir, zarte, schwarze Linien. Ihre Seitenflächen hingegen schimmern und leuchten und schlingen sich zu dem berüchtigten Sigma, das dir Sicherheit gibt. Keine einzige ist abgestumpft, trotz mehrmaliger Verwendung. Du hättest auch nicht gewusst, wie du sie hier, an diesem Ort, schärfen könntest, ohne aufzufallen.

Wenn du die Waffe umschnallst, hütest du dich, mit den Fingern an die Klingen zu kommen, verdeckst sie auch sofort mit dem Leder deiner Jacke. An das Handgelenk der Linken gürtest du ein Springmesser, das mit den Fingerspitzen gerade noch zu erfühlen ist und in die Handinnenfläche rutschen kann, wenn es gebraucht wird. Du windest ein durchscheinendes Seil um deinen Hosenbund; es wirkt wie ein moderner, schlichter Gürtel, ist aber aus glattem, unzerreißbarem Kunststoff. Du brauchst es nur im richtigen Augenblick herausziehen, es wird wie von selbst zu gleiten beginnen, wenn du einmal den Knoten gelöst hast.

Dann gehst zur Tür. Im Spiegel stellst du mit Genugtuung fest, dass du festlich geschminkt bist, ein Lidstrich mit einem mattrosa Lidschatten, Rouge an den Wangenknochen, und das will etwas heißen bei deinen ohnehin sehr ausgeprägten Zügen. Du löschst das Licht und gehst hinaus auf die Straße. Du achtest darauf, dass niemand dich sieht.

„Ihr Süßen!", säuselt Lollipop mit rauchiger Stimme. „Ich werde für euch tanzen."

Gini pfeift durch die Zähne und stößt Klara an. Schon wird es dunkel. Verführerische Musik schallt durch den Raum, und Lollipop beginnt ihre Liebesaffäre mit einer der Säulen, stets verfolgt von einem weißen Scheinwerferkegel.

„Na, glaubst du, die legt jetzt alles ab?", flüstert Gini Klara heiser zu.

„War doch so angekündigt."

„Nie im Leben. Da oben auf der Galerie stehen doch Männer. Das würde mich wundern, wenn die ihre Hüllen für die fallen lässt."

„Ich dachte, das ist heute reine Frauendisco."

„Darfst du ja gar nicht in Skala Eressos. Ein paar Macker haben immer das Recht zu gaffen."

Mt einem „Ritsch" hat sich Lollipop ihrer Jeans entledigt, was die Frauen klatschend honorieren, und spreizt lange Beine in hohen Stöckeln akrobatisch auseinander. Das Höschen bedeckt knapp eine glatt rasierte Möse und läuft, wie alle sich nun durch einen ihrer Sprünge überzeugen können, in einem String zwischen den Pobacken nach oben. Der BH ist nichts als ein winziger Warzenschutz, an Bändchen im Rücken lose befestigt. Mit einem aufreizenden Grinsen greift Lollipop hin und zeigt dem Publikum, wie sie sie lockert. Die andere Hand wabert indes an ihrer Brust entlang. Lollipop turnt sich in Ekstase, und alle sehen in schneller Folge Po, Busen, Po, bis sie beim letzten Takt des Songs mit dem Rücken zu den Zuschauerinnen breitbeinig stehen bleibt, ihnen den Po entgegenreckt, die Bändchen aufreißt, den BH hochwirft und von völliger Dunkelheit verschluckt wird.

Donnernder Applaus.

„Na, bitte", sagt Gini. „Wir haben nichts gesehen."

Sie und Klara ringen sich ein paar müde Klatscher ab. Da werden sie von Samantha angesprochen. Die grinst Klara an und reicht ihr ein Blatt Papier. Sandy habe ihr eine SMS für Klara gesendet, die sie getreulich übertragen hat.

„Tell Klara, her eyes are like jewels."

Klara lacht verlegen und wird rot, etwas wie Sehnsucht kriecht in ihr hoch, und mehr denn je kommt sie sich am falschen Ort vor.

Sie zeigt Gini stolz die Zeilen, die sie mit verdrehten Augen zur Kenntnis nimmt.

„Wenn bei dir was losgeht, dann immer gleich ganz", knurrt sie. Dann packt sie Klara an der Hand. „Komm, wenigstens heute bist du für ein paar Minuten frei."

Klara folgt ihr willenlos. Sie kann sich nicht auf die Gegenwart konzentrieren, sich auch nicht gehen lassen.

„Die Hektoliter Bier, die seit dem frühen Abend bereits im *Menelaos* geflossen sind, und die Hits aus den Achtzigern heizen den Mädels richtig ein", ruft ihr Gini begeistert zu. Klara kommt sich schwerfällig vor, obwohl sie eine der Leichtfüßigeren auf der Tanzfläche ist. Die Frauen um sie herum sind für sie bar jedes Funkens von Erotik.

Gini ist von der Menge weggetragen worden und grinst Klara über ein paar Tanzende hinweg fortwährend an. Klara bahnt sich ihren Weg an schwingenden Armen und schwankenden Oberkörpern vorbei, nimmt sie um die Taille, und sie drehen mehrere schnelle Runden. Drall wie Gini ist, gleicht sie einem festen, gut gepolsterten Anker in den Wogen der frenetisch tanzenden Körper. Sie walzen am Tisch mit den Sextoys der *Toybox* vorbei, stolpern über die Enden des roten Samttuches, und als sie weitergeschleudert werden, ziehen sie die Gaben mit einem Schwung mit. Dildos in allen Farben, durchsichtig rosa bis opakblau, Vibratoren, Lustkugeln und Lederriemen zum Festschnallen der Tools purzeln zu Boden. Gini und Klara kommen wankend zum Stehen. Gini kann sich vor Lachen kaum halten. Mehrere Frauen hören auch auf zu tanzen. Alle bücken sich, um die Utensilien einzusammeln.

Gini rafft ein Ding nach dem anderen zusammen, hält es in die Höhe und kommt aus dem Kichern nicht heraus. Klara vermutet, dass sie high ist, denn ihre Heiterkeit ist ohne Maß. Gini hebt einen neuen Gegenstand in die Höhe und prustet wieder drauflos. Jetzt hat sie einen ledernen Harness in der Hand, hält ihn Klara unter die Nase und beginnt, ihn sich umzuschnallen. Die anderen Frauen schauen ihr ratlos zu. Klara versucht vergeblich, sie davon abzuhalten. Gini steckt einen Dildo durch die Öffnung im Leder und steht nun mit erigiertem Schwanz da, zwinkert Klara zu, brüstet sich, schiebt die Hüften vor, macht eine überlegene Miene und stolziert auf und ab.

„Leg die Dinger wieder weg! Was ist, wenn June kommt, denen gehören doch die ganzen Sachen. Oder Lollipop?", ruft Klara, wenig überzeugt.

„Lollipop, Lollipop, Oh, Lolli, Lollipop", jodelt die Sedlak, ist mit einem Satz auf der Bühne und tanzt mit steil in die Luft stehendem Schwanz weiter, wackelt mit den Hüften, lässt die Arme rotieren und rollt die Zunge anmacherisch im aufgesperrten Mund. Sie winkt Klara zu sich, die begeistert grinst. Gini reicht ihr die Hand und zieht sie hinauf. Klara wird angesteckt von Ginis

Unverschämtheit, und das Bewusstsein, dass sie nun von allen zu sehen sind, törnt sie an. Die beiden stellen sich breitbeinig und mit leicht gebeugten Knien voreinander hin und wippen. Die Frauen hören nach und nach auf zu tanzen und scharen sich um die Bühne. Klara ist ganz auf Gini konzentriert. Diese lockt mit der Zunge. Plötzlich schnappt sie Klara und schiebt ihr den Schwanz zwischen die Beine.

„Geile Sache", schreit Klara ihr ins Ohr, als Gini ihr Becken nach vorne drückt und gegen sie stößt. Auf Show aus wirft Klara den Kopf in den Nacken und fängt an zu stöhnen, zuckt zu Gini hin, schlingt die Schenkel um sie, lässt sich in ihre Arme fallen. Ginis Hand fährt bedächtig über ihren Hintern, sie summt und brummt wollüstig in Klaras Ohr.

Dicht vor der Bühne stehen Liz, Samantha und zwei Freundinnen von Sandy, rufen und klatschen begeistert.

Gini packt Klara und hebt sie hoch, umklammert ihre Hüften, drückt sie an eine Säule und fickt sie. Auch wenn die beiden nur so tun als ob, scheint ihr Anblick die Gemüter zu erhitzen. Immer mehr Frauen scharen sich um die Säule, und Gini strotzt vor männlicher Zeugungskraft, als sie ihr breites Gesäß schnell und prägnant an Klara schiebt.

Dann lässt sie von ihr ab, und Klara rutscht langsam und lasziv an der Säule herunter auf die Knie. Gini hält ihr den Schwanz hin, beutelt ihn und schiebt ihn ihr in den Mund. Aus der Menge werden jetzt allerlei Rufe laut. Die einen johlen: „Gib's ihr, zeig's ihr, mach's ihr, weiter so!" Aber von weiter hinten sind auch ärgerliche Stimmen zu hören. „Aufhören!", brüllen zwei, drei Frauen. „Aufhören, ihr Schlampen!" Und ihre Stimmen kommen näher.

Gini und Klara sind so vertieft, dass sie nicht schnell genug reagieren. Auf einmal steht „Ms Sport", die Frau im Holzfällerhemd, neben ihnen auf der Bühne und fährt dazwischen.

„Das reicht", schreit sie. „Das ist ein anständiges Fest." Sie reißt Gini von Klara weg und schubst Klara zum Bühnenrand. Klara rollt weiter und wird zum Glück von Liz aufgehalten, bevor sie über die Kante fällt. Liz hilft ihr herunter, Klara kommt mühsam zum Stehen und dreht sich um. Da ist Gini Sedlak immer noch oben, in ein heftiges Streitgespräch mit ihrer Angreiferin verstrickt. Die beiden schreien einander an.

„Ich mach, was ich will!", brüllt die Sedlak. „Wir leben in einem freien Land!"

„Du bist eine perverse Sau! Genauso wollen uns die Griechen doch sehen."

„Na und? Das ist mir scheißegal. Soll ich wegen der Arschgriechen auf Sex verzichten?"

„Treib es doch zu Haus, wo dich niemand sieht, und lass uns damit in Ruh."

„Hast du mit Zuschauen Probleme?", fragt die Sedlak.

Ms Sport schiebt sie an der Schulter weg, Gini schiebt zurück, schon verkeilen sie sich ineinander.

Zwei Freundinnen der Angreiferin springen auf die Bühne und gehen auf Gini zu.

„Los!", sagt Klara zu Liz, „hinauf, wir müssen ihr helfen."

„Nein, bleib da, misch dich nicht ein."

Liz will Klara zurückhalten, aber die entschlüpft ihr und klettert mit Samantha an ihrer Seite wieder auf die Bühne. Sie dringt aber gar nicht bis zu Gini vor. Ein Pulk von Frauen hat sich um die Kämpfenden herum gebildet. Sandys Freundinnen und Samantha wollen Gini herausholen und boxen sich durch ein Knäuel von Armen, Köpfen, Schultern, Brüsten durch. Andere Frauen wollen lieber hinschlagen, wo es ihnen gerade passt, und prügeln wahllos auf die Menge ein. Gini ist plötzlich nicht mehr zu sehen.

Der Jeep wartet seit geraumer Zeit auf dem Busparkplatz. Derweil reges Treiben im Ort. Plaudernde Gruppen von Frauen sind zu den nahe gelegenen Lokalen *Homecooking* und *Gabi und Ioannis* unterwegs. Die Stimmen klingen gedämpft.

Niemand beachtet Gregorios. Gut, er ist zu früh dran, um sie ja nicht zu verfehlen. Seine Kleidung ist neu und riecht nach Kleiderstärke. Er hat ein seidig glänzendes Hemd mit kurzen Ärmeln an, also kein T-Shirt, kein Muscle-Shirt. Das erscheint ihm als zu nachlässig, zu vertraut und würde seiner Nervosität nicht entsprechen. Er hat schon die zweite Zigarette angezündet. Noch nie war er bei einer Verabredung so unsicher, so angespannt, als ob er spürte, er würde nicht das bekommen, was er erhoffte. Dabei weiß er nicht einmal, was das sein könnte.

Am wenigsten kommt ihm körperliche Annäherung in den Sinn. Eine solche Vorstellung schiebt er so weit wie möglich weg aus seinen Gedanken. Was ist es dann? Anerkennung? Die Bestätigung, dass er okay ist, so wie er ist. Das erste positive Zeichen ist, dass sie überhaupt mitfährt. Die Chöre in ihrer Anwesenheit zu erleben, wird eine fast unwirkliche Qualität haben, diese Musik zu hören, die aus vorsintflutlichen Tiefen emporsteigt, neben jenem Menschen, jener Frau, die ihm als einzige so etwas wie Respekt abringt.

Bevor er sich auf den Weg machte, hatte er seinen Leuten angekündigt, dass er für ein paar Stunden verschwinden muss, und ihnen Anweisungen für die Zeit seiner Abwesenheit gegeben. Als er damit fertig war, läutete das Funktelefon in einem der Streifenwagen. Mikis hob ab.

„Anruf vom *Naos*", sagte er zu Gregorios, als er auflegte. „Dort gibt es Krach."

„Also mit denen werdet ihr wohl allein fertig. Heute sind dort fast nur Frauen."

Mikis schaute ihn verwirrt an. Bis jetzt war Gregorios bei einem solchen Einsatz nie von der Gruppe gewichen.

„Schau nicht so. Dem Phantom werdet ihr unter den Frauen schon nicht über den Weg laufen. Du fährst mit Hellos und Christos hin. Und wenn das nicht genügt, funkst du die anderen an."

Er wartete, bis sie sich in den Wagen setzten. Bevor sie losfuhren, lief er zu ihnen zurück und sagte: „Ehe ich es vergesse. Zwei von euch sollen das Zimmer der Anarchistin untersuchen. Ihr wisst schon. Das Haus, in dem wir vor zwei Tagen waren. Aber diesmal das Zimmer auf der rechten Seite." Hellos nickte, und sie fuhren los.

Gregorios schaute ihnen nach, bevor er selber in den Jeep stieg und sich zum Busparkplatz begab.

Weiterhin Schlacht auf der Bühne. Jetzt eilen auch noch die paar Männer, die auf der Galerie gestanden und feixend zugeschaut haben, herbei und mischen sich unter die Kämpfenden. Gini hat sich aus dem lärmenden, balgenden Haufen gelöst, der Gummischwanz steht immer noch steif und aufbegehrend von ihrer Leibesmitte ab, und sie schaut sich nach Klara um.

„Achtung!", ruft Klara. „Hinter dir."

Aus dem Dunkel neben der Tanzfläche taucht ein Typ auf, der Gini von hinten packt. Sie stößt ihm, ohne viel zu zaudern, mit dem Ellenbogen in die Magengrube, nützt seinen kurzen Ausfall aus, dreht sich blitzschnell um, erkennt den Besitzer der Autovermietung, mit dem sie schon an ihrem ersten Tag eine Auseinandersetzung über Ficken hatte, packt ihn an den Schultern und fährt ihm mit dem Knie in die Weichteile. Er sackt ächzend zusammen, wobei sein Gesicht an ihrem Schwanz vorbeiradiert. Bevor er ganz unten ankommt, packt sie ihn am Kragen und gibt ihm einen Tritt, dass er auf dem Tisch landet, auf dem vor kurzem noch die Instrumente der Lust appetitlich ausgebreitet lagen. Der Tisch kracht zusammen.

Soweit, so gut, Gini hat sich befreit, auf der Bühne wird aber weitergekämpft, Frauen gegen Männer, immer wieder fliegt die eine oder der andere über die Rampe hinunter, manchmal stürzen sie, ineinander verschlungen, gemeinsam. Die Frau im Holzfällerhemd hat an jeder Hand gleichzeitig einen und wirbelt diese von sich. Wie Geschosse stürzen die Männer auf die Tanzfläche hinunter, so dass Gini und Klara zur Seite weichen müssen.

„Komm", sagt Gini. „Wir hauen besser ab."

Klara drückt eilig Liz' Hand und folgt Gini zum Ausgang. Auf der Galerie sieht sie einen hellen Fleck, der eine vage Erinnerung wachruft. Da ist eine, die ganz in weiß gekleidet ist, denkt sie. Weit kommen sie und Gini aber nicht. In der Tür erscheinen drei Uniformierte, in ihrer Mitte eine wutschnaubende June, die auf Gini zeigt. Die Bullen umringen Gini und Klara. Soweit Klara erkennen kann, ist der glatzköpfige Einsatzleiter nicht dabei. Diese schauen unerfahren aus. Sie betrachten Gini und sie von oben bis unten, dann erst sehen sie, wie es im Saal zugeht. Zwei von ihnen laufen zur Tanzfläche und Bühne, auf denen sich immer noch die Menschenmassen prügeln, einer bleibt neben den beiden Frauen stehen. Er schaut auf Ginis künstliches Gemächt und fordert per Funk Verstärkung an.

„Schwere Sachbeschädigung", keift June knapp vor dem Stimmbruch. „Anstiftung zum Vandalismus. Erregung öffentlichen Ärgernisses, Anzettelung von Raufhandel."

„Bist du übergeschnappt?", kontert Gini, schnallt sich den Schwanz ab und hängt sich das Geschirr über die Schulter. „Was haben wir dir denn getan, außer dein ödes Fest etwas aufgepeppt?"

„Das Fest war nur für geladene Gäste", herrscht June sie an. „Du hast hier nichts zu suchen gehabt."

„Du lügst, und von wegen Raufhandel kannst du dich an die Alte dort hinten halten, deine ‚Ms Sport', die ist damit immer noch zugange."

Gini zeigt auf ihre Angreiferin.

Der Beamte verlangt ihre Ausweise. Klara hat ihren nicht mit, Gini hält ihm ergeben ihren Führerschein hin. Neben ihnen steht plötzlich der Besitzer der Autovermietung und beschuldigt Gini, ihn niedergeschlagen und verletzt zu haben.

„Sie ist von ihm angegriffen worden", kontert Klara. „Das war Notwehr. Er hat sie von hinten angefallen."

Der Beamte wird von Klara, Gini und ihrem Feind mit Ausrufen, Erklärungen und Argumenten beschossen. Schließlich befindet er, sie hätten alle drei aufs Revier mitzukommen. Klara, weil sie keine Papiere hat, Gini, weil sie eben einen Mann niedergestreckt hat, der Leihwagenbesitzer, weil er seine Aussage zu Protokoll geben muss.

Die Tür öffnet sich, und weitere vier Polizisten betreten im Laufschritt den Saal. Zwei begeben sich in die Nahkampfarena bei der Bühne, zwei erhalten den Auftrag, Gini, Klara und den Autohändler zum Wagen zu bringen.

Flankiert von den Polizisten und gefolgt von Ginis Feind, nähern sie sich dem Ausgang. Da sieht Klara die weiß gekleidete Gestalt von vorhin wieder, die fliegt buchstäblich von der Galerie herunter, kommt wankend neben dem demolierten Tisch zu stehen, ihr Kopf ist von einem Tuch verdeckt, sie packt eines der Tischbeine und eilt ihnen hinterher.

„Auf ‚Los' springst du nach links hinter die Bar und ich nach rechts", flüstert Gini Sedlak Klara in diesem Augenblick zu. Die Weißgekleidete ist schon ganz nahe hinter ihnen, da ruft Gini

„Los!", gibt dem Polizisten neben sich einen Stoß und zischt ab. Er springt ihr nach. Klara versucht ebenfalls zu rempeln, ist aber zu langsam und wird festgehalten. In diesem Augenblick ist die Weißgekleidete auf ihrer Höhe; sie schwingt das Tischbein und lässt es auf den Arm des Polizisten hinuntersausen. Klara erstarrt vor Überraschung. Und der Polizist erst recht.

Der Beamte ist wie vom Donner gerührt. Das Phantom. So muss es aussehen. Weiß, mit Kopfschutz, das schmale Gesicht ist kaum zu erkennen, nur dass es sich um eine Frau handeln muss, wird deutlich, oder vielleicht um ein Zwitterwesen, denn ganz „Frau" ist das da auch nicht. Der Leihwagenhändler erholt sich als Erster von seinem Schreck und schleicht sich im Rückwärtsgang davon, verzichtet auf seine Aussage und verschwindet im Tumult.

Klara ist vom Anblick des Phantoms überwältigt. Nie hätte sie gedacht, dass sie sich über diese Erscheinung so freuen würde. Und gerechnet hat sie schon gar nicht damit. Sie weiß nicht, ob sie erleichtert sein soll oder noch aufgeregter, panischer als bisher. Das Tischbein in der Hand der Erscheinung ähnelt mit etwas Fantasie einem flammenden Schwert, und Fantasie hat diese Frau wahrlich genug, wovon Klara sich bereits überzeugen konnte.

Dem Bullen reißt nun doch die Geduld. Da das Phantom keine Feuerwaffe trägt, kann es nicht so gefährlich sein. Er macht einen Schritt nach vorne, wird aber sofort von dem Tischbein abgedrängt. Da kommt der Kollege zurück, Gini ist ihm offenbar entwischt. Er greift von der Seite an, die Weißgekleidete hält die Waffe waagerecht, schwingt ihren Körper wie einen Kreisel herum und schleudert den Angreifer damit von sich. Schnell packt sie Klara an der Hand und zieht sie hinter sich. Dann pariert sie den ersten, der wieder auf sie zustürzt.

„Los, hinter die Bar und dann lauf!", zischt sie.

„Wohin?"

„Zu den Toiletten", murmelt das Phantom. Der Polizist ist zu Fall gekommen, und der zweite taumelt über ihn drüber, in dem Versuch, sie zu fassen. Sie springt zur Seite, hebt das Tischbein und bohrt es ihm in die Eingeweide, dass er aufheulend in die Knie geht. Dann sticht sie ein zweites Mal zu. Klara hat sich währenddessen hinter die Bar geflüchtet, Gini stürzt gerade zur Eingangstür hinaus, Klaras Retterin flitzt hinter ihr her. Sie ducken sich und laufen im Schutz des Tresens zur einer Tür, auf der „Toilets" steht. Die Weißgekleidete stößt sie auf, und sie finden sich in einem schlecht erleuchteten, leeren Gang wieder.

„Weiter!", ruft sie Klara zu. Sie hasten vorwärts, bis sie zu einem Eck mit Kisten und Abfalleimern kommen. „Hier durch."

Sie schiebt die Kisten beiseite, öffnet eine Tür, und sie stehen im Freien.

KAPITEL 19

Gregorios ist dabei, die dritte Zigarette aus der Schachtel zu schütteln, als er Livia sieht. Sofort springt er aus dem Wagen und geht ihr die letzten Schritte entgegen. Sie schaut ihm ins Gesicht und lächelt schwach. Er ist so verwirrt darüber, dass er einige Sekunden braucht, um zurückzulächeln.

Sie berühren einander nicht; er ist es nicht gewohnt, Hände zu drücken. Er öffnet ihr den Wagenschlag, und sie steigt ein.

„Zigarette?", fragt er und greift nach dem Päckchen.

„Nein, danke", antwortet sie.

„Besser so. Ich habe heute auch schon zu viel geraucht", sagt er, als er den Jeep von dem Parkplatz auf die Landstraße lenkt. Die letzten Straßenlampen verschwinden, und bald bleiben nur die weiß gekalkten Baumstämme, die die Straße links und rechts begrenzen.

„Ich weiß nicht einmal, wie Sie heißen", stellt er fest.

„Livia", antwortet sie. „Und Sie?" Es klingt, als ob sie sich diese Frage abringen müsste.

„Gregorios."

Er sagt es fast zu laut, hoffnungsvoll, als ob damit das Eis gebrochen worden wäre. Aber danach fahren sie wieder schweigend dahin. Er überlegt, welches Gesprächsthema er anschneiden soll. Er weiß von ihr praktisch nur, dass ihr griechische Choräle gefallen. Was sie sonst noch mag, kann er sich nicht vorstellen, und er ist zu schüchtern, um zu fragen. So schweigt er, und von ihr kommt ebenfalls kein Laut.

Klara lehnt sich zitternd an die Hauswand und atmet tief. Vor ihnen ein dunkler Parkplatz, weiter weg die Straße, die an der vorderen Seite des *Naos* in Richtung Ort führt. Ihre Retterin lässt ihr jedoch nicht lange Zeit.

„Los, bevor sie uns erwischen. Die können gleich da sein." Sie greift nach ihrer Hand und läuft mit ihr zwischen den geparkten Autos durch. Ein weiterer Streifenwagen schlittert heran, und sie duckt sich und reißt Klara mit sich mit. Neben den Hinterrädern eines Lieferwagens kauern sie, bis die Polizisten im Lokal verschwunden sind. Sie gelangen gebückt zu einer Mauer, dahinter ist ein Maisfeld. Sie klettert hinauf, setzt sich rittlings hin und zieht Klara hinauf. Hand in Hand springen sie hinunter. Klara sinkt aufatmend an ihre Brust.

„Was machst du hier überhaupt? Ich dachte, dein Flug ging heute Morgen."

„Ich konnte dich nicht allein lassen, bei all dem, was so passieren kann."

„Dann bist du doch das Phantom", sagt Klara fast ehrfürchtig. „Gini wollte mir nicht glauben."

„Nein, bin ich nicht."

„Nicht? Aber ..."

„Ich trage doch immer Weiß. Ist dir das noch nicht aufgefallen? Und den Schal hab ich einfach so um den Kopf geschlungen, um die Bullen einzuschüchtern."

Klara muss vor Erleichterung lachen.

„Die weiße Göttin."

„Nein, eher das Markenzeichen des Phantoms."

Sandy wickelt das Tuch von ihrem Kopf, dann zieht sie eine dunkle Jacke hervor, die sie offenbar um die Hüften geschlungen hatte.

„Warum bist du wirklich zurückgekommen?"

„Ich war schon am Einchecken, da hatte ich einen Wortwechsel mit einem Uniformierten, der hat mir so eine Angst eingejagt." Klara schaut sie befremdet an. „Der hat so blöd dahergeredet, ihr wäret alle in Gefahr. Da konnte ich nicht anders." Sie drückt Klara fest an sich.

„Das heißt, die Aktion im *Naos* war von den Bullen geplant?"

„Was weiß ich. Vielleicht habe ich das auch nur so herausgehört."

„Himmel! Glaubst du, Gini ist entkommen oder festgenommen worden?"

„Das können wir jetzt nicht mehr überprüfen, ohne uns selber zu gefährden. Und wenn, dann ist sie morgen wieder frei."

„Und wenn nicht?"

„Dann musst du nach Mitilini zu deinem Konsulat. Das ist aber immer noch besser, als jetzt mit ihr hier einzusitzen."

Klara klammert sich an sie.

„Danke für vorhin."

Sandy lacht. „Für dich doch immer."

„Es hat ultracool ausgesehen."

„Na, ein bisschen bin ich aus der Übung. Aber das haben die nicht gemerkt."

„Niemand hat das gemerkt, im Gegenteil."

„Glaubst du mir jetzt, dass ich nicht das Phantom bin?"

„Ich weiß nicht", lacht Klara. „Das Phantom soll im Nahkampf ganz gut sein."

Im Schutz der Mauer entfernen sie sich langsam vom *Naos*, in Richtung Westen, wo Klaras Pension liegt. Sandy hält sie an der Hand und lässt sie keine Sekunde lang los.

„Wo ist eigentlich Livia?", fragt sie.

„Ich habe sie den ganzen Abend nicht gesehen", antwortet Klara. „Wahrscheinlich schmollt sie, weil Katie weggefahren ist."

„Ich dachte, sie liebt sie gar nicht."

„Was weiß ich. Heute, als wir uns den Sonnenuntergang angeschaut haben, war sie diesbezüglich ziemlich cool."

„Gestern auch. In der Disco. Erinnerst du dich, wie wir sie beobachtet haben?"

„Ja", sagt Klara lachend. „Wie lässig sie die Bierflasche an die Lippen hielt."

„Das zierliche Handgelenk und die schwere Flasche …"

Klara bleibt stehen. Die Worte hallen dumpf in ihrem Kopf wider. „Das zierliche Handgelenk und die schwere …" Die Worte werden langsamer, klingen hohl, als wenn eine Schallplatte zum Stillstand kommt, weil jemand den Strom ausgeschaltet hat. Vielleicht ist die Aufregung der letzten halben Stunde daran schuld, aber Klaras Gedanken kreisen immer düsterer in ihrem Kopf.

„Die schwere … *das* schwere …" Und sie klammert sich an Sandy und schaut sie an, ohne sie richtig wahrzunehmen. Auf einmal weiß sie, was sie gestern Abend im *Fuego* gesehen, aber scheinbar doch nicht registriert hat, denn sie war plötzlich von einer Unruhe erfüllt, die sie erneut überkommt und sich verstärkt. Ein scheinbar harmloses Bild taucht vor ihrem geistigen Auge auf und jagt ihr Schauer über den Rücken. Der Innenraum des *Fuego* entsteht: tanzende, lachende Frauen, Körper, die in ihren Bewegungen wellenförmig hin- und hergetragen werden. Sie lehnt an Sandy und spürt ihren Kuss auf ihrem Nacken. Sie fühlt sich eingeengt, versucht, sich abzulenken, und schaut in den Spiegel, der ihr unter anderem auch Livias Bild zurückwirft, wie sie die Bierflasche an die Lippen hebt. Nicht nur ihre silberne Halskette, sondern auch das Schlangenarmband ist deutlich zu sehen, so groß und wuchtig, wie Klara es nie wahrgenommen hat. Die einzelnen Glieder des Schlangenkörpers funkeln und blitzen.

„Die Waffe!", ruft sie aus.

„Was? Welche Waffe?"

„Wir haben gestern die Tatwaffe im Spiegel gesehen."

„Die, mit der die Griechen niedergeschlagen wurden?"

„Ja. Wir haben sie die ganze Zeit über gesehen. Täglich. An Livias Handgelenk."

„Das Schlangenarmband? Wieso soll das eine Waffe sein?"

Klara schaut sie eindringlich an; ihr Entsetzen wird immer größer.

„Die Metallschlange. Ihre Glieder. Ein Schlagring."

„Nein!", ruft Sandy fast ungehalten aus. „Nein."

„Doch."

„Da müsste sie schon sehr fest zuschlagen ..."

„Glaub mir, das kann sie. Sie legt es um die Knöchel und schlägt zu."

„Aber das Zeichen auf der Stirn der Opfer war ein Buchstabe."

„Sigma. Die eingerollte Schlange. Das Zeichen der Selene, Rächerin, die Tobende Königin. Nur, was rächt sie?"

Sandy schaut Klara an, als wäre sie übergeschnappt. „Was redest du da?"

„Ich weiß nicht, was sie zu rächen hat. Ich habe noch zu wenig in der Hand. Ich muss es noch herausfinden. Warum ist Gini jetzt nicht da? Die wüsste, wie man da vorgeht", ruft Klara verzweifelt. Sie schaut sich gehetzt um, als könnte sie Gini damit herbeizaubern.

„Ich kann es nicht glauben", sagt Sandy schließlich. „Dann wäre Livia die Täterin."

„Du sagst es." Klara fröstelt und umklammert Sandys Hand, so fest sie kann.

„Es sei denn, jemand anderes hat es an ihrer statt benutzt."

„Jemand anderes? Wieso jemand anderes?"

„Ja, jemand, der es ihr entwendet hat."

„Wer sollte das sein?"

„Jemand, der sie gut kennt ..."

„Es war nicht notwendig, es zu entwenden, Livia war es selbst, und Katie hat es gewusst, und deshalb haben sie sich gestritten. Sonst wäre sie bis zu Livias Abflug geblieben, glaub mir."

„Aber warum sollte Livia so etwas tun?"

„Das kann nur sie selbst beantworten."

„Livia soll Griechen überfallen, die sie in ihrem Leben noch nie zuvor gesehen hat? Ein Unsinn. Keine Frau macht so etwas."

„Sie war schon einmal hier."

„Was? Wann?"

„Vor zwei Jahren."

„Woher weißt du das?"

„Ihr Name stand auf der Liste des griechischen Ermittlers."

„Und du hast sie nie darauf angesprochen?"

„Doch, schon, aber sie hat gemeint, sie hätte es mir im Flugzeug bereits erzählt. Ich kann mich aber nicht daran erinnern."

„Warum hast du dann nicht nachgefragt?"

„Ich weiß nicht. Ich war zu ... ich bin ihr gegenüber immer zu vorsichtig gewesen, um nur ja nicht ins Fettnäpfchen zu treten. Sie kam mir so sensibel vor."

„Die Metallprismen der Schlange sind viel zu stumpf", sinniert Sandy. „Wenn die scharf geschliffen wären, würde sie sich ja selber dauernd verletzen."

„Du meinst, zu stumpf, um ein Zeichen in die Haut zu stanzen?"

„Ja, es sei denn, der Schlag erfolgt in einer Drehung ..."

Sandy macht eine Pirouette mit angewinkeltem Arm, die Hand zu einer Faust geballt.

„So! Wenn du so machst, hast du unglaublich viel Kraft. Ein Stoß, der so geführt wird, hat mindestens achtzig Kilometer in der Stunde."

Sie verstummt.

„Und heute", sagt Klara, und eine Gänsehaut kriecht ihr bei diesen Worten über den Rücken, „ist sie offenbar wieder unterwegs. Wir müssen sie finden, bevor noch ein Unglück passiert."

„Ich kann es mir trotzdem nicht vorstellen. Livia doch nicht."

„Was wissen wir schon, wie sie wirklich ist?"

„Aber sie kann doch nicht ..."

„Sie kann. Und sie wird wieder. Heute Nacht, und wir müssen das verhindern."

„Aber wo willst du sie suchen?"

„Ich weiß nicht. Bei ihr. Dort fangen wir an. Vielleicht ist sie ja noch zu Hause."

Sie laufen querfeldein. Die bunkerartige Rückseite von Klaras Pension taucht vor ihnen auf. Sie springen über die niedrige Mauer, die das Haus von dem Feld trennt, und laufen die Stufen hinauf. Der Ort wirkt unwirklich leer und still. Die Tür zu Livias Zimmer ist einen dünnen Spalt breit offen, dahinter ist Licht zu sehen. Klara stellt sich Livia vor, mit einem Schlagring um die Fingerknöchel, und erinnert sich jetzt deutlich an Katies Video. Die weiße Gestalt hatte etwas Dunkles um ihre Finger geschlungen, doch sie konnte damals nicht erkennen, was es war. Das Armband als Waffe wird in Klaras Fantasie zu einem großen, funkelnden Stahlgebilde.

Sie klopfen. Nichts rührt sich. Sandy drückt die Tür auf. Was sie nun sehen, haben sie nicht erwartet. Alle Lichter sind an, und das Zimmer schaut aus wie ein Schlachtfeld. Kein Stein ist auf dem anderen geblieben. Sogar die Matratze wurde herausgerissen und aufgeschlitzt. Livias Walkman ist in Einzelteile zerlegt worden. Manche ihrer Kleidungsstücke zerrissen, dort wo sich Zipp und Taschen befunden hatten. Die Bücher zerfetzt. Am schlimmsten aber ist, dass der ganze Raum mit ihren Aufzeichnungen übersät ist. Dutzende Blätter mit ihrer charakteristischen, steilen Handschrift liegen auf den Resten ihrer Habseligkeiten, und durch den Luftzug, der durch die offene Balkontür hereinweht, fliegen sie im Zimmer herum.

Sandy nimmt Klara um die Schulter und hält sie. Klara stiert auf die weißen Seiten mit den blauen Schriftlinien, versucht mechanisch, einige davon, die an der Tür vorbei ins Freie geweht werden, zu erhaschen. Sandy macht die Tür zu und drückt Klara auf einen Stuhl. Sie nimmt ihre Hände in ihre und kniet sich vor sie hin.

„Das Zimmer ist durchsucht worden", sagt sie so ruhig wie möglich. „Die anderen vermuten also auch etwas."

„Wie grauenhaft", sagt Klara leise.

„Glaubst du, dass etwas fehlt?", fragt Sandy.

Klara schaut sie befremdet an.

„Ich meine, vielleicht haben sie ja auch nichts mitgenommen, wenn sie die Waffe, oder was auch immer sie suchten, nicht gefunden haben."

„Wer war das?"

„Die Polizei natürlich, was denkst du?"

„Wie soll ich wissen, was hier fehlt?"

„Wir räumen jetzt erst einmal auf. Komm. Schnell. Sie soll das nicht so zu Gesicht bekommen."

„Vielleicht haben sie sie schon mitgenommen."

„Das finden wir später heraus."

Sandy hievt die Matratze hoch und versucht, sie so gut es geht in den Bettrahmen zu schieben, dann hebt sie ein Kleidungsstück nach dem anderen vom Boden und legt es auf einen Stapel. Ihre Unerschütterlichkeit imponiert Klara, die die Blätter einsammelt. Sie hat jetzt keinen Sinn für deren Inhalt, und schon gar nicht will sie sie lesen. Also achtet sie nicht auf die Ordnung der Seiten, sondern hofft nur, so viele wie möglich zusammenzufinden. Sie kränkt sich um jedes einzelne von Livias Worten, das hier für immer verloren gehen könnte. Auf der Straße vor dem Haus liegen weitere, manche sind bereits ins Schilf geweht worden.

Dann allerdings hält sie eine Seite in der Hand, die wie ein Brief aussieht, das Papier selbst ist Bütten und der Text mit blauer Tinte geschrieben. Livias Schrift ist bemühter und genauer als in ihren Aufzeichnungen.

„*My dearest love …*", steht darauf geschrieben. Sandy bemerkt, dass Klara auf einmal stillsteht, kommt zu ihr und blickt ihr über die Schultern.

„… Es ist nun einige Zeit her, seit du von mir gegangen bist, und die Traurigkeit ist immer noch in mir, so wie ein sanfter, grauer Schleier, der über die Dinge gebreitet liegt. Er wird sich nie mehr wieder heben. Ich schreibe dir, auch wenn ich weiß, dass du diesen Brief nie lesen wirst – natürlich, wie solltest du auch? –, weil Schreiben die einzige Möglichkeit ist, mich am Leben zu erhalten, das Schreiben und der Alltag. Das Aufstehen, Kaffee aufsetzen, die erste Zigarette anzünden. Ich weiß, das mochtest du nie, dass ich vor dem Frühstück rauche. Jetzt sind diese banalen Verrichtungen, diese kleinen Fehler und Süchte das Netz, das meinen Seiltanz vor dem Abgrund schützt. Aber wie lange noch? Immer wieder kommen dieselben Bilder aus den Schlünden meines Gedächtnisses, Bilder, die auch du verursacht hast, mit deiner Entscheidung, die ich dir nicht übel nehmen kann, nein, niemals würde ich dich dafür verurteilen, aber ich hätte dir nicht gewünscht, mit den Bildern konfrontiert zu werden, die du mir zumutest. Nie werde ich sie vergessen können. Manchmal hasse ich dich dafür, für die Ohnmacht, in der du mich zurücklässt, für die Ungläubigkeit, mit der ich deine Entscheidung akzeptieren muss, für die Schuldgefühle, nicht rechtzeitig …"

An dieser Stelle ist die Seite zu Ende, und das nächste Blatt des Briefes ist nicht zu finden, aber die Tränen in Klaras Augen hindern sie ohnehin daran, weiterzulesen oder an der Schadensbegrenzung teilzuhaben, die Sandy in Livias Zimmer vornimmt.

„*My darling*", ruft Sandy jetzt aus. „Bitte weine nicht. Es wird alles wieder gut werden."

Klara muss aber weiter weinen.

„Arme Livia", schluchzt sie. „Einen so traurigen Brief hat sie in ihrem kurzen Leben bereits schreiben müssen. Und jetzt sind all ihre Sachen auch noch zerstört. Was bleibt ihr dann noch?"

Sandy trocknet Klaras Wangen mit ihrem Ärmel ab, sie streicht über ihr Haar und schließt sie in die Arme.

„Die Sachen hier lassen sich alle ersetzen", flüstert sie. „Das sind ja nur Dinge."

„Aber der Brief. Was für eine Trennung muss das gewesen sein, um solche Worte zu rechtfertigen?"

„Ich weiß es nicht, mein Liebling, aber wenn eine Beziehung zu Ende ist, sind die ersten Sätze, die man darüber schreibt, immer die schwärzesten."

Sandy hält Klaras Kopf an ihren Hals gedrückt und streicht über ihr Haar. Zum ersten Mal, seit sie zusammen sind, hat Klara das Gefühl, es könnte etwas an dieser Begegnung richtig sein, im Hinblick auf spätere Zeiten, obwohl Sandys liebevolle Gesten den Eindruck nicht abschwächen können, den der Brief hinterlassen hat. Eine Hoffnungslosigkeit, die eine normale Trennung nicht hervorrufen kann. Aber vielleicht ist ja Livia nicht mit den Maßstäben eines Durchschnittsmenschen zu messen, sie, die frühreife Poetin mit der Weisheit und dem Schmerz über die Welt, der noch aus früheren Jahrhunderten zu kommen scheint, sie, die Rache übt, für etwas, das Klara nicht begreift.

„An wen ist der Brief adressiert? Vielleicht an die Dänin, mit der sie in London lebte? Vielleicht ist er deshalb auf Englisch."

„Er hat kein Datum und dürfte nicht einmal abgeschickt worden sein."

„Vielleicht ist es eine Frau, die Livia mit einem der Griechen hier betrogen hat oder die abgehauen ist."

„Oder sie hat mit ihr gelebt, und die hat gleichzeitig andere gehabt", fügt Sandy hinzu.

„Ich nehme den Brief mit", sagt Klara.

„Und die anderen Aufzeichnungen auch? Die Bullen scheinen sie ja nicht für wichtig gehalten zu haben, diese Idioten", meint Sandy. Sie packt den Stapel Papier und stopft in sich ihn den Hosenbund. „Komm, wir gehen jetzt besser."

Klara kann sich von diesem verwüsteten Raum nicht trennen. Es ist, als würde ein Stück von ihr zurückbleiben, wenn sie jetzt ginge. Sie zögert und schaut sich um. Sandy hat alle Kleidungsstücke gefaltet und ordentlich auf das Bett gelegt, die anderen Gegenstände, soweit sie noch ganz waren, hat sie auf Tisch und Nachttisch ausgebreitet. Ein Parfumfläschchen ist zu Bruch gegangen, und sie hat die Scherben aufgefegt und den Boden gewischt. Nur den silbernen Verschluss neben dem Bettüberwurf hat sie übersehen. Klara bückt sich und greift danach. Es ist gar kein Verschluss, sondern Livias silberner Anhänger mit den beiden ineinander verschlungenen Rädern. Nur die Kette fehlt.

„Komm", drängt Sandy, „wer weiß, ob die Bullen nicht wiederkommen." Sie zieht Klara zur Tür und löscht das Licht, in dem Moment, in dem Klara die Rückseite des Schmuckstückes betrachten will. In der matten Beleuchtung der Straßenlaterne kann Klara gerade noch eine zierliche Schrift erkennen, die in das Silber eingraviert ist: *To my love. Forever. M.V.*

☺ ☺ ☺

Die Straße steigt leicht an und führt in Kurven den Berg hinauf. Gregorios kennt sie in- und auswendig, jetzt aber scheint ihm jede Kurve abenteuerlich neu.

„Musik?", fragt er.

„Nein, danke."

„Wir werden ohnehin gleich genug davon hören", sagt er und versucht, freundlich aufzulachen. Da Livia nicht reagiert, erstirbt ihm der Laut wie ein Gegurgel in der Kehle. Er versucht, die Gedanken, die wie Sturmwolken durch sein Gehirn ziehen, festzuhalten, um etwas Erwähnenswertes zu sagen.

„In diesen Olivenwäldern habe ich als Kind gespielt", setzt er jetzt an. „Die Bäume sind viele Hundert Jahre alt."

Da dreht sie sich zu ihm und legt den Arm auf die Sitzlehne. Sie soll es sich nur bequem machen, denkt er, obwohl er sich durch diese vertrauliche Geste verunsichert fühlt. Sie passt nicht zu ihr.

„Möchten Sie die Jacke aus ..."

In diesem Moment ein leises Klicken, das ihm vage bekannt vorkommt. Er ist zu überrascht, um sofort zu reagieren. Da spürt er einen Stich, und ihre Stimme sagt laut und klar: „Das ist ein Messer, und es sitzt an deinem Hals. Hast du mich verstanden?"

Er wird von Entsetzen durchrieselt und geht vom Gas weg.

„Ja", sagt er, obwohl er weit davon entfernt ist zu verstehen.

„Jetzt kommt ein Schotterweg, dort biegst du ab."

„Ja", sagt er wieder leise.

Er kennt diesen Weg. Er führt zu dem weißen Haus an den Klippen, das von manchen Frauen als Heiligtum angesehen wird. Nach der Kurve die Abzweigung, er bremst und biegt ein. In seinem Gehirn herrscht Leere. Noch nie hat jemand ihm ein Messer an den Hals gehalten, es könnte ein Scherz sein. Die Sicherheit, mit der sie es plötzlich in der Hand hat, macht ihn starr vor Angst. Die Fahrt wird holprig. Er glaubt, in einem Alptraum zu sein, ohne Möglichkeit, aufzubegehren oder eine Finte ersinnen zu können. Sie erscheint ihm außerdem nicht anders als zuvor. So wie sie sich ihm gegenüber bis jetzt gegeben hat, ist dies hier fast normal. In Hinblick auf sie, auf das, was er an ihr die ganzen Tage über beobachtet, aber nie in Worte gefasst hat. Auf einmal weiß er, dass sie die Frau ist, die seinen Kollegen Mikis niedergeschlagen hat. Und dass es keine bloße Selbstverteidigung war, sondern provozierte Absicht, eine Art Lust. Weiter will er nicht denken. Seine Hände pressen kalten Schweiß auf das Lenkrad, und er atmet schwer. Es ist nicht das Messer, das ihm Angst macht, sondern sie. Eine lebensbedrohliche Unberechenbarkeit geht von ihr aus, und dies, seit er sie zum ersten Mal gesehen hat. Jetzt weiß er, dass es das gewesen ist, was ihn anzog. Gewaltbereitschaft ohne Maß.

„Was wollen Sie von mir?", stößt er hervor.

„Sei still und fahr weiter", sagt sie.

Der Wagen rollt den Hang hinauf, links und rechts tauchen wie Gespenster bleiche, niedrige, dornige Büsche auf.

Weiter fahren sie in die Dunkelheit, bis plötzlich geduckt hinter zwei Zypressen das Haus sichtbar wird, einige Meter dahinter geht es in die Tiefe. Die Felsenlandschaft bricht hier ab, und danach ist bloß das Nichts. Hier hat Sandy getanzt, hier ist sie auch immer wieder hergekommen, um sich zu konzentrieren. Weder Beten hatte man das nennen können noch Meditieren, es war viel eher eine Vereinigung mit dem Ziel.

„Halt an", sagt sie, und er tritt auf die Bremse, vergisst das Auskuppeln, und der Motor stirbt ab. Sie sitzen beide stumm im Wagen, das Scheinwerferlicht strahlt die weiße Hauswand an. Die Messerspitze ist immer noch an seinem Hals, hat die Haut aufgeritzt, und er spürt, wie ein kleines Rinnsal in den Raum zwischen Kragen und Brustbein gleitet. Ihre Hand ist ruhig.

„Was wollen Sie?"

Sie braucht lange, um zu antworten, der Speichel verklebt ihr den Mund wie Leim.

„Du hast Melina umgebracht, und deshalb wirst du jetzt sterben", sagt sie.

Dieser Name rollt wie Donner und scheint ihn in seiner Wucht unter sich zu begraben. Sein Kopf schießt nach vorne auf das Lenkrad, gefolgt von dem Messer.

„Keine Bewegung", sagt sie kalt. Aber dies wäre nicht notwendig gewesen, er ist wie von einem Fausthieb getroffen.

„Melina ...", stammelt er. „Was soll das? Wer bist du überhaupt?"

„Du hast sie umgebracht", wiederholt sie.

„Das ist nicht wahr", wimmert er.

„Lüg nicht, dafür ist es zu spät."

„Sie hat sich selbst umgebracht", stößt er hervor. „Sie hat sich selbst umgebracht." Er wird immer lauter, je öfter er diesen Satz wiederholt.

„Du und deine Freunde. Ihr habt sie misshandelt und ermordet", sagt sie starr. Ihre Stimme ist künstlich, wie aufgezogen, die Worte kommen aus ihr heraus wie programmiert.

„Welche Freunde?", brüllt er jetzt, und auf einmal ist es für ihn ein Leichtes, das Messer an seinem Hals zu ignorieren, er dreht sich mit unerwarteter Schnelligkeit zu ihr, wobei die Klinge einen Fahrer in seine Haut macht, der sich sofort mit Blut füllt, und packt sie an der Kehle, so dass ihr das Messer aus der Hand fällt. Er schüttelt sie und brüllt.

„Ich habe keine Freunde! Ich habe keine Freunde! Sie hat sich selber umgebracht. Du lügst! Du lügst!"

Sie windet sich, glaubt zu ersticken, reckt und würgt. Da schießt ihre Hand wie von selbst hervor, zu einer Faust geballt, die Knöchel nach innen gedreht. Darauf festgeschnallt, blitzt jetzt das silberne Sigma ihres Lederarmbandes auf, die Schlange, die sie auf ihrem Zimmer noch von ihrer Schutzhülle befreit hat, liegt mit ihrem aus Klingen geformten Körper nackt da und scheint sich ebenfalls zu bewegen, in der Schnelligkeit, mit der ihre Faust auf seiner Schläfe aufkommt. Er lässt mit einem Aufschrei ihren Hals los. Das Blut sammelt sich in der Wunde, und Livia möchte sich am liebsten übergeben. Sie kneift die Augen zu, als sie ein zweites Mal zudrückt, jetzt auf die Stirn, was seinen Kopf nach hinten stößt. Seine Stimme gellt, als würde er abgestochen werden, er wirft den Körper hin und her, schlägt mit den Armen um sich, das Blut rinnt ihm in die Augen. Schließlich bekommt er sie mit einer Hand wieder an der Kehle zu fassen, aber sie drückt ihm ihre klingenbewehrten Knöchel auf den Handrücken, so dass er vor Schmerz wegzuckt. Da geht die Autotür hinter ihm auf, er stürzt rücklings heraus, krallt sich in ihre Jacke. Im Fall reißt er sie mit, versucht, sein Gesicht vor den fürchterlichen Messern zu schützen, die jetzt schon wieder auf ihn niederfahren, knapp neben dem Hals aufkommen und an der Haut entlangrutschen. Das Sigma verwischt sich und verläuft sich in langen, blutigen Strähnen abwärts zur Brust, Hautfetzen mit sich reißend.

„Du hast dich an ihr vergangen, du und deine Freunde." Ihre Worte peitschen auf ihn ein, schlimmer noch als die Klingen auf Stirn und Schläfe, Brust und Handrücken.

Mit einer letzten Anstrengung gelingt es ihm, ihre beiden Arme zu fassen und sie an den Boden zu drücken. Dann stürzt er sich mit seinem ganzen Gewicht auf sie.

„Das ist nicht wahr!", bellt er und presst sie in den Sand. „Das ist nicht wahr!"

Ihr Mund ist gegen den Boden gedrückt, so dass sie ihn nicht mehr öffnen kann, ihre Hände von seinen über den Kopf gerissen, die Schlange nutzlos in den Kies gerammt, ihre Handgelenke niedergehalten, sein Körper mit dem Gewicht seiner schweren Knochen und Muskeln auf ihrem, nie mehr wird sie entkommen können. Nun ist es um sie geschehen. Er keucht, während aus den Bahnen, die sie in seine Haut gezogen hat, das Blut quillt, tropft und sickert.

„Wer bist du?", schreit er ihr ins Ohr, und seine Stimme überschlägt sich.

Sie hustet und würgt, die Lippen schleifen am Boden, er drückt ihren Unterkörper mit dem Knie noch fester hinunter.

„Ich …", quetscht sie heraus, als er den Griff um ihren Kopf etwas lockert. „Ich habe sie geliebt, deine Schwester."

Da lässt er von ihr ab, als wäre alle Mühe vergebens. Und sie ist von der Macht ihrer eigenen Worte ebenfalls wie erschlagen. Er rückt von ihr weg, das Blut tropft weiterhin über Augenbrauen in die Augenhöhlen, an Wangen und Nase herab. Er versucht es zu stoppen, aber das sind ungelenke, automatische Bewegungen, unwichtig, in Anbetracht dessen, was sie eben gesagt hat.

Sie bleibt unbeweglich liegen, auf dem Bauch, die Hände immer noch über den Kopf gestreckt, wie er sie hinuntergehalten hat, den Kopf auf den spitzen Steinen. Sie ringt nach Atem, nicht wegen der Verletzungen in ihrem Gesicht, sondern wegen der Wahrheit, die endlich einmal ausgesprochen wurde, nach so vielen Monaten, in denen sie verschüttet war, tot wie Melina selbst. Keiner der beiden rührt sich jetzt. Der Wind röhrt durch die offene Wagentür, das erste Mal ist er richtig zu hören.

„Du hast mit ihr gelebt?", fragt er jetzt fast tonlos. Sie nickt.

„Ihr habt sie mir genommen", sagt sie leise.

„Ich habe keine Freunde", keucht er. „Und ich habe mich nicht an ihr vergangen."

„Mit wem bist du dann zu ihr gekommen, damals?"

„Allein. Ich war allein."

„Sie hat aber gesagt, es waren noch die zwei anderen da. Ich habe sie selbst gesehen, im Treppenhaus, als sie aus der Wohnung kamen."

Sie richtet sich langsam auf. Die Erinnerung macht sie unempfindlich für die Gegenwart. Es ist, als hätte ein Sturm sich beruhigt, als hätte sich die Welt aufgehört zu drehen, wie damals, als sie in die Wohnung kam und Melina liegen sah und Blut überall, blutverschmierter Boden, Blut zwischen Melinas Beinen, Blut in ihren Mundwinkeln. So viel Blut, dass als Rache für sie nie genug davon vergossen werden könnte.

„Wer war das?", hört sie jetzt seine Stimme aus einem Außen, das sie nichts mehr angeht. „Wer war das?" Er spricht leise und drohend, aber die Bedrohung dringt nicht zu ihr.

„Sie hat sie Costas und Elias genannt", stößt sie wie unter großer Anstrengung hervor, als ob die Namen ein Gewicht von Tonnen hätten. „Du findest sie hier in der Klinik. Gezeichnet. Von mir", keucht sie und bei dem Wort „gezeichnet" wird ihr leicht zumute, als ob alles gut werden könnte. Das Wort ist eine vorübergehende Betäubung des Schmerzes.

Die beiden Namen explodieren in seinem Kopf, und damit reißen sie die Tür zu einem Keller auf, vor dem er die längste Zeit über ahnungslos gestanden hatte. Heraus stürzen Ungeheuer, die ihn zu überwältigen drohen. Er stößt einen Schrei aus, der sie aus ihren Gedanken reißt, und dann stürzt er sich auf sie.

„Du lügst! Du lügst!"

Er will sie packen, aber sie hat diesmal besser aufgepasst. Sie entgleitet seinen Armen, rollt weg, und er fällt hin. Sie springt auf; er fasst nach ihren Knöcheln. Da macht sie einen Satz zurück. Er versucht, sich aufzuknien, da landet ein Fußtritt in seinem Gesicht, dass die Knochen krachen und er nach hinten geworfen wird. Kurz bleibt er liegen, und sie beobachtet ihn, bevor sie zum nächsten Stoß ansetzt. Er springt auf einmal hoch und auf sie zu. Sie weicht zur Seite, zieht gleichzeitig an seinem Arm und beschleunigt damit seine Bewegung. So prallt er mit dem Kopf voran auf die Vorderfront des Wagens. Schon ist sie hinter ihm und setzt mit der Handkante nach. Er sackt röchelnd neben den Reifen zusammen.

Sie hat jetzt keine Zeit zu verlieren. Sie tastet am Boden nach ihrem Armband und verstaut es vorsichtig in ihrer Jackentasche Sie knöpft das Seil auf, das sie um ihre Taille geschlungen hat, und fesselt ihm die Hände auf den Rücken, dann zieht sie den Rest der Schnur zu den Fußgelenken und knüpft sie dort fest. Wie viele Male sie das geübt hat, kann sie jetzt nicht mehr sagen. Es dauert nicht länger als das Aufsperren einer Wohnungstür, gefolgt vom Eintreten und Anknipsen des Lichtes.

Sie will ihn zum Haus schleifen, aber er ist viel zu schwer. Sie bringt ihn zwar Zentimeter für Zentimeter von der Stelle, aber der Aufwand ist zu groß. Wer weiß, wann er wieder erwacht. Die Handkantenschläge wirken je nach Konstitution anders. Der junge Polizist vorgestern blieb länger ohnmächtig, hat sie gehört, Gregorios könnte früher wach werden und sich zu wehren beginnen. Da kommt sie auf die Idee, ihn an die Stoßstange zu binden.

Sie ist jetzt vollkommen ruhig und gefasst, alle Emotionen, die ihr Gehirn vorhin wie ein Nebel einhüllten, sind verschwunden und haben einem klaren Sinn für das unmittelbar Notwendige Platz gemacht. So beben ihre Hände nicht, als sie ihn an die Stange schnallt und dann einsteigt, als sie den Sitz vorschiebt, der mit einem ächzenden Geräusch nachgibt, und den Wagen startet. Sie ist noch nie mit einem Jeep gefahren, und das Fahrzeug macht einen Satz nach vorne, als sie zu hastig einkuppelt, und stirbt ab. Sie versucht es ein zweites Mal. Vorsichtiger. Der Wagen springt an. Langsam rollt sie auf das Haus zu und bleibt daneben stehen. Vor ihr ist nur noch ein Holztisch mit einer Bank, für Touristen aufgestellt, die den Sonnenuntergang genießen. Hinter dem Tisch ein kniehohes Metallgeländer, dann der felsige Abgrund. Sie springt heraus und macht ihn los, dann zerrt und schiebt sie den schweren Körper zu dem Tisch. Sie wickelt das Seilende um die Querverstrebung zwischen den Tischbeinen. Seine gefesselten Beine schiebt sie unter dem Geländer durch. Dann gibt sie dem Tisch einen Ruck, so dass Gregorios' Körper von seinem eigenen

Gewicht hinabgezogen wird. Nur die Verstrebung des Tisches, die am Geländer ankommt, hält ihn noch davor zurück, hinunterzugleiten und in freiem Fall dem Meer zuzustreben.

Gregorios kommt stöhnend zu sich.

„Du hast sie verraten", sagt sie und gibt ihm einen Tritt. „Jetzt wirst du dafür verrecken. Der Tisch wird nachgeben, bald, dann ist es vollbracht."

Sie steht auf und geht zum Wagen. Sie hört seine gurgelnden Laute hinter sich, hört ihn husten und spucken. Es lässt sie kalt. Sie setzt sich in den Wagen und legt den Rückwärtsgang ein, der Jeep macht einen Satz nach hinten, dann schlägt sie ein, um umzudrehen. Etwas zu heftig und zu früh, das Fahrzeug schleudert unsanft gegen die Hauswand, und etwas schlägt gegen ihren Fuß. Ihr Messer. Sie stutzt und bückt sich. An der Spitze ist getrocknetes Blut. Sie hält es in der offenen Hand und schaut es geistesabwesend an. Der Motor hallt durch die Nacht, so dass die Laute des Mannes draußen nicht mehr zu hören sind. Aber seine Stimme von vorhin rast durch ihr Gehirn. „Ich habe keine Freunde. Ich habe mich nicht an ihr vergangen. Es ist nicht wahr. Du lügst!"

Sie fängt an zu zittern, und ihre Zähne beginnen zu klappern und hören nicht mehr auf. Ihre Hand, die den Gang einlegen will, rutscht am Schaltknüppel aus. Bis jetzt hat sie alles ausgeführt, wie sie es sich vorgenommen hat. Und wenn seine Stimme mit diesen Worten nun für immer in ihr widerhallen wird? Wenn sie sich zu der anderen dazugesellt? Zu dem Schrei im Nebenzimmer, zu dem offenen Fenster, zu dem Abend, als sie in ihr Zimmer lief, aus dem Fenster schaute und den geliebten Körper Stockwerke unter sich sah, nicht mehr Körper, sondern ein Haufen Kleidungsstücke und darunter eine merkwürdig verrenkte Puppe, die jemand auf dem Pflaster liegen gelassen hat? Wenn die beiden Erinnerungen zu einer verschmelzen würden, die erste, die bis jetzt undenkbare Seelenqualen brachte, und die zweite, die Stimme aus der windzerwühlten Schwärze da draußen vor dem Wagen, die zu einem Mann gehört, der spätestens in einer Stunde an den Felsen zerschellt sein wird? Mit welcher Waffe wäre diese Erinnerung dann zu bekämpfen, mit welchem Zeichen, welchem Symbol? Wie viele Klingen wären notwendig, um das alles ungeschehen zu machen?

Sie kuppelt aus und schaltet in den Leerlauf. Dann zieht sie die Handbremse. Sie schließt die Finger um den Knauf des Messers und steigt aus. Dann geht sie auf ihn zu und schaut auf ihn hinunter. Er versucht vergeblich, sich aus der hängenden Position zu befreien, die gefesselten Beine hochzuschieben, beugt sein Kreuz durch, der Kopf schlägt dabei fortwährend am Tischbein an.

„Halt still", sagt sie zu ihm, und er gehorcht. Mit einem schnellen Ruck packt sie seine Beine und zieht sie auf festen Boden zurück, damit er nicht mehr fallen kann.

„Du verdienst das nicht", sagt sie und wirft ihm das Messer vor das Gesicht. „Du hast sie nicht beschützt."

Dann geht sie zum Wagen und fährt an. Sie darf jetzt nicht denken, sie muss ihre Konzentration auf die Straße richten, auf die schmale Spur vor ihr, die sich überraschend oft scharf nach links und nach rechts wendet. In unregelmäßigen Stößen rollt der Jeep langsam den Hang hinunter.

KAPITEL 20

Am Anfang ist die Todesangst. Als Gregorios aus der Bewusstlosigkeit erwacht, ist es dunkel. Seine Glieder sind zusammengeschnürt, die Beine hängen frei, und sein Kopf schlägt bei jeder Bewegung gegen eine Kante. Er hört eine Frauenstimme und Schritte, die sich entfernen. Der Motor des Wagens und die Scheinwerfer bringen die letzte Stunde schlagartig in sein Gedächtnis zurück, und allmählich erkennt er, wo er sich befindet. Als er sich das bewusst macht, ist ihm klar, dass er wenig Chancen hat, am Leben zu bleiben. Die Schmerzen an der Schläfe und auf der Stirn spürt er kaum. Er versucht, mit Drehungen der Handgelenke das Seil zu lockern, als ihm das nicht gelingt, wenigstens mit den Beinen auf den Boden hinaufzugelangen. Bei jedem Ruck knackt das verwitterte Holz des Tisches, als ob es jeden Moment nachgeben würde.

Die Scheinwerfer seines Jeeps ziehen in einem Bogen über ihn hinweg. Er hört, wie der Motor aufheult, dann das Krachen von Metall, als der Wagen gegen etwas stößt. Er wartet, dass sie nach dem Aufprall wieder anfährt, und die Angst, im Dunkeln zurückzubleiben, steigert sich zur Panik. Aber sie bleibt an der Stelle. Lange Sekunden verstreichen, in denen keine Bewegung außer der des Windes auszumachen ist. Der Motor dreht seine Touren. Da geht die Wagentür auf, er hört das Knirschen des Sandes unter ihren Füßen und zuckt unwillkürlich zusammen. Ihre Schritte näheren sich. Er kann es nicht deuten. Sie bleibt vor ihm stehen und befiehlt ihm, still zu liegen. Er gehorcht und bemüht sich, keinen Laut von sich zu geben, keine Bewegung zu machen. Da zieht sie seine Beine auf festen Boden hinauf und rettet ihn damit vor dem Sturz in den Abgrund. Er denkt zuerst, das ist eine neue Art der Folter, der Auftakt zu noch mehr Grausamkeit, aber es kommt anders. Sie wirft das Messer, mit dem sie ihn im Auto noch bedroht hat, vor ihn auf den Boden.

„Du hast es nicht verdient. Du hast sie nicht beschützt", sagt sie und geht. Wenig später fährt der Wagen an und ist bald darauf nicht mehr zu hören.

Er keucht vor Erleichterung. Der Schweiß tritt ihm aus allen Poren, als er sich dreht und wendet, bis er das Messer zwischen die Hände bekommt. Er schneidet sich mehrmals, bevor es ihm gelingt, die Klinge am Seil anzulegen und die Fasern aufzuwetzen. Eine Ewigkeit scheint vergangen zu sein, als er endlich freikommt, aufsteht und die tauben Glieder schüttelt. Aber diese Befreiung ist zu nichts nütze. Mit seinem neuen Wissen würde er es vorziehen, in die Tiefe zu fallen und nichts mehr mit dieser Welt zu tun zu haben. Er stürzt und stolpert die Fahrtrasse entlang, die von dem abnehmenden Mond matt erhellt wird, aber er weiß nicht, wozu das noch gut ist. Dunkelheit und Schmerz stoßen ihn in eine von Wahnsinn erfüllte Welt.

Schmerz ist ein ungenügendes Wort und bezieht sich auf alles Äußerliche, auf Haut und Fleisch, auf das Brennen unter dem verkrusteten Blut, auf Prellungen und Schürfungen. Was ihn aber im Inneren durchläuft, ist ein hohes, nicht endendes Wehgeschrei.

„Du hast es nicht verdient. Du hast sie nicht beschützt."

Seine Richterin hat es verstanden, diese Sätze gut zu platzieren – genauso treffend wie ihre Fußtritte und Handkantenschläge, auf längere Sicht aber noch zerstörerischer – jede Hoffnung auf ein Weiterleben in ihm dadurch abzutöten. Er weiß jetzt, warum sie ihm so bekannt vorgekommen ist. Er hat sie tatsächlich damals gesehen, als er in London zum ersten Mal in Melinas Wohnung kam. Livia stand im Flur und war dabei zu gehen, und sie hatten einander nur kurz begrüßt. Diese Erinnerung muss er verdrängt haben, wie viele andere auch. Es war von Anfang an etwas an ihr, dass ihn an „heimkommen" denken ließ. Ja, durch sie ist er in gewisser Weise „heimgekommen", aber dieses Zuhause ist von Tod, Gewalt und Verrat erfüllt. Jetzt weiß er, was zu dem Selbstmord der Schwester geführt haben muss, und er verachtet sich dafür, dem Vater je ihre Adresse in London gegeben zu haben, in naiver Unwissenheit der wahren Verhältnisse. Als die Schwester damals sagte, der Vater hätte sie bedroht, und sie hätte Angst, hat er ihr nicht glauben wollen. Sie hat ihn angefleht, dem Vater die Adresse nicht zu geben, doch er hat ihre Bitte nicht erhört.

Von seinem Anteil an den Ereignissen muss seine Seele geahnt haben, sonst hätte er nicht so viel Mühe und Kraft darauf verwendet, sich vor jeder Form von Erinnerung zu schützen. Jetzt ist es zu spät für Melina und für ihn damit auch.

Diese Gedanken wirbeln in ihm und treffen ihn wie die Steine, über die er in der Dunkelheit stolpert. „Du hast sie nicht beschützt." Er hat sein Gelübde gebrochen und weiß nicht mehr weiter. Wenn er nicht verletzt wäre, wenn die Nacht um ihn herum nicht so schwarz wäre, wenn das Blut, das überall klebt, in Krusten zerrt und zieht, ihn nicht so an den Tod der Schwester erinnern würde, wenn seine Anhänglichkeit an diese fremde und letztendlich doch so bekannte Frau nicht gar so sehr enttäuscht worden wäre, dann hätte vielleicht ein Rest an Realitätssinn manche Behauptungen abgeschwächt und ihn vor Schlimmerem bewahrt. Aber so erwacht auf einmal der Wunsch, für Melina etwas wieder gutzumachen. Er taumelt die Landstraße in Richtung Skala Eressos entlang, als wäre er ein Betrunkener. Man könnte auch sagen, er ist wie von Sinnen.

Ein Polizeiwagen kommt hinter ihm mit quietschenden Reifen zum Stehen. Gregorios dreht sich um. Es sind Mikis und Hellos. Sie springen heraus, laufen auf ihn zu und überschütten ihn mit Fragen: Wo er gewesen sei, sein Wagen sei in einem Straßengraben gefunden worden, mit laufendem Motor, in der Disco habe es Randale gegeben mit den Touristinnen, es gebe Hinweise auf das Phantom, es könnte sogar eine Frau gewesen sein. Dann halten sie plötzlich inne und weichen zurück, denn sie stehen so nahe vor ihm, dass sein Gesicht sichtbar wird. Ihm ist zum Lachen, als er zusieht, wie ihnen die Worte ersterben und sich in ihren Augen Entsetzen ausweitet, wie sie ihn dann wortlos packen und zum Auto bringen, ihn auf den Hintersitz verfrachten und den Verbandskasten aufreißen. Niemand spricht, als sie Hals, Brust und Stirn desinfizieren und notdürftige Pflaster und Verbände anbringen, den linken Handrücken mit Mull und Pflaster hastig zukleben. Mikis zerrt eine Flasche Metaxa aus dem Fond und reicht sie ihm. Er will sie schon ärgerlich wegschieben, dann nimmt er sie doch, und die Flüssigkeit legt eine Feuerspur durch seine Speiseröhre.

„Bist du …?", stottert Mikis schließlich. „Bist du … mit dem Phantom …?" Seine Stimme ist verzerrt. „Du schaust scheußlich aus."

„Ich hab es überlebt, oder?", fährt er ihn an.
„Und hast du es erwischt?"
„Ich habe es zur Strecke gebracht", sagt Gregorios.
„Dann ist es doch keine von den Frauen im *Naos*, das hab ich mir gleich gedacht", sagt Mikis. Gregorios antwortet nicht, und Mikis hütet sich, nachzufragen.
„Zum Bürgermeister", sagt Gregorios.
„Du gehörst in die Klinik, das ist doch nur ein Notverband."
„Bring mich zum Bürgermeister und halt dein Maul!"

„Was jetzt?", fragt Klara Sandy, als sie wieder auf der Straße sind.
„Ich weiß es auch nicht", antwortet sie verzagt. „Vielleicht haben sie sie ja schon längst verhaftet."
„Vielleicht war die Durchsuchung bloß Routine."
„Und dabei alles zu zertrümmern? Nein."
Das verwüstete Zimmer hat beide mutlos gemacht. Klaras Hände fühlen sich klamm an; sie tastet den silbernen Anhänger in ihrer Hosentasche ab. Jenseits der Straßenlaternen scheint die Nacht schwärzer als sonst. Sie wissen nicht, wo sie geschützter sind. Außerhalb der Lichter, in der Nähe des Meeres, ist die Gefahr zu groß, an der Drahtumzäunung hängenzubleiben und sich die Haut aufzuschlitzen. In den Gassen jedoch könnten sie jeden Moment einem Polizisten in die Hände laufen. Die Konsequenzen sind nicht absehbar. Sie wissen nicht, wo Livia ist und welches Schicksal Gini gerade ereilt. Auch sie werden möglicherweise gesucht.
„Wir sollten uns kurz ausruhen", sagt Sandy. „Aber in keinem der Cafés, die könnten durchsucht werden."
„Da gibt es ein leeres Grundstück, hinter dem Parkplatz, neben dem Haus der Magdala."
Klara geht voraus. Sie begegnen niemandem. Nur in der Ferne sieht Klara einen Polizisten eilig eine Straße überqueren, dann ein zweiter. Sie rufen einander etwas zu. Klara und Sandy bleiben im Schatten eines Hauses stehen, dann sind die Bullen wie ein Spuk wieder weg. Der Weg, den Klara nehmen will, beginnt hinter der Pension *Krinelou* und führt an Magdalas Haus entlang. Klara

wirft einen Blick in den Hof und erkennt Magdala ausgestreckt auf ihrer Gartenbank, schlafend, das eigene Haus bewachend, in einem hochgeschlossenen, dünnen, weißen Pyjama, die Hände über der Brust. Dieser Anblick berührt sie. Es ist nicht das erste Mal, dass sie sie so schlafen sieht, im Freien, im Pyjama. Vielleicht fahren ja einige ihrer Gäste mitten in der Nacht ab, oder sie hält es in dem stickigen Kobel nicht aus, in dem sie sich normalerweise zurückzieht.

Der Weg ist schlecht ausgeleuchtet, das einzige Licht kommt von einer hellen Lampe oberhalb einer Toreinfahrt, nach Magdalas Haus, und aus dieser schält sich, bleich wie der Tod und mit glasigem Blick, Livia.

Klara schreit leise auf. Livia kommt auf sie zu, als wäre sie in Trance. Sie scheint durch Klara hindurchzusehen.

„Ich habe versagt", flüstert sie heiser, als sie vor ihr steht, aber Klara kann nicht feststellen, ob sie sie anspricht oder zu sich selber redet. „Ich habe es nicht zu Ende geführt. Ich habe versagt."

Livia schiebt Klara zur Seite, um weiterzugehen. Ihr Haar klebt an ihrer Stirn, das Gesicht ist schweißglänzend. Sandy versucht, sie aufzuhalten, doch Livia drückt sie ebenfalls weg.

„Livia!", ruft Klara. Livia schaut ihr ins Gesicht, scheint aber keine Notiz von ihr zu nehmen. Sandy bekommt sie am Arm zu fassen, doch Livia versucht, wie von einer inneren Stimme getrieben, sich loszumachen.

„Sie steht unter Schock", sagt Sandy.

„Sie ist voller Blut", ruft Klara aus und deutet auf Livias Hand. Eine Schmutzspur zieht sich über ihre rechte Wange. Die Lippe blutet.

„Sie muss zum Arzt."

„Bloß nicht! Die sperren sie ein."

Da macht sich Livia wieder los, und Erschrecken ist in ihren Augen zu lesen, aber es ist ihr anzusehen, dass sie mit den Worten der beiden nichts anfangen kann. Auf einmal steht Magdala vor ihnen.

„Jetzt ist alles aus", entfährt es Klara.

Magdala geht langsam auf Livia zu, nimmt ihre Hände sanft in ihre und redet auf sie ein, in einer Sprache, die alle drei nicht verstehen, aber Livia kommt zum Stillstand. Sie schaut Magdala in die

Augen, ihr Blick wird Hilfe suchend und traurig, und dann sinkt sie in ihre Arme. Weitere unverständliche Worte murmelnd, führt Magdala sie in ihr Haus. Sandy und Klara beobachten das Schauspiel perplex. Livia und Magdala scheinen nicht auf sie angewiesen zu sein.

Sie folgen ihnen in den dunklen Innenhof. Magdala ist mit Livia in einem Gang verschwunden, Sandy und Klara hinterher. Die Tür zu einem der Gästezimmer ist offen, und sie sehen, wie Magdala Livia auf ein Lager bettet. Die alte Griechin schaut kurz auf, als sie die zwei kommen hört.

„Nicht Arzt. Nicht Polizei", sagt sie in schlechtem Englisch. „Livia Schlaf", sagt sie einfach. „Nur Schlaf."

„Livia?", fragt Klara erstaunt. „Woher wissen Sie ihren Namen?"

„Livia und Melina. Große Liebe", sagt Magdala leise und streichelt zärtlich über Livias zerschundenes Gesicht.

Mikis und Hellos wagen es nicht, Gregorios zu widersprechen. Sie steigen wortlos ein und fahren los. Der Ort ist nach der Razzia im *Naos* wie ausgestorben. Nicht einmal der verrückte Motorradfahrer, der jede Nacht seine Maschine aufdreht, ist zu hören.

Vor dem Hotel *Daphne* steht ein Polizeiwagen.

„Was ist da los?", fragt Mikis. Gregorios springt aus dem Wagen und nimmt zwei Stufen auf einmal. Wie ein Prellbock rammt er mit der Schulter die Tür zu Theofilos' Büro und bleibt abrupt stehen. Vier Männer schauen ihn entsetzt an: sein Vater, am Schreibtisch sitzend, flankiert von zwei Polizisten. Die Mappe, die der Ermittler in der Hand hält, fällt mit einem sirrenden Geräusch zu Boden. Die Polizisten weichen zurück und rempeln einander dabei an. Der Vater erhebt sich langsam, sackt dann wieder in den Sessel zurück. Gregorios versucht zu begreifen, was hier vor sich geht.

„Was ist mit Ihnen passiert?", ruft der Ermittler.

„Nichts", sagt Gregorios hasserfüllt. „Eine kleine Auseinandersetzung."

„Das sieht aber anders aus." Der Ermittler kommt näher und schaut auf den Notverband um die Stirn, der genau in der Mitte blutgetränkt ist.

„Kommen Sie mir nicht zu nahe", sagt Gregorios, und sein Ton bringt den anderen zum Stehen. „Was geht hier vor?"

„Ihr Vater wird eben verhaftet, und Sie haben sich ebenfalls bereitzuhalten."

„So? Weshalb?"

„Verdacht auf Anstiftung zu schwerer Körperverletzung im Falle Costas und Elias Velitzelos und an meinem Amtskollegen Yakis Kokounos, zum Zwecke der Erpressung und Einschüchterung. Betrug durch Fälschung von Grundstücksumwidmungen. Der Bruch internationaler Transportverträge mittels illegaler Flughafenkontrollen ist hier noch das geringste Vergehen."

„Das ist pure Erfindung von Ihnen", sagt Theofilos zornig. Er scheint die Lage nicht begriffen zu haben, sitzt da, zappelig, greift zum Telefonhörer, legt ihn wieder auf, packt einen Stempel, der vor ihm steht, und stempelt ein Dokument ab, einmal, zweimal, dreimal, viermal.

„Schaff mir den da vom Hals und deine Leute auch", herrscht Theofilos seinen Sohn an.

„Wir haben Zeugen. Die Verhaftung von Dimitrios Makris wegen Drogenhandel sollte die *Primitiv Bar* so schädigen, dass der Pachtvertrag nicht erneuert werden kann und das Grundstück für Ihre Spekulationen frei wird."

„Das ist eine infame Lüge!"

„Wir haben schriftliche Aussagen Ihrer Mitarbeiter. Sie wollten Ihre Nachbarn Costas und Elias ebenfalls zum Verkauf ihrer Grundstücke nötigen, da Sie bereits Optionen für den Bau eines zweiten *Menelaos-Village*-Komplexes abgeschlossen hatten. Und das, obwohl die Grundstücke noch nicht einmal umgewidmet sind."

„Und Sie glauben wirklich, dass ich die beiden überfallen ließ? Absurd. Was ist dann mit dem Opfer am Flughafen von Mitilini und dem Lehrer? Welche Verbindungen sollte ich zu ihnen haben?"

„Das wird sich später erweisen. Die Beweislage reicht jetzt schon für eine Verhaftung aus."

„Hast du nicht gehört?", schreit jetzt Theofilos seinen Sohn an. „Schaff sie raus. Du bist der Einsatzleiter hier."

Gregorios lehnt sich an die Wand. In seinen Augen ist ein Flackern, das die tödliche Ruhe im restlichen Körper Lügen straft.

„Lassen Sie mich mit ihm allein", sagt er.
„Das geht nicht. Er wird jetzt abgeführt."
„Sie werden zwei Minuten für ein Gespräch zwischen Vater und Sohn erübrigen können." Gregorios geht langsam auf den Ermittler zu und schaut ihn an. Dieser weicht zurück und senkt die Augen. Der Anblick von Gregorios ist grausig und Angst einflößend. Das Blut hat den Verband inzwischen ganz durchtränkt und sickert unter dem Tuch an den Augenhöhlen vorbei über das Gesicht. Seine Lippen sind aufgeschwollen, und über seinen Hals ziehen sich blutige Schlieren; das Pflaster hängt wie ein Lappen hinunter. Sein Hemd ist eingerissen und voller dunkler Flecken. Ein Messer, das klebrig aussieht, hängt an seinem Hosengürtel. Mit so viel Blut in allen Stadien der Gerinnung strömt die ganze Gestalt eine archaische Gewalt aus, vor der der Ermittler zurückweicht. Er ist ein Technokrat und will mit diesen Urkräften nichts zu tun haben, sich nicht damit infizieren.
„Zwei Minuten", sagt er. „Wir warten draußen."
Die Tür schlägt zu.
„Gregorios, du musst mich da sofort rausholen. Die Vorwürfe sind an den Haaren herbeigezogen, das ist eine politische Abrechnung, wahrscheinlich steckt die Gruppe um Alexis dahinter."
Der Sohn antwortet nicht.
„Was ist los mit dir? Hast du Schmerzen? Schick den Ermittler weg und lass dich in der Klinik behandeln." Gregorios richtet sich auf.
„Wo waren Elias und Costas vor zwei Jahren, als Melina starb?"
Theofilos zuckt zusammen.
„Ich hab dir gesagt, ich will diesen Namen in meinem Haus nicht mehr ..."
„Wo waren sie? Diese einfache Frage wirst du mir beantworten können."
„Das hat doch jetzt keine Relevanz mehr. Wieso willst du das überhaupt wissen?"
Gregorios geht langsam auf Theofilos zu und stützt sich vor ihm am Schreibtisch ab.
„Wo?"
„Das weiß ich doch nicht. Ich hab längst keinen Kontakt mehr zu denen."

„Du lügst."

Blitzschnell langt Gregorios über den Schreibtisch nach Theofilos' Kragen und reißt ihn in die Höhe. Er knüllt den Hemdstoff zusammen, dass Theofilos nach Luft ringt.

„Lass mich los!"

„Also ..."

„Das geht dich nichts an."

„Sie waren in London, stimmt's?", sagt Gregorios, zieht ihn wie eine Gliederpuppe hinter dem Tisch hervor und schlägt ihn gegen die Wand.

„Lass mich los, du erwürgst mich ja!"

Gregorios schlägt Theofilos' Kopf ein zweites Mal gegen die Wand.

„Von mir erfährst du nichts", presst sein Vater hervor.

„Ach so?"

Gregorios zieht das Messer aus dem Gürtel und setzt es seinem Vater an die Kehle.

„Was hatten die in London zu suchen, die beiden?"

„Lass mich, ich sag es dir ja."

Gregorios lockert den Griff, aber das Messer bleibt an Theofilos' Hals.

„Sie sollten Melina überreden, zurückzukommen und Costas zu heiraten."

„Überreden oder zwingen?"

„Ja, also ..."

„Was?" Gregorios drückt wieder fester zu.

„Sie sollten ihr Beine machen, habe ich zu ihnen gesagt. Immerhin war Costas ihr Verlobter. Wenn er ihr nicht von Anfang an gleich zeigt, wer das Sagen hat ..."

„Du hast mir versprochen, sie in Ruhe zu lassen."

„Mein Gott, versprochen. Hier ging es doch um Werte. Die Velitzelos und wir wären die größten Grundstückseigentümer der Insel geworden, wenn wir alles zusammengelegt hätten."

„Du hast deine Tochter wegen eines Grundstücks verkaufen wollen?"

„Halt dich zurück mit deinen Worten!"

„Ich? Ich?", sagt Gregorios und drückt seinem Vater die Messerspitze weiter gegen die Haut.

„Und wenn sie nicht einwilligte, zurückzukommen, was dann?"

„Dann … was geht das mich an?"

„Dann sollte sie dafür büßen. Du Kinderschänder!"

„Was redest du da, ich habe sie doch nicht umgebracht. Die ist gesprungen."

„Costas und Elias haben Melina vergewaltigt!"

„Das ist nicht wahr!", schreit Theofilos.

„Du hast es gewusst und sie nicht angezeigt. Du hast es geduldet und nichts dagegen gemacht. Du hast es nicht einmal mir gesagt!", keucht Gregorios. „Du bist ein Mörder. Mörder! Mörder!" Seine Stimme überschlägt sich und geht in Schluchzen über. Er schüttelt Theofilos' Körper wie besinnungslos.

„Lass mich los", keucht Theofilos. „Du erwürgst mich noch. Wir werden alles besprechen, später. Sie war doch nur eine …"

„Was war sie?", tobt Gregorios. „Was war sie? Wage es nicht, es auszusprechen!"

„Die war es doch gar nicht wert, dass man sich so …"

Gregorios sticht zu und weiß im ersten Augenblick nicht einmal, dass er es tut. Es ist nur eine der vielen Bewegungen, um die Stimme seines Vaters zu ersticken, um ihn gleichzeitig zu zwingen, etwas zuzugeben, nachzugeben, sich als schuldig zu bekennen. Die Worte des Vaters sind wie kochendes Öl in seiner Seele, sie verbrühen alles, was mit Leben noch zu tun hat. Der Vater sackt langsam zusammen.

„Ich bitte dich", flüstert er, „das wird uns doch nicht auseinanderbringen. Erledigen wir das jetzt gemeinsam. Schick den Ermittler weg."

Gregorios zieht das Messer aus der Brust seines Vaters, und beide schauen es an. Eine feine, hellrote Schicht überzieht es bis zum Knauf, bis zu den Fingern, die es gehalten haben. Das Hemd des Vaters verfärbt sich, er hält sich die Hand an die Brust und knickt zusammen.

„Schick den Ermittler weg", röchelt er.

Dann sinkt er langsam zu Boden.

Gregorios starrt immer noch auf die Klinge. Sein Blick kann sich nicht von ihr lösen. Den Vater hat er jetzt zum Schweigen gebracht, eine unheimliche Stille ist im Raum, so groß ist sie, dass Gregorios das Blut in seinen Ohren rauschen hört. Es dröhnt und pulsiert und verursacht hektische Unruhe. Er schaut sich hastig um.

Draußen sind Schritte zu hören, Gregorios ist bereits an der Tür, als sie aufgeht. Er drückt die beiden Polizisten zur Seite und ist schon an ihnen vorbei, springt die vier Stufen des Hoteleingangs hinunter und fängt an zu laufen. Hinter ihm sind Entsetzensrufe zu vernehmen, die schnell schwächer werden. Gregorios läuft und läuft und merkt nicht einmal, dass er das Messer in der gleichen Stellung in der Hand hält wie vorhin, als er es seinem Vater aus der Brust gezogen hat. Er läuft mit dem Messer im Anschlag durch die Hauptstraße, und die Leute weichen ihm entsetzt aus und drücken sich an die Hauswand. Hinter ihm schreien sie nach der Polizei, aber die Polizei ist er selber. Was geht das ihn schon an?

Er ist der Polizist, der für Ordnung zu sorgen hat und dies bis jetzt versäumte, in untertäniger Befehlshaltung seinem Vater gegenüber, in feiger Duckmäuserei, in Blindheit dem Leben gegenüber, in satter Faulheit. Er ist der, der das Wichtigste ungesühnt ließ. Hinter ihm in weiter Ferne hört er die Stimmen von Mikis und Hellos. Sie rufen ihn, aber er hört nicht, was sie sagen. Er legt stattdessen an Geschwindigkeit zu.

Dann bleibt er vor dem Eingang der Klinik stehen, macht das Tor auf und läuft die Treppen hinauf. Eine Nachtschwester kommt ihm entgegen, stolpert aber zurück, als sie ihn sieht, und fängt zu schreien an. Mit einem Satz ist er bei ihr und hält ihr das Messer an die Kehle.

„Wo liegen sie? Costas und Elias Velitzelos. Wo?"

Sie starrt ihn verständnislos an, bringt keinen Laut mehr heraus.

„Wo? Welches Zimmer?"

„Drei", sagt sie jetzt.

„Zeig es mir, los, komm." Er stößt sie nach vorne. „Wo ist es? Da?"

„Im ersten Stock."

„Dann los, hinauf."

Sie stolpert an seiner Seite, von ihm geschoben und gezerrt, in den nächsten Stock und weist kreidebleich und nach Luft ringend auf eine Tür. Daneben sitzt ein Mann, den Kopf auf einem zusammengeknüllten Kleidungsstück, und schläft. Der Polizist Tomi.

Gregorios stößt die Krankenschwester weg, sie strauchelt gegen die Wand. Er reißt die Zimmertür auf. Nur die Notbeleuchtung ist an, und die Männer in den zwei Betten schlafen tief.

„Costas!", brüllt er in den Raum. „Costas! Wo bist du?"

Er betätigt den Lichtschalter, und die Neonröhren gehen an. Mit drei Schritten durchmisst er den Raum.

„Costas, was hast du mit meiner Schwester gemacht?"

Er weiß nachher nicht mehr, wie oft er zugestochen hat, nur, dass seine Hand mit dem Messer auf einmal schwer und schlaff wurde, und sein ganzes Wesen sich auf einmal ausgelaugt anfühlte. Er stand zuerst vor Costas, der zu überrascht war, um sich noch zu wehren, dann vor Elias, der nicht mehr dazu kam, das Bett zu verlassen. Was danach vor sich ging, beachtete er nicht mehr: Die um Hilfe rufende Stimme der Krankenschwester, die Polizisten, seine Leute, die auf den Treppen bereits zu hören waren. Er ließ das Messer fallen und griff sich an die Stirn, er taumelte zurück, rutschte an der Wand zu Boden, und dann senkte sich mildtätige Nacht über die Welt und hüllte sein Bewusstsein ein.

Magdala lässt Klara und Sandy nicht wieder weggehen.

„Zu gefährlich. Polizei", sagt sie, und die beiden gehorchen willenlos, fragen nicht einmal, woher sie von der Gefahr weiß. Sie weist ihnen ein Zimmer zu. Dann geht sie wieder zu Livia.

Klara und Sandy legen sich in ihren Kleidern auf das Bett und rücken zusammen. Sie wissen nicht, wie sie die Ereignisse deuten sollen, da es so viel gibt, was sie nicht verstehen.

„Wer ist Melina?", fragt Sandy.

„Die Tochter des Bürgermeisters. Sie ist in London gestorben."

„Und Livia hat sie geliebt?"

„Scheint so."

„Dann ist sie der Schlüssel zu allem, was hier passiert ist?"

„Ja."

„Und wieso weiß das die Magdala?"

„Vielleicht hat sie Melina gekannt."

„Und demnach Livia auch."

Klara streichelt Sandys Wange und ihr Haar.

„Ich bin so froh, dass du zurückgekommen bist", sagt sie. „Was hätte ich ohne dich gemacht?"

Sandy drückt sie als Antwort fest an sich. Sie küssen sich zum ersten Mal, seit Sandy wieder da ist. Klara fühlt sich geborgen, wie schon lange nicht mehr. Sie sprechen nicht, warten, dass das Herzklopfen ruhiger wird, dass ihnen eine Erklärung zu den Ereignissen, die sie nicht durchblicken, einfällt.

Schließlich sinkt Sandys Kopf in die Kissen, und ihre Atemzüge werden tiefer. Klara löst sich aus der Umarmung, steht leise auf und geht hinaus. Livias Zimmertür ist leicht angelehnt, drinnen schwaches Licht. Magdala hat ein Tuch über die Nachttischlampe gelegt, sitzt in einem Sessel neben dem Fenster und schläft. Livia aber ist wach und schaut Klara mit einem ausdruckslosen Gesicht an. Klara geht langsam näher. Livia fasst nach ihrer Hand und zieht sie auf das Bett hinunter. Klara setzt sich vorsichtig an die Kante. Sie schauen sich lange an.

Klara zieht den silbernen Anhänger aus der Jackentasche und reicht ihn ihr. Livia fasst danach und hält ihn fest umklammert.

„Es hat in deinem Leben nie andere Frauen gegeben, keine Patricia und keine Kristin aus Dänemark", sagt Klara. „Nur Melina, stimmt's?"

Livia nickt.

„Und alle Briefe und Gedichte, die du mir vorgelesen hast, waren nur für sie, obwohl sie sie nie mehr lesen wird."

Livia schaut Klara weiterhin mit aufgerissenen Augen an und erwidert nichts.

„Mit ihr hast du in London gelebt. Und ihr wart glücklich, und sie hat dich natürlich nie mit irgendwelchen Männern betrogen, wie du mir weismachen wolltest."

Eine lange Stille entsteht.

„Nur der Tod hat uns trennen können", sagt Livia leise. „Und für den hat sie sich entschieden. Dagegen war ich machtlos."

Sie drückt Klaras Hand, und die Tränen laufen ihr über das Gesicht.

„Sie hat ihrem Vater immer noch irgendwie gehorchen wollen. Als Costas und Elias kamen und sie sehen wollten, tat sie es nur, um ihre Pflicht ihm gegenüber zu erfüllen."

„Wer ist das? Costas und Elias?"

„Sie war mit Costas verlobt. Gezwungenermaßen. Sie hat dem nie zugestimmt. Ihr Vater wollte einfach nur die Besitztümer zusammenlegen, das wusste sie. Elias war Costas' Vater. Sie hat mich weggeschickt, an dem Tag, als sie kamen. Sie war guter Dinge. Sie hatte keine Ahnung, was passieren würde. Sie war so stark und gefestigt. Nie wäre sie mit ihnen zurückgegangen. Die Verlobung war für sie nicht gültig. Das wollte sie ihnen in aller Ruhe sagen. Costas wusste, dass sie nie an ihm interessiert war. Vielleicht hätte er das akzeptiert, wenn sie nicht lesbisch gewesen wäre."

Sie macht eine Pause, und Klara versucht, sich gegen das zu wappnen, was nun kommen muss.

„Als ich am Abend zurückkam, fand ich sie", sagt jetzt Livia. „Und ich kann nicht einmal jetzt darüber sprechen. Ich habe in den letzten eineinhalb Jahren nichts anderes getan, als versucht, diese Erinnerung in mir zu tilgen. Sie haben sie geschlagen und vergewaltigt, dann sind sie gegangen. Melina wollte keine Polizei, keinen Arzt, kein Aufsehen. Sie biss die Zähne zusammen. Als ich kam, schickte sie mich in die Küche, den Verbandskasten zu holen. Ich gehorchte ihr. Das war mein großer Fehler. Ich ging in die Küche, öffnete den Schrank, und schon beim Öffnen hatte ich das Gefühl, etwas Falsches zu tun, am falschen Ort zu sein, mit dem Rücken zu etwas Unnennbarem, Grauenhaftem zu stehen. Eine fürchterliche, kalte Panik erfasste mich, als ob ich alles schon wüsste, ohne es zu wissen. Ich lief aus der Küche und spürte den Luftzug des offenen Fensters. Schon im Laufen, noch bevor ich ins Wohnzimmer kam, schrie ich …"

Livia presst ihr Gesicht in das Kissen. Sie wird von Schluchzen geschüttelt. Magdala steht auf, kniet sich vor sie hin und umarmt sie. Über ihr Gesicht rinnen ebenfalls Tränen, denn sie weiß, welche Geschichte erzählt wird.

„Ich glaube, sie hat nur deshalb gewartet, bis ich wieder zurück bin, damit die Wahrheit nicht mit ihr stirbt. Sie war so stolz. Mit diesem an ihr begangenen Verbrechen hätte sie nie weiterleben können. Neben mir, einer ganz normalen Frau, die das nicht erlebt hat, keine Zerstörung, keine Vernichtung ihres Ich. Ab da hätten wir nichts mehr gemeinsam, dachte sie. Sie hätte ihrer Vernichtung durch die anderen nie zugestimmt. Nur deshalb ist sie gesprungen."

Livia weint leise. Magdala und Klara hocken hilflos daneben.

„Ich habe mich geirrt", redet Livia weiter. „Ihr Bruder hatte nichts damit zu tun. Heute wollte ich ihn töten."

Sie sagt „Heute wollte ich ihn töten", als würde sie von etwas ganz Alltäglichem reden. Dann fügt sie hinzu: „Ich habe es nicht über mich gebracht. Er schrie, dass er nicht mit Costas und Elias bei ihr war. Dass er mit ihnen nichts zu tun hat. Dass sie keine Freunde von ihm sind. Ich habe ihm geglaubt. Vielleicht hat er gelogen, um freizukommen. Ich weiß es nicht. Ich habe ihn schon so weit gehabt, dass er den Felsen hinunterstürzt, in die Tiefe fällt, wie seine Schwester. Dann habe ich ihn freigelassen. Morgen werden sie mich verhaften, weil er jetzt alles über mich weiß."

„Wer ist das überhaupt, ihr Bruder?"

„Der Polizist, dem wir am Strand begegnet sind."

„Der? Der Einsatzleiter?"

„Ja."

Magdala steht auf und geht hinaus. Klara hört, wie sie Wasser aufsetzt.

„Sie dürfen dich nicht finden", sagt Klara.

„Sie finden mich, wenn sie wollen. Wenn der Bruder den Mund aufmacht und redet, finden sie mich. Wenn er den Mund hält, nicht. Vielleicht schweigt er. Vielleicht schämt er sich."

Livia stützt sich auf ihren Arm und hustet. Sie ringt nach Luft, Schleim hat ihre Atemwege verstopft.

„Wie konntest du das alles allein durchstehen?", fragt Klara.

„Ich war nicht allein. Ich bin nach Wien zurück. Meine Mutter hat sehr viel für mich getan. Sie hat mich aus London weggeholt. Sie war Tag und Nacht bei mir. Am Anfang zumindest."

„Dann hast du die Bluedawn kennen gelernt."

„Woher weißt du das?"

„Ich weiß es halt."

„Du darfst sie nicht verurteilen. Sie hat mir meinen Lebensmut zurückgegeben. Sie hat gesagt, Rache ist eine so starke Energie, dass sie dich aufrechterhält, auch wenn das Leben keinen Sinn mehr hat. Sie hat gesagt, Frauen dürfen Rache üben, solange es noch Schändung und Missbrauch gibt. Sie müssen es sogar. Nicht töten, hat sie immer gesagt, aber Zeichen setzen. Zeichen, die nicht mehr auszulöschen sind."

„Den Polizisten wolltest du aber töten."

„Er hat sein Gelübde Melina gegenüber gebrochen, das Gelübde, ihr Leben zu schützen, weil sie seins früher einmal geschützt hat. Er hat eine Frau seines Clans verraten; darauf steht in den alten Gesetzen der Tod."

„Das sagt die Bluedawn, aber wie konntest du ihr so etwas nur glauben? Das passt doch nicht mehr in unsere Welt, Aug um Aug, Zahn um Zahn."

„Sie sagt, wenn man etwas anfängt, muss man es zu Ende bringen. Aber ich habe ihr ohnehin nicht bis zum Letzten geglaubt, sonst wäre er jetzt tot. Er ist frei. Er kann mich jetzt verfolgen, wie er will. Ich habe mich der Bestrafung ausgesetzt. Klara, du brauchst keine Angst zu haben."

„Es macht mir noch mehr Angst, dass der dich jetzt suchen wird."

„Ja, aber so ist es."

Klara versucht, das, was sie soeben gehört hat, mit dem zu verbinden, was sie schon weiß.

„Und das Zeichen, von dem die Bluedawn spricht, das war das Sigma?"

„Ja", sagt sie. „Meine Schlange."

Sie schiebt den Ärmel hinauf und an ihrem Handgelenk wird das Armband sichtbar, der Schlangenkörper aus stumpfen, mattglänzenden Prismen. Wie kann man damit so viel anrichten, fragt sich Klara, das Fleisch bis zum Knochen zerfetzen, wie sie es bei Costas, dem zweiten Opfer, gesehen hat.

Doch Livia klappt eine Schnalle auf, und die Prismen lassen sich wie eine Gußform hochheben. Darunter dieselbe Struktur noch einmal, aber aus nackten, scharfen Klingen, die die Haut ritzen, wenn sie auch nur leicht darankommen. Die Schlange liegt vor Klaras Augen, so wie sie sie noch nie zuvor gesehen hat.

„Elias und Costas? Waren das zwei der Überfallenen?"

Sie nickt.

„Aber die anderen? Der Lehrer und der am Flughafen? Und Yakis?"

„Yakis? Das war ich nicht. Der hat auch keine Stirnverletzung. Dem muss jemand einen Faustschlag versetzt haben."

„Das wusste ich nicht."

„Der Lehrer ist ein Arschloch. Weil der den Flyer zum Bürgermeister gebracht hat, wäre *Lesvos Travel* beinahe Bankrott gegangen."

„Und der Typ am Flughafen?"

„Ach, der. Da ist mein Hass mit mir durchgegangen, als der dich angefasst und angeschrien hat."

„Das war sehr gefährlich für dich."

„Ich wollte wissen, wie schnell ich sein kann. Wie schnell ich das Armband vom Handgelenk über die Knöchel und wieder zurückbekomme. Es waren so viele Leute da. Niemand hätte etwas gemerkt. Ich habe ihm ein Bein gestellt, und als er stürzte, habe ich einfach den Handrücken mit den Klingen hingehalten."

Klara hört ihr fassungslos zu. Livia öffnet jetzt auch noch den Verschluss des Leders und reicht ihr das Armband.

„Es ist noch blutig. Halt es bitte unter die Wasserleitung und dann gib es mir wieder."

Ohne zu widersprechen, nimmt Klara mit spitzen Fingern das Leder und tut, was Livia gesagt hat. Sie legt es ins Waschbecken und dreht den Hahn auf. Die Zwischenräume der Prismen füllen sich mit Wasser, das sich schnell rot färbt und den Abfluss hinunterrinnt. Nachher klappt Livia die Hülle wieder über die Klingen und verstaut das Armband in der Hosentasche.

„Solltest du das nicht besser vernichten?"

„Wozu? Entweder sie wissen alles über mich, dann ist es egal. Oder sie wissen nichts. Dann kann ich es ja weitertragen."

Klara ist über ihre an Naivität grenzende Sturheit aufgebracht.

„Livia, auch wenn sie nichts wissen, kann das Armband sie auf deine Spur bringen. Bei mir war es zumindest so. Als ich dein Handgelenk gestern im *Fuego* im Spiegel gesehen habe, habe ich es gewusst. Alle haben doch nichts anderes mehr im Sinn, als nach diesem Zeichen zu suchen."

„Bei Katie war es ebenso", sagt Livia leise. „Sie hat die Schlange auf der Videoaufnahme erkannt."

„Und dich deshalb angefleht, aufzuhören, stimmt's?"

„Ja", sagt Livia düster. „Aber sie hatte keine Chance."

„Wirf es weg."

„Ich kann nicht", sagt sie tonlos.

„Dann gib es mir."

„Nein, ich gebe es niemandem."

„Dein Zimmer ist heute Abend durchsucht worden."

Livia schaut Klara erschreckt an. Aber Klara hat den Eindruck, dass das, was sie sagt, nicht wirklich an sie herankommt. Livia hat den Ablauf der Ereignisse nur für sich selbst erzählt, als würde sie sie laut rekapitulieren wollen und bräuchte Klara bloß als Auslöser dazu. Sie ist immun gegen das Außen. Abgeschottet in ihrer Welt der Kämpferin, deren Rache fehlgeschlagen ist und die versucht, damit fertig zu werden, dass sie den Feind nicht zur Strecke gebracht hat. Dass sie morgen festgenommen werden kann, dass heute Nacht nach ihr gesucht wird, scheint sie als Möglichkeit anzuerkennen, aber es dringt nicht als reale Bedrohung in ihr Bewusstsein. Klara ist entsetzt über die Kluft, die zwischen Livia und ihr selbst als Vertreterin der übrigen Welt besteht. Sie fragt sich, ob diese Spaltung zwischen Innen und Außen, zwischen den Werten einer Fantasiewelt und denen der Gesellschaft, in der alle leben, allein das Werk der Bluedawn ist.

„In meinem Zimmer werden sie nichts finden", sagt Livia auf einmal, und Klara nickt resigniert. Da schaut Livia ihr in die Augen, und in ihrem Blick ist plötzlich Angst zu lesen. Sie nimmt Klaras Hand.

„Aber du magst mich doch trotzdem noch?", fragt sie. Bei dieser Frage spürt Klara einen Kloß im Hals. Sie versucht, ihre Rührung zu verbergen, drückt Livias Hand und streicht mit der anderen über ihre Haare und ihr Gesicht, beides so zart.

„Natürlich mag ich dich trotzdem noch", sagt sie ernst. „Auch wenn ich dich nicht in allem verstehe."

Livia lehnt sich ins Kissen zurück.

„Und du gehst auch nicht weg?"

„Nein. Ich gehe nicht weg. Höchstens ein, zwei Stunden schlafen. Im Nebenraum."

„Gut", sagt Livia.

„Möchtest du nicht auch etwas schlafen?"

Livia reagiert auf die Frage nicht. Stattdessen beginnt sie von den letzten Stunden zu erzählen.

„Er war wie ein Raubtier", sagt sie wie zu sich selber. „Zuerst so vertrauensvoll. Er hat lange nicht verstanden, was mit ihm passiert. Dann hat er sich gewehrt. Es war furchtbar. Es war auf Messers Schneide, er oder ich. Am schlimmsten war die Angst. Seine und meine."

„Und was ist mit ihm passiert?"

„Er wird sich befreit haben. Irgendwann kommt er in den Ort herunter. Was dann ist, weiß ich nicht."

„Und Magdala?"

„Magdala weiß fast alles. Den Rest ahnt sie."

„Und sagt nichts?"

„Nein. Die hat Melina aufgezogen, nach dem Tod ihrer Mutter. Sie hat sie geliebt wie ihr eigenes Kind."

„Und sie hat dem Bruder nie etwas erzählt?"

„Ich weiß es nicht. Vielleicht wollte er es auch nicht hören."

In diesem Augenblick kommt Magdala herein und streicht Livia über die Stirn.

„Tee, Livia?"

KAPITEL 21

Die Nachricht über das Blutbad verbreitet sich noch in der Nacht. Details sickern langsam durch. Verwirrung herrscht. Der Ort ist mit einem Schlag seine politische Führung und den Einsatzleiter los. Mikis und Hellos nehmen Gregorios mit, wissen aber nicht, wohin mit ihm. Die beiden Polizisten, die auf Gregorios' Befehl das Zimmer einer Touristin durchsucht hatten, mutmaßen, dass Gregorios schon vor der Tat nicht zurechnungsfähig war, und hoffen inständig, dass die Zimmerdurchsuchung nicht zur Sprache kommt. Vor der Polizeistation stehen der neue Ermittler und Alexis, der Vizebürgermeister, Letzterer aus dem Schlaf gerissen und deshalb mit zu Berge stehenden Haaren.

Gregorios spricht wirr, sein Gesicht hat einen mitleiderregenden, nach innen gerichteten Ausdruck. Er erkennt niemanden und sitzt einfach nur da, die Arme vor der Brust verschränkt. Eine Nachbarin von Theofilos hockt neben ihm, murmelt fortwährend vor sich hin und streicht ihm die Haare aus der blutverkrusteten Stirn.

Alexis hat Gregorios' Vorgesetzten, dem Polizeichef von Mitilini, Mitteilung gemacht. Man kam überein, Gregorios nach Mitilini zu schaffen, nachdem seine Wunden notversorgt würden.

Yakis hält sich abseits. Er hat sich die Wunden an Gregorios' Hals angesehen, lehnt an der Hauswand im Dunkeln und versucht, die Ereignisse zu ordnen.

Jeder ist so geschockt, dass gerade das Notwendigste veranlasst wird und niemand über die Situation hinausdenkt. Am schlimmsten trifft es die jungen Polizisten wie Mikis und Hellos, die von Gregorios zwar mehrmals zur Sau gemacht worden sind, die aber in einer Art Korpsgeist zu ihm stehen, weil er ihr Vorgesetzter ist und nicht viel älter als sie. Bald haben sie begriffen, dass er in einem Rausch der Rache und Vergeltung gehandelt hat, für Gewalt, die seiner Schwester angetan worden war. Da niemand von ihnen

Gregorios von früher kennt, nehmen sie mit Überraschung zur Kenntnis, wie sehr er seine Schwester geliebt haben muss. Mikis und Hellos starren den wahnsinnig Gewordenen immer wieder ungläubig und ehrfürchtig an. Als er in Handschellen in einen Wagen verfrachtet wird, versuchen sie linkisch, sich von ihm zu verabschieden, indem sie ihm auf die Schulter klopfen und am Arm halten, aber er reagiert nicht. Er ist in einer Welt, zu der sie keinen Zugang haben.

Klara kann sich nicht erinnern, wann sie eingeschlafen ist. Zum ersten Mal seit langer Zeit hat sie wieder das Bett mit jemandem geteilt und es sogar erträglich gefunden. Die Helligkeit, die beißend und weiß ins Zimmer dringt, weckt sie. In den ersten Sekunden schwebt sie in wohl tuender Ahnungslosigkeit, dann stürzen die Ereignisse der letzten Nacht wie kläffende Hunde in das Land ihres Bewusstseins und erfüllen sie mit Schrecken und Hoffnungslosigkeit. Sandys Kopf liegt auf ihrem Bauch, ihre Beine hängen halb aus dem Bett. Als Klara sich bewegt, wird sie wach, hebt ihren Kopf und schaut Klara überrascht an. Dann lächelt sie und schmiegt sich an ihre Brust.

„Was wird nun mit Livia passieren?", fragt Klara und erzählt ihr, was sie in der Nacht erfahren hat. Sandy richtet sich entsetzt auf.

„Ich habe es dir gesagt, die Bluedawn richtet nur Unheil an. Und die, die ihr glauben, müssen das ausbaden."

„Ja, aber es war immer noch Livias freie Entscheidung, das auszuführen", wirft Klara ein.

Sandy fährt sich durch das Haar und seufzt. „Hätten die Bullen denn nicht schon längst da sein müssen, wenn sie nach ihr gesucht hätten?"

„Ich weiß nicht. Damit, dass Magdala sie versteckt, rechnet ja wohl niemand."

„Vielleicht sollte ich einmal rausgehen und mich umhören", sagt Sandy.

„Ich komme mit."

„Nein. Dich bringen sie noch eher mit Livia in Verbindung als mich."

„Und ich soll hier bleiben und warten?"
„Du solltest Livia ohnehin nicht allein lassen."

Klara bleibt zurück und beobachtet durch das Fenster das Geschehen auf der Terrasse, Touristinnen frühstücken wie jeden Morgen und machen sich an der in eine Ecke des Hofes gezimmerten Kochzeile zu schaffen. Sie will warten, bis die anderen das Haus verlassen haben. Da klopft es. Magdala steht vor ihr. Klara hat sie noch nie aufgeregt gesehen, auch gestern Abend nicht, jetzt aber bleiben Magdala die Worte im Hals stecken, und ihre Gesten sind so schnell, dass Klara ihr lange nicht folgen kann. Sie wiederholt die Worte „Tod", „Theofilos" und „Polizei" mehrmals und zeigt auf ihr Herz. Wenig später ist Sandy zurück und vervollständigt die Nachricht. Der Bürgermeister sei von seinem eigenen Sohn erstochen worden. Gregorios habe in einem Amoklauf noch zwei andere Männer umgebracht, in der Klinik, zwei der Opfer der Überfälle.

„Costas und Elias", sagt Klara, und Magdala nickt.

Die Leute erzählen, dass der Bürgermeister selber an den Überfällen mit dem Sigma beteiligt gewesen sei. Wie, weiß man noch nicht.

Klara beschließt, nun doch in den Ort zu gehen.

Yakis ist über die Ereignisse entsetzt, aber nicht erstaunt. Er rekapituliert, was er über die Familie Valiakos weiß, und erinnert sich an Theofilos' abweisendes Verhalten ihm gegenüber, als er den Tod der Tochter erwähnte. Vertuschung führt meistens dazu, dass Gewalt sich aufschaukelt, denkt er. Er verflucht die Tage der unfreiwilligen Untätigkeit in der Klinik, die auch dazu geführt hatten, dass ihm der Fall weggenommen wurde. Wäre er nur nicht so sorglos gewesen; das Verhältnis zum Bürgermeister war von offener Feindseligkeit, gleich zu Beginn.

Er betritt das Internet-Café zum zweiten Mal und nur aus einer Art Forschereifer, weil er so viel Zeit hat, Schlussfolgerungen zu überprüfen, über die er niemandem Rechenschaft abgeben muss. Da es drinnen fast stockdunkel ist und er von der weiß gleißenden Gasse kommt, stößt er mit jemandem zusammen, eine breit gebaute Frau, die etwas kleiner ist als er; ein rotes Stirnband hält die kurzen, dunklen Haare in der Mitte des Kopfes gebüschelt. Sie schaut gehetzt drein, hat drei, vier Blätter zusammengefaltetes Papier in der Hand und mustert ihn, als wäre er ein Ärgernis. Er entschuldigt sich, was mit einem abfälligen Blick quittiert wird. Dann ist sie aus der Tür, und er muss sich erst an die Lichtverhältnisse gewöhnen.

Yakis ist wie gestern der einzige Besucher im Internet-Café. Hinter einem filzigen Fliegenvorhang kommt die Betreiberin hervor, deren Bewegungen in Zeitlupe stattzufinden scheinen. Er bekommt einen Monitor zugewiesen, vor dem ein Barhocker steht. Als er sich setzt, spürt er, dass der Sitz noch warm ist. Die Frau mit dem roten Stirnband hatte also vor ihm hier gesessen. Was sie wohl gesucht hat? Sie wirkte nicht so, als hätte sie sich bloß die Zeit vertrieben wie einer der Freaks, die ohne ein, zwei Stunden Internet pro Tag nicht überleben können.

Yakis erinnert sich an einen Netscapebefehl, mit dem er die Sites abfragen kann, die die Vorgängerin benutzt hat. Er gibt ihn ein und wartet. Das Surfen hier besteht hauptsächlich aus Warten, was aber in diesem Fall reichlich belohnt wird. Auch Yakis kann zufrieden sein. Gini Sedlak, deren Namen er nicht kennt, hat ganze Arbeit für ihn geleistet.

Als sie auf die Straße tritt und Schutz vor dem grellen Sonnenlicht sucht, fühlt sich Klara wie nach einer langen, schweren Krankheit. Sandy bleibt bei Livia zurück. Instinktiv haben sie beschlossen, sie weiterhin versteckt zu halten, auch wenn die Aufmerksamkeit im Ort derzeit auf die Familiengeschichte der Valiakos und daher auf die Möglichkeit eines inselinternen Phantoms gerichtet zu sein scheint. Klara schaut sich ständig um. Aber niemand ist zu sehen. Sie geht die kleine, schmutzige, nach altem Fett stinkende Gasse entlang, die in das Lokal neben dem *Sappho* mündet, bis zum Meer. Dann zögert sie, biegt nach links und geht in Richtung *Sappho*. Der Ort wirkt unnatürlich still. In keinem der Lokale ist Musik zu hören. Polizei sieht sie auch nicht, ebenso wenig Touristinnen. Das Leben scheint erstarrt zu sein.

Im *Sappho* ist eine Traube von Frauen um einen Tisch versammelt, an dem die Hotelbesitzerin mit ihrer Crew sitzt.

„Seine Tochter Melina war ja hier bei uns Kellnerin ...", sagt sie eben. Das Gesprächsthema ist offensichtlich die Ermordung des Bürgermeisters. Der Amoklauf des Polizisten. Klara stellt sich zu den anderen und hört zu. Auf den Hauptplatz möchte sie nicht gehen. Das Kafeneion ist ihr zu unsicher; der Platz davor trotz seiner Enge zu übersichtlich. Sie schnappt Wortfetzen auf. „Sie haben bei ihm auch Dynamit gefunden."

Am Strand ist der jaulende Motor eines Bulldozers zu hören. Da ruft jemand Klaras Namen. Gini Sedlak kommt winkend auf sie zu.

„Wo warst du? Ich suche dich seit gestern Nacht. Ich hab schon geglaubt, die haben dich verhaftet."

„Das habe ich von dir auch geglaubt", antwortet Klara erleichtert.

„Ich bin durch den Haupteingang des *Naos* hinaus, bevor ein weiterer Streifenwagen kam, und dann eine Zeitlang nur gelaufen. Aber wo warst du auf einmal?"

„Sandy ist zurückgekommen", sagt Klara ausweichend.

„Ich hab's gesehen. Ich dachte, ich traue meinen Augen nicht, als ich sie mitten im Lokal das Tischbein schwingen sah."

Gini zieht Klara weg von der Gruppe. „Hast du das mitgekriegt?", fragt Gini sie leise.

„Das mit dem Bürgermeister? Ja, schrecklich."

„Damit hätten wir theoretisch das Rätsel des Sigmas gelöst."

„Schaut so aus."

„Die Überfälle gehen auf sein Konto, damit wollte er irgendwelche Grundstücksverkäufe erzwingen, erzählt man sich im Ort. Die Waffe war ein Schlüsselanhänger aus seinem eigenen Hotel, mit einem Buchstaben aus scharfgeschliffenen Metall."

„Sagen das die Leute?"

„Ja, das hat der neue Ermittler herausgefunden."

„Aha."

„Der Sohn hat den eigenen Vater umgebracht und danach einen gewissen Costas und dessen Vater. Beide haben vor Jahren seine

Schwester vergewaltigt, die sich danach aus dem Fenster stürzte. Jetzt ist der Sohn als Einziger von der Familie übrig, aber in einem Zustand geistiger Umnachtung. Eine richtige Familientragödie. Echt griechisch", lacht sie.

„Matriarchal oder patriarchal?", fragt Klara sie.

Gini schaut sie verdutzt an. „Bist du schlecht aufgelegt?"

Sie gehen in Richtung Strand und setzen sich vor die Surfbretter. Das Geräusch des Bulldozers entfernt sich langsam.

„Das sind bloß die Baufahrzeuge, die den Stacheldraht abreißen", sagt Gini, als sie Klaras angewidertes Gesicht sieht.

„Geht denn eigentlich heute niemand schwimmen?", fragt Klara.

„Nein, die sind alle angeekelt von den Ereignissen der letzten Nacht."

„Wieso? Hat der Polizist auch jemanden ertränkt?"

Gini schaut sie an, als ob sie nicht bei Trost wäre. „Wo ist eigentlich Livia?", fragt sie.

„Ja, wo ist sie bloß? Eine Frage, die in den letzten Tagen sehr häufig gestellt wird", antwortet Klara.

„Du bist wirklich ätzend. Seit deine Sandy wieder da ist, kümmerst du dich nicht mehr um deine alten Freundinnen."

„Alt ist Livia ja nicht gerade."

„Aber ich", sagt Gini trotzig. Klara lacht auf und umarmt sie.

„Auch du nicht."

„Also, wo ist sie?"

„Sie schläft. Glaube ich zumindest."

„Aber nicht bei sich zu Hause. Da war ich nämlich heute schon."

„Dann halt woanders."

Gini sagt kein Wort mehr, Klara schweigt ebenfalls und schaut auf den blassen, dunstigen Himmel, in dem die Sonne wie ein erstarrter Kugelblitz hängt.

„Ich hoffe, die Griechen glauben diese Version der Geschichte lange genug, bis wir abgehauen sind", sagt Gini vorsichtig.

Klara schaut sie alarmiert an. „Was meinst du damit?"

„Ich meine damit, dass ich heute wieder im Internet-Café war."

„Du bist ja richtig besessen", stößt Klara hervor.

„Was glaubst du, welcher Suchbegriff?"

„Keine Ahnung. Todesspirale, weiblich?"

„Klingt gut, ist aber falsch."
„Sigma, minoisch?"
„Auch falsch."
„Dann weiß ich es nicht."
„Bluedawn, Adeptin."
Klara versucht, gleichmütig zu bleiben.
„Aha. Na und?"
„Und da habe ich eine Publikation gefunden, die die Jüngerinnen der Bluedawn herausgegeben haben, ‚Anleitung zur Selbstverteidigung'. Das Buch wurde schnell auf den Index gesetzt und aus dem Handel gezogen wegen Anstiftung zur Gewalt an Männern. Nur im Netz ist es noch aufgelistet. Dort verschwinden die Sachen ja nicht so schnell."
„Was hat das mit uns zu tun, Sedlak? Spann mich nicht auf die Folter, du Krämerseele."
„Sei nicht zornig. Es hat ja vielleicht auch gar nichts mit uns zu tun. Eine gewisse Livia Singer, Österreicherin übrigens, schreibt darin einen Artikel über die Vorteile von Schlagringen mit Metallklingen in Form von Tierkörpern, über Impakt und Auftreffverhalten derselben, und so fort."
Klara schaut weiterhin unbeteiligt auf das Meer.
„Jetzt stell dich nicht so an", sagt Gini. „Hier hört uns überhaupt niemand."
„Darum geht es doch gar nicht."
„Ich meine, das ist interessant. Hast du je so einen Schlagring gesehen? Mit einem Tier darauf?"
Klara schweigt.
„Irgendein Tier, was weiß ich, ein Drache ..."
„Oder eine Schlange vielleicht? Nein, Gini, habe ich nicht", sagt sie erbost.
Gini legt den Arm um Klaras Schultern, und ihr Gesicht nähert sich ihrem.
„Sie muss schleunigst weg von hier. Was ich herausgefunden habe, können die sich auch leicht zusammenreimen."
„Sie gibt das Armband nicht aus der Hand", flüstert Klara. „Dabei könnte man es so leicht verschwinden lassen."
„Wann fliegt ihr?"
„Montag."

„Das ist viel zu spät. Ihr müsst vorher weg. Die Ermittler streunen immer noch herum. Das Gesicht und die Brust des Polizisten waren mit den verzerrten Abdrücken des Sigmas nur so übersät, sagt man. Was ist, wenn der doch zu reden anfängt?"

„Kann man denn Flugtickets so leicht umbuchen? Ohne dass die Inselverwaltung das mitkriegt?"

„Man muss sich neue ausstellen lassen. Am schnellsten und unauffälligsten in einem Reisebüro in Mitilini."

„Und die sind nicht verpflichtet, etwaige Neukäufe sofort an die Polizei durchzugeben?"

„Nicht, solange hier noch geglaubt wird, dass es sich um schmutzige Familienwäsche handelt, die öffentlich gewaschen wurde. Ich fürchte nur, dass sich das bald ändern wird."

Ginis Warnungen verfehlen ihre Wirkung nicht. Sie hat Recht, denkt Klara, wenn der Körper des Polizisten das Sigma aufweist, kann man nicht annehmen, dass sein Vater der Urheber ist. Es sei denn, er hätte Handlanger gehabt. Auf jeden Fall geht die Suche weiter, ob genauso schleppend oder schneller als bisher, ist nicht vorauszusehen. Außerdem wurde Livias Zimmer bereits durchsucht. Ob sich daraus Konsequenzen ergeben, kann man noch nicht wissen.

„Und wer kauft zwei neue Flugplätze?", murmelt sie.

„Ich mach das für euch. Heute Nachmittag noch."

Sie schauen sich fest in die Augen. Gini hebt die Hand, und Klara schlägt ein.

Sandy hat für Livia zu essen eingekauft und macht sich in der Küche der Magdala ans Kochen. Was sie mit Klara und Livia in der letzten Nacht erlebt hat, war von einer solchen dramatischen Dynamik, dass alltäglichere Gefühle wie Verliebtsein ins Hintertreffen geraten sind. Immerhin scheint es für Klara selbstverständlich zu sein, dass Sandy und sie die Erlebnisse gemeinsam bewältigen, als wären sie immer schon ein Paar. Nur, wie soll es weitergehen? Sandys Vorhaben, als sie nach Skala Eressos zurückkehrte, war es, die Entwicklung der Liebesgeschichte zu definieren und Klara zu fragen, wie sie dazu steht. Etwas Greifbares zu haben, woran sie sich halten könnte, wenn sie Abschied nimmt. Sandy wollte wissen, woran sie war, wollte Klara dazu bringen, „ja" oder „nein" zu sagen, danach würde sie sich richten. Nun scheint eine solche Klarheit in weite Ferne zu rücken, etwas, das Sandy noch mehr beunruhigt, als ein Flugzeug zu versäumen.

Sandy braucht quantifizierbare Details, um das Gefühl zu haben, ihr Leben in den Griff zu bekommen. So hat sie, bevor sie nach Lesbos flog, eine Wunschliste der Kriterien zusammengestellt, die eine zukünftige Partnerin erfüllen sollte. Damit waren nicht nur solche wie „attraktiv", „humorvoll", „selbstständig" und „gleiche Bildungsschicht" aufgezählt, sondern auch „finanziell unabhängig", „Nichtraucherin", „keine Süchte", „etwas kleiner als ich" und „sexuell sicher und erfahren". Die Liste umfasste zwanzig Punkte, und ihre Freundinnen in London hatten gespottet, so eine Frau würde sie nie finden, eher sollte sie die Hälfte der Punkte streichen.

Nun steht sie Klara gegenüber, die jeden einzelnen davon erfüllt. Sandy kann sie daher nicht wieder aus ihrem Leben entwischen lassen, schon allein wegen der Liste. Außerdem spürt sie seit der ersten Nacht mit ihr, dass ein neues Leben für sie begonnen hat. Es ist wie das Wechseln der Umlaufbahn, ein Quantensprung, es wird Änderungen mit sich bringen, vor allem in Fragen des Lebensstils, die akademische Strenge, das eremitische Leben, beides zusehends mit der Gefahr der Eintrocknung und des frühzeitigen Alterns verbunden, zu verlassen.

In der Dreiecksbeziehung, in der sie bis vor kurzem gelebt hat, war sie im Grunde allein. Es gab immer das Paar auf der einen Seite, und Sandy auf der anderen. Nun würde es anders werden; Gefühle werden gleichwertiger verteilt sein. Trotz größerer räumlicher Distanz wird mehr Nähe möglich sein. Sandy ist Feuer und Flamme für diese Veränderungen, fühlt sich, als wäre sie vor drei Tagen, bevor Klara in ihr Leben trat, schon sechzig gewesen, heute erst zwanzig.

Der einzige Haken: Sie kann Klara all dies nicht sagen, will sie sie nicht verschrecken. Eine solche Portion Liebe und so präzise Wünsche für ein gemeinsames Leben würde niemand nach drei Tagen Ferien verkraften. Sie sieht sich außerstande, Klara zu etwas zu verpflichten, und das bringt sie noch mehr aus dem Gleichgewicht als die Veränderungen, die schon längst fällig sind. In diese Überlegungen versunken hört sie nicht, dass die Tür aufgeht. Klara kommt herein und schaut sie ernst an.

„Wir müssen heute Nacht noch nach Mitilini. Es ist höchste Zeit."

Sie wollen nichts riskieren und bleiben den ganzen Freitag Abend im Hause der Magdala. Gini ist schon am Nachmittag losgefahren, um für Livia und Klara einen früheren Rückflug zu organisieren. Ein Typ, den sie am Strand kennen gelernt hatte, nahm sie im Auto nach Mitilini mit. Gegen Abend meldet sie sich auf Sandys Handy. Es läuft alles nach Plan. Sie hätten für den nächsten Tag, zwölf Uhr Mittag, einen Flug nach München. Nach Wien würde es an einem Samstag keine Direktverbindung geben. Sie verabreden sich mit ihr um sieben Uhr morgens am Hafen in Mitilini, um nicht als Erste am Flughafen zu sein und dort aufzufallen. Bei Einbruch der Dunkelheit holen Sandy und Klara Livias Sachen, Klara packt ebenfalls, und alles wird klammheimlich zu Magdala verfrachtet.

Nach dem Erlebnis mit Gregorios auf den Klippen ist Livia in einem Zustand zwischen Trance und Traum, erst nach und nach kommt sie zu sich. Zuerst will sie zur Polizei gehen und sich stellen. Dieser Entschluss ruft den Widerstand aller drei Frauen hervor. Sandy, Klara und Magdala tun alles, um Livia davon abzuhalten. Während der heftigen Diskussion, die daraus resultiert, wundert sich Klara über sich selbst. Warum will sie nicht akzeptieren, dass Livia zu ihren Gewaltakten steht und sich selbst anzeigt? Verraten hätte Klara sie nie, aber es hätte ihr eigenes Gewissen beruhigt, wenn Livia es von selbst getan hätte. Außerdem, welchen Sinn hat es, wegzufliegen? Wenn Livia strafrechtlich verfolgt wird, kann jederzeit ein Auslieferungsantrag gestellt werden.

„Trotzdem", meint Sandy, „es ist besser, in dieser fraglichen Zeit in Österreich zu bleiben als in griechischer Untersuchungshaft, schon deshalb weil Livia das repräsentiert, was sie hier gemeinhin als krank oder pervers hinstellen."

„Und wer weiß", denkt Klara laut, „wie weit die hier mit ihren Ermittlungen kommen."

„Na ja, Fingerabdrücke von Livia gibt es in Gregorios' Wagen wohl genug", sagt Sandy.

„Wenn sie danach suchen. Alles steht und fällt mit Gregorios' Aussage. Ich meine, Livia, du kannst dich ja auch später immer noch für die Wahrheit entscheiden."

Soweit ist es also schon mit Klara gekommen, dass sie sich gegen das Gesetz stellt und sich freiwillig für die Komplizinnenschaft mit Livia entscheidet, eine Frau, die sie vor zwei Wochen noch nicht einmal gekannt hat.

Livia spricht wenig und ist in den letzten Stunden vor dem Aufbruch in sich zurückgezogen. Zu Magdala hat sie eine innige Verbindung. Die alte Griechin verschafft ihnen auch einen, wie sie andeutete, verschwiegenen Taxifahrer, der keine Fragen stellt.

In den frühen Morgenstunden brechen sie nach Mitilini auf. Der Abschied fällt ihnen schwer. Magdala hat wieder im Hof übernachtet, um rechtzeitig wach zu sein und ihnen mit dem Gepäck zu helfen. Sie drückte Livia besonders lange an sich und steckt ihr ein Päckchen zu. Dann fahren sie los.

Als sie um sieben Uhr morgens am Hafen von Mitilini ankommen, dort, wo die Restaurantzeile zu Ende ist, sehen sie ein dunkles Bündel an einer Häuserecke liegen. Gini hat wirklich in der Hauptstadt ihr Quartier im Freien aufgeschlagen, und, wie sie behauptet, eine ruhige Nacht verbracht. Die paar Stadtstreuner, die sich hierher verirrten, seien freundlich gewesen und hätten angeblich sogar über sie gewacht.

Sie überreicht ihnen die Flugkarten und sagt: „Ich fliege mit euch zurück. Bis Montag hält mich nichts mehr hier." Sandy pflichtet ihr bei, auch sie hält es keinen Tag länger auf der Insel. Sie wird versuchen, einen Last-Minute-Flug nach London zu bekommen.

Die vier bleiben einige Zeit am Hafen sitzen. Sandy organisiert etwas zum Frühstück, dann brechen sie gemeinsam zum Flughafen auf.

Yakis hat Kopfschmerzen. Mit dem Fall hat er sich sichtlich übernommen. Für den neuen Ermittler ist die Sachlage klar; er ist dabei, seine Abschlussberichte zu schreiben, aber Yakis recherchiert auf eigene Faust weiter. Gestern hat er bis spät in die Nacht vor dem Bildschirm im Internet-Café gesessen. Er hat sich mit den Suchbegriffen noch schwerer getan als Gini Sedlak, weil er sie erst ins Englische übersetzen musste, bevor er sie eingab.

Eben zieht er ein Fax aus London aus dem Gerät: der zwei Jahre alte Obduktionsbefund von Melina Valiakos. Dieser bestätigt nur, was er sich ohnehin gedacht hat. Unter Gewalt erzwungener Geschlechtsverkehr, bevor sie aus dem Fenster gesprungen ist. Wunden, die nicht von dem Sturz allein stammen.

Der Akte ist ferner die Zeugenaussage der Mitbewohnerin beigelegt, die zu Protokoll gab, dass Melina vergewaltigt worden war und in diesem Zusammenhang die Namen Elias, Costas und Gregorios genannt hatte. Die Mitbewohnerin heißt Livia Singer. Yakis vergleicht den Namen mit der Verfasserin des Artikels über Schlagringe. Es könnte dieselbe Frau sein, oder auch nicht. Außerdem kommt ihm der Name noch aus einem anderen Zusammenhang bekannt vor. Aber aus welchem?

Da schlägt er sich mit der flachen Hand auf die Stirn und heult gleich darauf auf, weil sein Kopf immer noch schmerzt und er es wieder einmal vergessen hat. Singer stand auf der Liste der Personen, die mehrmals in Skala Eressos in Urlaub gewesen sind. Er selber hat diese Liste zusammengestellt und, als er überfallen wurde, der Schriftstellerin anvertraut. Sie hatte zwar seinen Bericht nach Athen gefaxt, die Liste jedoch unterschlagen, denn die war nicht wieder aufgetaucht und der neue Ermittler hatte scheinbar keine Kenntnis davon. Yakis hatte sich die letzten Tage über gefragt, warum die Schriftstellerin die Liste zurückbehalten hatte, und kam zu der Überzeugung, dass die Namen es ihr ebenfalls angetan hatten. Vielleicht ist Livia Singer eine ihrer Bekannten. Aber wie schaut diese denn aus? Mit wem nur hat er die Schriftstellerin häufiger gesehen?

Er schilt sich, dass er zu wenig beobachtet hat, in welchen Gruppen die Frauen sich aufhielten, wer mit wem an den Strand ging oder am Tresen einer Bar stand. In seine verstaubten Akten versunken, hatte er solche wichtigen Schritte, bevor er überfallen wurde, außer Acht gelassen. Jetzt ist es zu spät. Er weiß nicht einmal, wie er die Schriftstellerin so schnell finden soll. Dann fällt ihm die Frau ein, die er gestern aus dem Internet-Café kommen sah, als er gerade hineinging und der er die meisten Informationen aus dem Netz zu verdanken hat. Sie schläft am Strand. Zumindest sie könnte er befragen.

Er läuft die Treppen des Gemeindeamtes hinunter und die Straße entlang Richtung Strand. Dabei kommt er an gewissermaßen historischen Plätzen vorbei: an der Stelle, an der der Lehrer niedergeschlagen worden war, etwas weiter weg der Platz, an dem Costas lag. Alle in einer Linie parallel zum Strand, zwischen Gemeindeamt und der Straße mit den meisten Pensionen. Schon hat er den Ort verlassen und läuft den Weg unter den Tamarisken entlang. Ihr Schlafplatz kann nicht mehr weit sein. Seine Füße sinken in den Sand und verlangsamen sein Tempo. Er kommt zu dem Baum, unter dem sie ihren Schlafsack immer ausgebreitet hatte.

Der Platz ist leer. Yakis schaut ungläubig auf den von Fuß- und Schleifspuren zerwühlten Boden und auf die Kippen selbstgedrehter Zigaretten, die als Einziges zurückgeblieben sind. Er sucht mit den Augen den Strand ab, der, seit der Stacheldraht entfernt wurde, ungehindert einsehbar ist. Die Nudistinnen sind wie Scherenschnittfiguren vor dem Meer aufgefädelt. Aber er entdeckt keine, die ihr ähnlich sieht.

Er läuft wieder zum Ort zurück. Sie kann inzwischen irgendwo auf der Insel sein oder schon längst am Flughafen, das Gleiche gilt für die Schriftstellerin und Livia Singer selbst. Wenn er der Hauptermittler wäre und etwas Konkretes in der Hand hätte, könnte er eine Fahndungsmeldung aufgeben. Aber er hat nur den Obduktionsbefund mit Livia Singers Aussage in London und die Buchbeschreibung im Internet.

Schon wieder ein Buch! Seine Faszination für Geschriebenes wird ihm noch einmal zum Verhängnis werden. Er hat alle seine Ermittlungen auf dem blauen Buch *Göttinnen* aufgebaut. Von der Tatwaffe hat er noch immer keine konkrete Vorstellung. Aus Gregorios war in dessen beginnendem Wahnsinn nichts herauszuholen gewesen. Und die Untersuchungshaft wird den Zustand sicherlich kaum verbessern.

Als Yakis grübelnd in den Ort zurückgeht, bleibt ein Wagen neben ihm stehen. Der Beamte von der Flughafenpolizei in Mitilini, den er am Tag seiner Ankunft kennen gelernt hat, als das erste Opfer am Boden lag, erkennt ihn wieder und freut sich, ein bekanntes Gesicht zu sehen.

„Wie geht's?"

„Danke. Und selber? Haben Sie heute frei?"

„Nein, leider nicht. Ich bin hier, weil ich etwas abgeben soll. Ich suche jemanden von der örtlichen Polizei."

„Bei der Polizei geht im Moment alles drunter und drüber. Die haben keinen Leiter mehr, wie Sie vielleicht wissen."

„Hab ich schon mitgekriegt. Böse Sache."

„Zuständig wäre höchstens der Polizeichef von Mitilini."

„Ach so. Na, es ist auch nicht dringend."

„Was ist es denn?"

„Ein Videoband, das bei einer Journalistin eines englischen Privatsenders vom Zoll beschlagnahmt wurde."

„Die hat hier gefilmt?"

„Scheint so. Auf jeden Fall ist sie später als ihr Team zurückgefahren, und wir hatten ja Anweisungen, keine Aufnahmen hinauszulassen."

„Das wusste ich gar nicht."

Der Beamte wird verlegen.

„Na ja, Gregorios Valiakos mit seinen Strandbarrieren. Er hat gesagt, er will nicht, dass ..."

Der Beamte stockt, als er Yakis' finsterer werdendes Gesicht sieht.

„Sie können das Band mir übergeben", sagt Yakis schließlich, und Sekunden später unterschreibt er den Empfangschein.

Er versucht, seine Aufregung zu verbergen, als er den braunen, unbeschrifteten Umschlag an sich nimmt. Er weiß nicht, ob ihn die Kassette weiterbringen wird, und wenn ja, wie. Aber seit er in Skala Eressos ist, hat er nur eine einzige Frau fortwährend mit gezückter Kamera herumlaufen sehen, und die hat sich mehrmals mit der Schriftstellerin unterhalten. Nur, wie kann er sich diese Aufnahmen ansehen? Er braucht eine Videokamera dazu oder eine Adapterkassette.

Er läuft auf den Hauptplatz und steht mit dem Band ratlos herum. Sein Gefühl sagt ihm, dass alles sehr schnell gehen muss. Der Platz füllt sich, und die Hitze beginnt sich auszubreiten. Touristinnen und Touristen sitzen in den Lokalen und trinken den ersten Kaffee des Tages. Neben dem Wechselbüro baumeln wie immer die Luftmatratzen, und daneben steht ein beleibter Mann beim Ansichtskartenständer. Er trägt einen weißen Tropenhut, und die Umhängetasche schaut viel versprechend aus.

„Entschuldigung", sagt Yakis. „Sie haben doch eine Videokamera ..."

Der Zufall spielt nun gleich in mehrfacher Weise Yakis in die Hände. Das Format des Bandes passt in die Kamera, der Tourist aus den Niederlanden ist einer von der praktischen, fast pedantischen Sorte und hat sogar ein Kabel mit, das man an einen Rekorder anschließen kann. Bevor er sich jedoch den Aufwand antut, ein Videogerät aufzutreiben, schaut Yakis die Aufnahme durch den Sucher an. Schon nach den ersten Bildern packt er den Holländer am Arm und schleift ihn mit.

„Ich brauche Ihre Hilfe. Wir müssen das dringend abspielen, so schnell wie möglich."

Sie durchforsten den Ort mit seinen Lokalen und Geschäften nach einem Fernsehgerät mit Rekorder. Das *Naos* ist um diese Zeit geschlossen, die kleinen Pensionen verfügen über einen Fernseher, aber keinen Rekorder. Im Gemeindeamt ist so etwas ohnehin nicht zu erwarten. Da schreit Yakis auf.

„Das *Daphne*! Theofilos hat sich damit gebrüstet, täglich *CNN* aufzunehmen."

Die alte Frau, die den Betrieb des nach dem Totschlag verwaisten Hotels aufrechterhält, wird von den beiden überrannt. Dann brauchen Yakis und der Holländer nur noch wenige Minuten, um das Gerät in Betrieb zu nehmen.

Das Band läuft. Der Holländer schaut mit geringem Interesse auf den Schirm. Yakis ist nervös und ungehalten, aber er muss zugeben, dass das Gezeigte die überzeugendste Dokumentation staatlicher Gewaltausübung ist, die er je, von Amateurhand aufgenommen, gesehen hat. Der schnelle Wechsel zwischen Darstellungen unschuldiger Intimität, ja Privatsphäre, und Aufnahmen unverschämter polizeilicher Zwangsmaßnahmen erschüttert ihn. Alles, was in der letzten Woche passiert ist, ist hier durch Momentaufnahmen skizziert.

Die Frau hatte einen Riecher dafür gehabt, immer zur rechten Zeit die Kamera anzusetzen. Er hält den Atem an, als er das Phantom sieht. Also stimmt die Legende von der weißen Gestalt. Die Hektik, mit der die Kamera sich dann an dessen Verfolgung macht, deutet auf die Überraschung der Filmenden hin. Dann der Lehrer, auf dem Boden liegend. Eine Menschentraube davor. Wenig später ein typischer Morgen am Strand, die schwarzblauen Flecken der Berge und die nassen Abdrücke der Wellen im grauen Kies verbreiten die friedliche Stimmung eines neuen, noch unberührten Tages. Da ist ein fernes Rollen zu vernehmen, und die Jeeps von Gregorios' Polizei fahren in einer Kolonne heran und nehmen Aufstellung am Strand. Metallgitter werden ausgeladen.

Wenig später ist durch ein Fenster er selbst mit Theofilos zu sehen, als er dem Bürgermeister zum Tod der Tochter kondoliert. Dann die Schriftstellerin, wie sie entsetzt auf die Kamera zuläuft, die Hände vor das Bild hält, in letzter Sekunde erkennt man, dass darauf rote Schlieren zu erkennen sind. Es muss folglich nach dem Überfall auf ihn gewesen sein.

Die nächste Szene scheint mit den anderen nichts zu tun zu haben. Ein geduldiger Schwenk über die Landschaft, offenbar von einem Balkon aus gefilmt, von einem Hotel weiter im Landesinneren gelegen. Yakis identifiziert es als das *Antiopi*. Die Kamera tastet sich über ein Balkongeländer und plötzlich, unvermittelt, kommt das Gesicht einer jungen Frau ins Bild, in Großaufnahme. Sie schaut mit einem unergründlichen, ernsten Blick in die Kamera, als wäre ein einziger Gesichtsausdruck zu wenig, um alle zwiespältigen, nicht bewältigbaren Gefühle damit zu erzählen. Die Nasenflügel beben, dann runzelt sie die Stirn, der Wind pustet ihr eine Haarsträhne vor die Augen, die sie mit der Hand wegschiebt. In diesem Moment blitzt an ihrem Handgelenk etwas auf, und Yakis hält den Atem an. Ihre Finger gleiten durch das Haar, am Unterarm ist die Schnalle eines Armbandes deutlich zu sehen, die Vorderseite ist verschwunden. Yakis stoppt und spult zurück, er geht auf Standbild und zappt Bild für Bild weiter. Und da erscheint es in Nahaufnahme: das Armband mit einer silbernen Schlange, deren Körper durch den unregelmäßigen Einfall der Sonnenstrahlen aufblitzt, als würde er sich bewegen. Die Farbe kaltes, hartes Blau. Stahl.

„Das ist sie!", schreit Yakis, und der Holländer schaut ihn verwundert an. Ohne weitere Worte stürzt Yakis aus dem Hotel. Der Holländer bleibt zurück, und auf dem Bildschirm vor ihm steht Livia, die jetzt zu lächeln anfängt.

„Werde ich je wieder ein solches Bild von dir einfangen?" ertönt eine Stimme auf Englisch aus dem Off. Dem Holländer wird warm ums Herz. Er denkt an seine Tochter, die zurzeit auf einer Reise durch Australien ist. Er nimmt das Kuvert zur Hand, in dem sich die Kassette befand. Ein amtliches Schreiben ist drinnen, aus dem hervorgeht, dass sich eine gewisse Katie Brown mit der Beschlagnahmung des Bandes aus Gründen der Staatssicherheit einverstanden erklärt. Adresse, Unterschrift. Er fühlt sich dieser Katie Brown verbunden. Von Filmendem zu Filmender gewissermaßen. Bedächtig nimmt er die Kassette aus seiner Kamera und wartet unschlüssig eine Weile. Aber Yakis kommt nicht zurück. Er steckt die Kassette in den Umschlag und schreibt Katie Browns Adresse drauf. Dann begibt er sich zum Postamt.

Yakis läuft zum *Antiopi*. Er klopft an die Tür, stiebt in die Küche, dann in den Patio, er läuft alle Stockwerke ab, bis er endlich die Hauseigentümerin gefunden hat. Ob eine junge Frau mit rötlich blondem, kurzen Haar hier wohnt, ein Meter sechzig groß, schlank, blasse Haut.

„Nein."

„Nein?", ruft er entrüstet aus. „Warum nicht?"

Er fällt enttäuscht gegen die Tür. Die Eigentümerin schaut ihn mitleidig an.

„Aber zu Besuch war hier eine Frau, auf die die Beschreibung passen könnte", sagt sie jetzt.

„Wo wohnt sie?"

„Ich habe keine Ahnung."

Niedergeschmettert geht er wieder. Wo kann sie bloß wohnen, wenn nicht hier, fragt er sich. Er läuft noch einmal die Strecke ab, an der die Überfälle stattgefunden haben. Es ist richtig, dass das Gemeindeamt an einem Ende der Strecke liegt, das *Antiopi* so circa in der Mitte und am anderen Ende, vor dem Strand, ist die Gasse mit den meisten Pensionen. Vielleicht wohnt sie dort.

Es ist eine Gasse vor dem Ortsende, in der mindestens fünf Pensionen aufgefädelt liegen, und er fragt sich durch vier Häuser durch. Niemand hat eine Frau gesehen, auf die seine Beschreibung passt. Die fünfte Pension in der Straßenmitte ist wie ausgestorben, weder Gäste noch Vermieterin sind zu sehen. Unschlüssig bleibt er davor stehen. Seine letzte Chance, und keine Menschenseele. Er geht zum Meer, am Eck ist ein Restaurant. Der Besitzer sagt ihm, dass Maria Anna, die Eigentümerin der Pension, nur am Abend dort anzutreffen ist.

„Ich bin von der Polizei. Es muss jetzt sein. Jetzt!", röhrt Yakis. Der Mann greift erschreckt zum Telefon und bedeutet ihm zu warten. Nach zwanzig Minuten kommt die Alte, Lebensunmut hängt ihr in den Augenwinkeln. Sie schaut ihn misstrauisch an. Yakis wiederholt seine Frage nach einer blassen, jungen Frau, nicht sehr groß, schlank, rötliche, gefärbte Haare.

„Ja, die wohnt hier."

„Können Sie mich zu ihr führen?"

Die Alte schaut ärgerlich auf die Uhr, dann schlurft sie voran, geht mit ihm die Treppen hinauf und klopft. Niemand antwortet.

„Sie ist nicht da", sagt sie lapidar.

„Das bemerke ich selber auch", sagt Yakis und drückt zornig die Klinke hinunter. Die Tür ist nicht verschlossen und geht auf. Das Zimmer ist leer und ausgeräumt.

„Was soll das denn?", schreit die Wirtin. „Die sollte bis Montag bleiben."

„Wann haben Sie sie zum letzten Mal gesehen?"

„Ich sehe die überhaupt nie."

„Was heißt das? Sind Sie nie anwesend? Wer putzt denn dann?"

„Das geht Sie einen feuchten Dreck an."

„Wissen Sie, wie sie heißt?"

„Da muss ich erst bei den *Vouchers* nachschauen."

„Vergessen Sie es."

Es ist egal. Er weiß ohnehin, dass er auf der Suche nach Livia Singer ist, genau genommen nach ihr und der Tatwaffe. Auf ihrem Lederarmband müssen die Blutspuren aller vier Opfer und von Gregorios sein, genügend Beweise, um einem DNA-Test standzuhalten. Es gibt jetzt keinen Zweifel mehr und auch keine Zeit.

Yakis läuft mit einem Fluch die Treppen hinunter, in Richtung Polizeistation. Der neue Ermittler ist nirgends zu sehen, vermutlich in der Strafanstalt von Mitilini. Mikis und Hellos sitzen gedrückt in ihrem Streifenwagen. Yakis reißt die hintere Tür auf.

„Zum Flughafen. Und zwar mit Blaulicht!", herrscht er sie an.

Gini, Livia und Klara haben eingecheckt, ein Charter nach München. Von dort müssen sie mit dem Zug nach Wien weiter. Sandy steht in einer Schlange am Last-Minute-Schalter und versucht, einen Platz im London-Charter zu bekommen. Die anderen drei gehen inzwischen vor das Gebäude. Die Hitze hat begonnen. Auf der anderen Straßenseite ein kleiner Parkplatz und das Ufer, ein schmaler Kiesstrand. Mitilini Airport ist nahe ans Meer gebaut. Sie überqueren die Straße. Livia lehnt sich an eine Tamariske und schaut aufs Wasser. Zu dritt stehen sie da und wissen nicht, was sie reden sollen. Sie haben es beinahe geschafft. Alles, was geschehen musste, ist geschehen. Und in wenigen Minuten wird die Maschine abheben und sie in Sicherheit bringen. Livia steht in ihrer Mitte und nimmt beide an der Hand.

„Danke, dass ihr mir geholfen habt. Auch wenn ich es nicht verdient habe", sagt sie.

„Na ja, ein bisschen Rache kann ja nie schaden. Umgebracht hast du ja ohnehin niemanden", sagt Gini versöhnlich.

„Ich bin so froh, dass Gregorios nicht tot ist", seufzt Livia. „Das wäre mir mein Leben lang nachgehangen."

„Hoffentlich geht es dir bald wieder gut", sagt Klara. Sie schauen einander an, und Livias Blick verdüstert sich. In der Ferne ist schwach ein Zweitonhorn zu vernehmen.

„Ich will mit diesen Gedanken an Rache nichts mehr zu tun haben", sagt Livia.

„Wie meinst du das?"

„Es hat keinen Sinn, sich an die Vergangenheit zu klammern."

Das Zweitonhorn kommt näher, als Livia sich vor Klara und Gini hinstellt und beide Arme von sich streckt, so dass auch ihr Armband sichtbar wird.

„Nicht, Livia!", ruft Klara aus. „Versteck es wieder."

Aber Livia hört nicht hin. Sie hebt die Arme auf Brusthöhe und beginnt, die Schnalle des Armbandes zu öffnen. Vor dem Flughafen ist soeben ein Polizeiwagen mit Blaulicht und Sirene eingefahren. Klara ist aber von Livias Vorstellung so gefangen genommen, dass das Quietschen der Reifen und das Horn sich nur im Hintergrund ihrer Wahrnehmung ansiedeln. Livia hält nun das Armband in der Rechten und geht zwei Schritte zum Meer nach vorne. Hinter ihnen ist das Zuknallen von Wagentüren zu hören.

„Schlange!", ruft Livia laut. „Aus dem Meer kommst du, und dorthin sollst du wieder zurück."

Sie holt aus, lässt das Armband los, und das Leder wirbelt wie eine Scheibe in den blassen Himmel hinein. Der Schlangenkörper rotiert, als würde er sich ein letztes Mal zu einer Spirale oder zu einer Helix – es könnte beides sein – aufbäumen. Die glatten Flächen seiner Prismen funkeln und blitzen dutzendfach auf, als sie in einem weiten Bogen durch die Lüfte fliegen. Dann senkt sich das leuchtende Gebilde langsam und anmutig, kommt auf der Wasseroberfläche auf, hüpft dort mehrmals weg, zischt erneut hoch, um Sekunden später in einer Welle haften zu bleiben und mit einem Schlenker in der Tiefe zu verschwinden.

Alle drei atmen tief durch. Die Nabelschnur zu den vergangenen Ereignissen scheint endgültig durchtrennt. Livia umarmt Klara und dann Gini.

„Kommt, wir gehen hinein. Sandy wartet bestimmt schon", sagt Klara. Als sie sich umdrehen, sieht sie auf der anderen Straßenseite Yakis mit verschränkten Armen und totenblass an einem Streifenwagen lehnen. Klara zuckt zusammen und wird von Angst gepackt. Reglos beobachtet er, wie Livia und Gini die Straße überqueren. Klara zögert, dann geht sie auf ihn zu und bleibt vor ihm stehen.

„Ich hoffe, Ihrem Kopf geht es besser", begrüßt sie ihn.

„Die Tatwaffe wurde soeben im Meer versenkt", sagt er ohne Einleitung. Er zieht eine Zigarette aus der Brusttasche und zündet sie an.

„Ich weiß nicht, was Sie meinen", antwortet Klara.

„Doch, das wissen Sie."

Er nimmt den ersten Zug. Livia und Gini gehen auf die Tür des Gebäudes zu, die sich automatisch vor ihnen öffnet. Klara schaut ihnen besorgt nach. Wie angewurzelt bleibt sie neben ihm stehen, als ob sie damit weitere Schritte von ihm aufhalten könnte.

„Leider waren Sie schneller als ich", redet er weiter.

Sie versucht, an ihm vorbeizusehen. „Und? Was werden Sie jetzt tun?"

„Nichts. Oder glauben Sie, ich tauche nach einem Armband, das dann niemandem gehört?"

Sie unterdrückt ein Lächeln. „Wie sind Sie drauf gekommen?"

„Ihre Schritte und die Ihrer Freundin im Internet waren ja leicht nachzuvollziehen, und die Journalistin hat gut gefilmt."

Ein Schauer läuft Klara über den Rücken. „Dann hätten Sie ja genug in der Hand."

„Ach, all diese Geschichten im Internet, eine Realität, die am nächsten Tag schon wieder verschwunden ist, wie Schaum, der in der Hand zerfließt, wenn man ihn fassen möchte. Und das Video, Bilder, die in einem Geflirre von Pixeln verschwimmen, wenn man versucht, sie anzuhalten."

Er zuckt mit den Schultern.

„Die Behörden sind aber auch selber schuld", sagt Klara. „Hat denn nicht Theofilos selbst Sie niederschlagen lassen und damit einen guten Ermittler außer Gefecht gesetzt?"

„Auch Sie sind gut informiert", lächelt er bitter. „Aber das nächste Mal bin ich schneller. Verlassen Sie sich darauf."

Er wirft die Zigarette auf die Straße und steigt in den Wagen.

„Ein nächstes Mal wird es aber nicht geben", ruft Klara ihm nach, als er wegfährt.

Im Gewühl und Gedrängel der Chartertouristen wird Klara am Arm gepackt. Sandy steht vor ihr und zieht sie zur Seite.

„Hast du einen Platz gekriegt?"

„Ja. Ich muss in zehn Minuten durch die Kontrolle", sagt Sandy.

Sie schauen sich lange an.

„Wir hatten kaum Zeit füreinander", meint Klara.

„Aber es war schön, neben dir einzuschlafen. Schön und ungewohnt."

„Für mich auch."

Sie nimmt Klaras Hand und drückt sie. Klara legt die Stirn an ihre.

„Und? Soll ich dich anrufen oder nicht, wenn ich zu Hause bin?", fragt Sandy.

Vor dieser Frage hat Klara sich die längste Zeit über gefürchtet. Sie ist von einer unerträglichen Endgültigkeit. Klaras Magen wird zu einem schweren Klumpen, als sie versucht, nachzudenken, um innerhalb von Sekunden eine Entscheidung zu finden, die sie vielleicht unbewusst längst getroffen hat. Was soll aus einer solchen Begegnung schon werden, denkt sie, und vor ihrem geistigen Auge taucht die Zukunft auf. Eine Sandy, die im Liebestaumel ihr zu Füßen liegt, und sie selbst, die diese Zuneigung nicht ertragen kann, die versucht, sich zu schützen vor diesen bedingungslosen Gefühlen, vor so viel Zärtlichkeit und Verständnis. Sie selbst, die ständig auf der Flucht davor ist, zappelt und zaudert und Sandy nicht heranlässt. Sie sieht Sandy in Wien ankommen und sich selbst, wie sie sie überkritisch beobachtet, abschätzt und definiert; ständig darauf lauert, ob Sandy einen Fehler macht, sich ständig fragt, ob diese Frau gut genug für sie ist, intelligent genug, hübsch genug. Klara sieht, wie die Abneigung langsam Raum gewinnt und sie mit Leere und Langeweile überschwemmt. Oder die Kehrseite. Sich dieser Beziehung öffnen und erleben, dass Sandy einen Rückzieher macht, eines Tages vor ihr steht und sagt, dass sie doch nicht genug für sie empfindet. Will sie das?

„Nein", sagt sie laut, und Sandy fährt zusammen, als hätte ein Beil sie getroffen.

„Nein?", fragt sie ungläubig. „Bist du sicher?"

„Ja", bekräftigt Klara. „Ganz sicher."

„Dann ist es ja gut", antwortet Sandy und kann nicht verbergen, dass Klara sie verletzt hat. „Dann mach's gut", murmelt sie.

Sie schaut Klara kurz an, haucht einen Kuss auf ihre Wange und wendet sich zum Gehen. Wie betäubt schaut Klara ihr nach. Sandy dreht sich aber nicht um. Innerhalb von Sekunden hat die Menge sie verschluckt.

Klara holt tief Luft. Sie ist überrascht, dass Sandy nicht aufbegehrt, so schnell nachgegeben hat. Groß kann ja die Liebe dann nicht gewesen sein. Gut so, denkt sie. Lieber jetzt mutig sein und die richtige Entscheidung treffen, als Leid und Ärger hervorrufen.

Sie zuckt mit den Schultern und geht zu Gini und Livia, die am Fenster stehen und einhellig rauchen.

„Und? Ist Sandy schon weg?", fragt Gini.

„Ja."

„Und wann werdet ihr euch wiedersehen?"

„Gar nicht."

„Gar nicht? Wieso?"

„Es hat doch nicht gepasst", sagt Klara knapp. „Und wenn es nicht ganz hundertprozentig ist, dann ..."

„Genau", pflichtet ihr Gini bei. „Warum soll man für Frauen überhaupt etwas riskieren. Mir ist meine Ruhe auch am liebsten."

Sie verstummt, und Klara schaut aus dem Fenster auf das Flugfeld. Sie wartet darauf, dass eine der Maschinen startet, vor der Kulisse der kargen Gebirge. Aber die Landschaft verschwimmt vor ihren Augen. Die Rollbahn zersetzt sich in dünne, grauschwarze Fetzen. Die Bullaugen der Flugzeuge werden zu silbernen Flecken, die immer kleiner werden, bis sie als Punkte vor ihr erstrahlen. Dahinter entsteht auf einmal ein schwarzer, samtiger Himmel.

„Wenn du die Sternbilder nicht erkennst, dann erfindest du sie halt", hört sie Sandys klare, helle Stimme in ihrem Ohr. Klara dreht sich schnell um, aber da ist niemand. Gini und Livia gehen plaudernd den Gang entlang. Klara aber spürt auf einmal Sandys Hände ihren Rücken hinaufstreichen, ihre Locken kitzeln sie im Nacken. Sandy ist plötzlich überall. Nachts im kühlen Sand, als sie in wissenden Lauten ihre Lust mitverfolgt, in Livias verwüstetem Zimmer, als sie Klara tröstet, im *Fuego*, als sie mit Gini tanzt, als sie einander noch nicht vorgestellt wurden.

Eine metallene Stimme kündigt das Boarding für die Passagiere nach London an, und Klara läuft los. Es geht um Sekunden, es geht um ihr Leben. Wie am Anfang ihrer Reise ist sie von einem undurchdringlichen Wald von Körpern umgeben, die ihr im Weg stehen, durch die sie sich durchschlängeln muss, und auch jetzt boxt und drängelt sie, bis sie zu der Schlange vor der Sicherheitskontrolle der Grenzpolizei kommt. Aber sie sieht Sandy nirgends. Sie schaut verzweifelt um sich. Nur Maggie und ihre zwei Freundinnen stehen vor ihr, und als sie sie erblicken, winken sie ihr zu. Maggie streckt sogar ihren Arm aus und hält sie am Ärmel fest.

„Ich habe keine Zeit", ruft Klara hektisch und versucht, sich loszureißen.

„Ich wollte nur wissen", sagt Maggie und wirkt verlegen, „ob du Ärger mit der Polizei gehabt hast."

„Nein, wieso?", fragt Klara und sucht währenddessen die Menge ab.

„Ich habe einen Blödsinn gemacht", setzt Maggie an.

„Es ist alles okay", ruft Klara und will zurückweichen.

„Wenn du in London bist, musst du mich unbedingt besuchen kommen. Gini hat meine Adresse", sagt Maggie dann.

„Mach ich." Klara befreit sich von ihrem Griff. Da drückt Maggie ihr schnell einen Kuss auf die Wange.

„Du bist ein echt guter Kumpel", ruft sie aus.

„Danke", sagt Klara und hastet weiter. Ihre Blicke fliegen über die Pärchen und Grüppchen, aber sie kann Sandy nicht sehen. Sie spürt, wie hysterische Angst in ihr hochkriecht, und würde am liebsten zu schreien anfangen.

Da endlich. Dort steht sie, ganz vorne, schon hinter der Absperrung. Legt gerade ihren Rucksack auf das Rollband und schickt sich an, durch den Türrahmen des Metalldetektors hindurchzugehen. Klara ruft laut ihren Namen, aber ihre Stimme verhallt im dumpfen Lärm der Halle. Gleich wird Sandy verschwunden sein.

Klara läuft schneller und schreit noch einmal. Der Scanner piepst, und die Beamtin hält Sandy auf. Sandy beginnt, ihre Hosentaschen zu leeren, und Münzen fallen in eine Schale. Klara kommt näher und ruft noch einmal. Da dreht Sandy sich um. In diesem Moment beginnt die Beamtin, sie mit einem Handscanner abzutasten, und herrscht sie an, ruhig stehenzubleiben. Klara ruft wieder. Sandy erkennt sie, und Klara winkt ihr zu.

Sie ist jetzt vor dem Schranken angekommen. Sie ist außer Atem und kann vor Aufregung nicht reden. Sie holt tief Luft und bemerkt, dass ihr die Tränen kommen, was wirklich nicht notwendig wäre. Sandy geht auf sie zu. Die Beamtin versucht, sie zurückzuhalten.

„Sie können da nicht zurück", ruft sie zornig. „So halten Sie doch still." Aber Sandy hört nicht auf sie und kommt zu den Schranken.

„Kannst du mich vielleicht doch anrufen?", ruft Klara.

Und Sandy beginnt zu lächeln.

„Kommen Sie zurück!", schreit die Beamtin.

Sandy streckt ihre Hand aus und berührt Klaras Wange.

„Nicht weinen, mein Liebling", sagt sie. Klara nimmt ihre Hand in beide Hände und küsst sie, küsst den Handrücken und die Innenflächen.

„Sie müssen auf der Stelle durch die Kontrolle!", donnert die Stimme der Beamtin wie aus der Ferne.

„Natürlich rufe ich dich an", sagt Sandy. „Gleich, wenn ich zu Hause ankomme."

Um Klara dreht sich alles. Die Zeit aber scheint stillzustehen. Der Flughafenlärm ist zu einem leisen Gemurmel geworden, und die blauen Augen, die sie anschauen, beherrschen alles.

Und dann wird Sandy ein letztes Mal aufgefordert, weiterzugehen. Sie lässt Klara langsam los und geht rückwärts durch den Scanner. Dann wird sie von der Menge der Passagiere mitgerissen.

Die Maschine hebt ab. Livia sitzt am Fenster, Klara in der Mitte und Gini am Gang. Klara ist erleichtert, dass diese Ferien endlich zu Ende sind, noch nie war sie so froh, wieder nach Hause zu fahren. Sie ist auch glücklich, dass sie den Mut gefunden hat, Sandy nachzulaufen. Was auch immer daraus werden wird.

„Und wo fahren wir drei als Nächstes gemeinsam hin?", fragt Gini heiter.

„Kommt drauf an, welche Absichten wir haben", antwortet Livia.

„Na ja, Geschichten wie Phantome, griechische Buchstaben und Schlagringe gehören jetzt der Vergangenheit an", sagt Klara und blinzelt sie gegen die Sonne an.

„Ja", meint Gini, „das war total mutig und super, dass du deine Waffe dem Meer übergeben hast und die Stirnen der griechischen Männer nun für immer vor dir verschont bleiben."

„Was hat dir die Magdala zugesteckt?", fragt Klara.

„Ein Abschiedsgeschenk", antwortet Livia. Sie greift in ihre Tasche und holt ein Päckchen hervor. Es ist mit Wachspapier umwickelt. Ein Steward bleibt neben ihnen stehen und macht sich am Handgepäck zu schaffen.

Livia zieht einen hellen, länglichen Gegenstand, der in der Mitte gewölbt ist, aus der Verpackung, betrachtet ihn lange erstaunt und legt ihn dann um ihr Handgelenk.

„Was ist das?", rufen Gini und Klara im Chor und beugen sich zu ihr.

„Ein Kunsthandwerk", lächelt Livia.

Sie lässt die Schnalle zuschnappen, hält ihnen ihren Arm hin, und beide schreien leise auf.

„Es gibt außer der Stirn eines Mannes auch andere Körperteile, die der Beachtung würdig sind", meint Livia.

Ein Sonnenstrahl trifft ihr Handgelenk und wirft den Schatten ihres neuen Schmuckes auf den Oberschenkel des Stewards: Zwei säbelförmige Raubtierzähne, bereit, sich auf der Stelle in sein Fleisch zu bohren.